SYLVANDIRE

PAR

ALEXANDRE DUMAS

I.

Ce que c'était que le chevalier Roger-Tancrède d'Anguilhem e. sa famille, en l'an de grâce 1708.

Dans un ouvrage beaucoup plus sérieux que celui-ci n'a la prétention de l'être, nous avons expliqué comment la noblesse de France fut mise en coupe réglée par trois hommes : Louis XI, Richelieu, Robespierre. Louis XI abattit les grands vassaux, Richelieu décima les grands seigneurs, Robespierre faucha l'aristocratie.

Le premier préparait la monarchie unitaire, le second la monarchie absolue, le troisième la monarchie constitutionnelle.

Mais comme les événemens que nous allons raconter se passent de l'an 1708 à l'an 1716, nous laisserons l'histoire apprécier, sous leur rapport social, les actes du roi bûcheron et les faits et gestes d'un tribun guillotineur, pour jeter seulement un coup-d'œil rapide sur ce qu'étaient Paris et la province soixante-dix ans après la mort de Richelieu, c'est-à-dire vers le commencement du dix-huitième siècle.

Quand nous disons Paris, nous nous trompons, et c'est Versailles qu'il nous faut dire, car, à cette époque, il n'y avait plus de Paris. Louis XIV n'avait pu pardonner à la capitale de l'avoir, tout enfant, rejeté de son sein pendant une des orageuses journées de la Fronde, et comme dans toutes puissance il trouvait le même plaisir à se venger des choses que des hommes, il avait créé Versailles, ce favori sans mérite comme on l'appelait dans ce temps-là, cette gigantesque folie, comme on l'appellera dans tous les temps, pour punir, en lui retirant sa présence royale, le vieux Louvre de sa vieille rébellion.

Aussi Versailles, depuis le jour où Louis XIV y avait transporté sa résidence, était-il le point lumineux du royaume, le flambeau où venaient brûler leurs ailes tous ces papillons dorés qu'on appelle des courtisans, ce soleil qui s'élevait sur le monde, non moins resplendissant que les autres,[*] et qui devait doubler de force et de lumière, à mesure qu'il s'avancerait[*].

Aussi, cette immense clarté concentrée sur Versailles laissait-elle le reste du royaume dans l'obscurité; tout ce qui ne gravitait pas autour de l'astre suprême semblait appartenir à quelque système inférieur, à quelque tourbillon inconnu, qui ne valait pas la peine d'être étudié par les astronomes politiques du temps; de là vient que pendant les soixante-treize années que dura le règne de Louis XIV, l'histoire de Versailles est, à peu de chose près, l'histoire de toute la France.

Il en résulte que dans cette galerie splendide que les mémoires du temps ouvrent à la curiosité des lecteurs, on ne voit passer que les grandes fortunes et les grandes disgrâces; on ne suit que l'élévation des Louvois, des Villars, des d'Argenson, des Colbert, l'abaissement des Rohan, des Richelieu, des Lauzun et des Guise : mais quant à cette brave et loyale noblesse de province qui autrefois faisait la force de la monarchie, qui avec Duguesclin avait chassé le Prince-Noir de la Guyenne, et avec Jeanne-d'Arc le roi Henri VI de la France, elle n'existait plus, ou plutôt, comme éloignée du centre du mouvement elle ne donnait aucun signe de vie, on eût dit qu'elle avait cessé d'exister.

Le fait est que, loin du soleil et par conséquent de la lumière, elle végétait dans l'obscurité et dans l'oubli.

Si nous avions été le maître de notre sujet, nous eussions, sans aucun doute, été choisir notre héros au milieu de ces beaux courtisans que Saint-Simon nous montre assistant régulièrement tous les jours au lever et au coucher du roi, s'inquiétant d'un froncement de sourcil, s'épanouissant à un sourire, se laissant mourir de douleur pour un mot amer; mais nous sommes historien avant tout, il nous faut donc aller prendre notre héros où il se trouve; d'ailleurs peut-être viendra-t-il un moment où, attaché que nous sommes à sa suite, nous nous verrons bien forcé de l'accompagner hors de son obscurité provinciale, pour apparaître un instant avec

---

[*] *Nec pluribus impar.*

[*] *Viros acquirit eundo.* Double devise du soleil que Louis XIV avait pris pour ses armes.

41*

lui dans ce cercle de lumière que Versailles, même à cette époque de décadence, répandait encore autour de lui.

Mais, pour le moment, nous prions le lecteur d'abandonner Versailles que la présence de madame de Maintenon rend d'ailleurs depuis quelque temps déjà un assez maussade séjour, et de nous accompagner à deux cent trente-deux kilomètres de Paris, comme nous force à le dire la loi sur les nouvelles mesures; quatre kilomètres formant une lieue, nos lecteurs n'auront qu'à diviser deux cent trente-deux par quatre, s'ils tiennent à savoir à quelle distance ils se trouvent précisément de la capitale. — Nous voudrions bien leur épargner cette peine, mais comme on nous fait payer cinquante francs d'amende par chaque fois que nous employons les anciennes dénominations, nous sommes forcé, par mesure d'économie, de les renvoyer à la quatrième règle arithmétique; c'est fort stupide, mais c'est ainsi.

Nous sommes donc sur la rive gauche de la Loire, aux environs de la ville de Loches, dans une belle plaine située entre l'Indre et le Cher, coupée de bois qu'on appelle majestueusement des forêts, et d'étangs qu'on nomme fastueusement des lacs.

Cette plaine était un véritable nid de gentilhommières, où végétaient les restes de toutes ces grandes familles que Louis XI avait fauchées par les pieds et Richelieu tranchées par la tête; aussi, grâce aux châteaux abattus, aux terres confisquées, aux privilèges restreints, tous ces braves campagnards, nobles comme Charlemagne, étaient-ils pauvres comme Gauthier, sans argent. Jadis détrousseurs de passants sous Philippe-Auguste et Louis XI; chefs de partisans sous Philippe-le-Bel et Charles V; capitaines sous François Ier et Henri II, ils avaient fini par être enseignes ou sergens dans les armées de Henri IV et de Louis XIII; puis, enfin, ne trouvant plus même à employer dans les derniers rangs de l'armée les vieilles épées de leurs ancêtres, dont la rouille avait peu à peu effacé la dorure, ils étaient revenus aux temps primitifs dont parle la bible, et s'étaient faits, à l'instar de Neurod, de grands chasseurs devant Dieu. Bref, c'étaient comme on le voit, les descendans des plus nobles, des plus vieilles et des plus riches familles de France; mais, il faut le dire, c'étaient, sous tous les rapports, des descendans bien descendus.

En effet, les grands propriétaires s'étaient peu à peu rapprochés de Versailles, et l'ancienne Touraine aux châteaux magnifiques avait émigré corps et bien pour se transporter dans les environs de Chartres et de Maintenon. Loches, subissant la décadence universelle, avait cessé d'être ville royale, et les hobereaux d'alentour habitant un pays riche, tranquille, mais perdu, avaient, quelque bruit qu'ils eussent fait pour disputer les derniers jours de la suzeraineté au silence et à l'oubli, senti peser peu à peu sur leurs têtes, le linceul de l'obscurité.

On se soumet à un pareil état de choses, mais on n'en prend point son parti. Il en résultait qu'il y avait par toute la province, à cette époque, une sourde réaction contre le gouvernement du grand roi. Aussi nos gentilshommes, enivrés par leur amour-propre blessé dans le mouvement d'opposition générale que nous venons de signaler, suppléaient-ils aux choses absentes par des noms qu'ils rappelaient; leur maison continuait de se nommer le château; les murs extérieurs, le rempart, et le ruisseau boueux où barbotaient une douzaine de canards, les fossés; il y avait la cour d'honneur qui était la seule et unique de la maison, il y avait la salle d'armes qui était d'ordinaire le fruitier ou la laiterie, il y avait enfin la chapelle qui n'était rien autre chose que l'église du village le plus voisin, et à laquelle on n'arrivait pour le plus souvent qu'après une heure de marche à travers terres.

Cependant, orgueil à part et abstraction faite du rapport des noms avec la valeur des choses, toutes ces gentilhommières eussent été des nids de bonheur, si leurs habitans ne se fussent pas trouvés humiliés d'avouer qu'ils étaient heureux. — Il est vrai que leur vanité était mise à couvert sous le mécontentement; que trop pauvres pour aller à Versailles, ils disaient tout haut qu'ils boudaient la cour. — A chaque instant c'étaient des avances qui leur étaient faites et qu'ils

repoussaient. — Or, comme tous répétaient la même chose, ils étaient bien forcés d'avoir l'air de se croire mutuellement. Il va sans dire que toute cette pauvre petite opposition ne franchissait pas les limites de la province, et depuis cinquante ou soixante ans qu'elle se perpétuait en se léguant de père en fils, n'était jamais parvenue aux oreilles du roi.

Au reste, dans ce petit coin de terre qui fait partie de ce qu'on appelle le jardin de la France, un gentilhomme passait pour opulent avec deux mille écus de rente; aussi y en avait-il bien peu qui atteignissent à ce chiffre envié. Le commun des martyrs possédait une moyenne de deux mille cinq cents à trois mille livres de revenu, et quelques-uns qui en étaient réduits à cent cinquante à deux cents pistoles par an trouvaient encore moyen, malgré l'exiguité de cette fortune, de ne pas figurer trop désavantageusement, eux et leur famille, quelquefois nombreuse, aux réunions des gentilhommières voisines.

En outre, tous ces braves seigneurs, ou plutôt leurs ancêtres, jouissaient autrefois de droits magnifiques et fort étendus, qui, peu à peu étaient tombés en désuétude, ce qui ne les empêchait pas, lorsque par hasard ils relisaient leurs chartes et secouaient leurs parchemins, d'éprouver un certain orgueil de ce qu'ils pouvaient faire des choses incroyables, et de ce qu'ils possédaient les privilèges d'un Procuste, d'un Géryon, ou d'un Phalaris. Aussi certain métayer du baron Agénor-Palamède d'Anguilhem fut-il un jour bien épouvanté en entendant son maître et seigneur dire tout haut en battant la semelle à une chasse au loup :

— Les d'Anguilhem ont, par une charte du treizième siècle, le droit, une fois par an, à la chasse, de se réchauffer les pieds dans le ventre d'un de leurs vassaux ouvert par leur écuyer tranchant.

Il va sans dire que le digne gentilhomme, ni aucun de ses ancêtres, n'avait jamais senti tellement froid aux pieds, qu'il eût eu besoin de recourir à cet étrange moyen.

Puisque le nom du baron d'Anguilhem vient de se présenter sous notre plume, profitons de l'occasion pour dire qui il était et ce qu'il était.

Le baron Agénor-Palamède d'Anguilhem était un de ces propriétaires suzerains dont nous venons de chiffrer la fortune et d'énumérer les privilèges : il habitait un château dans la partie supérieure de la vallée, possédait soixante brebis et six vaches, vendait pour deux cents livres de laine par an, récoltait pour trois cents livres de chanvre dans le même espace de temps, culait cinq cents livres, qu'il abandonnait généreusement à madame la baronne d'Anguilhem pour les dépenses de sa toilette et l'entretien de son fils.

Madame la baronne Cornélie-Athénaïs d'Anguilhem n'avait que six robes, mais elles étaient toutes sinon d'une parfaite élégance, du moins d'une suprême beauté : — l'une datait de son mariage, l'autre de la naissance de son fils, qu'on appelait baronnet par courtoisie, quoique dans la hiérarchie aristocratique il n'eût droit qu'au titre de chevalier, que nous lui donnerons purement et simplement, n'ayant pour le flatter aucun des motifs qui faisaient parler ceux qui l'entouraient. — Quant aux quatre autres robes de la baronne, elles dataient d'une époque plus récente et étaient d'un goût plus moderne; ce qui n'empêchait pas qu'elles n'eussent vu deux lustres au moins, ce qui leur avait ôté quelque peu du leur, comme le disait, dans un jeu de mot plein de goût et de nouveauté, un goguenard marquis de Chemillé, leur voisin à deux lieues en plaine.

Le baronnet, ou plutôt le chevalier Roger-Tancrède d'Anguilhem, héritier présomptif des domaines d'Anguilhem, de la Pintade et de la Guérite, c'est-à-dire d'une soixantaine d'arpens de terre, d'une vingtaine d'arpens de bois et d'un verger planté de choux, entrait dans sa quinzième année. C'était un beau grand garçon qui savait fort joliment courir un lièvre sur ses propres jambes; qui tirait un coup de fusil comme maître Lajeunesse, garde de la baronnie, lequel avait la réputation de tuer dix-neuf bécassines sur vingt, qui montait à poil ou les chevaux les plus rétifs de la province, ce qui lui avait fait à dix lieues à la ronde la réputation d'un véritable centaure; enfin qui, depuis l'âge de cinq ans, époque de sa vie à laquelle le baron Agénor lui avait mis une petite brette entre les mains, n'avait jamais manqué un seul jour de faire pendant une heure ou deux des armes avec monsieur son père, une des plus rudes lames de la province, bien que, grâce à sa haute renommée, il n'eût jamais l'occasion de tirer l'épée au sérieux; de sorte que de leçons en leçons, de perfectionnemens en perfectionnemens, d'inventions en inventions, la petite brette était devenue une longue rapière; le jarret débile, en ressort d'acier, le bras vacillant, une barre de fer, et l'enfant un gaillard qui aurait pu sans broncher se tenir toute une journée en garde, le corps appuyé sur la jambe gauche et le poignet à la hauteur du sein droit, ce qui était le premier principe de la méthode du temps, laquelle, disons-le en passant, en valait bien une autre.

Outre ces avantages acquis, le chevalier possédait comme dons naturels, de beaux cheveux blonds, une taille de cinq pieds cinq pouces qui promettait de ne pas s'arrêter en si beau chemin; deux yeux bleus au regard franc et limpide, deux bonnes grosses joues roses sur lesquelles commençait à poindre un léger duvet, et une jambe admirablement bien prise. Aussi toutes les femmes des hobereaux d'alentour, usant du bénéfice que leur donnait encore son extrême jeunesse, l'appelaient presque toujours en souriant, ou le beau Roger, ou le beau Tancrède, selon que leur esprit romanesque leur avait fait choisir pour héros le conquérant de la Sicile, ou l'amant de Clorinde.

Voilà pour le physique, — maintenant passons au moral.

Cette partie si essentielle de l'éducation d'un homme destiné à l'honneur de soutenir et de perpétuer le nom des d'Anguilhem, avait été, depuis le moment où la bonté de Dieu leur avait accordé un fils, la préoccupation suprême du baron et de la baronne. — Madame d'Anguilhem avait donné à l'enfant les premières leçons de lecture, d'écriture et de calcul. Le curé du village voisin lui avait appris à décliner les noms et à conjuguer les verbes, mais là s'était bornée sa science; et il avait avoué avec une franchise qui faisait plus d'honneur à sa loyauté qu'à son instruction, qu'il n'était pas pousser son élève jusqu'en septième. Le baron et la baronne étaient donc fort embarrassés pour continuer l'éducation de leur fils, dont ils tenaient tous deux à ne pas se séparer en un âge si tendre, lorsqu'un de leurs amis leur avait donné avis qu'un certain abbé Dubuquoi, qui venait d'achever l'éducation d'un des plus riches héritiers de Loches, cherchait une nouvelle éducation à perfectionner. C'était parfaitement l'affaire du baron et de la baronne d'Anguilhem. De sévères informations furent prises sur toutes ces circonstances favorables au professeur; de sorte que l'abbé Dubuquoi fut installé au château avec cent cinquante livres d'appointemens, la nourriture et le titre pompeux de précepteur du chevalier d'Anguilhem.

Maintenant disons quelques mots du château qu'habitaient les quatre personnages que nous venons de passer en revue et dont l'un, nous ne voulons pas en faire plus longtemps un secret à nos lecteurs, est destiné à devenir le héros principal de cette histoire. On devine que nous voulons parler de celui que les dames, ainsi que nous l'avons dit, avaient pris l'habitude de désigner sous le nom du beau Tancrède ou du beau Roger.

Ce château n'était pas précisément un château; il est vrai que ce n'était pas tout-à-fait une maison. — Non. — C'était une bâtisse qui tenait le milieu entre ces deux constructions, et qui pouvait passer pour une belle ferme. Cette ferme, nous adoptons cette dernière dénomination, sauf le respect que nous devons à nos nobles commensaux, contenait huit pièces par le bas. Ces pièces étaient une laiterie décorée du nom de salle d'armes, une salle à manger, un salon orné de trois vieux portraits à peu près méconnaissables, et d'un portrait moderne représentant un officier de la marine du roi dans son costume de capitaine de vaisseau. Nous reviendrons à ce portrait. Une salle des gardes sans gardes, mais ornée de cinq armures qui avaient appartenu aux gardes au temps où il y en avait, et qui était devenue la chambre commune; c'était dans cette salle qu'avaient lieu les réunions de famille. Quatre chambres à coucher. La cuisine et ses dépendances situées sous terre, et la cave et les caveaux situés sous la cui-

sine s'étendaient dans toute la longueur de ces huit pièces. Enfin, à l'un des quatre angles de la bâtisse surgissait une tour de douze mètres d'élévation, qu'on appelait la Guérite. Monsieur le baron Agénor d'Anguilhem couchait cette tour, et c'était sur elle particulièrement qu'il appuyait sa prétention de baptiser son manoir du nom pompeux de château, non, qu'au reste, soit par habitude, soit par politesse, on lui donnait généralement dans la contrée, et que nous seuls avons le mauvais esprit de lui contester.

Ce château n'était pas un des plus riches des environs. Le baron d'Anguilhem tirait des métayers auxquels étaient afferméss ses dépendances la somme de douze cents livres : or, comme en province les revenus de chacun sont connus de tous, il fallait se résoudre à paraître un gentilhomme peu fortuné, ou mentir.

Le baron mentit sans remords : il prétendit avoir cent louis de rentes sur la caisse des guerres et cent autres louis sur la cassette du roi. Nous n'oserions assurer cependant qu'il l'affirma, mais il le fit dire et le laissa croire. Il en fut pourtant dupe de cela comme des mécontentemens dont nous parlions tout-à-l'heure : personne ne fut dupe de ces deux cents louis de rente, de sorte que le chevalier Roger-Tancrède ne passait pas dans la province pour un magnifique parti.

Cela, au reste, comme on le comprend bien, inquiétait fort peu le jeune homme : il était grand, il était fort; à défaut de chevaux à lui, il avait les chevaux de tout le monde; sa chasse était magnifique, car, par une convention passée tacitement entre tous ces dignes gentilshommes, chacun d'eux, trop restreint s'il eût été contraint de s'en tenir à ses propres terres, pouvait chasser sur les terres de tous; il expliquait Cornelius Nepos à livre ouvert, et n'ayant pas encore eu de besoins, ne s'était pas encore aperçu qu'il était pauvre.

En effet, que lui manquait-il? Il avait un gouverneur qu'il ne détestait pas précisément, mais que cependant il regardait comme une grande superfluité. En revenant de la chasse, il trouvait toujours, grâce à la prévoyance maternelle de la baronne, un copieux dîner dont il donnait les restes à son chien. Puis, après ce repas, on lui attendait dans lequel il pouvait, si cela lui faisait plaisir, dormir douze heures de suite. C'était là de l'opulence, ou je me trompe fort.

Quand Roger-Tancrède sortait du château, soit à cheval, soit à pied, soit son fusil sur l'épaule, soit l'abbé Dubuquoi au bras, les paysans qui travaillaient dans les champs se retournaient pour le saluer, et les jeunes gentilshommes du voisinage s'arrêtaient en lui tendant la main. C'est là toute la puissance à laquelle peut aspirer un cœur simple et un esprit philosophique, ou je ne m'y connais pas.

Lorsqu'on recevait au château, Roger-Tancrède se mettait à la besogne, ni plus ni moins que les deux serviteurs qui composaient tout le domestique de la maison. C'était lui qui polissait la vieille argenterie massive aux armes de la famille, et qui aidait la baronne à préparer la pâtisserie, que, pareille à une châtelaine du moyen-âge, elle ne dédaignait pas de pétrir de ses mains. De plus, comme il était aussi adroit que fort, il était spécialement chargé d'essuyer certaines porcelaines du Japon, conservées depuis trois générations comme des reliques. Une fois les convives arrivés, Roger-Tancrède passait son habit neuf qui datait toujours au moins de deux ou trois années, donnait un coup de peigne à ses beaux cheveux qui bouclaient naturellement, et offrait la main aux dames.

Le baron et la baronne pensaient souvent à l'avenir de ce fils chéri, et les deux époux avaient plus d'une fois passé en revue toutes les carrières qui lui étaient ouvertes. Le père avait proposé la carrière militaire; mais la baronne avait fait observer à son mari qu'à moins de se résigner à ensevelir le nom d'Anguilhem dans les derniers rangs de l'armée, il n'y avait pas d'espérance à concevoir de ce côté, attendu que le héros futur n'était pas assez riche pour entretenir un régiment. Il y avait bien des cas exceptionnels où le roi levait cet obstacle, en faisant don d'un brevet de colonel et en ajoutant à ce brevet cent mille écus de gratification; mais le roi Louis XIV avait tant fait de dons de cette espèce, qu'il avait déclaré n'en pouvoir plus faire que bien rarement,

Or, le roi n'avait aucun motif pour déroger en faveur du chevalier Roger-Tancrède à cette sage détermination. Voilà ce que disait tout haut la baronne à son mari, lorsque son mari remettait la conversation sur ce sujet. Quant à ce qu'elle se disait tout bas, c'est qu'elle ne voulait pas que son pauvre enfant fût militaire, attendu que le dernier des d'Anguilhem pouvait fort bien, comme un simple manant, recevoir un coup de hallebarde en Flandre, ou un coup de mousquet aux bords du Rhin, ainsi que cela se pratiquait vulgairement parmi les gentilshommes que leur grandeur n'attachait pas au rivage.

La baron se retournait alors vers un bon emploi dans les finances. Les finances étaient déjà à cette époque une carrière dans laquelle on pouvait entrer sans trop déroger. Mais on le prendre cet emploi qui coûtait à acheter le double d'un régiment, attendu qu'un régiment ne rapportait à son propriétaire que de l'honneur et des coups, tandis qu'un emploi rapportait à son propriétaire de beaux et bons louis d'or ? Il fallait donc renoncer encore à cette carrière, restreinte aux favoris de madame de Maintenon, du père Lachaise et de monsieur du Maine. Or, le baron d'Anguilhem, en brave et loyal gentilhomme campagnard qu'il était, exécrait cordialement la vieille, le jésuite, et les bâtards. Il n'y avait donc pas encore grande chance de ce côté, et la baronne elle-même, malgré son désir qu'elle eût de voir son fils bien-aimé occuper une place qui n'exposait aucunement ses jours, était forcée d'avouer en soupirant et en secouant la tête que ce serait folie insigne de s'arrêter à un pareil projet.

Le baron en revenait donc à une idée favorite dont il se berçait dans ses jours de rêveries, c'était de faire de son fils un officier de marine. La marine était une belle et noble carrière, et en tout point digne d'un gentilhomme. Louis XIV avait fait de la France une puissance maritime qui commençait à contrebalancer l'influence de l'Angleterre et de la Hollande, ces deux reines de la mer qu'il était parvenu plus d'une fois à affaiblir l'une par l'autre, tandis que lui s'agrandissait aux dépens de toutes deux ; mais sur ce point surtout, le baron rencontrait dans sa femme une très vive opposition. Si elle craignait pour son fils la carrière d'un soldat, à plus forte raison devait-elle craindre celle d'un marin, qui a chaque jour à lutter, non-seulement contre la force des hommes, mais contre tous les caprices des élémens ; une seule fois, dans le commencement de leur mariage, le baron et la baronne avaient visité un port de mer.

C'était à Brest que la chose s'était passée, et dans une promenade qu'ils avaient faite, ils avaient été assaillis par un grain si violent, que la barque qui les portait avait manqué cent fois de chavirer, et qu'elle n'avait regagné le port que par un miracle du ciel.

Depuis ce temps, madame d'Anguilhem qui, au fond, toute campagnarde qu'elle était, avait autant de nerfs qu'une marquise parisienne, ne pouvait plus entendre parler de la mer ; elle voyait sans cesse, à la lueur des éclairs et au grondement de la foudre, son pauvre chevalier ballotté par le vent, menacé par les vagues, prêt à s'engloutir dans les profondeurs de cet abime liquide dont la voix prophétique l'avait avertie : si bien que dès que le baron, après mille circonlocutions, abordait ce sujet, la baronne commençait par pousser les hauts cris, et demandait à son mari si son intention était, pour la récompense de la conduite exemplaire qu'elle avait toujours tenue à son égard, de la faire mourir de chagrin.

Alors le baron, qui était un excellent homme, soupirait à son tour profondément, et murmurait : — Madame, madame, vous n'êtes pas digne du nom de Cornélie que vous portez !

A quoi la baronne répondait : — Monsieur, nous ne sommes pas au temps des Gracques, et je ne suis pas une romaine. En effet, la pauvre femme n'était qu'une bonne, qu'une tendre, qu'une excellente mère, ce qui vaut peut-être moins aux yeux des philosophes, mais ce qui vaut certes bien autant aux regards de Dieu. On retombait donc dans une éternelle indécision à l'endroit du chevalier Roger-Tancrède, auquel en attendant on donnait la meilleure éducation possible, quoiqu'on ne vit pas dans l'avenir autre chose à en faire qu'un gentil-

homme campagnard à quatre cents écus de rentes, comme était monsieur son père. La chose était triste.

Cependant, au fond de ce ciel ténébreux, brillait sournoisement une petite étoile, laquelle lançait de temps en temps aux d'Anguilhem les éphémères rayons de sa lumière intermitteute. Cette constellation protectrice était un héritage, sinon probable, du moins possible ; c'était la fortune d'un arrière-cousin, chevalier des ordres du roi, capitaine de frégate retraité, espèce de loup de mer ayant navigué sous Jean Bart, et s'appelant, de son nom, le vicomte de Bouzenois.

Ce portrait moderne qui brillait au salon parmi les vieux portraits de famille, c'était le sien.

Quelquefois on parlait au château de cette illustration contemporaine qui était venue joindre sa lumière aux illustrations passées, mais on en parlait avec une retenue singulière. C'est qu'en effet cette fortune était si considérable, cette espérance était si précaire, qu'on regardait les projets qu'on pouvait bâtir sur elle comme des châteaux en Espagne, comme des chimères, comme des rêves; on n'osait donc pas songer sérieusement à cet héritage et l'on avait raison ; mais dans l'occasion on disait avec une certaine fierté : — Nous avons un parent à Versailles, monsieur de Bouzenois, capitaine d'un vaisseau du roi. Puis on ajoutait en étendant la main vers le tableau : — Voici son portrait en grand uniforme.

Or, toutes les idées de marine que le baron d'Anguilhem avait eues et que nous avons exposées à nos lecteurs, lui étaient venues en face de ce portrait et lui avaient été suggérées par cette bienheureuse parenté.

— Au bout du compte, se disait le baron, le vicomte de Bouzenois est mon arrière-cousin ; je suis même le seul parent qui lui reste, à telle preuve que j'en hériterais s'il venait à mourir intestat ; donc si je lui demandais une recommandation pour le chevalier Roger-Tancrède, il ne pourrait pas me refuser : or, une recommandation d'un capitaine de frégate peut ouvrir la carrière de la marine à mon fils, et une fois cette carrière ouverte, qui sait où le chevalier s'arrêtera?

Ces idées étaient encore corroborées chez le baron par la vie mystérieuse du vicomte de Bouzenois. Les récits les plus excentriques circulaient sur la source de cette fortune colossale qui éblouissait les yeux de toute la famille. Cependant, au milieu de ces récits, il y en avait un auquel on s'arrêtait comme au plus vraisemblable, et le voici :

Le vicomte de Bouzenois était parti à l'âge de seize ans sur la frégate française la Thétis. Il avait d'abord gagné de la gloire en canonnant tour à tour les Anglais et les Hollandais; puis enfin, pendant la seconde guerre de Flandre, il avait armé pour son compte le brick le Marsouin, et avait couru sus aux vaisseaux de la compagnie anglaise venant de Chandernagor, et aux vaisseaux de la compagnie hollandaise venant de Batavia ; ce qui lui avait valu, outre une part considérable dans les bénéfices, le grade de capitaine de frégate sur cette même Thétis qu'il avait déjà montée. Enfin, le traité de Nimègue avait été signé, et monsieur le vicomte de Bouzenois, en récompense de ses bons et loyaux services, avait été nommé gouverneur d'une petite colonie que nous possédions alors sur les côtes du Malabar.

Vous connaissez la coutume des femmes de la susdite contrée. Notre confrère Lemierre, qui mourut sans avoir pu comprendre que le ministère de la marine ne lui eût pas donné une pension de six mille livres de rente en faveur du fameux vers

Le trident de Neptune est le sceptre du monde,

notre confrère Lemierre, dis-je, a popularisé cette coutume dans un drame d'un immortel ennui. Or, cette coutume qui, grâce à la philantropique surveillance des Anglais, commence à tomber en désuétude, cette coutume était alors dans sa plus grande vigueur. Il arriva donc qu'un jour, mourut un des plus riches et des plus puissans chefs malabars, et que, selon la coutume, sa femme, qui n'avait pas encore vingt ans et qui était belle comme le jour, annonça l'intention bien positive de se brûler sur son tombeau.

Monsieur de Bouzenois, qui, à cette époque, était un homme

de trente-cinq ans à peine, par conséquent jeune encore, monsieur de Bouzenois, disons-nous, fut averti de ce projet. Comme du vivant du mari, l'ex-capitaine de la frégate la *Thétis* avait plus d'une fois jeté un regard d'amateur sur celle qu'il aujourd'hui était veuve, il résolut, si la chose lui était possible, d'empêcher le sacrifice qui se préparait, et se rendit en conséquence dans la maison du défunt, où il trouva la veuve se parant de ses plus beaux habits, se parfumant de ses plus suaves odeurs, se faisant belle enfin pour la mort, comme une autre se serait faite belle pour une fête. Il exposa alors à la charmante Malabare le motif de sa visite, lui affirma que c'était un crime de quitter ainsi la vie sans regret, quand d'un seul regard on peut rendre aux autres la vie si précieuse. Il lui rappela qu'avant d'être veuve elle était mère, et qu'elle se devait d'une façon bien autrement sacrée à son fils vivant qu'à son mari mort. Enfin, il fut galant, tendre, éloquent, pathétique ; mais tout cela inutilement. La victime contenait qu'elle avait quelque regret d'abandonner si jeune cette existence qu'elle avait effleurée à peine ; mais elle n'en persistait pas moins dans son projet, laissant cependant entrevoir, au milieu de ses refus obstinés, que c'était moins à l'amour du mort qu'elle se sacrifiait qu'au préjugé des vivants, jurant enfin par Wishnoon, Shiwen et Birama qu'elle serait à tout jamais déshonorée si elle avait la faiblesse de se soustraire à la coutume générale, si bien qu'il fut visible aux yeux du vicomte de Bouzenois que la pauvre veuve n'avait pas un enthousiasme profond pour les flammes, mais faisait la chose parce que la chose se faisait, parce que c'était l'habitude, parce que c'était la mode enfin, et qu'à toute force et dans tous les pays du monde, une femme tient à suivre la mode.

Dès lors son parti fut pris. Il laissa toute la cérémonie aller son train, comme si la cérémonie devait s'accomplir ; mais au moment où la belle veuve faisait ses adieux à sa famille, il tira son épée, fit un signe à une vingtaine de soldats qu'il avait placés en haie autour du bûcher sous prétexte de donner plus de solennité au spectacle ; et, tandis que la moitié de la petite troupe dispersait la paille, les rondins et les autres matières combustibles, avec l'autre moitié il enleva la belle veuve et la transporta dans le palais du gouvernement.

Une fois arrivé là, nous ne savons pas quel genre de raisonnement le vicomte de Bouzenois employa vis-à-vis de la Vénus malabare.

Mais ce que nous savons, c'est que le lendemain elle avait non-seulement renoncé au bûcher, mais encore qu'elle paraissait toute consolée de ne pas mourir.

Un an après, monsieur de Bouzenois épousa la veuve, et tous deux s'étaient fait, disait-on, en se mariant, une donation de leurs biens, au dernier vivant. Or, le dernier vivant était à cette heure le vicomte de Bouzenois, lequel, comme nous l'avons relaté plus haut, grâce aux roupies de la belle défunte, jointes à ses propres piastres, jouissait d'une fortune de Nabab.

Et maintenant, dans le cas où le vicomte de Bouzenois mourrait intestat, cette fortune devait revenir en totalité aux d'Anguilhem, ses plus proches parens, le fils de la Malabare ayant été, selon toute probabilité, désintéressé lors du mariage de sa mère.

Cependant, cette possibilité était soumise à trop de chances, pour que la famille la fît entrer en aucune façon dans les calculs qu'elle faisait sur l'avenir du chevalier Roger-Tancrède.

Seulement, pendant ces longues soirées d'hiver, où, réunis autour d'une large cheminée, les gentilshommes des environs du château d'Anguilhem causaient tantôt chez l'un, tantôt chez l'autre, des exploits de leurs aïeux ou des faits d'armes de leurs alliés, monsieur de Chenillé, qui avait eu un grand-oncle mestre-de-camp, parlait cavalerie ; monsieur de Birgaron, qui était cousin d'une filleule de Vauban, parlait siéges ; monsieur Gantry, qui était beau-frère d'un aide aux gabelles, parlait finances, et l'abbé Dubuquoi parlait église.

Quant au baron Agénor-Palamède d'Anguilhem, grâce à sa parenté avec le vicomte de Bouzenois, dans le congrès où chaque arme avait son mandataire, il représentait la marine.

Tant il y a cependant, que les aventures héroïques et amoureuses du capitaine de frégate jetaient un certain éclat sur ses parens de Loches : la gloire n'est pas un apanage bien productif, chacun le sait ; mais lorsqu'elle arrive à défaut d'autre chose, elle vaut toujours mieux que rien.

II.

Comment le chevalier d'Anguilhem, que les dames de Loches et de ses environs appelaient, les unes, le BEAU ROGER, *et les autres, le* BEAU TANCRÈDE, *s'aperçut qu'il avait un cœur.*

Les jours, et par les jours on sous-entend les nuits, les jours s'écoulaient donc ainsi pour cette bonne famille, sans qu'elle arrêtât rien sur la carrière à venir de son héritier qui, pendant ces irrésolutions, atteignait sa quinzième année, prenant le temps comme il venait, chassant et chevauchant que c'était un plaisir, travaillant à ses momens perdus, prétendant que le grand air était très favorable au développement de sa pensée, et lorsqu'il était au grand air, ne pensait presque jamais, mais sifflotant presque toujours.

Au reste, le baron Roger-Tancrède, qui était la terreur des lièvres et des chevreuils, n'avait pas encore en l'idée de pourchasser la moindre bergerette. Il tenait bien, il est vrai, de sa mère, un grand fonds de sensibilité, mais rien à Anguilhem n'en avait encore développé les germes. Beaucoup d'exercice, peu de romans et presque pas d'occasions d'aimer, voilà de quoi se composait la moyenne de son existence.

Cependant une occasion se présenta. Racontons comment le chevalier Roger-Tancrède s'empressa de la saisir aux cheveux.

Le baron et la baronne donnaient un grand souper de Pâques. Pâques était à cette époque-là une occasion de réunion, et toute la noblesse des environs, à six lieues à la ronde, était conviée au château d'Anguilhem. Le chevalier Roger-Tancrède, après avoir rendu à sa mère les services familiers qui étaient de son ressort et que nous avons détaillés plus haut, fit une toilette remarquable et entra au salon où se trouvaient déjà réunis tous les convives.

La conversation roulait sur les coupes de bois, sur les dernières semailles, sur la chasse prochaine ; et comme ce triple sujet était essentiellement intéressant pour des gentilshommes campagnards, on ne fit pas trop attention au retard prolongé d'un des convives : ce convive, c'était le vicomte de Beuzerie, reconnu dans toute la province pour être d'une telle exactitude, que cette exactitude était devenue proverbiale. Cependant comme huit heures venaient de sonner à la pendule, que les invitations portaient qu'on se mettrait à table à sept heures et demie très précises, les estomacs commencèrent à réclamer, et, sur cette réclamation, leurs propriétaires se demandèrent tout bas entre eux ce que pouvait être devenu le retardataire.

Cette question était d'autant moins inconvenante, que, depuis le moment où avait sonné l'heure indiquée, on avait pu voir le baron suivre des yeux, avec anxiété, la marche de la pendule, et que deux ou trois fois la baronne, demandée à la porte du salon pour savoir s'il fallait servir, avait répondu tout haut : — Un peu de patience, Catherine, monsieur de Beuzerie ne peut tarder à arriver maintenant.

La pendule marqua huit heures un quart ; il était évident qu'un accident avait pu seul retarder monsieur de Beuzerie. La baronne d'Anguilhem commença donc à s'inquiéter beaucoup pour la vicomtesse, avec laquelle elle était liée de quelque amitié, et pour mademoiselle Constance sa fille, sortie de son couvent, était venue passer la semaine de Pâques dans sa famille, et devait accompagner à Anguilhem ses respectables parens.

Le chevalier Roger-Tancrède reçut alors l'ordre du baron de seller Christophe et d'aller à la découverte sur le chemin de Beuzerie. Au retour du jeune homme et si après une heure, il revenait sans avoir rien vu, on se mettrait à table, au risque de ce qui pourrait arriver.

Roger-Tancrède accepta la mission sans se faire prier : c'était une de ces joyeux garçons toujours prêts à tout ; il boutonna une longue paire de guêtres par-dessus ses bas de soie, sella Christophe, qui était un bon bidet de trois ou quatre ans, sauta sur son dos, rassembla les rênes, et grâce à une badine de houx dont il s'était muni et qui était destinée à remplacer les éperons absens, il parvint à lancer au galop le pacifique animal.

Le temps était beau pour un poète : une lune blafarde ensevelie dans de gros nuages cotonneux, une bise aigre qui sifflait entre les branches encore dépouillées de feuilles, les hurlemens des oiseaux de nuit, tout cela eût enchanté René, Werther ou Hamlet, mais Roger était peu sensible à ces nocturnes enchantemens ; d'ailleurs, Roger avait grand faim, et quand Roger avait faim, il y avait peu de chose dans la nature, à l'exception d'une table bien servie, qu'il jugeât digne d'attirer son attention. Aussi maugréait-il tout en galopant, envoyant au diable les gens inexacts, calculant que, grâce à ce retard, les ragoûts tiendraient aux casseroles, et que le filet serait brûlé, et rejetant toute la faute de cette inexactitude sur mademoiselle de Beuzerie, qui, sans doute pour faire une toilette plus complète, avait retenu ses parens. Et tout en faisant ces réflexions le jeune messager fouettait Christophe, qui, habitué même avec le chevalier à une allure plus modeste, galopait de plus belle, soufflant la fumée par ses naseaux comme le cheval fantastique de l'amant de Lénore.

Mais quoique Roger-Tancrède continuât d'avancer, il ne voyait toujours rien, que l'ombre des nuages qui passaient sur la lune et qui, pour un moment alors, s'étendait comme un voile de crêpe sur le chemin. De temps en temps, il s'arrêtait pour écouter et n'entendait que le frissonnement du vent dans les arbres ; alors il retournait, en soupirant, la tête vers Anguilhem et apercevait dans le lointain, à travers les branches, les fenêtres enflammées du château. A cette vue, il lui prenait de vives tentations de tourner bride et de revenir en disant qu'il n'avait rien aperçu ; mais il songeait qu'il y avait dix minutes à peine qu'il était parti, et que son père lui avait dit de marcher un quart d'heure. Il reprenait donc courage, et fouettant de nouveau Christophe, il repartait au galop, au grand étonnement du pauvre bête qui, servant d'ordinaire de monture au baron, avait pris avec lui l'habitude d'une allure infiniment plus tempérée.

Tout-à-coup il sembla à Roger qu'il entendait à deux ou trois cents pas en avant de lui un cri de détresse ; à ce cri, son cheval s'arrêta de lui-même, aspirant bruyamment l'air par ses naseaux fumans. Le chevalier jeta les yeux autour de lui ; il se trouvait dans un endroit creux, désert et marécageux, une chaussée étroite sur des marnières profondes ; le cri était lugubre, la nuit sinistre : Roger frissonna.

Cependant, il faut le dire à la louange de l'héritier du nom des d'Anguilhem, le sentiment d'effroi qu'éprouva le chevalier fut court et cessa aussitôt à la réflexion qu'il pouvait être utile à ceux qui avaient poussé cette lamentable clameur. Il remit Christophe au galop, tout en criant de toute sa force :

— Ohé ! de quel côté êtes-vous, vous qui appelez ?

— Par ici, par ici ! dit une voix plus rapprochée que la première fois, et qui parut sortir des profondeurs de la terre.

— Où, par ici ? demanda Roger, en s'avançant toujours.

— A gauche du chemin, dans la marnière ; là, là, ici, au-dessous de l'endroit où vous êtes.

Roger arrêta Christophe et plongea son regard dans les ténèbres devenues plus épaisses par la disparition de la lune sous les nuages. Il crut voir s'agiter quelque chose à quinze pieds au-dessous de lui.

— Est-ce que c'est vous, monsieur de Beuzerie ? demanda-t-il.

— Oui, oui, c'est moi, chevalier, répondit la voix ; tirez-nous d'ici au nom du ciel ; notre voiture a versé en suivant le talus de trop près, et nous sommes enfoncés dans la tourbe.

— Au secours ! monsieur Roger, dit une voix de femme.

— Au secours ! répéta une voix de jeune fille.

— Ah ! pauvre monsieur de Beuzerie ! s'écria Roger, attendez, attendez, me voilà.

Et il sauta à bas de Christophe. Alors il entendit un affreux tapage, que les piétinemens de sa monture l'avaient empêché jusque-là de saisir, et qui du moment où elle était arrêtée arrivait à lui distinctement. Un cheval battait à grands coups de pied l'eau bourbeuse de la marnière dans laquelle il était enseveli jusqu'au ventre. L'antique carrosse, comme l'avait dit monsieur de Beuzerie, avait roulé de la chaussée en bas et était tombé tout à plat ; mais, grâce à l'épaisseur de la boîte et au moelleux de la tourbe, la chute n'avait été dangereuse pour personne.

Madame de Beuzerie avait d'abord trouvé convenable de s'évanouir ; mais, à la voix de Roger, elle était revenue à elle. Quant à sa fille Constance, elle avait supporté cette chute avec le plus grand courage, il va sans dire que monsieur de Beuzerie, qui n'avait éprouvé aucun mal, n'avait ressenti de craintes que pour sa femme et sa fille.

Le chevalier Roger-Tancrède, jugeant qu'il n'y avait pas de temps à perdre, se laissa glisser le long du talus et se trouva sur le coche. Il appela alors le cocher pour qu'il vînt à son aide ; mais le cocher était allé chercher du secours dans les environs, et il l'appela vainement. Le jeune homme résolut donc de tirer de là, tout seul, monsieur, madame et mademoiselle de Beuzerie ; le mérite en serait plus grand. Il commença, en conséquence, par ouvrir la portière et par faire sortir de l'intérieur de la voiture mademoiselle Constance, que sa mère lui tendait comme cette mère du déluge qui soulève son enfant au-dessus des eaux. Roger prit mademoiselle de Beuzerie, et la déposa sur la berge avec autant de facilité qu'il eût fait d'un oiseau. Puis vint le tour de la vicomtesse ; c'était chose plus difficile. La vicomtesse était, en style de province, ce qu'on appelle une belle femme, c'est-à-dire une grosse mère encore fort appétissante, de cinq pieds un pouce de haut, grasse à l'avenant, qui pouvait peser cent soixante à cent soixante-dix livres. Cependant, en réunissant toutes ses forces, Roger parvint à la tirer en haut, tandis que le vicomte la poussait par en bas, et au bout de quelques instans il l'avait déposée saine et sauve près de sa fille.

Restait monsieur de Beuzerie, lequel était loin de présenter les mêmes difficultés que sa femme. C'était un grand vieillard maigre, encore vigoureux et ingambe, lequel en un instant fut hors de la voiture, et qui, sans l'aide de Roger, sauta sur la berge où il se trouva réuni au reste de sa famille.

Roger, qui n'avait plus rien à faire sur le coche, suivit immédiatement monsieur de Beuzerie avec lequel il échangea force saluts, tandis que les deux dames se confondaient en remercîmens et en révérences.

Cependant, le cocher ne revenait toujours pas. On avait beau l'appeler, les cris se perdaient dans la solitude, et les chats-huans et les chouettes répondaient seuls comme pour se moquer des pauvres voyageurs.

Roger, que son estomac de plus en plus affamé rendait de plus en plus impatient, proposa de ne pas attendre le cocher qui, selon toute probabilité, se retrouverait tout seul, et se mit à dételer le cheval embourbé, qui, au bout d'un instant, se trouva à son tour sur la berge, à dix pas de ses maîtres.

Il ne s'agissait plus maintenant que de regagner le château. La chose, qui paraissait des plus faciles au premier coup-d'œil, se compliquait cependant, comme on va le voir, par les circonstances dans lesquelles on se trouvait. Il y avait deux chevaux pour accomplir le trajet ; car, pour le coche, il n'en était plus question. Il eût fallu sept ou huit hommes pour le remettre, non pas sur ses pieds, mais sur ses roues. Il y avait donc deux chevaux, disons-nous ; mais un de ces deux chevaux était tout fangeux : Roger proposa d'abord à monsieur de Beuzerie de conduire Christophe par la bride, tandis que la vicomtesse et sa fille monteraient sur son dos, et que lui, monsieur de Beuzerie, enfourcherait l'autre cheval. Mais Christophe, encore tout échauffé de sa course, hennissant et frappant du pied, paraissait un peu trop fringant aux deux femmes, et le moyen fut refusé.

Roger proposa alors de monter avec madame de Beuzerie sur Christophe dont il répondait dès lors qu'il était sur son dos, tandis que le vicomte et sa fille monteraient sur l'autre cheval. Mais, comme nous l'avons dit, l'autre cheval était couvert de boue, et la vicomtesse fit observer tout bas à son mari que si l'on adoptait cet avis, Constance souillerait sa belle robe de pékin neuve. Cet avis fut donc rejeté comme le premier.

Enfin il fut décidé que madame de Beuzerie ayant moins à craindre pour sa robe que mademoiselle Constance, monterait avec son mari sur le cheval du coche, au dos duquel on transporterait la selle de Christophe, tandis que le chevalier Roger-Tancrède, qui était un écuyer de première force, monterait Christophe à nu et conduirait mademoiselle Constance en croupe.

On procéda à la mise à exécution de ce projet, lequel devait recevoir encore une légère modification. Monsieur de Beuzerie monta le premier à cheval; puis Roger souleva madame de Beuzerie et l'assit majestueusement derrière son époux. Jusque-là tout allait à merveille; mais arrivé à ce point, le reste du projet éprouvait une petite difficulté.

Si le chevalier Roger-Tancrède montait le premier à cheval, mademoiselle Constance n'avait plus personne pour l'aider à monter en croupe; tandis qu'au contraire, si le chevalier Roger-Tancrède plaçait d'abord mademoiselle Constance en croupe, c'était lui qui à son tour ne pouvait plus monter à cheval, à moins de se livrer à quelque gymnastique exagérée et d'enfourcher Christophe par la tête au lieu de l'enfourcher par la queue. On chercha partout un banc, une borne, un tronc d'arbre, il n'y en avait pas. Enfin le chevalier Roger-Tancrède, que son estomac affamé talonnait toujours, avisa un moyen, c'était de monter lui-même en croupe derrière mademoiselle Constance, qu'il serrerait alors dans ses bras au lieu d'être serré dans ses bras. La posture était sans doute un peu bien inconvenante, et cette proposition le vicomte et la vicomtesse froncèrent le sourcil; mais la vicomtesse se pencha à l'oreille du vicomte et lui dit:

— Que voulez-vous, mon ami, il le faut; et d'ailleurs ce sont deux enfans.

— Montez donc comme vous voudrez, dit monsieur de Beuzerie, car aussi bien il faut en finir.

— Mademoiselle, voulez-vous permettre? dit Roger.

Et il souleva comme une plume cette légère petite ombre, qu'on appelait mademoiselle Constance, et presque aussitôt il se trouva en croupe derrière elle.

Mademoiselle Constance jeta un joli petit cri, bien effrayé, mais fort peu effrayant, auquel le vicomte répondit par un: Qu'y a-t-il? plein de paternelles et pudibondes inquiétudes.

— Rien, monsieur, rien, répondit Roger; au moment où je montais, mademoiselle a chancelé, maintenant je la tiens dans mes bras et il n'y a pas de danger.

— Dans vos bras, morbleu! dans vos bras! murmura le vicomte.

— Silence, mon ami, dit la vicomtesse, vous feriez venir à ces enfans des idées qu'ils n'ont certes pas.

— N'en parlons plus, dit le vicomte; et il s'escrima si bien des talons, que son cheval prit le petit trot. Christophe le suivit par derrière.

Cependant, hâtons-nous de le dire, les craintes du vicomte, pour être exagérées, ne manquaient pas de fondement; à peine le chevalier Tancrède avait-il senti mademoiselle Constance s'appuyer sur son cœur, que son cœur avait battu, comme jamais il ne l'avait senti battre. De son côté, la jeune fille qui, élevée jusque-là au couvent, montait, pour la première fois à cheval, était toute tremblante de peur, soit qu'elle y trouvât elle-même un plaisir inconnu, soit qu'effectivement, dans son innocence primitive, la crainte l'emportât réellement sur les convenances, elle serrait contre sa poitrine la main dont le jeune homme l'embrassait, se retournant de temps en temps vers lui pour s'écrier: — Oh! monsieur le chevalier, serrez-moi plus fort, plus fort encore! Oh! monsieur le chevalier, j'ai bien peur! oh! monsieur le chevalier, je vais tomber... Et à chaque fois qu'elle se retournait, ses blonds cheveux effleuraient le front du jeune homme, ses beaux yeux confondaient leurs regards avec les siens, sa fraîche haleine se mêlait à son haleine, si bien que le pauvre Roger oubliait sa faim croissante, et eût voulu que le voyage durât éternelle-

ment, tant il sentait un bien-être étrange, une béatitude inconnue, un bonheur inouï, se répandre dans toute sa personne; tant sa poitrine se dilatait, tant chaque bruissement d'arbre, chaque rayon de la lune le caressait doucement et murmurait à son oreille; — N'est-ce pas, Roger, que tu es heureux!

Oui, le chevalier était heureux, et sans qu'elle sût pourquoi, mademoiselle Constance aussi était heureuse. Il y avait dans sa crainte un charmant petit mélange de douceur dont elle ne se rendait pas compte, si bien qu'elle se disait à elle-même qu'elle n'avait jamais tremblé si agréablement, et que la peur était un sentiment plein de délicieuses émotions, enfin une chose mal connue jusqu'alors, et par conséquent calomniée comme toutes les choses mal connues.

Ce fut en jouissant de ce bonheur mal défini par leur esprit, mais profondément apprécié par leur cœur, que les deux jeunes gens arrivèrent au château d'Anguilhem; les pas des chevaux avaient été entendus par les convives. Ventre affamé n'a pas d'oreilles, dit-on : on se trompe étrangement. Ventre affamé, au contraire, est tout oreilles, et même oreilles très fines. Chacun accourut donc au perron, et le vicomte, la vicomtesse, mademoiselle Constance et Roger furent reçus aux lumières, ni plus ni moins que des souverains qui rentrent dans leurs états et pour lesquels on a illuminé la résidence royale.

Le baron tendit les bras à la vicomtesse, qui, grâce à ce soutien, mit assez convenablement pied à terre. Le vicomte descendit solennellement en trois temps comme doit descendre un écuyer; quant à Roger, il ne fit qu'un bond, prit des deux mains mademoiselle Constance par-dessous les bras, l'enleva comme une plume et la déposa sur le sol si doucement, si doucement, qu'on n'entendit pas même le bruit que firent, en touchant le grès, les deux petits pieds de la jeune fille. Ce fut alors, et à la lueur de ces flambeaux seulement, que Roger vit bien Constance qu'il avait deviné jusque-là. Que dire de Constance? Des yeux bleus ravissans, des cheveux blonds qui semblaient des flocons de soie; une bouche comme une cerise; un cou de cygne; une taille de sylphide : voilà ce qu'était mademoiselle de Beuzerie. Un nuage brûlant comme une flamme passa sur les yeux de Roger, et il lui sembla qu'il allait mourir de joie.

Il suivit, sans oser lui offrir la main, mademoiselle Constance, qui, à peine à bas de Christophe, avait fait en rougissant une jolie révérence de couvent à son cavalier et était allée rejoindre sa mère; mais, chose étrange, déjà son cœur si joyeux, si dilaté tout-à-l'heure, venait de se serrer. Il lui semblait que la jeune fille était séparée de lui. Et Roger, le pauvre Roger, le jeune homme dont le robuste appétit était devenu proverbial, le pauvre Roger se mit à table sans avoir la moindre faim.

Cependant un grand triomphe attendait Roger. La hâte qu'on avait de souper avait immédiatement poussé les convives vers la salle à manger; mais à peine le premier service achevé, la conversation étouffée par la faim commença à surgir par interrogations, l'on s'informa des causes qui avaient retardé monsieur de Beuzerie, et l'on demanda comment ce digne gentilhomme, qui devait faire la route dans sa voiture, était au lieu de cela arrivé à cheval.

Alors monsieur de Beuzerie raconta l'événement dans tous ses détails, présenta le chevalier Roger-Tancrède comme son sauveur, exalta le dévoûment, l'adresse dont, malgré son jeune âge, il avait fait preuve. Madame de Beuzerie renchérit sur les éloges de son mari. Mademoiselle Constance seule ne dit rien, mais elle rougit prodigieusement et regarda furtivement Roger. Roger, qui ne la perdait pas de vue un instant, remarqua la rougeur et intercepta le regard; et, sans qu'il sût pourquoi, il sentit que ce regard et cette rougeur lui faisaient du bien. Il ne fut plus question d'autre chose pendant le souper, et au dessert le chevalier Roger-Tancrède était regardé par les convives comme le libérateur de toute la famille en général, et comme le sauveur de mademoiselle Constance en particulier.

Mademoiselle Constance et le chevalier Roger-Tancrède furent donc fêtés comme les deux héros de la soirée, et fêtés comme on avait l'habitude de le faire en cet heureux temps de politesse et de bonhomie, en effet, à cette époque, il semblait que chacun voulût rendre le monde aimable et doux aux novices, qui mettaient le pied sur le seuil de la société. Les femmes allaient au devant de l'écolier encore aux mains de son précepteur. Les hommes cherchaient à plaire aux héritières encore captives derrière les grilles de leur couvent. On sortait du parloir ou du collège, les jeunes gens pour parler d'amour et les jeunes filles pour en entendre parler.

C'était un heureux temps, où les hommes ne s'étaient pas encore avisés de parler politique en jouant à la toupie, et où les femmes ne songeaient pas à parler morale en habillant et en déshabillant leurs poupées.

Monsieur d'Anguilhem fut ravi au fond du cœur de l'importance que donnait à son fils l'aventure du marais. Partout, dans ses plans d'avenir, le baron cherchait un établissement pour son fils, et mademoiselle Constance, qui pouvait, à la mort de ses parens, prétendre à six mille francs de revenu, était un parti plus que sortable pour le chevalier. On pourrait alors réunir Beuzerie à Anguilhem, en achetant trois ou quatre lieues de marais, charmans pour la chasse, mais parfaitement incultes du reste, que l'on aurait pour très peu de chose, et qui, avec deux ou trois petits bois jetés çà et là sur la route et appartenant à de pauvres propriétaires qui les donneraient presque pour rien, formeraient une des plus majestueuses baronies de la Touraine. Les enfans qui naîtraient de ce mariage posséderaient ainsi la vallée et la montagne, comme les avaient possédées leurs aïeux aux temps de leur plus grande puissance. Ce serait beau, ce serait magnifique, ce serait splendide ; le digne baron fut d'une gaîté entraînante pendant tout le souper, et chanta au dessert.

Mais tout au contraire du baron, et comme s'il eût pu deviner les projets de cet ambitieux père, monsieur de Beuzerie, qui déjà s'était assis à table d'un air plein de dignité, se guinda de plus en plus, à mesure que le dîner tira vers sa fin, faisant signe à sa femme de se tenir de son côté sur la défensive, manœuvre que la vicomtesse accomplit, il faut le dire, avec une intelligence conjugale digne des plus grands éloges. Il y eut plus : comme on avait placé les deux jeunes gens à côté l'un de l'autre, et qu'au lieu de manger, comme devaient le faire des enfans de douze à quinze ans, ils causaient tout bas comme auraient pu faire des amoureux, monsieur et madame de Beuzerie écrasèrent leur fille de coups d'œil foudroyans, dont Constance, préoccupée qu'elle était de toute autre chose, laissa passer les deux premiers tiers inaperçus, mais dont le dernier tiers, arrivant enfin à son adresse, mit la jeune fille dans un état d'angoisse d'autant plus terrible qu'elle ignorait entièrement la cause de la colère que ses parens paraissaient éprouver contre elle.

Aussi, à peine fut-on levé de table, que madame de Beuzerie prit sa fille par la main et la fit asseoir près d'elle, tandis que monsieur de Beuzerie, après avoir déclaré qu'il désirait partir le même soir, sortait pour aller demander des nouvelles du coche.

Monsieur de Beuzerie rentra désespéré ; son cocher était revenu ivre-mort, et le coche était toujours couché délicatement dans le marais : alors, comme la politesse l'exigeait tout naturellement, le baron et la baronne offrirent à leurs voisins une chambre au château. Mais à cette proposition, qui n'avait cependant rien d'insolite, monsieur de Beuzerie fit un tel bond, que le baron fut forcé de passer à une autre proposition. Cette proposition était de mettre le cheval du vicomte à la carriole du baron ; de cette façon, monsieur, madame et mademoiselle de Beuzerie pourraient, comme ils paraissaient le désirer si ardemment, regagner la même nuit, leur château ; le lendemain, les gens de monsieur d'Anguilhem tireraient le coche du marais, on y attelerait Christophe, Christophe reconduirait le coche à Beuzerie et en ramènerait la carriole.

Cette proposition fut acceptée avec enthousiasme par le vicomte et la vicomtesse, au grand désespoir de mademoiselle Constance et du chevalier Roger-Tancrède, lesquels échangèrent un pauvre petit regard plein de larmes, accompagné d'un soupir étouffé, qui ne furent heureusement pas surpris par

les inflexibles parens de la jeune fille. Un quart d'heure après cette résolution prise, on vint annoncer que le cheval du vicomte était à la carriole du baron.

Il fallut se quitter : les pauvres enfans s'étaient vus il y avait deux heures pour la première fois, et leur semblait qu'ils se connaissaient depuis leur enfance. Le baron et le vicomte échangèrent une poignée de mains ; madame d'Anguilhem et madame de Beuzerie s'embrassèrent ; Constance fit une belle révérence à toute la société, et jeta un regard bien triste au chevalier Roger-Tancrède ; puis ils montèrent tous trois dans la carriole, puis le cheval partit, puis l'on entendit décroître le bruit des roues et des grelots, puis ce bruit s'éteignit tout-à-fait.

Roger n'était pas rentré au salon avec le reste de la compagnie. Roger était resté sur le seuil de la porte de la maison, du seuil de la porte de la maison il avait couru à la porte de la cour, et il était demeuré là, triste et immobile, les yeux fixés sur la carriole qui s'éloignait, et dans la direction de laquelle il regardait encore lorsque déjà on ne la voyait plus depuis longtemps. Sans doute on l'eût retrouvé là le lendemain matin, s'il n'eût senti que quelqu'un lui frappait sur l'épaule. C'était son précepteur, l'abbé Dubuquoi, qui venait lui dire qu'une plus longue absence du salon serait regardée par ceux qui étaient restés comme une impolitesse. Roger essuya furtivement deux grosses larmes qui tombaient de ses yeux, et suivit son gouverneur.

III.

Comment le chevalier d'Anguilhem, s'étant aperçu qu'il avait un cœur, voulut s'assurer que mademoiselle de Beuzerie en avait un aussi.

Heureusement pour le chevalier Tancrède, qu'à cette époque les veillées, même celles de Pâques, n'étaient pas longues : à minuit tous les convives se séparent, les uns, et c'étaient les plus voisins, pour regagner leurs manoirs, soit à pied, soit à cheval ; les autres, et c'étaient les plus éloignés, pour se retirer dans les appartemens que le baron et la baronne, dans l'abandon de leur antique hospitalité, avaient mis à leur disposition.

Roger, avant de monter à sa chambre, alla comme d'habitude embrasser son père et sa mère qui s'entre-regardèrent en souriant, puis il fit une révérence à l'abbé et se retira à son tour, non pas pour dormir, il n'en avait pas la moindre envie, le sommeil lui était passé comme l'appétit, mais pour penser à mademoiselle de Beuzerie.

C'était la première fois que le chevalier pensait à autre chose qu'à une partie de chasse, qu'à une course à cheval, qu'à un assaut d'armes, ou qu'à un subterfuge ingénieux pour ne pas expliquer son Salluste ou son Virgile.

Roger était profondément triste ; il avait compris que ce départ précipité n'avait d'autre but que de lui enlever Constance : mais il avait lu dans les yeux de la jeune fille qu'elle aurait eu aussi grande envie que lui de rester, et cela le consolait. D'ailleurs, il y a dans les premiers chagrins d'un premier amour quelque chose qui vous oppresse si doucement le cœur, qu'on les accepte comme des sensations bien préférables encore à l'indifférence qui leur a fait place : ce qu'on désire avant toute chose, ce n'est pas précisément d'être heureux, on ne sait pas encore ce que c'est que le bonheur, mais c'est de ne pas rentrer dans ce désert aride d'où l'on sort ; c'est de rester sous ces beaux arbres verts, au rayon de ce doux soleil, au milieu de ces fleurs aux suaves parfums dont les épines déjà vous ont ensanglanté les doigts, mais qu'à toute force on veut cueillir ; qu'à tout risque on veut respirer ; ce qu'on veut, c'est la tempête plutôt que le calme, c'est la souffrance à défaut de joie.

Roger s'endormit tard et d'un sommeil fiévreux, ce qui ne l'empêcha pas de se réveiller au point du jour, frais, dispos, et les yeux brillans. D'ailleurs, il avait son petit projet à lui, c'était de reconduire le coche avec Christophe, sous prétexte de demander, au nom de son père et de sa mère, des nouvelles de la famille de Beuzerie, à laquelle, vu l'heure avancée où elle avait quitté le château, le baron et la baronne pouvaient craindre qu'il ne fût arrivé quelque accident. Au reste, il avait eu une première idée qui rendait la seconde toute naturelle, c'était de donner un écu au cocher pour qu'il contrefît le malade, et déclarât qu'il ne se sentait pas la force de retourner à Beuzerie.

Le chevalier, qui savait où était le coche, guida le garde-chasse et le garçon d'écurie, lesquels, aidés du jardinier, du métayer et de ses trois ou quatre garçons de charrue, parvinrent, à force de bras et de cordes, à hisser le coche sur la chaussée. Par bonheur, la solidité de l'antique carrosse l'avait préservé d'aucune fracture, et une fois sur les essieux, il ne fit aucune difficulté de rouler vers Beuzerie. Quant à Christophe, aiguillonné par les coups de fouet réitérés de son jeune maître, il partit au grand trot, regimbant et hennissant en signe qu'il ne comprenait plus rien à la façon dont, depuis la veille, on se conduisait avec lui.

Mais à mesure que Roger approchait de Beuzerie, ses instigations, à l'endroit de Christophe, devenaient moins pressantes, et profitant de cette intermittence de coups, l'intelligent animal était passé du grand trot au petit trot, et du petit trot au pas. En effet, cette chose qui avait paru d'abord toute simple au jeune homme, de ramener au vicomte son coche, et d'aller reprendre en échange la carriole paternelle, lui semblait maintenant une monstruosité d'audace; il se rappelait le front sévère de monsieur de Beuzerie, ses sourcils froncés, sa voix brève, et plus que tout cela son départ précipité, et il se demandait si celui qui avait mis si grande hâte à sortir du château d'Anguilhem éprouverait un bien grand plaisir à voir l'héritier de ce château dans celui de Beuzerie. Toutes ces réflexions rassurantes médiocrement le chevalier Tancrède-Roger, lequel n'avait pas reçu, au milieu des heureuses qualités dont l'avait doué le ciel, cette heureuse hardiesse qui est l'enjeu presque certain du succès; il avait donc cessé, non-seulement de pousser Christophe en avant, et même il y a plus, si le cheval se fût arrêté ou eût tourné bride, peut-être son maître n'eût-il pas eu le courage de lui faire reprendre sa course ou de lui retourner la tête; mais heureusement il n'en fut pas ainsi. Christophe était un honnête animal incapable d'une pareille action, qui n'aimait pas à être surmené, voilà tout, mais qui, lorsqu'on s'en rapportait à lui-même, y mettait une conscience provinciale, à laquelle on pouvait se fier en toute sécurité. Il continua donc de s'avancer à son pas ordinaire vers Beuzerie, et bientôt Roger aperçut les deux tourelles couvertes d'ardoises du petit château qui élevaient leurs girouettes criardes au-dessus des arbres du parc.

Roger continuait toujours d'avancer, mais il faut le dire, ce n'était plus lui qui menait Christophe, c'était Christophe qui le menait. Il s'avançait donc, plongé dans l'inquiétude la plus profonde, à l'endroit de la réception qu'on allait lui faire, quand tout-à-coup, à la fenêtre d'une des croisées, apparut une petite tête blonde qui regardait de son côté, de toute la grandeur de ses beaux yeux bleus, tandis que la main qui obéissait à cette tête secouait un mouchoir en signe que le nouvel arrivant était reconnu. A cette vue, Roger arrêta Christophe, et les deux beaux enfans se mirent à échanger tous les signes de naïve tendresse que leur cœur, en volant l'un à l'autre, commençait à leur suggérer.

Cela durait depuis dix minutes et aurait duré probablement jusqu'au soir, si, derrière Constance, Roger n'avait pas vu surgir une seconde personne. Cette malencontreuse interruptrice n'était autre que madame de Beuzerie, laquelle passant dans le corridor, et voyant sa fille, qui avait eu l'imprudence de laisser la porte de sa chambre ouverte, faire par sa fenêtre des signaux inusités, avait été curieuse de savoir à qui s'adressaient ces signaux. Madame de Beuzerie, qui, la veille, avait blâmé cher son mari cette trop grande promptitude à s'alarmer qui leur avait fait quitter le château de si bonne heure, reconnut Roger et commença à croire que les imaginations que le vicomte s'était mises en tête n'étaient pas tout-à-fait si folles qu'elle l'avait pensé d'abord.

Roger, découvert, comprit qu'il n'y avait plus à reculer; il allongea un coup de fouet à Christophe, lequel ne s'attendait à rien de pareil, partit au galop, et entra à fond de train dans la cour du château de Beuzerie.

La première personne qu'aperçut Roger fut le vicomte, qui revenait de faire sa promenade du matin dans le parc. Roger pensa que le moment était venu de payer d'audace; il sauta à terre, s'avança vers monsieur de Beuzerie, lui annonça d'un air assez délibéré, pour un homme qui fait son apprentissage de mensonge, que son cocher s'étant trouvé plus indisposé, il avait pris le parti de ramener le coche lui-même à Beuzerie, de peur d'abord que le vicomte n'en eût besoin, et ensuite pour s'informer, de la part du baron et de la baronne, s'il n'était pas arrivé pendant le retour quelque accident à leurs bons voisins.

Comme ces deux motifs, au reste, étaient on ne peut plus plausibles, force fut au vicomte de s'en contenter, quoiqu'il pénétrât à merveille le motif véritable de la visite du jeune homme; il feignit donc de croire parfaitement à tout ce qu'il lui disait, s'informa à son tour de la santé du baron et de la baronne, et, comme c'était l'heure du dîner et qu'il rentrait pour se mettre à table, il poussa même la courtoisie jusqu'à inviter son officieux voisin à partager la fortune du pot. On devine que Roger accepta avec reconnaissance.

C'était une seconde épreuve que tentait le vicomte; il pouvait, à tout prendre, s'être trompé la veille, et il voulait examiner de nouveau les deux enfans. Hélas! les pauvres jeunes cœurs ne savaient pas encore feindre. En entrant au salon, Constance rougit comme si elle eût eu quinze ans, et Roger pâlit comme s'il en eût eu dix-huit. Monsieur de Beuzerie remarqua chez ces jeunes gens cet effet opposé, qui cependant partait d'une même cause, et ses soupçons chancelans s'affermirent tout-à-fait.

Pendant le dîner, Constance et Roger firent imprudences sur imprudences; mais cette fois monsieur de Beuzerie, au lieu de froncer le sourcil comme la veille, les laissa aller, et se contenta de faire à sa femme des signaux qui voulaient dire: — Eh bien! étais-je un visionnaire comme vous me l'avez dit? Est-ce clair maintenant, est-ce clair?

En effet, c'était si clair, qu'à la fin du dîner monsieur de Beuzerie, pour ôter sans doute à Roger toute idée de revenir au château, annonça négligemment que Constance retournait au couvent le même soir. A cette nouvelle, Constance jeta un cri, et Roger la voyant pâlir à son tour et croyant qu'elle allait se trouver mal, s'élança vers elle; mais le vicomte le retint doucement en lui faisant remarquer que madame de Beuzerie était là, et que si sa fille avait besoin de secours, c'était à elle à lui en donner.

Mais Constance n'était pas d'âge à s'évanouir. La pauvre petite était trop naïve pour cela; elle se contenta de fondre en larmes, ce que voyant Roger, il eut besoin de toutes ses forces pour retenir les siennes. Au reste, ces larmes intempestives amenèrent une chose fort triste pour les deux enfans: Constance reçut l'ordre de remonter dans sa chambre. Elle fit donc, tout en sanglotant, une petite révérence à Roger, qui lui répondit par une inclination de tête des plus piteuses, après quoi voyant qu'il n'y avait plus rien à faire pour lui au château, il déclara au vicomte qu'il allait avoir l'honneur de prendre congé de lui. On eût dit que le vicomte avait prévu ce départ précipité, car en arrivant sur le perron de la cour, Roger vit Christophe tout attelé à la carriole. Il salua donc le vicomte, qui lui donna une poignée de mains des plus amicales, le chargea à son tour de tous ses compliments pour le baron et la baronne, et compléta ses civilités en lui souhaitant un bon voyage.

Roger, comme on le comprend bien, ne repassa point sous la petite fenêtre de la tourelle sans y jeter les yeux. Le bonheur voulut qu'en ce moment, par hasard, la vicomtesse, qui croyait toujours Roger au salon, quittât la chambre de sa fille, Constance, libre un instant, avait couru à la fenêtre, elle aperçut Roger. Au grand étonnement du chevalier, la figure de la jeune fille était radieuse. Le jeune homme allait demander à la belle enfant d'où lui venait cette joie inattendue, lorsqu'elle lui montra un crayon et un morceau de papier. Roger comprit que Constance allait lui écrire, et s'arrêta. En effet, au bout d'un instant, le papier et le crayon tombèrent à ses pieds.

Le papier contenait ces quatre lignes :

« Maman, qui m'aime beaucoup, vient de m'avouer que c'était pour que vous ne reveniez plus ici qu'on a dit devant vous que je partais pour mon couvent ce soir. La vérité est que je ne partirai que dimanche prochain.

» CONSTANCE. »

Roger comprit que puisqu'on lui jetait un crayon c'était pour qu'il fît une réponse ; il déchira un morceau de papier écrivit à son tour.

« Demain matin promenez-vous dans le parc, du côté de la glacière, je sauterai par-dessus le mur, et nous aviserons ensemble aux moyens de nous revoir. Je ne sais si vous en aurez le même chagrin que moi, mais ce que je sais c'est que je mourrai si on me sépare de vous. »

« ROGER. »

Alors il enveloppa un caillou dans cette épître qui, comme on le voit, était un peu précoce pour un amoureux qui n'avait pas quinze ans, puis, avec l'adresse d'un écolier, il lança le caillou dans la chambre de Constance. Constance s'élança pour le ramasser, reparut en sautant de joie et en faisant signe de la tête qu'elle serait au rendez-vous. Demeurer plus longtemps eût été une imprudence ; aussi Roger, le cœur tout gonflé de bonheur, interrompit-il les méditations de Christophe par un nouveau coup de fouet : trois heures après le jeune homme était de retour à Anguilhem.

Le baron et la baronne se regardèrent, échangèrent un sourire en voyant la joie qui débordait du cœur de leur fils et se répandait autour de lui par ses yeux, par ses paroles, par ses gestes. Jamais Roger n'avait été si officieux ; il essuya les porcelaines, polit l'argenterie, lava le fusil du baron, et expliqua à l'abbé Dubuquoi tout l'épisode des amours d'Énée et de Didon.

La journée parut bien lente à Roger ; il lui semblait qu'en s'agitant il pousserait les heures ; il allait, il venait, il montait, il descendait, il regardait à toutes les pendules, il pressait le souper comme s'il avait eu faim. Il se mit à table et ne mangea point, et, les yeux plus éveillés qu'il ne les avait jamais eus, il se retira dans sa chambre en disant qu'il tombait de sommeil.

Comme on le comprend bien, ce n'était pas pour dormir que Roger était remonté chez lui : il avait à parler de son amour à la lune, aux vents, aux arbres, aux étoiles, aux nuages. Il ouvrit sa fenêtre, et le monologue commença.

Roger passa une heureuse nuit.

Au point du jour, Roger descendit ; personne n'était encore levé au château. Il dit à la servante qu'il allait faire une promenade à Saint-Hippolyte. C'était du côté opposé à Beuzerie. Le pauvre Roger se croyait obligé de mentir, même à une servante. Puis cette précaution, qui annonçait au moins que Roger n'avait pas le défaut de l'indiscrétion, une fois prise, le jeune homme sella Christophe et partit au galop.

Cette fois, le pauvre animal ne tenta aucune rébellion : d'ailleurs, pour plus de sécurité, Roger s'était muni d'une paire d'éperons et d'une cravache. Christophe, qui sentit les éperons et qui avait vu la cravache, avait aussitôt compris, avec sa sagacité ordinaire, que s'il essayait de faire résistance il ne serait pas le plus fort.

Le baron, en se levant, apprit par la servante que son fils était allé faire une promenade à Saint-Hippolyte ; il n'en crut pas un mot, comme de raison, ni la baronne non plus.

À onze heures, l'abbé Dubuquoi, qui, depuis qu'il était levé, demandait son élève à tout le monde, vint le demander à ses parents. Le baron et la baronne se mirent à sourire malicieusement, et monsieur d'Anguilhem dit, en hochant la tête d'un air goguenard, et en posant la main sur l'épaule du précepteur :

— Ah ! l'abbé, l'abbé ! vous avez fait de votre élève un bien mauvais sujet.

Le baron ne perdait pas de vue son projet le plus cher, qui était la réunion d'Anguilhem et de Beuzerie. Quant à la baronne, elle murmura :

— Au fait, Constance est une charmante enfant, et je serais bien heureuse de l'appeler ma fille.

— En tous cas, répondit l'abbé Dubuquoi, le mariage ne se ferait, je l'espère, que quand mon élève aurait fini ses études.

Le baron et la baronne se mirent à rire, un peu d'eux-mêmes, et beaucoup de l'abbé. En effet, de pareils projets sur un garçon de quinze ans et une petite fille de douze, étaient pour ceux mêmes qui les faisaient une folie qui ne supportait pas le raisonnement. Le baron changea donc le premier la conversation en disant :

— Le temps est un grand maître ; laissons-le faire, et parlons d'autre chose. Et l'on parla de monsieur de Bouzenois. La matinée s'écoula sans qu'on revît Roger. Mais, à deux heures de l'après-midi, comme on allait se mettre à table pour le dîner, il entra au salon, penaud, l'oreille basse et les yeux rouges. Le baron et la baronne échangèrent un coup d'œil qui voulait dire : — Diable ! diable ! il paraît que la chose ne marche pas sur des roulettes.

Le chevalier se mit à table et ne mangea point, ce qui était chez lui un signe de profonde préoccupation. Puis, après le dîner, il s'assit près de sa mère, rangea sa bibliothèque particulière, qui se composait de trente volumes, tirés de la bibliothèque du château, suivit par derrière le baron qui faisait son tour de potager, rentra toujours silencieux, n'interrompit son silence que pour se plaindre d'un violent mal de tête, et demanda à se retirer de bonne heure, ce qui, comme on le pense bien, lui fut accordé sans contestation.

Mais, rentré chez lui, Roger oublie que son appartement est situé juste au-dessus de celui de sa mère, et que chacun de ses mouvements est dénoncé par le parquet criard. Toute la nuit il arpente sa chambre, comme le malade imaginaire, tantôt en long, tantôt en large. Le baron et la baronne ne perdent pas une seule de ses enjambées. — Voilà encore une espérance à tous les diables, dit le baron, et nous sommes battus du côté de Beuzerie.

Le lendemain matin, le baron descend lui-même à l'écurie et aperçoit Christophe qui se pavane devant son râtelier. Il rentre à la cuisine et lève le nez en l'air ; les trois fusils sont au-dessus de la cheminée. Roger n'est pas sorti. Roger dort. À l'âge de Roger, si inquiet que l'on soit, la nature a ses exigences : il faut dormir, il faut manger.

Aussi Roger dort jusqu'à neuf heures ; à neuf heures, il descend pour déjeuner, les yeux bouffis et les joues pâles. Pauvre garçon ! il a cependant dormi deux heures de plus que la veille. C'est qu'il y a une grande différence entre l'insomnie de la joie et celle de la douleur.

Cependant, Roger mange ; mais pendant qu'il mange, la porte de la salle à manger s'ouvre, et le valet de chambre de monsieur de Beuzerie paraît une lettre à la main. Le chevalier reconnaît Comtois, rougit et pâlit successivement ; puis voyant qu'il s'approche de son père, il se lève de table et court se cacher dans sa chambre.

Le baron d'Anguilhem, malgré sa prétention à la philosophie, frissonne en ouvrant cette dépêche dont il soupçonne le contenu. D'ailleurs, Comtois a pris son air grave et sa tournure majestueuse. Or, ni l'un ni l'autre n'annonce rien de bon ; toujours on devine le message à la physionomie du messager. Cependant le baron ramène ses yeux du visage de Comtois à la lettre du vicomte et lit ce qui suit :

« Monsieur et cher voisin,

« Celle-ci est pour vous souhaiter toutes choses à votre désir et présenter nos très humbles salutations de madame de Beuzerie et de moi, à vous et à madame la baronne. Nous sommes bien marris de vous adresser quelques mots peu avantageux au regard de monsieur votre fils, monsieur le chevalier Roger-Tancrède, que j'ai surpris hier, dans l'endroit le plus écarté du parc, aux genoux de notre fille, mademoiselle de Beuzerie, à laquelle il baisait les mains avec une ardeur un peu bien grande pour un écolier de quinze ans. Vous pensez bien, monsieur et cher voisin, que ce mot a été une profonde douleur de faire un reproche si mérité à un fils dont nous aimons tant le père et la mère, et aussi d'avoir à craindre pour notre fille une poursuite dont nous sommes sans doute honorés, mais qui nous semble non-seulement bien précoce, attendu qu'elle a treize ans à peine, mais encore bien inconsidérée en ce qu'elle s'exerce sans notre consentement. Nous regrettons d'être forcés de dire à monsieur le chevalier Roger-Tancrède qu'il nous ferait peine en revenant à Beuzerie ; mais nous comptons sur votre amitié et vos bons conseils pour le remettre en raison ; car enfin notre fille en est malade et sans doute de saisissement. Ce qui n'empêche pas que, vu l'urgence, elle partira ce soir pour son couvent.

« Adieu, monsieur et cher ami ; croyez en notre sincère désir de vous plaire, et en notre vif regret d'avoir été forcés de vous porter de pareilles plaintes.

» DE BEUZERIE

« Ce 17 avril 1708. »

La lettre tomba presque des mains du baron, ce qui ne l'empêcha point de sonner une servante et de faire conduire Comtois à l'office pour y être traité du mieux et régalé du meilleur ; puis il répondit au vicomte, promettant d'aller au nom du chevalier, lui faire des excuses à lui et à madame de Beuzerie.

Comtois, rasséréné par l'accueil qu'il avait reçu et qu'il était loin d'attendre de la courtoisie du baron, conta à la cuisinière, tout en buvant sa bouteille de vin d'Orléans, que mademoiselle Constance paraissait bien chagrine et pleurait tout haut. Il résulta de cette confidence qu'il y eut presque autant de douleur à Anguilhem que d'indisposition à Beuzerie. Roger-Tancrède, en sa qualité de fils unique, était non-seulement adoré du baron et de la baronne, mais encore de tous les gens du château ; et très certainement, si l'on eût encore été au temps où de pareils procès se jugeaient par la lance et par l'épée, le baron aurait armé sans peine ses dix vassaux pour aller conquérir la jeune châtelaine que l'on refusait à son fils.

Comtois parti, on fit descendre le chevalier. Le baron lui adressa quelques reproches fort paternels et fort modérés sur la précocité de ses désirs amoureux et sur la nécessité d'avoir au moins fini ses études avant de penser au mariage. Puis la baronne ajouta que lorsque l'époque d'y penser serait venue, il serait encore bon que le chevalier ne jetât point les yeux sur de trop riches héritières, présomption qui pouvait attirer à ses parents l'humiliation d'un refus.

Roger, piqué au vif, répondit qu'on s'était trompé, qu'il n'aimait pas mademoiselle Constance, qu'il n'avait jamais pensé au mariage et ne nourrissait pour le moment d'autre désir que de satisfaire son précepteur, monsieur l'abbé Dubuquoi ; que quant à la crainte qu'avait madame sa mère, qu'il n'adressât ses hommages en trop haut lieu, cette crainte était parfaitement inutile, attendu sa résolution bien prise de rester garçon. Pauvre enfant, qui ne se doutait pas que le plus grand péril qu'il courrait sa vie viendrait peut-être de la polygamie, le cas pendable !

Il y avait tant de douloureux orgueil dans la dénégation du chevalier, que le père et la mère respectèrent son mensonge. En conséquence, le baron lui prit la main, sa mère l'embrassa, et selon le désir qu'il en avait manifesté, on l'envoya à son gouverneur qui lui fit expliquer, au lieu du livre des amours d'Enée et de Didon, le chapitre du mépris des richesses. Le pauvre Roger était décidément malheureux, et comme amant et comme écolier. Comme amant, il était tombé de mademoiselle Constance dans monsieur de Beuzerie, et comme écolier, il tombait de Virgile en Sénèque.

À peine le chevalier fut-il parti, que le baron s'habilla superbement pour aller faire à Beuzerie la visite annoncée. Il fut reçu d'un air contraint par le vicomte et la vicomtesse, qui rejetèrent leur embarras sur les préparatifs du départ de

leur fille pour son couvent. Le baron demanda à voir mademoiselle de Beuzerie, ce qu'on ne put lui refuser. Constance entra avec des yeux si gonflés et si rouges que monsieur d'Anguilhem comprit que, pour cette fois, le départ n'était pas le moins du monde simulé. Le baron alors parla fort courtoisement de la folie impardonnable du chevalier, rejetant toute l'inconvenance de sa conduite sur l'ignorance et la frivolité de son âge, ajoutant enfin que le pauvre garçon se repentait amèrement, et qu'il priait ses voisins et surtout sa voisine d'oublier tout ce qui s'était passé depuis trois jours, sur quoi Constance devint pâle comme la mort, et sentant qu'elle allait éclater en sanglots, sortit du salon.

Le baron était fixé sur les sentiments de la jeune fille. Elle aimait profondément le chevalier, et son regard avait pénétré au plus profond du cœur virginal de l'héritière de Beuzerie ; restaient les parens à étudier à leur tour. La chose ne fut pas difficile : le vicomte fit tomber la conversation sur un certain marquis de Croisey qui habitait Loches avec ses parens et qui jouissait de quelque chose comme trois cents louis de rentes. Il y avait eu depuis longtemps des projets arrêtés entre les deux familles, et l'on ajouta même que l'on n'avait attaché une si grande importance à ce qui venait de se passer que parce que ce qui venait de se passer pouvait faire obstacle aux vues de ce gentilhomme.

Le baron sentit la botte secrète qui lui était portée, et comme nous avons dit que c'était un maître en fait d'escrime, il riposta par un coup droit, en disant qu'il n'avait jamais voulu, en faisant cette visite à Beuzerie, que réhabiliter son fils, mais qu'il avait toujours entendu que cette visite serait la dernière. On le pria en vain d'être moins susceptible, il persista : on voulut lui faire des excuses, il se leva, en disant qu'un d'Anguilhem valait bien un Croisey, et qu'à part une légère différence de fortunes, son avis était qu'un d'Anguilhem valait aussi tous les Beuzerie de la terre.

Cette opinion, un peu exagérée de la valeur de la famille d'Anguilhem, eût sans doute amené une grave collision entre les deux respectables vieillards, tous deux fort susceptibles sur le point d'honneur, si madame de Beuzerie, nouvelle Sabine, ne se fût élancée entre eux. Le baron et le vicomte se contentèrent de se saluer avec froideur et dignité, et se séparèrent parfaitement brouillés l'un avec l'autre. Le même soir, comme l'annonce en avait été faite, mademoiselle Constance partit pour son couvent de Chinon.

Le chevalier Roger-Tancrède attendait avec grande impatience le retour du baron ; car, dans le respect filial qu'il portait à son père, il comptait beaucoup sur lui pour renouer avec les Beuzerie le fil de leur vieille amitié qui menaçait de se rompre. Mais, tout au contraire de ce qu'il espérait, le chevalier vit rentrer son père avec un visage plus sévère au retour qu'au départ ; il pensa donc que tout allait de mal en pis, et sous prétexte qu'il mordait de plus en plus au latin, il s'enferma dans sa chambre pour travailler, disait-il, mais de fait pour soupirer et se plaindre tout à son aise.

Nous avons tous passé à travers ces premières émotions d'un premier amour : nous avons tous reconnu, à une douleur naissante, que nous faisions notre apprentissage d'hommes. Nous avons tous vieilli de plusieurs années dans une heure ; il en fut du pauvre chevalier comme de nous tous.

Il passa la nuit à arpenter sa chambre en long et en large ; puis, dès que le jour parut, pour tuer la douleur morale par une fatigue physique, il prit son fusil sur son épaule, détacha Castor, se mit en chasse.

Mais la chasse n'était qu'un prétexte que le pauvre Roger s'était donné à lui-même. Sans savoir comment la chose se faisait, sans que la course d'aucun lièvre l'eût attiré de ce côté, sans que le vol d'aucune compagnie de perdreaux lui eût fait franchir vallées et montagnes, sans qu'il y eût la moindre excuse enfin aux quatre ou cinq lieues qu'il venait de faire à pied, notre chasseur se trouva à une garenne située à cinq cents pas de Beuzerie, et qui était à cheval sur le chemin de traverse qui conduisait du château à Loches. Or, il était arrivé, par un hasard qui n'avait rien au reste de bien extraordinaire, que le vicomte de Beuzerie, sans doute aussi pour se distraire de son côté, car il avait ses inquiétudes paternelles comme Roger avait ses tracasseries amoureuses, il était arrivé, dis-je, que le vicomte de Beuzerie était sorti de son côté pour tuer un lapin, et qu'au détour d'un petit chemin les deux chasseurs se trouvèrent en face l'un de l'autre.

Tous deux reculèrent d'un pas en s'apercevant. Roger avait grande envie de prendre ses jambes à son cou et de s'enfuir; mais il comprit instinctivement qu'il serait une lourde bêtise, et que mieux il valait, puisqu'il était surpris, payer d'audace; d'ailleurs, il était au milieu d'une garenne, et il pouvait aussi bien y chercher un lapin qu'y poursuivre mademoiselle Constance.

Il y eut un moment de premier étonnement pendant lequel monsieur de Beuzerie fronça le sourcil et pendant lequel Roger posa la crosse de son fusil à terre et ôta sa casquette. Le vicomte rompit le premier le silence.

— Encore vous, chevalier Roger-Tancrède! dit-il avec humeur.

— Monsieur le vicomte, répondit celui-ci, c'est le hasard qui m'amène; mon chien s'est emporté sur un lièvre blessé: je l'ai suivi, et sans savoir comment, je me suis trouvé dans cette garenne.

— Et pourquoi votre chien est-il sur Beuzerie? demanda le vicomte.

— Pourquoi mon chien est-il sur Beuzerie? mais j'ai vu vingt fois vos chiens sur la Pintade, et la Pintade dépend, je crois, d'Anguilhem, et la Pintade d'ailleurs, il me semblait que c'était chose convenue que nous chassions de droit les uns sur les autres.

Ces mots avaient été prononcés avec une fermeté que le vicomte ne s'attendait pas à trouver dans un enfant de quinze ans; mais Roger avait sur le cœur sa mésaventure, et il fallait qu'il s'en vengeât sur quelqu'un. Il n'avait là que le père de Constance, et il rudoyait le père de Constance. Si c'eût été un simple garde, il l'eût battu.

— Sans doute, reprit le vicomte un peu étonné de cette logique qui prouvait que Roger ne se démontait pas facilement, sans doute il l'avait convenu, je le sais, que nos chasses seraient communes; mais après ce qui s'est passé, jeune homme, bien des choses sont changées, entendez-vous.

— De votre part, monsieur, mais pas de la nôtre, reprit le chevalier; vous êtes le maître sur vos terres, monsieur le vicomte, et vous pouvez empêcher d'y chasser qui bon vous semble; mais je crois pouvoir vous dire au nom de mon père, monsieur, que vous serez toujours le très bien venu sur les nôtres: ici, Castor, ici!

Et Roger tourna le dos au vicomte qui resta stupéfait de l'aplomb de son jeune voisin; mais à peine avait-il fait quelques pas que le jeune homme réfléchit à la différence d'âge qu'il y avait entre lui et le vicomte, et se reprocha la leçon qu'il avait eu la prétention de lui donner; il se retourna donc, et se rapprochant du vieillard:

— Monsieur, lui dit-il d'un ton poli, mais non moins ferme, permettez que j'aie l'honneur de vous présenter mes hommages. Et il s'inclina respectueusement devant le vicomte qui lui rendit machinalement son salut.

— Diable! diable! dit le vicomte en regardant Roger qui s'éloignait, ou je me trompe fort, ou voilà un petit bonhomme qui nous donnera du fil à retordre. Heureusement que mademoiselle de Beuzerie est sur la route de Chinon.

Le vicomte avait oublié que la supérieure du couvent des Augustines de Chinon, où il venait de reconduire sa fille, se trouvait être par hasard une tante du chevalier d'Anguilhem.

IV

Où il est démontré par l'auteur que les pères et mères qui ont des filles au couvent peuvent dormir sur leurs deux oreilles.

Mais Roger s'en était souvenu, lui, et c'est ce qui avait fait qu'il ne s'était pas livré à un très profond désespoir. Il se rappelait même, si ses souvenirs d'enfance ne le trompaient pas, qu'il était fort aimé de cette bonne tante à laquelle il avait fait autrefois une ou deux visites avec sa mère, et qui de son côté était venue autant de fois à Anguilhem; seulement Roger éprouvait un remords au fond du cœur: c'était de ne pas l'avoir fêtée à cette époque ou plutôt à ces différentes époques, comme elle méritait de l'être.

En effet, il se rappelait mille choses, mille soins, mille attentions qui lui avaient paru alors des fatigues et des ennuis, et qui auraient dû, au contraire, le remplir de reconnaissance. Entre autres distractions claustrales, Roger n'avait point oublié avec quelle répugnance il avait été forcé, pendant tout le temps de son séjour à Chinon, d'adopter celle de la messe et des vêpres, et cela malgré le chant angélique des religieuses, des novices et des pensionnaires qui accompagnaient le service divin. Eh bien! voyez un peu comme l'homme est mobile dans ses goûts et changeant dans ses inclinations: ce qu'il ambitionnait surtout à cette heure, c'était d'assister à ces pieuses cérémonies, c'était de chercher à reconnaître parmi toutes ces voix d'anges la voix de Constance montant mélodieusement vers le ciel; c'était de voir passer seulement, au milieu de ce blanc troupeau du Seigneur, cette forme si aérienne, si légère, si pure, qu'elle semblait appartenir à quelque monde rêvé et inconnu qui, pour un instant, l'avait prêtée au nôtre, et, à chaque heure, menaçait de la reprendre.

Roger se rappelait surtout vaguement certaine fenêtre de l'appartement de sa tante qui donnait sur le jardin où se promenaient les religieuses aux heures des récréations; fenêtre à laquelle — il ne comprenait vraiment pas son aveuglement — il avait à peine fait attention; tout cela avait bouillonné dans la tête du jeune homme depuis qu'il avait appris que c'était au couvent dirigé par sa tante qu'était élevée mademoiselle de Beuzerie. La tendresse de cette bonne, de cette excellente tante lui était revenue au cœur, et il avait compris qu'il lui devait un dédommagement pour la fausse appréciation qu'il avait faite de ses bontés. Ce dédommagement, c'était une visite dans laquelle il se consacrerait entièrement à ses devoirs de chrétien et de neveu, en assistant régulièrement aux offices et en lui faisant bonne compagnie surtout pendant tout le temps qu'il habiterait dans cette charmante petite chambre donnant sur le jardin. Cette visite fut donc résolue; mais comme on le comprend bien, in petto, et sans que le chevalier consultât personne sur son opportunité.

En conséquence, un matin, avant le jour, Roger descendit, sella Christophe, et pour qu'on ne prît sur son compte aucune inquiétude grave, prévint le garçon d'écurie qu'il allait faire une absence de quatre ou cinq jours.

D'Anguilhem à Chinon, il y avait vingt-quatre lieues à peu près. En ne surmenant pas Christophe, c'était donc l'affaire de deux jours. En effet, le même soir, Roger s'en vint coucher à Sainte-Maure, petite ville située à moitié chemin à peu près de la distance à parcourir, et le lendemain, à quatre heures de l'après-midi, il était à Chinon.

Quoiqu'il y eût six ou huit ans au moins que le chevalier n'eût visité sa tante, il n'avait pas oublié le chemin du couvent: il marcha donc droit aux Augustines, sans avoir besoin de demander sa route à personne, et vint frapper à la porte de la sainte communauté. Comme le couvent des Augustines était fort sévèrement tenu, la tourière qui vint ouvrir commença à froncer le sourcil d'une manière formidable en voyant un beau grand garçon qui demandait à entrer dans le saint asile, lorsqu'en se nommant et déclinant le degré de parenté qui l'unissait à la supérieure, il vit la figure de la vénérable concierge s'adoucir tout-à-coup et les portes s'ouvrir comme d'elles-mêmes. Cinq minutes après, le chevalier Roger-Tancrède baisait respectueusement la main potelée de sa bonne tante.

C'était une de ces charmantes abbesses dont les traditions aristocratiques du grand siècle nous ont conservé les portraits: ni trop grandes ni trop petites, grasses, rondelettes, toutes confites de douces paroles et de religieux regards, qui trouvaient moyen de donner à leur costume, tout en conservant la règle de l'ordre, une grâce et une coquetterie un peu bien mondaine, mais que cependant on ne savait précisément où reprendre. C'était, au reste, une sœur cadette de madame d'Anguilhem, née comme elle de la Roche-Berthaud, c'est-à-dire issue d'une des plus vieilles et des plus nobles familles de la Touraine.

La bonne supérieure, qui n'avait jamais eu que de saintes pensées, fut bien loin de se douter du motif qui amenait son neveu à Chinon. Elle ordonna que l'on conduisît Christophe à l'écurie, et que l'on prît de cette excellente bête, dont, depuis quelque temps, la vie était si fort accidentée, tous les soins possibles. Quant à Roger, il fut conduit à l'instant même à son appartement, appartement renfermé sous la clef de la supérieure, et se composant d'une grande et d'une petite chambre. Or, la petite chambre était justement cette petite chambre si fort ambitionnée de Roger, et qui donnait sur le cloître.

L'entrevue de Roger avec sa tante avait été des plus attendrissantes; il y avait trois ans que la bonne dame n'avait vu ni le baron ni la baronne; et depuis trois ans, Roger avait si fort grandi et était tellement changé, que la vénérable supérieure avait hésité à le reconnaître, et avait presque retiré sa main, que, dans la joie d'être enfin introduit dans le couvent qui renfermait l'objet de ses amours, le chevalier avait pressée avec trop d'enthousiasme. Mais aux premiers mots que Roger avait dits du baron et de la baronne, quand il avait annoncé qu'il venait en leur nom, pleins d'inquiétudes qu'ils étaient sur la santé, prendre des nouvelles de leur sœur et belle-sœur, la bonne abbesse n'y avait pas tenu; elle avait pris, tout grand garçon qu'il était devenu, son neveu entre ses bras, et lui avait rendu bien maternellement sur le front le baiser qu'elle venait de recevoir sur la main.

C'était tout ce que pouvait désirer Roger pour le moment; il était introduit.

Il n'y avait rien à espérer pour le soir: d'ailleurs, ce cher enfant devait être si fatigué d'avoir fait vingt-quatre lieues à cheval, que tout mouvement lui était interdit jusqu'au lendemain matin. On lui servit, dans la chambre même de sa tante, un charmant petit goûter composé de filets de poulets à la gelée, de pâtisseries et de confitures, puis on le conduisit dans sa chambre avec ordre de se coucher à l'instant même, et de ne se réveiller que le lendemain matin pour l'office.

Roger se laissa faire, il ne voulait pas inspirer de soupçons; il rentra dans sa chambre et entendit assez philosophiquement se refermer derrière lui, à double tour, la porte de son appartement. Il est vrai qu'il lui restait sa fenêtre. Il y courut aussitôt, car c'était l'heure de la récréation; mais par une fatalité affreuse, un gros orage, qui très certainement ne savait guère ce qu'il faisait en ce moment-là, venait de crever sur Chinon, de sorte que, comme le jardin du couvent n'offrait aucun abri, toutes les religieuses, les novices et les pensionnaires étaient pour le moment au cloître.

Roger comprit que tant que durerait cette pluie battante, il perdrait son temps à attendre que quelqu'un vînt au jardin. Certes, si Constance eût su que le beau jeune homme était là debout, le cœur palpitant et les yeux fixés sur le parterre où elle venait s'ébattre tous les jours, il n'y eût pas eu de pluie qui l'eût arrêtée, et malgré ce qui pouvait résulter de fâcheux pour ses petits souliers de satin et sa belle robe blanche, elle eût éprouvé le besoin de prendre l'air, si humide et si malsain qu'il fut à cette heure. Mais la pauvre enfant se croyait bel et bien séparée d'un pauvre jeune homme au moins, jusqu'aux vacances, peut-être pour plus de temps encore, peut-être même pour toujours, et elle se promenait bien tristement dans le cloître, appuyée au bras d'une de ses amies, et la jolie petite tête fatiguée et pâle inclinée sur sa poitrine.

La nuit vint donc tout doucement, amenant à l'horizon de belles bandes de nuages dorés, qui indiquaient clairement une magnifique journée pour le lendemain. Roger se connaissait en pronostics de ce genre. La veille des grandes chasses, qui étaient, avant qu'il n'eût vu Constance, les seules émotions qui eussent fait battre son cœur, il avait plus d'une fois interrogé ce céleste baromètre, où lisent si sûre-

ment les habitants de nos campagnes. Il était donc parfaitement tranquillisé sur le lendemain.

Cette certitude lui valut une des meilleures nuits qu'il eût passées depuis huit jours. Il s'endormit dans une douce confiance de l'avenir. Car, qu'est-ce que l'avenir, à quinze ans? le lendemain, trois ou quatre jours peut-être, une semaine tout au plus.

Le lendemain il s'éveilla avec les oiseaux: à peine ses mouvements furent-ils entendus, qu'une vieille religieuse frappa à sa porte. Roger courut ouvrir: c'était son premier déjeuner qui venait au-devant de lui. Ce premier déjeuner se composait d'une tasse de crème fumante, de pâtisseries toutes chaudes et de fruits glacés.

Roger trouva l'ordinaire un peu bien claustral et infiniment plus recherché que succulent. Cependant, comme il comprit que ce n'était qu'un à-compte, il demanda à quelle heure avait lieu le déjeuner véritable. On lui répondit que c'était après la messe. Il demanda alors à quelle heure avait lieu la messe, et il apprit qu'elle commençait à neuf heures et finissait à onze. Sur quoi, Roger but sa crème jusqu'à la dernière goutte et croqua sa pâtisserie jusqu'à la dernière miette. Il achevait son déjeuner, lorsqu'il entendit le frottement d'une robe sur le parquet et qu'il vit sa porte s'ouvrir. C'était la bonne tante qui venait s'informer elle-même de quelle façon son neveu avait passé la nuit, s'il avait bien doucement couché, s'il avait bien dormi, s'il n'avait pas fait de mauvais rêves, etc., etc.

Roger satisfit allègrement à toutes ces questions; d'ailleurs il avait un petit air joyeux et bien portant qui, à des yeux moins inquiets que ceux de sa bonne parente, eût répondu d'avance. De plus, il était frisé, paré, coquet comme un véritable petit abbé. La bonne tante avait des désirs inouïs de manger son neveu.

Cependant, elle n'avait pas oublié les moues enfantines que faisait, cinq ou six ans auparavant, le cher petit bonhomme toutes les fois qu'il était question d'assister à l'office divin. Aussi se crut-elle obligée d'user de moyens circonlocutoires pour amener la proposition qu'en son âme et conscience la dévote dame se croyait obligée de faire au chevalier; mais à son grand étonnement le chevalier répondit que, depuis l'époque dont parlait sa tante, il était bien changé à l'endroit des choses de religion; qu'il avait fort réfléchi là-dessus, et qu'il en était arrivé à regarder non-seulement comme un devoir, mais comme un plaisir, d'entendre tous les jours la messe et les vêpres. Une pareille déclaration comblait la supérieure de joie; elle regarda son neveu avec un pieux attendrissement, et déclara qu'à partir de ce moment elle concevait l'espérance qu'il y aurait un jour, dans la famille d'Anguilhem, un grand saint, comme il y avait eu de grands légistes et de grands capitaines, la noblesse des d'Anguilhem étant à la fois de robe et d'épée.

Sur ces entrefaites, la messe sonna. Roger, forcé de mettre en action les principes qu'il venait de confesser, offrit cavalièrement le bras à sa tante pour la conduire à l'église, mais ici, Roger se trompait. La supérieure lui fit comprendre qu'il était devenu, pendant les six ans qui s'étaient écoulés depuis qu'elle ne l'avait vu, un trop grand garçon, et surtout un trop joli gentilhomme pour entrer dans le chœur avec elle, et s'asseoir, comme il le faisait jadis, sur les marches de sa stalle; il devait purement et simplement prendre place avec les assistans habituels, hors du chœur, réservé exclusivement aux religieuses, aux novices et aux pensionnaires.

Il fallait bien subir cette règle; d'ailleurs, en insistant, Roger eût sans doute trahi les motifs qui l'avaient rendu tout-à-coup si parfaitement dévot; il s'inclina donc en signe d'obéissance, et demanda qu'on lui indiquât le chemin qu'il devait prendre pour obéir aux instructions qu'il venait de recevoir.

L'église du couvent était déjà ouverte aux fidèles. Comme les dames Augustines de Chinon passaient à bon droit pour avoir les plus belles voix de la province, l'office divin était toujours fort suivi au couvent. Roger se glissa au premier rang des auditeurs, et se plaça le plus près qu'il put de la grille qui séparait le chœur de la nef.

Son attente ne fut pas trompée. A milieu de toutes ces voix virginales qui s'élevaient vers le ciel, il en démêla une si douce, si vibrante, si inspirée, qu'il ne douta pas un instant que cette voix ne fût la voix de Constance. Dès lors son seul travail fut de suivre cette voix dans toutes ses modulations, sans la perdre un instant parmi les voix de ses compagnes. Suspendue à cette voix, il lui semblait que son âme montait avec elle jusqu'aux demeures célestes, où elle allait chanter la gloire des bienheureux et retombait avec elle sur la terre, où elle descendait pour pleurer sur les fautes et sur les misères des hommes, planant d'ailleurs sans cesse au-dessus de ces sons terrestres, comme ces mélodies nocturnes que le vent tire des harpes éoliennes, et qu'on prendrait pour des notes échappées aux concerts des esprits de l'air.

Tout le temps que dura la messe s'écoula pour Roger dans une extase perpétuelle. Jamais il n'avait entendu ou plutôt jamais il n'avait écouté cette sainte musique d'église, la plus belle de toutes les musiques. Il trouva en lui des cordes religieuses qu'il ignorait lui-même, et qui vibraient jusqu'au fond de son cœur, éveillées à la fois par le double contact de l'amour et de la piété.

La messe était déjà finie depuis longtemps, que Roger était encore agenouillé devant la grille du chœur. Pendant tout l'office sacré, la bonne supérieure avait eu les yeux fixés sur lui, et elle avait été édifiée du profond ravissement qui, chaque fois que reprenaient les chants, se peignait sur le visage de son neveu. Aussi, l'attendait-elle à sa sortie pour le complimenter sur le changement qui s'était fait en lui, et dont elle ne doutait plus maintenant qu'elle avait pu en reconnaître les symptômes par ses propres yeux. Aussi ne fut-elle nullement étonnée quand Roger lui demanda de se retirer un instant dans sa chambre pour s'y remettre des mystiques émotions qu'il venait d'éprouver. Non-seulement la digne supérieure lui accorda son assentiment, mais peu s'en fallut même qu'entraînée par le sentiment d'admiration que lui inspirait une piété si profonde, elle ne demandât au jeune néophyte sa bénédiction. Roger la laissa sous l'impression de ce sentiment et se retira lentement dans sa chambre ; mais à peine y fut-il enfermé à double tour, qu'il courut à la fenêtre et l'ouvrit.

Le jardin était plein de jeunes filles, qui, pareilles à des abeilles, couraient de fleurs en fleurs, et révélaient leurs modestes ou orgueilleux instincts en se faisant les unes des guirlandes de marguerites, de pervenches ou de violettes, les autres des couronnes de roses, de tulipes ou de lis.

Loin de ces jeunes filles éparpillées çà et là, fleurs elles-mêmes au milieu des fleurs, se promenaient deux pensionnaires, parlant à voix basse, et regardant de temps en temps d'un air inquiet autour d'elles pour s'assurer qu'on ne les écoutait pas. L'une de ces deux pensionnaires était Constance. Toutes deux tournaient le dos à la fenêtre où se tenait Roger et suivaient une allée qui allait aboutir à un mur, de sorte qu'il était évident qu'arrivées à l'extrémité de cette allée elles reviendraient sur leurs pas. Ce fut effectivement ce qui arriva. Les deux jeunes filles se retournèrent ; les yeux de Constance se levèrent machinalement vers la fenêtre. La jeunefille reconnut Roger, et ne pouvant maîtriser sa surprise, elle jeta un cri d'étonnement et de joie.

Le chevalier avait été vu, c'était tout ce qu'il voulait ; il se rejeta en arrière.

Le cri poussé par Constance avait été si perçant que toutes ses jeunes compagnes accoururent autour d'elle, s'informant du motif qui l'avait causé. Constance s'affaissa sur elle-même comme une fleur qui plie sur sa tige, et répondit qu'ayant rencontré un caillou, son pied avait tourné sur la pierre et qu'elle avait craint, au premier abord, de s'être donné une entorse.

Peu s'en fallut que la pauvre enfant ne portât la peine de son mensonge, car elle fut menacée à l'instant même du docteur du couvent, que vingt de ses officieuses compagnes lui offrirent à la fois d'aller quérir. Mais Constance affirma avec un tel accent de vérité qu'elle n'éprouvait plus aucune douleur, que les jeunes filles, qui s'étaient groupées autour d'elle, la quittèrent les unes après les autres, comme des oiseaux

qui s'envolent un à un, et se retrouvèrent, au bout d'un instant éparpillées de nouveau dans le jardin. Constance resta seule avec sa compagne.

Aussitôt les yeux des deux jeunes filles se levèrent lentement vers la fenêtre, et Roger vit clairement qu'entre ces deux blanches âmes il n'y avait pas de secret. Alors il s'approcha, ayant soin cependant de demeurer dans la demi-teinte, de manière à n'être vu que de celles qui le savaient là. Constance appuya le bras sur la main de son amie, et rougit délicieusement. Puis elle se leva et se mit à cueillir un bouquet de pensées, qu'elle posa sur sa poitrine, et dont le violet sombre se détacha sur sa robe blanche. Enfin, après un instant de promenade, les deux jeunes filles rentrèrent. Un instant après, Roger entendit des pas dans le corridor; il courut à sa porte ; mais si rapidement qu'il l'ouvrit, il était trop tard : il ne vit plus que deux ombres, deux visions, qui s'évanouissaient à l'extrémité de la galerie. Seulement, devant sa porte, seule trace du passage des deux pensionnaires, était le bouquet de pensées qu'un instant auparavant il avait vu à la ceinture de Constance.

Roger se jeta sur le bouquet et le baisa mille et mille fois; puis, comme il entendit les pas de sa tante qui, pensant qu'il était remis de ses émotions religieuses, le venait chercher pour déjeuner, il glissa rapidement le bouquet dans sa poitrine et courut au-devant de la digne supérieure.

Rien n'enhardit comme le succès. Roger avait vu de loin Constance, et il avait été vu d'elle. Roger pressait sur son cœur le bouquet qu'elle avait porté sur le sien ; c'était plus que Roger n'avait espéré d'abord, et pourtant ce n'était déjà plus assez. Roger voulait se rapprocher d'elle, Roger voulait lui parler : il était donc la première occasion, prêt à la saisir aux cheveux quand elle se présenterait. Ce fut la bonne supérieure qui la lui fournit elle-même.

On comprend que la conversation entre Roger et sa tante était un éternel échange de questions de la part de celle-ci et de réponses de la part de celui-là. — D'abord les questions avaient eu pour objet le baron et la baronne, puis les métayers, puis la terre ; de là, on était passé aux plus proches voisins, qui étaient les Senectère, puis après les Senectère, on avait passé en revue les Chemillé ; enfin, après les Chemillé, on en était arrivé aux Beuzerie.

— Ah! bon Dieu! s'écria Roger en entendant ce nom; — comme c'est heureux, ma chère tante, que vous me rappeliez une commission que j'avais parfaitement oubliée. — Trois ou quatre jours avant mon départ pour Chinon, j'ai rencontré en chasse monsieur de Beuzerie, et comme il savait que j'étais sur le point de vous faire une visite, il m'a prié de me charger d'une lettre pour sa fille. — Maintenant, ce que j'ai fait de cette lettre, qu'il m'a envoyée la veille de mon départ, sur mon honneur, je n'en sais plus rien.

— Ah mon Dieu! dit la bonne supérieure, pourvu que tu ne l'aies pas perdue. La pauvre petite est fort triste depuis son retour, et cette lettre lui eût été une consolation.

— Dam! ma tante, dit Roger, je la chercherai, elle doit être dans mon porte-manteau ; mais, au reste, si mademoiselle de Beuzerie est triste, il faut lui donner une poupée, car c'est encore une enfant, ce me semble.

— Voyez-vous, monsieur l'homme raisonnable, reprit la supérieure. Eh bien! c'est ce qui vous trompe : madem oiselle de Beuzerie est devenue une jeune personne depuis un mois. Je ne sais pas ce qui lui est arrivé pendant son voyage chez ses parens ; mais ce que je sais, c'est qu'elle n'est plus reconnaissable.

— Mais, dit Roger, j'ai soupé à Anguilhem avec elle il y a huit ou dix jours à peine, et je vous avoue, ma tante, que je ne me suis pas le moins du monde aperçu de ce que vous dites là.

— Eh bien! écoute, dit la bonne supérieure, va chercher la lettre, je ferai appeler Constance, et tu en jugeras toi-même.

— Volontiers, dit Roger en se baissant pour ramasser sa serviette, car il sentait le sang lui monter, tellement au visage qu'il comprit que si sa tante jetait par hasard les yeux sur lui, sa rougeur le trahirait : volontiers, ma tante ; mais, continua-t-il en faisant un effort sur lui-même, après le déjeuner, si vous le voulez bien.

— Oui, oui, déjeune, mon garçon, déjeune tranquille. A ton âge, c'est la grande affaire, je sais cela; mais, je t'en prie, tâche de retrouver cette lettre, car, si elle est perdue, la pauvre enfant sera désespérée, j'en suis sûre.

— Oh! elle se trouvera, ma bonne tante. Soyez tranquille, je crois même me rappeler où elle est.

— J'en suis enchantée dit l'abbesse. Mes pauvres petites, je les aime tant!

— Eh bien! ma tante, reprit d'Anguilhem, je ne veux pas retarder plus longtemps le plaisir que vous croyez que cette lettre doit faire à mademoiselle de Beuzerie. Faites-la appeler, et moi, pendant ce temps, je vais chercher l'épître paternelle.

Et Roger sortit de la chambre d'un air si parfaitement dégagé, que la supérieure, eût-elle eu des soupçons, ne les eût pas conservés devant un pareil aplomb; mais elle était à cent lieues d'en avoir. Elle fut donc entièrement dupe du chevalier.

Roger tarda à rentrer pour deux raisons, la première, c'est qu'il lui fallait le temps d'écrire la prétendue lettre du vicomte; la seconde, c'est qu'il voulait donner à Constance le loisir de se préparer. Quant à ce qu'il y avait dans la lettre, le lecteur s'en doute d'avance; c'était la conjugaison du verbe aimer au passé, au présent et au futur. En outre, Roger racontait à Constance le point où il en était avec le vicomte, et lui rapportait mot à mot son entrevue avec lui dans la garenne de Beuzerie. Il était important que Constance sût à quoi s'en tenir sous ce rapport, afin qu'elle ne se laissât point surprendre par quelque retour de ses parens.

En rentrant, Roger trouva mademoiselle de Beuzerie près de sa tante. Constance en l'apercevant, rougit et pâlit successivement, mais elle avait par bonheur le dos tourné à la fenêtre, de sorte que, placée comme elle était dans la demi-teinte, la bonne supérieure ne s'aperçut de rien. Roger s'approcha de la jeune fille d'un air fort délibéré, et lui présentant la lettre:

— Mademoiselle, lui dit-il, m'excuserez-vous, arrivé que je suis depuis hier soir, d'avoir tant tardé à vous remettre cette lettre; mais monsieur de Beuzerie m'avait si fort recommandé de la rendre à vous-même, afin que je pusse lui reporter des nouvelles certaines de votre santé, dont il m'a paru fort inquiet, que j'ai prié ma bonne tante de vous causer ce petit dérangement. Vous m'excuserez, n'est-ce pas?

Constance balbutia quelques mots de remerciemens; mais, comme, au premier coup-d'œil jeté sur la lettre, elle avait vu que l'adresse n'était pas de la main de son père, elle comprit tout, et, au lieu de l'ouvrir, elle la mit dans la pochette de son tablier.

— Eh bien! dit la supérieure en prenant les deux mains de la jeune fille et en l'attirant à elle, eh bien! cette lettre vous console-t-elle un peu, voyons, méchante petite boudeuse? car je sais de vos nouvelles; on m'a dit que depuis votre retour vous ne faisiez que gémir et soupirer.

— Dam! écoutez donc, ma tante, interrompit Roger, voyant que la pauvre enfant était au supplice, quand on quitte ses parens, c'est bien naturel de pleurer un peu; puis, cela n'est pas bien amusant le couvent, n'est-ce pas, mademoiselle Constance? et les distractions doivent y être rares.

— Eh bien! dit l'abbesse, je veux vous en donner une aujourd'hui, ma chère petite. Au lieu de dîner au réfectoire avec tout le monde, vous viendrez dîner avec moi et mon neveu.

— Oh! quel bonheur! s'écria Constance impuissante à cacher un semblable mouvement de joie.

— Mademoiselle, dit Roger comprenant qu'il ne fallait pas laisser à sa tante le temps d'analyser le sentiment qui avait arraché à Constance l'exclamation de bonheur qu'elle avait eu l'imprudence de laisser échapper; mademoiselle, aurai-je le bonheur d'être votre messager comme j'ai eu l'honneur d'être celui de monsieur votre père, et daignerez-vous me remettre la réponse à la lettre que je vous ai apportée?

— Partez-vous donc sitôt, monsieur? demanda Constance en rougissant.

— Mais j'ai peur, dit Roger, d'être forcé de quitter Chinon d'un moment à l'autre. Hélas! je suis en pouvoir de précepteur, et je vous avoue qu'à chaque bruit qui arrive jusqu'à moi, à chaque porte qui s'ouvre, je m'attends à voir paraître la sournoise figure de mon cher abbé Dubuquoi. Ne perdez donc pas de temps, je vous prie, et vous voulez profiter de l'occasion que je vous offre de remettre une réponse, qui est attendue, j'en suis certain, avec une grande impatience.

— En ce cas, monsieur, dit Constance, si votre bonne tante me permet, je me retirerai pour lire la lettre que vous m'avez remise et pour y répondre.

— Allez, chère petite, allez, dit la supérieure en embrassant la jeune fille sur le front, et n'oubliez pas qu'à deux heures nous vous attendons pour dîner; d'ailleurs je vous ferai prévenir.

— Oh! il n'en sera pas besoin, madame, répondit Constance, et j'éprouve un trop grand plaisir à me trouver avec vous et avec monsieur votre neveu, notre bon voisin de campagne, pour ne pas me rendre avec exactitude à votre bonne invitation.

Et mademoiselle de Beuzerie, tout-à-fait remise de sa première émotion, fit une petite révérence des plus coquettes, et sortit la main à la lettre, qu'elle tenait dans sa poche, tandis que Roger la regardait s'éloigner la main sur le bouquet, qu'il serrait contre son cœur.

Constance tint parole: elle fut plus qu'exacte: à deux heures moins un quart elle était chez la supérieure, où l'attendait Roger, qui lui demanda tout en entrant si elle avait songé à la lettre. Alors Constance, en rougissant bien fort, tira de son corset une jolie petite épître à l'adresse du vicomte de Beuzerie, qu'elle remit à Roger, mais sans avoir même la force de la lui recommander. Quant à Roger, sous prétexte qu'il craignait de la perdre, il sortit aussitôt pour la serrer, disait-il, dans son portefeuille; mais, en réalité, pour dévorer les lignes qu'elle renfermait.

C'était une de ces charmantes petites lettres d'enfant, bien naïves, bien tendres, bien sincères, pleines de promesses d'un amour éternel, ne d'hier, et qu'on jure de garder jusqu'à la mort. Toutes ces protestations couvraient quatre pages, et pouvaient cependant se résumer à trois mots: Je vous aime. Roger baisa d'abord l'enveloppe, puis, les quatre pages de la lettre, folio et recto, puis chaque ligne des quatre pages, puis enfin chaque mot de chaque ligne. Son bonheur ressemblait à du délire.

Il entra et trouva Constance rougissante comme une cerise. Les deux pauvres enfans échangèrent un regard plein d'un indicible bonheur. En ce moment la porte s'ouvrit, et la supérieure jeta un cri de joie; à ce cri, les deux jeunes gens se retournèrent, et leur regard, tout étincelant de félicité, se voila sous une larme.

La personne dont l'apparition inattendue avait fait pousser à la supérieure un cri de joie était la baronne d'Anguilhem.

Les deux sœurs s'embrassèrent, tandis que les pauvres enfans se regardaient en secouant la tête, d'un air qui voulait dire: — Tout est fini. Puis Roger alla vers sa mère qui, au lieu de l'embrasser, comme elle venait d'embrasser sa tante, lui donna seulement sa main à baiser. Quant à mademoiselle de Beuzerie, elle fit à la baronne une profonde révérence, à laquelle celle-ci ne répondit que par une froide inclination de tête.

Les deux enfans tremblaient de tout leur corps; mais la baronne ne dit rien, et après les premiers complimens échangés avec sa sœur, elle accepta l'invitation que celle-ci lui fit de prendre place à table.

Constance avait bien envie de demander à se retirer, mais elle n'osa point. Son couvert se trouva placé entre celui de la baronne et celui de la supérieure, de sorte que tout le temps que dura le dîner, elle n'osa pas lever les yeux; plus d'une fois même Roger surprit une larme furtive qui coulait le long de ses joues et qu'elle essayait rapidement avec sa serviette.

— Quant à lui, il rougissait et pâlissait dix fois en une minute. Il essaya de manger, mais il avait le cœur tellement gros, que c'était chose impossible.

Pendant ce temps, la baronne racontait comment lui était venue, à elle aussi, l'idée de faire une surprise à sa bonne sœur, et comment le baron n'avait pas pu l'accompagner, retenu qu'il était par les préparatifs d'un voyage qu'il comptait faire avec le chevalier aussitôt son retour à Anguilhem. A cette nouvelle que le chevalier allait faire un voyage, les larmes de la pauvre Constance se précipitèrent plus rapides, et le chevalier sentit son cœur se serrer plus fort. Enfin Constance n'y put tenir davantage, elle se renversa en arrière en éclatant en sanglots. A cette explosion inattendue, la bonne abbesse s'aperçut seulement de la douleur de la jeune fille qu'elle interrogea, il faut lui rendre cette justice, avec l'anxiété d'une mère. Mais Constance se contenta de répondre qu'elle ne savait pas ce qu'elle éprouvait, que, sans doute c'était ce qu'on appelait dans le monde des vapeurs, et qu'elle demandait la permission de se retirer dans sa chambre.

Cette permission lui fut d'autant plus facilement accordée, que madame la baronne d'Anguilhem ne fit aucune instance pour qu'elle restât. Constance se retira donc sans une seule parole de consolation, car Roger, comme fasciné par la présence de sa mère, n'osa pas même lui dire adieu.

Quand mademoiselle de Beuzerie fut sortie et que la baronne pensa qu'elle devait être rentrée dans son appartement, elle invita son fils à passer dans sa chambre à faire sans retard son porte-manteau, attendu que l'ordre du baron était qu'il repartît le soir même pour Anguilhem. Roger obéit sans souffler le mot. Le respect filial, à cette époque encore, était une de ces précieuses vertus de famille qui s'étaient conservées sacrées, surtout dans l'aristocratie de province, cette arche de la noblesse. Il salua donc sa mère bien humblement et se retira dans sa chambre.

Les deux sœurs restèrent ensemble.

V.

Il est inutile de dire au lecteur sur quel objet roula la conversation de ces deux dames; disons seulement qu'au bout d'une heure, on fit redemander le chevalier, lequel arriva son petit porte-manteau sous le bras et tout penaud de sa déconfiture.

La supérieure savait tout; elle avait fait redemander à Constance la prétendue lettre du baron qui lui avait été remise par le chevalier; mais Constance avait rencontré son amie dans le corridor et lui avait vivement glissé dans la main cette lettre, son seul trésor. Or, comme personne ne connaissait cette circonstance, mademoiselle de Beuzerie répondit hardiment qu'elle avait brûlé la lettre qu'on lui redemandait, et que, si l'on en doutait, on n'avait qu'à chercher de tous côtés, ce que l'on fit, mais inutilement.

La baronne était venue dans la carriole, avec le cheval et son fils sous la protection du métayer. On attela Christophe près de son camarade, et l'on repartit après de courts adieux, pendant lesquels la bonne abbesse conserva vis-à-vis de son neveu toute la sévère dignité qui convenait à son orgueil blessé.

A peine madame d'Anguilhem et son fils furent-ils seuls dans la carriole, que la baronne ne put, en voyant la tristesse du chevalier, garder rancune plus longtemps au pauvre garçon. Les femmes ont une sympathie instinctive pour toutes les douleurs de l'amour, et la mère la plus sévère devient indulgente du moment où il est question d'une faute commise par le cœur. Alors, au lieu de ces durs reproches auxquels s'attendait le chevalier, commença une série de raisonnemens pleins de logique, d'abord sur l'âge du chevalier, qui avait

quinze ans à peine; ensuite sur la différence de fortune qui existait entre les Beuzerie et les d'Anguilhem; puis enfin sur les arrangemens pris depuis longtemps entre le père de Constance et le père du comte de Croisey. Mais à tous ces raisonnemens, Roger répondait par ce dilemme autrement fort et puissant que tous les raisonnemens de la terre :

—Ma mère, j'aime Constance, Constance m'aime, et nous sommes bien décidés à mourir si l'on nous sépare.

Pendant deux jours que dura le voyage, la baronne attaqua son fils sur tous les points, mais elle épuisa sa logique sans pouvoir en obtenir d'autre réponse que celle que nous avons dite.

Lorsqu'on avait appris la disparition du chevalier, il y avait eu grand conseil à Anguilhem : ce conseil se composait du baron, de la baronne et de l'abbé Dubuquoi; or, comme dès le jour du départ de Roger on avait été fixé sur la route qu'il avait prise, et qu'une fois fixé sur cette route, il n'avait pas été difficile de deviner où il se rendait, il avait surtout été question dans le conseil des moyens à employer pour empêcher cet amour qui se présentait avec des symptômes si effrayans de faire de nouveaux progrès, ou du moins, s'il faisait des progrès, d'empêcher que leurs conséquences n'amenassent quelque grave collision entre les deux familles, les d'Anguilhem et les Beuzerie ayant toujours vécu en excellent voisinage, et l'intention du baron et de la baronne étant encore de maintenir, du moins de leur part, ces bonnes relations.

La décision arrêtée par le triumvir minavirat avait été qu'aussitôt son retour à Anguilhem, le chevalier se mettrait en route pour aller faire sa philosophie au collège des jésuites d'Amboise; puis, cette décision prise, la baronne partit pour hâter ce retour, tandis que le baron, comme l'avait dit madame d'Anguilhem à son fils, se préparait à conduire lui-même Roger dans la capitale de la province, de peur que dans la route il ne fit quelque escapade à son gouverneur.

En arrivant à Anguilhem le surlendemain de son départ de Chinon, le chevalier trouva donc les choses préparées pour partir vingt-quatre heures après. Il est inutile de dire que toute idée de rébellion à la décision paternelle et maternelle demeura absente de son esprit. En face de son amour, le chevalier sentait qu'il était déjà un jeune homme; mais en face du baron et de la baronne, il comprenait bien vite qu'il n'était encore qu'un enfant.

La route fut triste; entre l'abbé Dubuquoi, pour lequel il n'avait pas une profonde affection, et son père, qui repoussait momentanément sa tendresse par la sévérité de son visage, Roger était fort mal à l'aise. D'ailleurs, l'idée que lui, l'enfant des bois, des plaines et de la liberté, allait avoir une année tout entière à passer dans une espèce de prison, avec une foule de gens vêtus de noir qui imposeraient à sa vie les règles de leur ordre, cette idée, dis-je, lui pesait comme une punition mal proportionnée à la faute qu'il avait commise. Puis, toute une année sans voir Constance, c'était un siècle.

Il est vrai que de temps en temps un projet qui avait d'abord épouvanté le chevalier, mais auquel il s'habituait cependant à force d'y penser, venait s'offrir à son esprit comme un éclair. Il ne s'agissait de rien moins que de réunir à la petite somme que lui avait déjà donnée la baronne au moment de partir, et que lui donnerait sans doute encore son père en le quittant, toutes les économies qu'il pourrait faire; puis, quand il aurait devant lui deux ou trois cents livres, ce qui aux yeux du chevalier était une fortune, de se sauver du collège, de partir pour Chinon, d'escalader les murs du couvent, d'enlever Constance, de s'enfuir avec elle, et de se marier devant le premier curé venu.

Parmi les vingt-cinq ou trente volumes que possédait Roger dans sa bibliothèque d'Anguilhem, il y avait un roman intitulé l'Astrée, qui avait fait les beaux jours de la jeunesse de la baronne, et dans lequel florissaient une foule de rois qui enlevaient des bergères, et de reines qui épousaient des bergers. Or, Roger pensait que, si grande que fût la distance pécuniaire qui le séparait de Constance, elle ne pouvait pas se comparer à la distance sociale qui sépare un roi puissant d'une pauvre bergère, ou une grande reine d'un humble berger. Puis d'ailleurs, il y a un âge où l'on croit que la vie s'arrange comme un roman, et Roger était dans cet âge; seulement ce qu'il ignorait c'est qu'à cet âge on peut enlever déjà, mais on ne se marie pas encore.

Il est inouï combien dans une situation extrême et qu'un instant même on a cru désespérée, il est inouï dis-je, combien une résolution, n'eût-elle pas le sens commun, n'offrit-elle pas la moindre chance de succès, apporte de calme dans l'esprit et de résignation dans le cœur. Roger sentait très bien qu'en supposant que toutes les circonstances favorables, et il en fallait beaucoup, se réunissent pour seconder ce projet, ce projet ne pourrait avoir lieu que vers un temps bien éloigné. Mais n'importe, si éloigné que fût ce moment, en mettant les jours et des mois au bout les uns des autres, ce moment ne pouvait manquer de venir. Montrez au voyageur, accablé de fatigue, perdu dans la nuit, errant dans une forêt, prêt à tomber de lassitude, montrez une lumière à l'horizon, cet horizon fût-il distant de deux ou trois lieues, le pauvre égaré reprendra courage, et marchera d'un pas aussi rapide et aussi ardent qu'il marchait le matin, au moment de son départ.

Le chevalier avait donc déjà repris quelque courage en arrivant à Amboise; aussi entra-t-il au collège ea apparence plus résigné que ne l'avait espéré son père. Cette résignation attendrit le brave gentilhomme qui, il faut le dire, aimait tendrement son unique héritier. Il advint donc que son cœur paternel se fondit, et que le résultat de cet attendrissement fut une somme de soixante-douze livres, représentée par trois louis d'or, qu'au moment du départ, le baron glissa dans la main de son fils.

Lesquels trois louis, réunis à deux autres louis que la baronne lui avait donnés, formèrent un total de cinq louis, ou de cent vingt livres, ce qui était déjà un joli petit commencement d'économie.

Roger avait compris que, pour éloigner tout soupçon, il devait commencer par s'adonner au travail avec une assiduité exemplaire. On faisait, comme on sait, d'excellentes études chez les jésuites, et quoique l'abbé Dubuquoi fût un précepteur fort au-dessus des précepteurs ordinaires, les bons pères, après examen fait de ce que savait Roger, n'en décidèrent pas moins fort urgent qu'il doublât sa rhétorique. Roger reçut cette nouvelle, qui portait à deux ans au lieu d'un, son séjour au collège, avec plus de calme que l'abbé ne s'y attendait. Cependant, comme l'abbé, moins facile à tromper que le baron, soupçonnait toujours quelques rouceries cachées sous cette apparente résignation, il se résolut à ne pas perdre son élève de vue.

Mais quelles que fussent la vigilance et la perspicacité de l'abbé, il y fut trompé. Le chevalier avait une de ces natures fécondes sur lesquelles il n'y a qu'à semer la parole pour que la parole porte ses fruits. Roger, qui n'avait d'autre distraction à son amour que le travail, et, qui d'ailleurs, sous prétexte de travailler, se renfermait pour parler de Constance, Roger faisait des progrès rapides; les âmes tendres se passionnent facilement. Notre écolier se passionnait pour les poésies grecques et latines; d'ailleurs dans les bucoliques de Virgile, dans les idylles de Théocrite, il y avait toujours quelque dialogue de berger et de bergère qui rappelait à l'écolier sa situation. C'était une médiocre consolation sans doute, mais, si médiocre qu'elle fût, elle aidait notre amoureux à attendre.

Le premier soin de Roger avait été de s'informer si parmi les écoliers qui habitaient le collège avec lui, il n'y en avait pas quelques-uns qui fussent de Chinon. Le hasard servit Roger à souhait: trois de ses camarades étaient nés dans cette ville, et leurs parents l'habitaient. Le nouveau-venu se lia avec eux et apprit avec une joie que l'on peut comprendre que l'un de ces trois jeunes gens, que l'on nommait Henri de Narcey, avait sa sœur au couvent des Augustines. Or, comme depuis trois ans cette sœur était élevée dans ce couvent, elle devait être liée avec mademoiselle de Beuzerie, ou du moins la connaître. C'était un moyen de correspondance.

Le moment des vacances arriva. Comme Roger n'était en-

tré au collège qu'au mois de juin, et que les vacances avaient lieu à la fin d'août, une crainte, qui plus d'une fois s'était présentée à son esprit, se réalisa. Le jour de la Notre-Dame, il reçut du baron d'Anguilhem une lettre dans laquelle le digne gentilhomme employait toute sa logique pour faire comprendre à son fils qu'il valait infiniment mieux employer les six semaines de vacances à travailler et à réparer le temps perdu, que de les venir passer à Anguilhem. La vérité était que le baron et la baronne s'étaient imposé cette privation de ne pas voir leur fils, de peur que le voisinage de Beuzerie ne rallumât dans le cœur du chevalier un amour qu'on croyait aller s'éteignant, parce que Roger n'en parlait plus. Au reste, pour adoucir autant que possible ce refus au pauvre écolier, on autorisait l'abbé Dubuquoi à lui faire faire quelques excursions dans les environs de Tours, et comme on ne savait pas avec quelle parcimonie le chevalier usait de sa petite fortune, on invitait l'abbé à donner à son élève, sur les fonds confiés à son administration, deux louis de la part du baron et un louis de la part de la baronne. Or, comme pendant les trois mois qui venaient de s'écouler, Roger n'avait dépensé que vingt-quatre livres, il se trouvait, en conséquence, à la tête de sept louis.

Roger s'était donc lié avec les trois jeunes gens de Chinon, et plus particulièrement avec Henri de Narcey. Aussi, au moment où celui-ci partit pour Chinon, le chevalier n'hésita-t-il point à s'ouvrir à lui; il lui raconta comment il avait aimé mademoiselle de Beuzerie, et comment il en était aimé; comment il n'avait été conduit au collège d'Amboise que parce que ses parents désapprouvaient cet amour, qui n'avait pas l'agrément des parents de Constance; et comment enfin on le retenait au collège, de peur que pendant son séjour à Anguilhem il ne fît, en se retrouvant si près de Beuzerie, quelque coup de sa tête.

Henri de Narcey comprit parfaitement tout cela, et se mit, lui et sa sœur, au service de son camarade. Les communications étaient d'autant plus faciles, qu'il avait souvent entendu parler à sa sœur de mademoiselle de Beuzerie, et toujours comme d'une amie intime. En effet, Constance de Beuzerie et mademoiselle Herminie de Narcey ne se quittaient point; et au portrait que Henri fit à Roger de sa sœur, celui-ci reconnut la jeune fille qui donnait le bras à Constance le jour où il l'avait vue dans le jardin du couvent, et qui, de son côté, en le voyant, Constance n'avait pu retenir un cri de surprise, qu'elle avait été forcée de faire passer pour un cri de douleur.

Roger remit une lettre à Henri; cette lettre devait, à son retour au couvent, être remise par Herminie à Constance; puis, dans une lettre d'Herminie à son frère, Constance ferait parvenir sa réponse. Roger détaillait à Constance son projet de s'enfuir du collège, de l'enlever de son couvent et de l'épouser devant le curé du premier village qui se rencontrerait sur la route; une fois mariés, il faudrait bien, quelle que fût leur répugnance à ce mariage, que leurs grands parents donnassent la bénédiction. La lettre, d'ailleurs, était pleine de serments de fidélité inviolable et d'amour éternel.

Le jour des vacances arriva; les deux amis se séparèrent, Roger en recommandant à Henri ses intérêts, Henri en jurant à Roger qu'ils ne pouvaient pas être en de meilleures mains. Le mois de septembre s'écoula sans que Roger manifestât la moindre impatience. Seul de tous ses camarades il était resté au collège, et il travaillait de manière à satisfaire les exigences les plus difficiles; l'abbé Dubuquoi n'y comprenait plus rien.

Au commencement d'octobre, les écoliers rentrèrent; mais, quoique ce fût Henri que Roger attendait avec le plus d'impatience, ce fut Henri qui rentra le dernier. Il est vrai que, dans la poignée de main que Henri donna en rentrant à Roger, il y avait une petite lettre.

Oh! une petite lettre bien courte qui ne contenait que trois lignes, mais ces trois lignes aussi en disaient plus que des volumes, les voici:

« Je ne vous aime pas moins que vous ne m'aimez. Vous

« m'offrez votre vie, je vous donne la mienne. Prenez-la donc,
« et faites-en ce que vous voudrez.

» CONSTANCE. «

Il paraît qu'il y avait aussi dans la bibliothèque de Beuzerie quelque beau et bon roman, destiné, comme l'*Astrée*, à
former le cœur et l'esprit des jeunes filles.

Les choses s'étaient passées à merveille, grâce à l'imagination de Henri. Comme toutes les lettres qui sortaient du
couvent étaient naturellement soumises à un examen préa-
lable, il avait, au moment de son départ pour Tours, feint une
indisposition ; ce retard avait donné le temps aux pensionnaires Augustines de rentrer à leur couvent. De cette façon,
Herminie et Constance avaient pu se revoir ; et, comme au
moment de partir, Henri avait été faire une visite d'adieu à
sa sœur, en l'embrassant, lui avait glissé dans la
main la petite lettre de Constance.

Roger était donc tranquille désormais, toute tentative de
sa part serait secondée de celle de Constance ; son amour
était payé d'un amour égal ; plus , cette tendresse et ce dévoûment qui feront la supériorité éternelle de l'amour de la
femme sur notre amour.

Les jours s'écoulèrent, pendant lesquels Roger, fidèle à
son système d'économie, grossit son petit trésor de toutes
les largesses paternelles et maternelles. Deux fois pour consoler leur fils de cet exil, qu'il supportait, du reste, avec une
héroïque résignation, le baron et la baronne vinrent à Tours.
Pendant ces deux fois, à peine si le nom de Constance fut
prononcé. De sorte qu'à leur second retour à Anguilhem, le
baron et la baronne étaient convaincus que leur fils était
devenu parfaitement raisonnable à cet endroit.

Au bout de six ou huit mois, Roger avait donc assoupi
tous les soupçons, et comme il avait atteint sa seizième
année et qu'il avait fini sa rhétorique, on lui laissait entrevoir que s'il promettait de ne plus faire de folies, il ne re-
viendrait plus au collège. Roger promit tout ce qu'on voulut.

Roger avait tourné et retourné dans sa tête mille projets
d'évasion tous plus insensés les uns que les autres. Ce n'é-
tait pas chose facile que de fuir pour aucun des pensionnaires,
et encore moins pour Roger que pour tout autre, attendu
qu'outre la surveillance générale des bons pères jésuites, il
avait encore la surveillance particulière de l'abbé Dubuquoi.
Enfin Roger s'arrêta au projet le plus simple, et qui lui était
venu le dernier, justement à cause de sa simplicité.

Roger, comme tous les élèves qui avaient atteint leur seizième année ou qui étaient en rhétorique ou en philosophie,
avait une chambre particulière, mais dans laquelle l'abbé
couchait pour plus grande surveillance, il est vrai que l'abbé,
une fois endormi, avait le sommeil profond, et qu'il y avait
un signe des plus bruyans auquel on pouvait reconnaître
qu'il était dans la plénitude de son sommeil ; bref, l'abbé
Dubuquoi, tranchons le mot, avait l'infirmité de ronfler.

Voilà donc ce que Roger, à force de chercher, avait arrêté
dans son esprit.

Le soir fixé pour son évasion, Roger se coucherait comme
d'habitude et laisserait l'abbé se coucher ; seulement il regarderait bien où il poserait ses habits, puis comme l'abbé et
lui étaient à peu près de la même taille, dès que la lumière
serait éteinte, et qu'au ronflement périodique de l'abbé, il
serait bien certain que son surveillant s'était endormi, il se
lèverait doucement, s'affublerait de la calotte noire, de l'habit
noir et du petit collet, se coifferait majestueusement du tri-
corne, et sortirait de la chambre le plus légèrement possible.
L'abbé, selon toute probabilité, ne s'éveillerait que le lendemain, à six heures du matin, et de cette façon, le fugitif aurait huit ou dix heures d'avance sur ceux qui tenteraient de
se mettre à sa poursuite.

Quant au prétexte à donner au portier pour sa sortie à une
pareille heure, le prétexte était tout trouvé. Roger décida de
plus que son évasion aurait lieu dans la nuit du mercredi au
jeudi. Il avait calculé qu'il lui faudrait trois grandes étapes
pour arriver d'Amboise à Chinon, et par conséquent qu'il y
serait dans la journée du dimanche. Une fois là, il n'avait

rien de bien arrêté et comptait prendre conseil des circonstances ; seulement il se présenterait en abbé à la tourière,
lui remettrait une lettre de Henri pour sa sœur, et à une certaine marque contenue dans cette lettre, marque inintelligible
pour tout le monde excepté pour elle, Constance reconnaîtrait
que Roger était à Chinon.

La journée de ce grand mercredi s'écoula au milieu d'angoisses profondes de la part de Roger ; mais il y avait trop
longtemps qu'il nourrissait ce projet pour reculer devant lui
au moment de l'exécuter. Il commanda donc à son visage et
à sa voix ; il eut le courage de faire son thème et sa version ;
enfin, au souper, il mangea comme d'habitude et fut gai
comme à l'ordinaire. Véritablement, le chevalier était pré-
destiné aux aventures romanesques, et avait reçu de la nature toutes les qualités qui aident à les accomplir. A neuf
heures, l'abbé et le chevalier se couchèrent. L'abbé déposa
tous ses vêtemens sur une chaise voisine de son lit ; puis il
éteignit la lumière. Au bout d'un quart d'heure, il dormait
profondément.

Roger attendit qu'un autre quart d'heure fût écoulé, puis il
se laissa doucement glisser à terre, s'arrêtant à chaque cra-
quement de son lit. Enfin ses pieds touchèrent le parquet ; il
s'appuya au mur, et attendit un instant. Le ronflement de
l'abbé continuait à se faire entendre dans sa majestueuse
périodicité. Tout allait bien. Alors il s'approcha, les mains
étendues dans l'obscurité, jusqu'à ce qu'il touchât la chaise,
qui, pour l'heure, servait de porte-manteau à toute la défroque
préceptorale, transporta cette défroque de la chaise sur son
lit, et là commença sa toilette qui s'accomplit sans accident.
Enfin, la toilette achevée, Roger, parfaitement transformé en
abbé des pieds à la tête, ouvrit la porte aussi doucement qu'il
put, la referma de même, tendit le cou pour s'assurer que ses
divers mouvemens n'avaient point tiré son précepteur de son
sommeil, gagna l'escalier, descendit dans la cour, et allant
frapper hardiment à la loge du portier :

— Je suis l'abbé Dubuquoi, précepteur de monsieur le
chevalier d'Anguilhem. Monsieur le chevalier d'Anguilhem
se trouve fort indisposé, et je vais chercher le médecin.

Le portier, à moitié endormi, reconnut par le vasistas le
costume de l'abbé, tira le cordon en grognant quelques paroles que Roger n'entendit pas, et Roger se trouva dehors.
Son premier mouvement fut de courir devant lui. Mais au
bout de dix minutes de course, il s'arrêta subitement : il
allait se jeter dans la Loire.

Arrivé là, il s'orienta ; il savait que Chinon est à vingt-
cinq lieues d'Amboise à peu près, et qu'il n'avait, pour se
rapprocher de cette première ville, qu'à suivre le cours du
fleuve. Seulement, il y avait deux routes pour arriver à ce
but, celle de la rive gauche et celle de la rive droite. Roger se
décida pour la rive droite ; cette route l'éloignait de trois ou
quatre lieues, il est vrai, mais elle lui offrait plus de sécurité de ne pas être rejoint. Il traversa donc l'entre-pont, et
marchant sans s'arrêter toute la nuit, il se trouva vers les
six heures du matin à Rouvray. Là, la fatigue le força de
faire une station ; il avait fait huit lieues tout courant. Il
s'arrêta dans une auberge, se jeta sur un lit, et ordonna
qu'on le réveillât à dix heures ; son intention était de repartir
aussitôt qu'il aurait déjeuné.

En se déshabillant, Roger s'aperçut qu'outre sa bourse à
lui, qu'il avait glissée dans une des poches de sa veste, il
possédait encore la bourse de l'abbé qui était restée dans
l'autre poche. Comme l'argent qu'elle contenait était celui de
son père, Roger, au lieu de concevoir des scrupules, se ré-
jouit fort de cet événement, qui augmentait son trésor de
quatre louis et d'un petit écu, c'est-à-dire de quatre-vingt-
dix-neuf livres. Le chevalier avait maintenant de quoi aller
au bout du monde.

Pendant que Roger déjeunait, l'hôte entra pour lui annoncer qu'un batelier qui descendait la Loire et qui recrutait
des voyageurs tout le long de la route, lui faisait demander
s'il ne préférait pas continuer son voyage en barque. Cette
idée sourit assez à Roger, attendu qu'on perdrait plus facilement sa piste sur l'eau que sur la terre ; la trace du bateau
sur la rivière étant une de ces traces aussi difficiles à retrou-

ver qu'aucune de celles indiquées comme introuvables par le roi Salomon, de proverbiale et poétique mémoire.

Roger fit donc répondre que si son voyage ne devait rien perdre comme célérité à ce nouveau mode de locomotion, il accepterait avec le plus grand plaisir ; l'hôte lui assura que bien loin d'y perdre, il y gagnerait, puisque, de cette façon, il voyagerait jour et nuit. Cette assurance séduisit Roger au point qu'il chargea l'hôte d'arrêter à l'instant même sa place, quoique le bateau ne dût partir que dans deux heures : il est vrai que l'avantage de voyager toute la nuit compensait bien la perte de deux heures.

Cependant, au moment où l'hôte sortait, Roger le rappela pour s'informer de lui quels étaient les voyageurs avec lesquels il allait faire route. Il apprit alors que c'étaient en grande partie des négocians qui allaient à Nantes pour leurs affaires, des officiers qui rejoignaient leurs garnisons de Rennes ou de Brest, enfin des Parisiens qui voyageaient pour leur plaisir. Il n'y avait rien dans tout cela de suspect pour lui ; cette énumération ne lui fit donc rien changer à ses dispositions premières, et il renvoya l'hôte en lui disant que le batelier pouvait compter sur lui.

Vers le midi, on partit effectivement ; la barque ou plutôt le coche, traîné par quatre vigoureux chevaux qui suivaient la rive, allait aussi bon train qu'on pouvait le désirer, il en résulta que pendant toute la journée Roger se félicita d'avoir choisi ce mode de transport qui lui promettait un voyage nocturne non moins rapide que celui qu'on accomplissait à la lumière du soleil. Vers les trois heures seulement, on s'arrêta à Tours pour dîner, mais vers cinq heures on repartit, et jusqu'à la nuit, on marcha d'une égale vitesse. Le patron, interrogé sur le chemin que l'on ferait pendant l'obscurité, avait répondu que le lendemain matin on serait à Langeais pour déjeuner : sur la foi de cette promesse, Roger s'enveloppa dans son manteau, se coucha sur un banc et s'endormit.

Cependant, comme malgré les précautions prises par lui, Roger n'était pas sans inquiétude, son sommeil fut bientôt troublé par un rêve. Il lui sembla qu'il voyait poindre à l'horizon deux cavaliers qu'il reconnaissait, l'un pour son père, l'autre pour l'abbé Dubuquoi, lesquels, en apercevant le coche, pressaient l'allure de leurs chevaux ; tandis que, au contraire, le coche, malgré les prières que faisait Roger au patron, ralentissait son mouvement à mesure que s'augmentait la vitesse des cavaliers. Enfin tous deux s'approchèrent tellement, que Roger, dans son rêve toujours, songea qu'il n'avait plus d'autre ressource que de se cacher à fond de cale. Il y descendit donc, se fourra entre deux barriques et attendit. Au bout de quelques instans il lui sembla que non-seulement le mouvement du coche allait se ralentissant, mais encore qu'il cessait tout-à-fait. Puis il entendit des pas qui se rapprochaient de lui, puis il lui sembla sentir une main qui le saisissait au collet ; il était de nouveau prisonnier ; il jeta un cri et se réveilla.

Son premier sentiment fut une impression de joie, car en ouvrant les yeux il vit qu'il était encore parfaitement libre ; seulement son rêve n'était pas tout-à-fait un mensonge ; le coche était arrêté et se tenait immobile au milieu du courant. Roger alla s'informer des causes de cette immobilité au pilote qu'il trouva endormi comme le reste des voyageurs. Un moment il hésita à le réveiller, mais la position était trop grave pour que cette hésitation durât longtemps. Il secoua donc le digne navigateur par le bras, et celui-ci, tout en grommelant de ce qu'on le tirait de son sommeil, répondit comme à une chose toute naturelle et qui, par conséquent, n'avait le droit d'exciter ni surprise ni mécontentement, que le coche s'était ensablé, accident qui lui arrivait toujours trois ou quatre fois par voyage. Cette explication donnée, le pilote laissa retomber sa tête sur le gouvernail et se rendormit.

En effet, la Loire était à cette époque ce qu'elle est encore aujourd'hui, c'est-à-dire une des plus capricieuses rivières de France, en ce qu'on n'est jamais sûr de la trouver chez elle, et que, comme ces tyran de l'antiquité qui avait douze chambres, elle ne couche jamais deux nuits de suite dans le même lit. On était donc ensablé, c'est-à-dire qu'on était menacé de demeurer à la même place jusqu'à ce que quelque pluie d'o-

rage vînt rendre à la rivière l'eau qui lui manquait, ou qu'en doublant ou triplant le nombre des chevaux qui composaient l'attelage, on parvînt à faire franchir au coche l'obstacle qui l'avait arrêté.

On se figure facilement, en se mettant un instant à la place de Roger, l'impression que dut produire sur lui une semblable nouvelle. Il y avait déjà vingt-quatre heures qu'il était parti, et il n'avait encore fait que quinze à dix-huit lieues, c'est-à-dire qu'à peine était-il à moitié du chemin ; cependant, si critique que fût la situation, il n'y avait pas d'autre parti à prendre que celui de la patience : le lendemain matin, si l'eau n'était pas montée ou si les chevaux ne parvenaient pas à désensabler le coche, le chevalier gagnerait la rive gauche ou la rive droite, peu lui importait laquelle, et continuerait son chemin à pied.

Ce point arrêté dans son esprit, Roger essaya de se rendormir, mais cela lui fut impossible. Il demeura donc éveillé, pensant à Constance, et rêvant aux moyens d'arriver jusqu'à elle.

Cela lui paraissait, au reste, la chose la plus facile : du moment où Constance serait, par la lettre que Henri de Narcey écrivait à sa sœur, prévenue de la présence de Roger, elle se tiendrait sans doute prête à tout événement. Alors Roger, à l'aide d'une échelle, passerait par-dessus le mur du couvent qui donnait sur une rue parfaitement déserte ; puis, comme la fenêtre de Constance donnait elle-même sur le jardin, à l'aide de cette échelle, elle descendrait par la fenêtre, tous deux escaladeraient alors le mur, puis ils s'enfuiraient jusqu'au premier village, où un prêtre quelconque les marierait.

Ce fut en passant et en repassant toutes ces idées dans sa tête, que Roger vit venir le jour. Mais le jour vint sans rien changer à la position du coche ; toute la nuit s'était écoulée sans que l'idée vînt à la Loire de monter d'un pouce. D'un autre côté, le conducteur, voyant l'insuffisance de ses quatre bêtes, était allé chercher du renfort au plus prochain village, et en avait ramené huit chevaux qui, réunis aux quatre premiers, formaient un total de douze. Mais malgré les efforts réunis des pauvres animaux et les coups de fouet plus que consciencieux que leur administrait le charretier, le coche ne bougeait pas plus que s'il eût pris racine au fond de la Loire. Deux ou trois heures se passèrent ainsi en tentatives infructueuses.

Roger se mangeait les poings d'impatience, et ne comprenait rien à l'apathie des voyageurs qui l'entouraient, et qui raisonnaient, graves et tranquilles, sur l'événement qui l'exaspérait, proposant les moyens plus impraticables les uns que les autres pour en sortir, et paraissant, au reste, résignés à demeurer là jusqu'à ce qu'un miracle de Dieu vînt les en tirer. Il avait affaire à des gens visiblement habitués à descendre la Loire, et, par conséquent, familiers avec de pareils événemens.

Roger alla trouver le patron du coche et lui déclara que si dans une demi-heure le coche n'était pas remis à flot, il le prévenait qu'il sauterait à l'eau et gagnerait le bord à la nage. Le patron déjeunait fort tranquillement avec des côtelettes et du vin d'Orléans ; il écouta le discours de Roger d'un bout à l'autre, et lui demanda s'il avait payé son passage ; Roger lui répondit en lui montrant son reçu ; alors le patron l'assura qu'il était parfaitement libre de s'en aller comme bon lui semblerait, et il se remit à finir ses côtelettes et à achever sa bouteille.

Roger se sentit pris d'une envie féroce d'étrangler le patron ; cependant, comme il comprit qu'un homicide ne ferait que compliquer sa situation, il se contint et remonta sur le pont.

Il espérait trouver les voyageurs impatiens, et comptait profiter de cette impatience pour fomenter une petite émeute ; il s'approcha en conséquence de différens groupes ; mais, à son grand étonnement, il trouva qu'au lieu de se préoccuper de l'accident, chacun parlait de ses affaires ; les politiques commentaient les conférences de Gertruydenberg, les officiers racontaient la bataille de Malplaquet, et les négocians discutaient l'impôt du dixième. Roger vit qu'il n'y avait rien à tenter de ce côté et il commençait à aviser aux moyens de mettre à exécution la menace qu'il avait faite au patron de gagner le bord à la nage, lorsqu'il vit cinq ou six barques se détacher du rivage et ramer vers le coche. C'étaient des naturels du pays qui venaient offrir aux voyageurs échoués des vivres frais, des gâteaux et des fruits, comme viennent les sauvages des mers du Sud autour des bâtimens égarés dans l'océan Pacifique.

Roger acheta toute la cargaison d'une barque, à la condition que cette barque le conduirait à l'instant même à bord.

Le départ du petit abbé interrompit un instant les conversations. Quelques têtes se retournèrent pour le voir descendre et le suivirent un instant pendant qu'il s'éloignait; mais bientôt chacun reprit sa conversation et personne ne parut plus s'occuper du déserteur.

Roger mit pied à terre en face de Luynes. Il avait bien envie de gagner la ville, éloignée d'un quart de lieue à peu près des bords de la rivière, afin de voir s'il y trouverait un cheval, mais il pensa que cela le retarderait. D'ailleurs, en prenant un cheval, il fallait prendre un homme, et c'était mettre quelqu'un dans son secret. Il prit donc la résolution de continuer sa route à pied, et se mit aussitôt en chemin pour Langeais, où il arriva à sept heures du soir.

Là, quel que fût le désir de Roger d'aller plus loin, force lui fut de s'arrêter pour passer la nuit. Il lui fallait au moins faire une halte d'une heure pour souper et se reposer quelque peu. Le moyen de se remettre en route à pied et à huit heures du soir! c'était s'exposer à éveiller les soupçons; d'ailleurs, notre amoureux était arrivé à l'endroit où il devait traverser la Loire et s'enfoncer dans les terres; or, comme il n'y avait que des chemins de traverse pour se rendre de Langeais à Chinon, il y avait dix chances contre une que pendant l'obscurité il s'égarerait. Roger, bon gré mal gré, passa donc la nuit à l'auberge, et pour ne pas perdre son temps, il se fit parfaitement renseigner par l'aubergiste sur la route qu'il aurait à suivre pour le lendemain.

Au point du jour, Roger se mit en voyage. Il espérait, en marchant bien, être à Chinon vers les deux heures de l'après-midi; en effet, à neuf heures il déjeunait à Armentières, à midi il faisait une halte à Saint-Benoît, et à deux heures moins quelques minutes il apercevait enfin les tours et les clochers de la ville tant désirée. Loin de redoubler son courage, cette vue sembla épouvanter Roger; il s'arrêta un instant, les jambes tremblantes et la main appuyée sur sa poitrine, comme pour comprimer les battemens de son cœur; enfin, il reprit courage, et, honteux sans doute de sa faiblesse, il se remit en route en doublant le pas: un quart d'heure après il était à Chinon.

Alors, et comme il arrive à tous les cœurs résolus, l'approche du danger doubla la force du chevalier : il s'avança droit vers le couvent, sonna sans hésiter à la porte, et soutenait avec le plus grand calme le regard scrutateur de la tourière :

— Ma sœur, lui dit-il, vous avez, je crois, dans votre couvent, mademoiselle Herminie de Narcey?

— Oui, mon frère, répondit la tourière; que lui voulez-vous?

— Je suis chargé, par monsieur Henri, de lui remettre cette lettre. Auriez-vous l'obligeance de la lui faire passer après l'avoir, bien entendu de la lui faire passer après l'avoir, bien entendu de la règle, remise à votre digne supérieure?

— A l'instant même, répondit la tourière. Hélas! pauvre chère demoiselle, cette lettre lui fera un grand plaisir, surtout dans ce moment-ci où elle est si triste.

— Triste de quoi? demanda Roger avec inquiétude.

— Triste d'avoir perdu sa meilleure amie.

— Sa meilleure amie! reprit Roger avec une crainte croissante; elle a perdu sa meilleure amie, dites-vous?

— Oh! mon Dieu, oui, répondit la tourière en levant les yeux au ciel; Dieu nous l'avait donnée, Dieu nous l'a reprise; il a bien fait, car c'était un ange.

— Mais... mais... cette meilleure amie, s'écria Roger essuyant la sueur qui lui coulait sur le front; cette meilleure amie, si je ne me trompe, c'était...

— C'était mademoiselle de Beuzerie, reprit la tourière; la connaissez-vous, par hasard, mon cher frère?

— Constance! Constance! s'écria le chevalier. Au nom du ciel, achevez, achevez! Que lui est-il arrivé?

— Elle est morte il y a trois jours, répondit la religieuse, et on l'a enterrée hier.

Roger jeta un cri terrible, chancela comme un homme frappé de la foudre, et serait tombé de toute sa hauteur sur le pavé, si le baron d'Anguilhem, qui en ce moment venait de son côté pour entrer au couvent, ne l'eût retenu entre ses bras.

VI.

Quand le chevalier revint à lui, il était couché dans une chambre d'auberge, et le baron d'Anguilhem était assis au chevet de son lit.

En rouvrant les yeux, il regarda tout autour de lui, comme fait un homme qui se réveille, et qui en se réveillant rappelle ses souvenirs. Alors ses souvenirs lui revinrent: il se rappela ce qui s'était passé à la porte du couvent; qu'il avait, de la bouche de la tourière, appris la mort de Constance, et comment, écrasé par ce coup, il était tombé dans les bras d'un homme qu'il avait vaguement cru reconnaître pour son père.

Un instant le chevalier voulut douter de son malheur; mais l'état dans lequel il se retrouvait, les habits de son précepteur jetés sur une chaise, son père assis et pleurant près de lui, toutes ces preuves de son malheur était trop grandes pour qu'il pût conserver aucune espérance; il se retourna donc vers le baron, les bras étendus, en criant : — Oh! mon père, que je suis malheureux!

Le baron adorait son fils, aussi lui prodigua-t-il toutes les consolations qui sont de mise en pareille circonstance; il lui rappela qu'il était homme, que l'homme était né pour souffrir, et que c'était dans ce but que Dieu lui avait donné la force. Tout cela était de la bonne philosophie de collège; mais à toutes ces sentences, si consacrées qu'elles fussent, Roger murmurait en secouant la tête:

— Si ma mère était là! si ma mère était là!

— Eh bien ! que ferait-elle, que je ne fasse pas? demanda le baron.

— Oh! elle pleurerait avec moi, s'écria Roger. Et il retomba sur son oreiller, éclatant en sanglots.

Le baron pensa que ce qu'il avait de mieux à faire en pareille occasion était de laisser pleurer son fils tout à son aise. En effet, les larmes le soulagèrent un peu, et il commença à pouvoir parler de Constance. Ce fut, comme on le pense bien, pour multiplier les questions sur sa maladie et sur sa mort. Le baron se contenta de répondre qu'il ne connaissait de cette maladie et de cette mort que les circonstances que tout le monde en connaissait; la jeune fille avait été prise de la petite vérole, et, malgré la science des médecins, elle était morte après six jours de souffrances.

Le chevalier déclara alors qu'il voulait aller au couvent, voir la chambre qu'habitait Constance, voir la tombe où elle reposait; qu'il voulait pleurer dans l'une et prier sur l'autre.

Le baron lui répondit que le lendemain on chantait un Requiem pour le repos de l'âme de la jeune fille, et que, s'il voulait promettre de se conduire en homme et de repartir le même soir pour Anguilhem, il assisterait à ce Requiem, et qu'en sortant de l'église, il le conduirait avec l'abbesse à la cellule, puis à la tombe de Constance.

Le chevalier donna sa parole d'avoir du courage. Quant à ce qui était de quitter Chinon, il le désirait au fond du cœur, car il sentait combien, dans la circonstance où il se trouvait, il avait besoin de l'amour de sa mère.

Le reste de la journée se passa donc d'une façon assez calme, quoique toujours assez triste. Roger resta couché, faisant de temps en temps semblant de dormir. Aussitôt son père, qui croyait à son sommeil, sortait sur la pointe du pied, et Roger, qui se trouvait seul, pouvait alors pleurer à son aise.

La nuit vint, et si malheureux que fût le chevalier, avec la nuit un peu de sommeil ; il rêva de Constance, et, chose étrange, au lieu de voir la jeune fille pâle et mourante sur son lit, ou pâle et morte dans son cercueil, à chaque fois qu'il la revit, il la revit pleine d'existence, le sourire sur les lèvres, l'amour dans les yeux, telle qu'il l'avait vue enfin à Anguilhem, à Beuzerie et au couvent. Alors il se réveillait, le cœur bondissant ; puis pendant quelques instans il doutait de son propre malheur, jusqu'à ce que cette chambre d'auberge, ces vêtemens ecclésiastiques, les pas de son père qui occupait l'appartement voisin, et qui à chaque mouvement que faisait le chevalier se rapprochaient de la porte, vinssent le ramener à l'affreuse certitude que la mort de Constance seule n'était pas un songe.

Au point du jour, Roger entendit tinter la cloche du couvent : elle annonçait le service funèbre de la journée ; chaque battement tout à tour et sourd du bronze mortuaire retentit jusqu'au fond du cœur du chevalier.

Une chose le tourmentait encore ; il n'avait pas d'autres habits que ceux avec lesquels il s'était enfui d'Amboise, et il ne pouvait assister au service de Constance vêtu en abbé, il lui semblait que ce déguisement, qui avait quelque chose de grotesque, cadrait mal avec sa douleur. Courir les champs, enlever Constance avec cet habit, tout cela allait à merveille, mais écouter l'office des morts, et aller pleurer sur sa tombe sous ce costume, c'était une profanation.

Le cœur a ses délicatesses instinctives qui ne le trompent jamais.

Sur ces entrefaites, le baron entra dans la chambre du chevalier suivi d'un domestique du château qui apportait un habit complet. Roger remercia son père en lui demandant comment il s'était procuré ces vêtemens. Le baron répondit que l'abbé étant arrivé à Anguilhem, avait raconté à la baronne dans quel accoutrement s'était sauvé son fils, et que comme la baronne avait pensé avec raison que Roger ne s'était sauvé que pour revoir Constance, elle avait aussitôt envoyé chercher ce costume, comprenant l'embarras dans lequel se trouverait son fils en arrivant à Chinon. Une seule chose étonna Roger, c'est que sa mère ne le lui eût pas apporté elle-même.

Cependant le chevalier s'habilla ; car c'était à huit heures que devait avoir lieu la messe ; au grand étonnement du baron, Roger ne lui dit pas un mot de Constance. Le pauvre garçon avait senti dans toutes les réponses que lui faisait son père quelque chose de froid et de contraint qui n'allait point à la franchise de sa douleur ; le baron, de son côté, dans la crainte sans doute de réveiller les regrets de son fils, écartait constamment la conversation du seul sujet qui intéressât le chevalier ; il ne comprenait pas que, dans les crises du genre de celle qu'éprouvait son fils, la première consolation ce sont les larmes, et que le moyen d'épuiser ces larmes c'est de parler à celui qui a besoin de les répandre, de la perte qui les fait couler.

Le baron crut donc que Roger était moins affligé, parce que Roger ne pleurait plus. Hélas ! ces larmes refluaient en dedans et retombaient une à une sur son cœur.

Roger sortit avec son père, et ils s'avancèrent vers le couvent en marchant côte à côte. Mais, en approchant de la porte où deux fois il s'était présenté avec de si douces émotions, Roger sentit que la terre tremblait sous ses pieds, que les maisons, les murailles, les arbres, tournaient autour de lui ; il fut forcé de s'appuyer au bras de son père. De son côté le baron était visiblement ému, et comme Roger s'aperçut de cette émotion, il essaya de maîtriser la sienne.

En arrivant à la porte, Roger revit la tourière qui lui avait appris la terrible nouvelle. La pauvre femme, tout habituée

qu'elle était à la vue des grandes douleurs humaines, paraissait affectée elle-même de la pâleur et de la tristesse du chevalier. Et lorsque celui-ci, en passant devant elle, lui glissa secrètement un louis dans la main, elle ne put retenir ses larmes.

Roger entra dans cette église où, un an auparavant, il était entré le cœur si joyeux, dans l'espérance qu'il avait alors de reconnaître la voix de Constance parmi toutes ces voix. Un an s'était écoulé, et cette voix si pure, si chaste, si vibrante, s'était éteinte ; et il allait entendre toutes ces autres voix au milieu desquelles il chercherait vainement celle qui, à cette heure, chantait au ciel les louanges du Seigneur.

Le chevalier alla s'agenouiller à la même place où il s'était agenouillé un an auparavant, et là, pour la première fois, il sentit ce sublime besoin de prière qu'on éprouve dans les grandes douleurs. Là, pour la première fois, son âme se mit en communication avec cet autre monde, qu'on n'entrevoit jamais qu'à travers un voile de joie ou de désespoir, qu'on ne comprend que dans les suprêmes ravissemens ou dans les extrêmes douleurs.

Tout le temps de l'office s'écoula sans que les pleurs de Roger cessassent de couler le long de ses joues, mais sans que sa poitrine laissât échapper un sanglot. La prière rend les larmes douces et faciles.

La messe finie, le baron conduisit son fils chez la supérieure ; peut-être la digne religieuse gardait-elle quelque rancune à son neveu du tour qu'il lui avait joué autrefois et qu'il avait voulu tout récemment renouveler. Peut-être lui promettait-elle quelque bonne et sévère réprimande, car son premier abord fut digne et froid ; mais à peine l'eut-elle entendu s'écrier d'une voix déchirante : « Ah ! ma tante, ma tante, vous l'avez donc laissée mourir ! » qu'elle n'eut plus de force contre une douleur si réelle et qui se manifestait par une si profonde altération du visage et de la voix. La bonne supérieure fondit en larmes.

Roger profita de ce moment pour rappeler à son père la promesse qu'il lui avait faite de demander pour lui à sa tante la permission d'entrer dans la cellule de Constance. La supérieure éleva quelque petite difficulté et cela après avoir appelé une religieuse et lui avoir tout bas donné quelques ordres qui avaient sans doute pour but d'éloigner de la vue de Roger les objets qui eussent pu irriter encore sa douleur.

Quelques instans après, tous trois descendirent ; les corridors étaient déserts ; il semblait que la mort d'un seul coup eût dépeuplé toutes ces cellules : les jeunes filles étaient au jardin.

L'abbesse ouvrit la chambre de Constance et s'apprêtait, ainsi que le baron, à y suivre Roger ; mais Roger les pria tous deux de permettre qu'il restât seul un instant dans le sanctuaire de son amour. Le père et la tante se regardèrent, puis sans doute ils ne virent aucun inconvénient à cette demande, car ils firent signe à Roger qu'il pouvait entrer.

Roger entra, referma la porte sur lui pour être seul, et s'avança religieusement et les mains jointes vers ce lit où Constance avait rendu le dernier soupir ; rien n'indiquait que la mort eût passé là. Le chevalier se pencha vers l'oreiller virginal pour y déposer un baiser. Il était encore tout parfumé de cette douce et fraîche odeur qui émane de la jeunesse et de la santé ; on eût dit que celle qui l'avait quitté il y avait trois jours pour la tombe, en était descendue le matin même pour aller courir, les cheveux épars, dans quelque prairie toute parsemée de fleurs, toute diaprée d'abeilles et de papillons.

Ce contraste des lieux avec la scène qui s'y était passée, et dont rien ne paraissait avoir gardé la mémoire, brisa le cœur de Roger. Ainsi lui apparaissait cette grande vérité que nous sommes destinés à passer sur la terre, sans y laisser d'autre trace que le souvenir que nous garde le cœur des gens qui vous ont aimés ; encore, combien de temps les cœurs les plus profondément émus nous gardent-ils ce souvenir !

Roger jura que le souvenir de Constance vivrait éternellement dans le sien.

Alors il se releva, examina les uns après les autres tous les bjets qui composaient l'ameublement de cette petite chambre, dont il voulait garder l'image dans son âme. A gauche, en entrant, le long de la muraille, étaient un crucifix et un prie-Dieu ; sur le prie-Dieu était le petit livre de messe de Constance. Roger alla s'agenouiller devant le prie-Dieu, baisa le livre, l'ouvrit à l'endroit où le signet marquait qu'il avait été ouvert pour la dernière fois, lut la prière que Constance avait lue sans doute ; c'était la salutation angélique, c'était l'*Ave Maria*, c'était cette douce et poétique promesse d'un ange à une vierge, du ciel à la terre, de Dieu aux hommes.

En face était la cheminée. Sur la cheminée s'épanouissaient deux vases de porcelaine avec deux bouquets de fleurs qui vivaient, grâce à l'eau qui baignait leur tige, survécu à celle qui les avait cueillis ; puis, entre ces deux vases brillait une petite glace, mondaine infraction aux règles du couvent, mais que la supérieure permettait à celles de ses pensionnaires qui étaient destinées à rentrer dans le monde. Roger cueillit une pensée à chacun de ces bouquets à moitié flétris, et posa ses lèvres sur cette glace qui, c'était la glace qui, infidèle et oublieuse comme le reste, était prête à réfléchir tous les nouveaux visages qui passeraient devant elle, sans garder aucune trace de ce visage d'ange qu'elle avait réfléchi tant de fois.

De la cheminée, Roger alla à la fenêtre. Comme nous l'avons dit, cette fenêtre donnait sur le jardin. C'était le même qu'il avait déjà vu ; ces jeunes filles qui le peuplaient, c'étaient les mêmes. Mais quelle différence ! bruyantes et joyeuses comme l'autre fois, elles étaient cette fois-ci silencieuses et tristes. Elles ne jouaient pas, elles se promenaient par groupes et à l'écart. Seule, toute seule, se promenait Herminie de Narcey, cette fidèle amie de la pauvre Constance.

Cette dernière vue fut pour Roger la plus terrible de toutes ; là dans ces jeunes cœurs, là dans ces âmes virginales, blanches pages à peine ouvertes du livre de la vie, là était la véritable trace de la mort que Roger cherchait vainement autour de lui ; là était la voie qu'avait laissée à travers les airs la colombe qui remontait au ciel. En ce moment la porte se rouvrit ; il y avait plus d'une demi-heure que Roger était dans la cellule de Constance, et ne le voyant pas sortir, son père et sa tante avaient craint quelque nouvel accident amené par une trop forte émotion.

Roger sortit, le cœur brisé, sentant qu'il emportait de cette petite chambre des souvenirs pour toute sa vie, mais cependant assez calme en apparence, de sorte que lorsqu'il demanda à sa tante de le faire conduire, selon la dernière promesse que lui avait faite le baron, à la tombe de Constance, non-seulement ni le baron ni la supérieure ne firent aucune difficulté, mais encore tous deux offrirent de l'y accompagner.

Le cimetière du couvent était dans le cloître. Roger eut donc à peine cent pas à faire pour se rendre de la chambre où Constance n'avait fait que se reposer un jour, pour arriver à la demeure où elle allait dormir éternellement. A la porte du cloître, comme à la porte de la chambre, Roger demanda qu'on le laissât seul ; la douleur a sa religion, les larmes ont leur pudeur. Roger entra donc seul dans le petit cimetière.

C'était, comme dans tous les couvents, un carré entouré d'arcades soutenues par des colonnes, et renfermant une enceinte de terre couverte d'herbe, et dont la surface était toute boursouflée par des tombes, plus ou moins saillantes, selon que l'intervalle écoulé n'avait pas encore eu le temps d'les affaisser plus ou moins. Là surtout on sentait la marche du temps, ce grand niveleur, sous les pas duquel s'effacent, petit à petit, le palais des vivants et les tombes des morts. Roger s'avança lentement vers une fosse fraîchement comblée, et que recouvrait une pierre sur laquelle on n'avait eu le temps d'inscrire un nom. Il n'y avait pas à s'y tromper, et il était visible que cette tombe datait du jour qu'on lui avait indiqué comme ayant été le jour de l'enterrement de Constance. Roger s'agenouilla devant cette pierre et pria.

C'était là sa suprême épreuve, aussi la prolongea-t-il jusqu'à ce que le baron et la supérieure vinssent le chercher. Il avait dit adieu à l'église où Constance avait prié, à la chambre où elle avait vécu, à la tombe où elle était couchée pour tou-

jours, rien ne le retenait plus à Chinon ; aussi Roger se laissa-t-il entraîner comme un enfant, et après avoir pris machinalement congé de sa tante, monta-t-il dans la carriole qui avait amené son père, non-seulement sans faire aucune résistance, mais même sans prononcer aucune parole. La route fut plus rapide cette fois que la première, le baron avait en venant changé trois fois de chevaux sur la route, à Loches, à Saint-Maure et à l'île Bouchard : il en résulta qu'on n'eut pas besoin d'attendre, on reprit à chacune de ces stations un cheval frais, de sorte que le lendemain à midi on se trouva à Anguilhem.

Pendant toute la route, Roger était demeuré absorbé dans une apathie profonde, sans larmes, sans soupirs, et presque sans sentiment : en revoyant sa mère, cependant, le pauvre enfant retrouva ses pleurs ; mais la secousse avait été trop violente, le soir même la fièvre se déclara, et Roger tomba sérieusement malade.

Ce fut alors que se développa, dans tout son admirable dévoûment, cet amour maternel dont la baronne avait déjà donné tant de preuves à son fils. Tant que Roger fut malade, elle ne quitta pas un instant le chevet de son lit, le gardant le jour, le veillant la nuit, lui parlant sans cesse de Constance ; priant et pleurant avec lui, fondant son âme dans son âme, pénétrant toutes ses sensations, allant au devant de tous ses désirs, n'ayant d'autre vie que sa vie, d'autre volonté que sa volonté. Parfois Roger, qu'elle croyait endormi, la surprenait le regardant avec un sentiment de tendresse infinie, dans lequel il lui semblait démêler de la tristesse et du remords. Vingt fois il fut sur le point de l'interroger sur cette expression étrange qu'il lisait dans ses yeux ; mais Roger n'avait plus la force d'être curieux ; que lui importait le reste du monde ? Constance n'était plus.

La maladie du chevalier fut longue, puis insensiblement elle dégénéra en une sombre mélancolie, plus dangereuse que le mal auquel elle succédait, car Roger se plaisait dans cette mélancolie, et après s'être soumis à tous les traitements qu'on lui avait ordonnés pour guérir la maladie du corps, il ne voulait rien faire pour guérir celle de l'âme. Son père lui proposait vainement de monter à cheval, de chasser, de faire des armes. Tous ces exercices, pour lesquels autrefois il s'était montré passionné, le fatiguaient maintenant au point de lui inspirer du dégoût. Ses travaux scolastiques étaient ses seules distractions ; et un beau jour, au grand étonnement de son père et de sa mère, Roger demanda à retourner au collège des jésuites d'Amboise.

Le baron et la baronne, quelque douleur qu'ils eussent de se séparer de leur fils dans la disposition d'esprit où il se trouvait, n'en accueillirent pas moins la proposition avec joie. Cela prouvait que Roger se reprenait en quelque chose à la vie ; il y avait trois mois qu'il n'avait manifesté un désir quelconque, aussi ce désir fut accueilli sans difficulté.

Roger retourna donc à Amboise, toujours sous la garde de son précepteur : cette fois son père et sa mère l'accompagnèrent ; la baronne ayant voulu être du voyage pour recommander elle-même son fils aux révérends pères jésuites.

Un grand désappointement attendait Roger ; il était entré au collège pendant les vacances, et s'attendait, à la réouverture des classes, à voir revenir son ami Henri de Narcey, mais il l'attendait vainement ; Henri avait fini sa rhétorique, et ses parents, qui le destinaient au barreau, n'avaient pas jugé à propos de lui faire faire sa philosophie. Roger se trouvait donc complètement isolé avec sa douleur.

Alors se développèrent chez lui des sentiments religieux dont on n'avait reconnu aucune trace avant l'événement qui avait été les chercher au fond de son cœur ; Roger passait des heures entières dans l'église, priant jusqu'à ce qu'il tombât dans une espèce d'extase, qui se terminait presque toujours par une abondance de larmes : les révérends pères s'aperçurent bientôt de cette propension, non pas aux exercices de piété, Roger n'était pas un dévot pratique, il oubliait même les heures des offices qu'il fallait presque toujours lui rappeler, mais aux rêveries pieuses ; ils comprirent qu'une âme exaltée comme celle de leur jeune commensal, accompagnée d'un esprit fertile, et qui, selon toute probabilité, reprendrait plus tard toute la vigueur qu'il avait momentanément perdue, serait une excellente recrue pour l'ordre; alors toutes les complaisances, toutes les séductions, toutes les flatteries entourèrent Roger. La religion a son vertige qui attire à elle les cœurs tendres. Roger, pour qui Constance était devenue un ange du ciel, tourna tous ses désirs du côté du ciel. Le recteur était un homme souple, adroit, éloquent, dévoré de cet amour de prosélytisme qui n'existe nulle part aussi prononcé que dans l'ordre dont Ignace de Loyola fut le fondateur. Il fit venir Roger chez lui, l'interrogea sur ses sentimens, affermit sa vocation, et fit tant et si bien, qu'au bout de six mois, Roger déclara un beau matin à son précepteur que sa résolution bien arrêtée était de se faire jésuite.

Comme l'abbé Dubuquoi était dans les ordres, et que le conseil d'envoyer Roger au collége d'Amboise venait de son côté, la peur lui prit que les parens du chevalier ne crussent que c'était lui qui avait inspiré à son élève ce singulier désir d'entrer en religion. Aussi écrivit-il aussitôt au baron ce qui se passait, en le suppliant d'accourir sans perdre un instant, s'il voulait arriver avant que les révérends pères ne se fussent emparés tout-à-fait de l'esprit de son fils.

Le baron vit, du premier coup, le danger qui menaçait Roger; il fit mettre Christophe à la carriole, et le lendemain soir il était à Amboise.

VII.

Comment mademoiselle de Beuzerie apparut au chevalier d'Anguilhem pour lui défendre d'entrer en religion.

Le baron trouva Roger parfaitement calme et parfaitement résolu. Si le projet qu'il avait conçu eût été le résultat de l'exaltation, le baron eût conservé quelque espoir que cette exaltation se calmant, le projet qu'avait enfanté s'évanouirait avec elle; mais il n'en était pas ainsi, et la chose devenait tout-à-fait sérieuse. D'autant plus sérieuse qu'on en était arrivé à cette époque du règne de Louis XIV, ou plutôt de madame de Maintenon, où tout tournait à la religion, où un puissant appui était donné aux chefs des congrégations ou aux supérieurs des couvens, si bien que dans plusieurs circonstances, des jeunes gens ou des jeunes filles des premières familles de France s'étaient faits moines ou religieuses, malgré l'opposition de ces mêmes familles. Le baron ne voyait donc aucun autre moyen à employer vis-à-vis du chevalier que celui de la persuasion.

Aussi fut-ce celui qu'il tenta; mais à toutes les prières du baron, Roger répondit qu'il obéissait à une voix intérieure, que cette voix était celle de sa conscience, et que, depuis le moment où il avait perdu le seul bien qui pût l'attacher à la terre, il se sentait entraîné par une irrésistible vocation.

Le baron s'adressa alors au père recteur, et le pria de l'aider à combattre la résolution du chevalier; mais celui-ci répondit qu'il regarderait comme une offense au Seigneur de détourner de ce ciel une âme qui demandait à faire son salut; que tout ce qu'on pouvait exiger de lui, c'était qu'il ne poussât pas Roger dans la voie où il était entré de lui-même, que c'était d'ailleurs la réserve qu'il s'était imposée jusqu'alors et qu'il continuerait de s'imposer. Le baron n'en pouvait réellement pas demander davantage.

Trois ou quatre jours s'écoulèrent dans ces négociations infructueuses; enfin, vers le soir du cinquième jour, arriva une lettre de la baronne, qui, prévenue de l'état des choses par son mari, écrivait au chevalier qu'elle le priait, avant de prendre une résolution définitive, de venir au moins passer quinze jours à Anguilhem, promettant au néophyte que si, après ces quinze jours, sa résolution tenait encore, elle le laisserait libre de faire sa volonté. La demande était trop maternellement raisonnable pour que Roger n'y accédât point à l'instant même.

Le lendemain, après avoir reçu la bénédiction du père rec-

teur, le futur jésuite partit pour Anguilhem, en compagnie du baron et de l'abbé; ces deux derniers maudissant au fond du cœur le jour fatal où mademoiselle de Beuzerie avait mis le pied à Anguilhem. En effet, depuis ce malheureux jour, comme on peut le voir, tout avait été bouleversé dans cette demeure jusqu'alors si tranquille et dont les habitans, autrefois les plus sédentaires de la province, passaient à cette heure leur vie à courir les uns après les autres sur les grands chemins.

La baronne renouvela sur son fils toutes les tentatives qu'avait déjà essayées le baron; mais, quelle que fût l'insistance maternelle, elle ne put vaincre l'obstination du chevalier. De son côté, son père eut beau lui parler chasse, équitation, escrime, à toutes ces provocations mondaines, Roger répondit que c'étaient des exercices profanes qui ne convenaient aucunement à un homme dont l'intention était de se vouer au Seigneur. Il résulta de ce refus que la baronne commença, de son côté, à désespérer de ramener son fils aux idées qu'il avait autrefois de l'avenir d'un gentilhomme, et que le fatal événement que nous avons raconté semblait avoir effacés de sa mémoire.

Douze jours s'écoulèrent ainsi pendant lesquels la baronne renouvela, et toujours infructueusement, ses instances. Enfin, elle parut avoir elle-même renoncé à tout espoir, et Roger fut délivré de ses obsessions maternelles auxquelles il avait au reste répondu avec une fermeté constamment mêlée de respect et de vénération. Toute la journée du treizième jour s'écoula donc dans la tristesse, et presque dans le silence; car, attendu que la résolution de Roger, depuis son arrivée à Anguilhem, était le sujet constant de la conversation, du moment où l'on ne parlait plus de cela, on ne savait plus de quoi parler.

La soirée fut plus silencieuse et plus triste encore que ne l'avait été la journée, et chacun se retira de bonne heure dans son appartement. Roger, comme d'habitude, fit sa prière devant un grand tableau représentant un Christ au Calvaire, qu'à son dernier voyage, préoccupé déjà d'idées religieuses, il avait fait transporter d'une ancienne chapelle du château dont on avait fait un cellier, dans sa chambre à coucher. Puis, tout illuminé par une de ces extases qui s'emparaient quelquefois de lui après sa prière, il se mit au lit et tomba bientôt dans cette espèce de somnolence qui n'est pas la veille, et qui n'est pas non plus le sommeil.

En éteignant sa lumière, Roger avait remarqué une circonstance due sans doute au hasard, mais que, dans sa pieuse préoccupation, il avait attribuée à une de ces grâces spéciales qu'il croyait parfois lui être accordées par le ciel : un rayon de la lune, passant à travers un grand œil-de-bœuf pratiqué dans la partie supérieure du contrevent qui fermait sa fenêtre, allait illuminer le saint tableau, placé justement en face du pied de son lit; c'était les yeux fixés sur ce tableau que Roger s'était laissé aller peu à peu à cette religieuse extase que nous avons dit et qui commençait à dégénérer en somnolence, lorsqu'il lui sembla que le tableau tournait sur lui-même et qu'une jeune fille, couverte d'une longue robe blanche et le front voilé, se substituait, par un mouvement silencieux et presque insensible, à la sainte peinture; puis, lorsque le tableau eut disparu complètement et que le rayon nocturne qui l'illuminait eut éclairé la jeune fille d'une douce lumière, l'apparition nocturne leva doucement son voile, et Roger, tremblant à la fois de joie et de terreur, reconnut Constance.

C'était bien elle, c'était bien cette charmante fille de la terre devenue un ange du ciel; aussi le premier mouvement de Roger fut-il de se soulever sur son lit et de lui tendre les bras; mais l'ombre lui fit un mouvement de la main pour indiquer au jeune homme qu'il devait rester à sa place, et d'une voix dont chaque son s'en alla vibrer jusqu'au fond du cœur de son amant :

— Roger, lui dit-elle, Dieu permet que je sorte de la tombe, pour te dire que le sacrifice que tu veux faire à ma mémoire est trop grand; ta destinée n'est point d'aller t'ensevelir dans un cloître, mais de continuer le nom de tes pères, qui mourrait avec toi; renonce donc à cette idée que tu as eue d'entrer en religion. Je t'en prie, et s'il le faut, je te l'ordonne. Adieu,

Roger, souviens-toi de ce que je te dis; car ce que je dis, c'est la volonté du Seigneur.

À ces mots, le mouvement opposé à celui qui avait amené la blanche vision sous les yeux de Roger s'opéra, et le tableau reprenant la place qu'il avait quittée un instant, se retrouva à son tour dans la lumière.

Roger était resté haletant, le front mouillé de sueur, et les yeux hagards, tout le temps qu'avait duré la vision; mais à peine eut-elle disparu que doutant de ses sens, il s'élança hors de son lit, afin de s'assurer, en le touchant, que le tableau était bien à sa place; rien n'était changé. Ses mains parcoururent le cadre, la toile, la boiserie, et il fut convaincu que personne n'avait pu ni entrer ni sortir de sa chambre, d'ailleurs fermée en dedans. C'était donc bien l'ombre de Constance qui lui était apparue.

On devine ce que fut le reste de la nuit pour Roger : tant que durèrent les ténèbres, il ne conserva aucun doute sur la réalité de la vision, elle était encore là, présente à ses yeux, il revoyait le pâle et beau visage de sa jeune amie, il entendait sa douce voix, il sentait pour ainsi dire s'avancer vers lui cette main dont le mouvement impératif lui avait commandé le silence et l'immobilité, et dont le doux geste lui avait dit adieu. Mais quelles que fussent la foi et la confiance du jeune homme, lorsque les teintes du matin vinrent chasser de sa chambre la mystérieuse et solennelle obscurité de la nuit, il sentit se détacher une à une les pierres du château fantastique bâti dans l'un de ses rêves, et passa de la conviction la plus profonde à l'incrédulité la plus absolue.

Cependant toute la journée il fut inquiet, rêveur, préoccupé; plusieurs fois sa mère lui demanda quelle cause amenait le changement visible qui, depuis la veille, s'était fait en lui; mais à chaque fois qu'elle fit cette demande, la baronne n'obtint pour toute réponse qu'un triste sourire plein de mélancolie. Quant au baron, il eut l'air d'avoir pris son parti de la résolution de son fils, et d'avoir complètement perdu l'espoir de le faire renoncer à son projet.

La journée s'écoula, plus accidentée cependant que les autres. Roger sortit du château et se promena dans le petit bois qui l'environnait. De temps en temps, de subites rougeurs lui passaient sur le visage, comme si le sang refluait tout-à-coup de son cœur à son front; de temps en temps il tressaillait, et ses yeux semblaient suivre, à travers les arbres, une ombre fugitive et visible pour lui seul; puis, tout-à-coup, un profond soupir s'échappait de sa poitrine et deux grosses larmes tombaient de ses yeux. C'était beaucoup pour Roger que depuis plus de six mois personne n'avait vu pleurer.

Roger attendit la nuit avec une inquiétude mêlée de crainte. Plus d'une fois, pendant le souper, sa mère, qui ne le perdait pas des yeux, le vit essuyer furtivement la sueur qui perlait à la racine de ses cheveux. À la même heure que la veille, il demanda à se retirer, et il sortit de la salle à manger pour regagner sa chambre.

Nous avons dit comment avec le jour le doute, puis l'incrédulité, puis la certitude que cette prétendue apparition n'était qu'un rêve, s'étaient succédé dans l'esprit de Roger; mais, par un effet tout contraire, à mesure que la nuit était venue, son cœur s'était repris à croire, et lorsqu'il se retrouva seul dans sa chambre, couché dans son lit, sans lumière, lorsqu'il revit ce même rayon de lune éclairant ce même tableau, toute sa conviction première revint, et il sentit que son prétendu rêve se refaisait réalité.

Il y eut une heure à peu près de silence où rien ne bougea, et où Roger n'entendit que les battements de son cœur. Pendant une heure ses yeux ardents se fixèrent inutilement sur le tableau immobile, puis tout-à-coup il lui sembla que le cadre commençait à rentrer dans la boiserie, et que, comme la veille, le tableau tournait sur lui-même. Au bout d'un instant il n'eut plus de doute, car il commença d'entrevoir la blanche robe de Constance, puis la jeune fille apparut tout entière : le miracle de la veille se renouvelait.

— « Roger, dit-elle, tu n'as pas cru à ma parole, et Dieu permet que je vienne te la répéter. Roger, abandonne cette funeste résolution qui fait le désespoir de ta famille; Roger, je n'accepte pas le sacrifice que tu veux me faire; tu es né pour

le monde et non pour le cloître; vis pour le monde et sois heureux. »

Puis comme si cette fois l'ombre de la jeune fille eût craint encore que le doute vînt effacer l'impression produite par sa présence, elle détacha de sa ceinture un bouquet de pensées pareil à celui que, vivante, elle avait laissé tomber dans le corridor du couvent de Chinon, et dans le geste qu'elle fit en étendant la main pour dire adieu à Roger, elle le laissa tomber sur le parquet.

Roger se précipita hors de son lit, mais déjà le tableau avait repris sa place. Aucune trace ne restait de l'apparition de la jeune fille, si ce n'est le bouquet de pensées, qu'avec un mouvement à la fois plein de joie et de crainte, qu'avec un mouvement enfin, il faut l'avouer, infiniment plus mondain que religieux, le chevalier porta à ses lèvres.

Cette fois, il n'y avait plus à douter : une preuve matérielle, visible, palpable du passage du gracieux fantôme, était restée aux mains de Roger. Le jeune homme se recoucha pressant le bouquet sur son cœur, et attendant toujours quelque nouvelle apparition. Mais ce fut inutilement.

Il se réveilla au jour. Cette fois, comme la veille, son premier mouvement fut de croire qu'il avait fait un rêve; mais le bouquet était là, dans sa main, fané, mais présent. Oh! cette fois, c'était bien autre chose que la veille : l'ombre de Constance, tirée de sa tombe par un miracle d'amour, lui était bien réellement apparue.

C'était le lendemain que Roger devait partir pour retourner à Amboise; mais à Amboise, au milieu de ce terrible troupeau d'hommes noirs, la gracieuse apparition oserait-elle le suivre? Partir, n'était-ce pas désobéir aux ordres de cette bouche qu'il avait tant aimée?

Mais comment revenir sur une résolution signifiée si publiquement? Comment, après avoir résisté à toutes les instances de son père et de sa mère, aller proposer de prolonger lui-même son séjour à Angoulême? C'était impossible; c'était plus que cela, c'était ridicule; et Roger, disons-le, car nous ne sommes pas ici pour faire éternellement son éloge, Roger avait presque autant d'amour-propre que d'amour.

La journée se passa donc dans une contrainte mortelle. Le baron, comme toujours, paraissait résolu à la séparation, mais la pauvre mère ne perdait pas de vue son fils. Il était évident que la crainte d'un nouveau refus arrêtait sa prière. De son côté, Roger ne demandait qu'à être retenu; il en résultait qu'il ne fallait qu'une occasion pour que tous deux s'entendissent. Cette occasion, l'abbé Dubuquoi la fit naître en venant demander à son élève à quelle heure il comptait partir le lendemain. Roger voulut répondre et balbutia. La baronne aussitôt vint se jeter à son cou, en lui demandant s'il était bien vrai qu'il fût toujours résolu à l'abandonner. Roger alors ne put retenir ses larmes, larmes à la fois de douleur et de joie, et d'un petit ton soumis, plein d'hypocrisie pour nous, qui connaissons le motif qui le faisait agir :

— Madame, dit-il, n'êtes-vous pas ma mère, et ne dois-je pas vous obéir? Ordonnez donc, et je vous obéirai.

La baronne jeta un cri de joie, et courut par la maison annonçant à tous ceux qu'elle rencontrait que son fils ne partirait que plus tard, et peut-être ne partirait pas du tout.

Roger quitta ses parents à la même heure que la veille : il avait hâte de rentrer dans sa chambre : seulement cette fois il y entrait avec un doute plus grand, plus terrible. Le fantôme avait l'air de lire dans sa pensée, puisque la veille il était venu pour dissiper ses irrésolutions. Or, maintenant que toutes les irrésolutions étaient dissipées, maintenant qu'il était bien décidé à suivre les ordres donnés par l'ombre de Constance; maintenant même qu'il avait promis à sa mère de ne plus partir, l'ombre le penserait-elle pas que sa mission était accomplie, et ne jugerait-elle pas inutile d'apparaître de nouveau? C'était inquiétant. Roger commençait à s'habituer à cette jolie ombre qui, à défaut du corps, était au moins un dédommagement.

Aussi, une fois enfermé dans sa chambre, Roger ne perdit-il point de temps pour se coucher et éteindre sa lumière; mais la lune commençait à décroître, de sorte que le rayon

Illuminateur, qui la veille, avait déjà tardé, ce soir-là tarda encore davantage. Enfin, après avoir éclairé successivement depuis l'angle de la chambre jusqu'au cadre, il se fixa sur le tableau : c'était le moment qu'attendait Roger avec tant d'impatience. Aussi jamais prière évocatrice ne sortit-elle aussi ardente des lèvres d'un enchanteur que celle qui s'échappa de la bouche du pauvre chevalier pour prier Constance de lui apparaître au moins une dernière fois. Aussi la prière du chevalier fut-elle exaucée.

Cette fois encore le tableau, comme la veille et comme l'avant-veille, tourna sur lui-même, et la blanche vision apparut. Roger jeta un cri de joie.

— « Oui, c'est moi, dit l'ombre, c'est moi qui viens te dire adieu. Adieu donc, tu as obéi à l'ordre du Seigneur. Le Seigneur te récompensera, je l'espère. Adieu, adieu. »

Et comme l'ombre disparaissait à ces mots, il sembla à Roger qu'il entendait deux ou trois sanglots mal étouffés, qui prouvaient que la morte regrettait autant que le vivant cette nouvelle séparation.

— Oh! non, non! s'écria Roger en s'élançant de son lit; oh! non, pas d'adieu, pas d'adieu! Oh! si j'avais la crainte de ne plus te revoir, Constance, je deviendrais fou! Et Roger s'en alla tomber à genoux au pied du tableau, les mains étendues vers le Seigneur, et priant celui qui a tant souffert d'avoir pitié de lui qui souffrait tant.

Mais Roger n'invoquait plus qu'un tableau insensible, une toile muette; Roger était seul, les dernières vibrations de la voix de Constance s'étaient éteintes : l'ombre avait disparu.

Alors il regagna son lit, tout brisé par la douleur; il avait entendu l'adieu de Constance, ce qu'il avait craint était arrivé, cette apparition c'était la dernière, la pierre était retombée sur la tombe; la pierre ne se relèverait plus.

Il sembla à Roger qu'il perdait Constance une seconde fois. Plus d'une heure s'écoula pour lui dans une agitation fiévreuse qui tenait presque du désespoir. Cet adieu trois fois répété, et les deux dernières fois avec des sanglots, cet adieu pleurait éternellement à son oreille, et lui-même, sans savoir qu'il parlait, répétait involontairement : Adieu! adieu!

Tout-à-coup il sembla à Roger un bruit de pas légers, un bruit presque insensible, un bruit comme celui qui trahissait une sylphide passant sur des fleurs, se faisait entendre de l'autre côté de la boiserie. Roger se souleva sur son lit, haletant, éperdu, espérant et tremblant à la fois, les yeux fixés sur le tableau, maintenant perdu dans l'obscurité; mais malgré l'obscurité il lui sembla que le cadre qu'on distinguait seul dans la nuit s'agitait de nouveau; bientôt il n'eut plus de doute, le tableau tournait sur lui-même.

Constance apparut pour la seconde fois, seulement cette fois l'ombre se détacha de la boiserie, et, sautant légèrement à terre, s'élança vers le jeune homme, en s'écriant :

— Roger! Roger! je ne suis pas morte! Roger! je ne suis pas l'ombre de Constance! Je suis Constance elle-même!

Et en même temps, le chevalier, presque fou de joie, sentit effectivement que ce n'était pas une ombre, mais bien un corps qu'il pressait entre ses bras.

VIII.

Comment on apprit à Anguilhem et à Bouzerie que le vicomte de Bouzenais, ex-capitaine de la frégate la Thétis, était mort intestat, et quelles furent les modifications que cette nouvelle apporta dans les projets des deux familles.

En trois mots, Constance mit Roger au fait de ce qui s'était passé.

Le temps qu'avait perdu notre fugitif dans son voyage d'Amboise à Chinon avait donné à l'abbé Dubuquoi le loisir d'accourir à Anguilhem, et de raconter au baron et à la baronne la nouvelle escapade du chevalier; alors on avait jugé

avec raison qu'il se dirigerait sur Chinon, et l'on avait avisé au moyen d'en finir avec cet entêtement amoureux qui promettait de ne pas laisser un seul moment de repos aux parens des deux jeunes gens. L'abbé Dubuquoi avait eu alors cette heureuse inspiration de proposer au baron de faire passer Constance pour morte. La baronne, comprenant dans son cœur de mère ce que cette nouvelle inattendue causerait de douleur à son fils, s'était longtemps opposée à cette supercherie; enfin il lui avait fallu céder aux bonnes raisons de son mari, et le baron était parti pour mettre la supérieure dans le complot. Le hasard avait justement fait qu'une religieuse était trépassée l'avant-veille, ce qui donnait toute facilité à l'exécution du plan.

On a vu comment ce plan s'exécuta.

Mais ce qu'on n'avait pu penser, ce fut l'intensité de la douleur que cette nouvelle causa au chevalier; ce qu'on n'avait pu prévoir, surtout, c'était la résolution extrême que cette douleur amènerait.

Aussi lorsque la nouvelle que Roger voulait se faire jésuite arriva à Anguilhem, transmise par l'abbé Dubuquoi, cette nouvelle causa au baron et à la baronne un véritable désespoir. Comme nous l'avons vu, le baron partit aussitôt pour Amboise, espérant que son influence paternelle ramènerait le chevalier à des idées plus raisonnables; mais dès la première conversation qu'il avait eue avec son fils, le baron s'était aperçu que c'était une résolution parfaitement arrêtée dans l'esprit du chevalier, et que rien au monde n'en pourrait faire sortir.

Il écrivit aussitôt à la baronne pour lui faire part de la désespérante certitude qu'il venait d'acquérir.

Alors la baronne, à son tour, avait fait un projet, — projet inspiré par son cœur maternel, — c'était de se servir de Constance, que le chevalier croyait morte, pour ordonner au malheureux enfant de renoncer à sa folle résolution; elle s'était fait conduire à Bouzerie; elle avait tant prié la vicomtesse, tant supplié le vicomte, que ni l'un ni l'autre n'avaient pu résister aux larmes de la baronne, et qu'ils avaient consenti à ce que leur fille parût revenir de l'autre monde pour rendre le chevalier Tancrède à celui-ci.

Alors la baronne avait écrit à son mari pour qu'il exigeât au moins qu'avant de prendre une résolution définitive, le chevalier revînt passer huit jours à Anguilhem, demande que Roger n'avait pu refuser à son père. Nous avons vu comment s'étaient passés les douze premiers jours et comment l'entêtement du chevalier avait rendu l'intervention de Constance indispensable.

Tout avait donc été selon les souhaits des grands parens : la mécanique préparée par le plus habile menuisier de Loches avait parfaitement tourné sur elle-même : le baron et la baronne avaient suivi dans le cœur de leur fils l'impression produite par les apparitions successives de Constance; enfin la troisième était venue mettre le sceau aux deux premières. Constance, couchée près de sa mère dans une des chambres les plus reculées du château, avait fait, les larmes aux yeux et le désespoir dans le cœur, ses derniers adieux à Roger, lorsque la douleur l'emportant chez elle sur toute autre considération, elle prit à son tour une résolution extrême et profitant du sommeil de sa mère, elle se releva, se rhabilla, sortit sur la pointe du pied, et débarrassée des surveillans, qui jusque-là lui avaient dicté ses paroles et avaient contenu ses sentimens, elle se glissa de corridors en corridors jusqu'à l'endroit de la boiserie où elle avait l'habitude de prendre place, — poussa le ressort, — et apparut au chevalier non plus comme une ombre, mais comme une délirante réalité.

Roger était l'homme des résolutions soudaines : un instant étourdi, — comme un mort qu'on tirerait de sa tombe, et qui en rouvrant tout-à-coup les yeux, reverrait le ciel et se reprendrait à la vie et au bonheur, —il n'eut de force que pour ne pas tomber écrasé sous le poids de sa joie; mais ce moment passé, il vit que l'occasion, tant cherchée par lui se présentait d'elle-même, unique, rapide, juste, aussi fut-il décidé à l'instant même qu'il ne la laisserait pas échapper.

En un instant, le chevalier fut prêt; quant à Constance, elle l'avait écrit à son amant; si vie n'était plus à elle, mais à lui, et c'était à lui d'en disposer. Quand il lui proposa de fuir à l'instant même, et de gagner ensemble le premier village où ils se marieraient, non-seulement elle ne lui fit aucune objection; mais elle l'assura qu'elle était prête à le suivre au bout du monde. Le chevalier ne douta plus qu'il ne touchât enfin à la conclusion de son roman.

Tous deux descendirent à l'instant même, glissant dans les corridors et le long des escaliers, sans bruit, comme deux ombres, puis ils arrivèrent dans la cour. Roger courut à l'écurie, sella Christophe qui, depuis quelque temps, se reposait de ses fatigues passées, mais qui toujours bon et impassible, se laissa faire sans résistance aucune; puis il entr'ouvrit la grande porte le plus doucement qu'il put, s'élança sur Christophe, fit monter Constance sur une borne, força le cheval de s'approcher d'elle jusqu'à ce que Constance pût sauter en croupe, puis la jeune fille bien assurée derrière lui, Roger partit au galop.

Ils coururent ainsi deux heures; mais comme on était arrivé au mois de juillet, c'est-à-dire aux jours les plus longs de l'année, au bout de ces deux heures, le jour avait commencé à paraître. Roger pensa donc qu'il était urgent de s'arrêter, attendu qu'un jeune homme et une jeune fille voyageant au grand galop pouvaient paraître suspects. Il avisa au même instant à sa droite un village, qu'il reconnut pour la Chapelle-Saint-Hippolyte et se dirigea sur ce village.

Roger n'avait en matrimoniomanie d'autre connaissance que celle qu'il avait puisée dans les romans du temps. Or, dans les romans du temps, toutes les unions contrariées se nouaient à l'insu des parens devant quelque bon prêtre de village qui, prenant à la lettre la recommandation que le Seigneur fit à nos premiers pères de croître et de multiplier, croyait suivre le précepte le plus en sanctifiant le plus de mariages possible. Roger s'avança donc plein de confiance vers le presbytère, et ayant frappé à la porte qui lui fut ouverte par une bonne grosse gouvernante de trente-cinq à quarante ans, il demanda à parler au curé.

Le curé s'apprêtait à dire sa messe, ce qui parut à Roger d'un bon augure. Il expliqua au curé le plus succinctement possible la cause qui l'amenait, et lui demanda s'il ne pourrait pas célébrer le mariage séance tenante. Le bon prêtre sourit de l'empressement du jeune homme; mais il lui expliqua qu'il y avait quelques formalités préparatoires à accomplir, comme par exemple de se confesser, de décliner ses noms de famille et de baptême, de jurer qu'on n'était point parens à un degré prohibé par l'Église, etc., etc.; que ces formalités nécessitaient toujours vingt-quatre ou trente-six heures de retard, que par conséquent, quelle que fût la bonne volonté, la bénédiction nuptiale ne pouvait avoir lieu que le lendemain ou le surlendemain; seulement, en attendant, les deux jeunes gens resteraient au presbytère; Roger sous la garde du curé, et Constance sous celle de sa gouvernante. Ce contre-temps déplaisait fort à Roger, aussi insista-t-il de toutes ses forces; mais le curé fut inflexible, et comme il déclara qu'aucun de ses confrères ne serait plus traitable que lui, Roger préféra rester à la Chapelle-Saint-Hippolyte que de gagner quelque autre village, course qui, sans lui offrir une chance plus prompte, l'exposait à être reconnu ou du moins remarqué.

Le curé alla donc dire sa messe; et comme il paraissait partager les craintes qu'éprouvait Roger, il recommanda aux deux enfans de ne point se montrer ni à la porte, ni aux fenêtres; puis à son retour, il procéda aux questions d'usage. Le jeune homme déclara s'appeler le chevalier Roger-Tancrède d'Anguilhem, et la jeune fille, Aglaé-Constance de Beuzerie, le premier âgé de dix-sept ans et cinq mois, la seconde de quinze ans moins huit jours. Tous deux jurèrent, en outre, qu'ils n'étaient ni compère ni commère, ni cousine, ni parens, enfin, à quelque degré que ce fût.

Le curé leur ordonna alors, tandis qu'il irait vaquer à quelques affaires d'urgence, de se préparer à la confession en faisant chacun de son côté son examen de conscience.

A son retour, la confession réciproque eut lieu. Il est inutile de dire que celle des deux enfans purs et chastes, et qu'en avouant cet amour qui jusqu'alors leur avait fait tenter

à tous deux de si folles entreprises, ni l'un ni l'autre n'eut à rougir, même d'une pensée.

Cette double confession parut rassurer complétement le bon curé, qui jusque-là n'avait point paru exempt de quelques inquiétudes; puis, sous le prétexte qu'il était urgent que ces deux jeunes âmes ne péchassent ni par pensée, ni par action, ni par omission, dans l'intervalle qui séparait l'absolution de la cérémonie nuptiale, il enferma Roger dans le cabinet où était sa bibliothèque ecclésiastique, et Constance dans la chambre de sa gouvernante.

A dîner cependant, les deux jeunes gens se retrouvèrent ensemble. Roger demanda alors au curé s'il croyait pouvoir le marier le lendemain, ce à quoi le digne homme répondit qu'il n'y voyait pas de difficulté, si d'ici là il ne surgissait aucun empêchement. Cette assurance calma quelque peu l'inquiétude de Roger, et lui qu'après le dîner il se retira dans la bibliothèque sans trop de difficulté. Il y trouva un lit de sangle, qui, pendant qu'il était à table, avait été dressé à son intention.

L'heure du souper arriva. Comme le matin, les deux jeunes gens se retrouvèrent encore en face l'un de l'autre. Roger était resplendissant de bonheur; après ce miracle de résurrection qui s'était opéré, il ne croyait plus à une séparation possible. Constance était timide et rougissante, mais la joie glissait en rayons lumineux entre ses paupières à demi-fermées, mais le bonheur s'ouvrait un passage par chacun des mots qui sortaient de sa bouche.

Après le souper, le curé dit la prière pour tout le monde, puis après la prière chacun se retira chez soi.

Roger essaya de lire, mais le moyen de lire quand notre pensée vibre au fond de notre propre cœur, plus douce, plus tendre, plus harmonieuse que toutes les prophètes de la terre, et pourtant il lisait ce miracle de poésie qu'on appelle les amours de Jacob et de Rachel; mais il trouva que Rachel était bien peu de chose près de Constance, et il s'affirma à lui-même que pour mériter Constance il eût accompli bien d'autres épreuves que celles auxquelles avait été soumis Jacob. C'était au reste le moyen que le temps passât vite, que de le passer en rêvant. Onze heures sonnèrent, et à chaque lent et solennel battement de la cloche, Roger tressaillit en songeant que dans huit heures il serait le mari de Constance.

Cette douce pensée l'accompagna dans son lit et le suivit jusque dans son sommeil. Il rêva que le jour était venu et qu'on entrait dans sa chambre pour le prévenir que le prêtre n'attendait plus que lui. En ce moment, il sembla effectivement à Roger qu'à travers ses paupières fermées il entrevoyait le jour, et que plusieurs voix parlaient hautement près de lui. Cette sensation fut si réelle que Roger se réveilla, et ouvrant les yeux, se trouva en face de son père.

A cette vue, la figure de Roger exprima un tel désespoir, que, si bien préparé que fût le baron à réprimander sévèrement l'éternel fugitif, il n'en eut pas la force, et voyant déjà les souffrances d'un homme dans ce pauvre cœur d'enfant, il se contenta de lui tendre la main en lui disant ce seul mot:
— Courage.

Peut-être Roger eût-il réagi contre des reproches: il n'eut pas de force contre l'indulgence; il se jeta dans les bras du baron, en demandant si on allait le séparer de Constance. Le baron le regarda fixement, et voyant l'anxiété peinte sur chacun de ses traits:
— Écoute, lui dit-il, mon premier mot a été: Courage; le second sera: Espoir.
— Oh! mon père, mon père! s'écria Roger, on m'a déjà trompé si cruellement, que je ne puis vraiment plus espérer.
— Mais à l'époque où nous te trompions, Roger, dit le baron, nous étions pauvres, tandis que maintenant.....
— Maintenant, mon père, sommes-nous donc riches?
— Peut-être, dit le baron.
— Peut-être! s'écria Roger, peut-être! Que voulez-vous dire, mon père, et comment notre fortune aurait-elle pu changer du jour au lendemain?
— Notre cousin le vicomte de Bouzenois est mort; nous en avons reçu, la baronne et moi, la nouvelle ce matin.
— Mort en nous nommant ses héritiers! s'écria Roger.

— S'il en était ainsi, je ne l'aurais pas dit que nous étions riches peut-être ; je l'aurais dit que nous étions riches certainement. Le vicomte est mort *intestat*.

— *Intestat*, mon père ?

— Oui, *intestat*, chevalier.

Le baron mit une lenteur si imposante à prononcer ce mot, que le chevalier comprit qu'il devait être d'une suprême importance.

— Alors qu'arrive-t-il ? demanda d'une voix timide le jeune homme qui ne voyait pas encore comment la mort de monsieur de Bouzenois le rapprochait de Constance.

— Il arrive, monsieur, reprit le baron, que la succession est ouverte et ne nous est disputée que par un fils du premier lit, qui prétend que sa mère n'avait fait donation de ses biens à monsieur de Bouzenois qu'à la condition que toute la fortune serait reversible sur sa tête.

— Eh bien ! mon père ?

— Eh bien ! les pièces sont au parquet, un procès va être ouvert ; maître Coquenard, mon procureur, m'écrit que le procès est imperdable pour peu qu'on le suive avec activité et intelligence, et si nous gagnons ce procès......

— Si nous gagnons ce procès, mon père......

— Nous avons soixante-quinze mille livres de rentes ; rien que cela ; — et alors c'est monsieur de Bouzerie qui nous fait la cour — c'est nous qui le regardons du haut de notre grandeur, c'est nous enfin qui faisons un sacrifice en nous alliant à lui.

— Oh ! mon père, mon père, quel espoir me donnez-vous là ! s'écria Roger. Comment ! vous croyez, vous pensez...

— Je sais ce que je crois, — je sais ce que je pense, dit le baron ; — le bon curé que j'avais pris pour ton confident a expédié un messager à Beuzerie en même temps qu'à Anguilhem ; de sorte que j'ai rencontré le vicomte à trois lieues d'ici, accourant pour chercher sa fille, comme j'accourais pour te chercher, toi ; il était très furieux de tout ce qui venait de se passer ; mais au premier mot que je lui ai dit de la lettre de maître Coquenard, il s'est fort adouci, et a même laissé entrevoir qu'après l'esclandre que ne manquerait pas de faire dans les environs ta fuite avec sa fille, il regardait d'avance son projet de mariage avec le comte de Croisey comme manqué.

— Oh ! mon père, mon père, que me dites-vous là !

— Vous comprenez, monsieur, reprit le baron, — c'était un appel à ma loyauté.

— Et qu'avez-vous répondu, mon père ?

— J'ai répondu qu'entre nous autres gentilshommes, un titre n'était qu'un titre, que le nom était tout, et qu'on savait dans toute la province que, quoique les d'Anguilhem ne fussent que des barons, ils dataient des premières croisades, tandis qu'au commencement du règne de notre grand roi, le grand-père du comte de Croisey avait en toutes les peines du monde à faire ses preuves pour entrer dans les écuries de sa majesté. Ce qui voulait dire que si la baronne d'Anguilhem était présentée à la cour, elle y aurait certainement le pas sur la marquise de Croisey.

— Qu'a-t-il répondu ?

— Il m'a tendu la main et m'a dit : « C'est bien, baron, nous reparlerons de cela. »

— Oh ! monsieur ! oh ! mon père ! s'écria Roger, que vous me faites du bien. Et Constance, où est Constance ?

— Constance est près de son père comme je suis près de toi ; Constance va retourner à Beuzerie comme nous allons retourner à Anguilhem. Demain j'irai faire une visite d'excuses au vicomte, et dans cette visite nous parlerons de tout cela.

— Oh ! mon père, dit Roger, faites bien valoir mon amour, dites que j'adore Constance, dites que je ne peux vivre sans elle ; dites, dites que je meurs si on ne l'enlève, dites...

— Je dirai que, selon toute probabilité, vous aurez un jour soixante-quinze mille livres de rente, et, croyez-moi, monsieur, cette éloquence-là vaudra bien la vôtre.

— Dites ce que vous voudrez, mon cher père, mais obtenez une promesse du vicomte.

— En ce cas, laissez-moi faire, dit le baron ; car, croyez-

moi, je sais mieux que vous comment il faut m'y prendre.

— Et... et... balbutia Roger.

— Et quoi ? demanda le baron.

— Et Constance ?

— Eh bien ! Constance ?

— Ne la verrai-je point ?

— Ceci, monsieur, est parfaitement impossible ; vous ne pouvez revoir mademoiselle de Beuzerie, maintenant, que dans la maison paternelle, et avec l'agrément du vicomte et de la vicomtesse.

— Et croyez-vous, monsieur, demanda Roger avec timidité, que cet agrément se fasse attendre ?

— Dans trois ou quatre jours, j'espère.

— Trois ou quatre jours ! dit Roger ; hélas ! c'est bien long.

— Et quand vous croyiez ne plus la revoir du tout, c'était bien autrement long, ce me semble.

— Aussi, reprit Roger, je voulais me faire jésuite.

— Oui, oui, monsieur, dit le baron ; — oui, je le sais bien, — vous avez une foule d'idées plus ingénieuses les unes que les autres ; — oh ! vous êtes un homme de ressources, — aussi nous emploierons votre imaginative.

— À quoi mon père ?

— Nous vous dirons cela à Anguilhem.

Et, sans que le chevalier pût tirer aucun éclaircissement du baron sur le projet dont il paraissait devoir être la cheville ouvrière, tous deux remontèrent à cheval et reprirent le chemin du château.

Il va sans dire que le baron seul prit congé du bon curé, et que Roger ne réclama aucunement la faveur de lui faire ses adieux.

IX.

Comment et à quelles conditions le mariage de mademoiselle de Beuzerie avec le chevalier d'Anguilhem fut à peu près décidé entre les grands parens.

C'était la troisième fois que Roger revenait à Anguilhem, après avoir vu échouer ses projets ; mais cette fois, cependant, il n'y revenait pas tout-à-fait sans espérances. Si ignorant que Roger fût des choses de ce monde, il avait parfaitement senti le changement que la mort de monsieur de Bouzenois, en supposant même, comme le disait son père, la succession de l'ex-capitaine de frégate soumise aux chances d'un procès, amenait dans sa position.

En arrivant au château, ses espérances redoublèrent, car la baronne, qui attendait le baron et son fils à la fenêtre de la tour d'où l'on découvrait tous les environs, descendit en les apercevant, et vint au-devant d'eux avec son visage le plus riant. Roger piqua droit à elle, sauta à bas de son cheval, et se jeta dans ses bras en murmurant tout bas : — Est-ce que vous avez de l'espoir, vous aussi, ma mère ? Oh ! ne me trompez pas, ne me trompez pas !

— Oui, mon enfant, oui, mon cher enfant, répondit la baronne ; oui, sois tranquille, tout ira bien.

En effet, la baronne, comme son mari, avait de son côté vu s'opérer une métamorphose. Lorsque le matin, la vicomtesse, qui avait accompagné Constance à Anguilhem, s'était aperçue de la disparition de sa fille, elle avait été furieuse. C'était au milieu de cette irruption de colère maternelle qu'était arrivée la lettre de maître Coquenard, annonçant aux d'Anguilhem la mort de monsieur de Bouzenois. Or, cette lettre avait calmé la vicomtesse comme par enchantement, et elle avait incontinent paru oublier une partie de sa douleur pour prendre part à l'heureuse nouvelle que venaient de recevoir ses voisins. Enfin, lorsque le messager du curé de la Chapelle-Saint-Hippolyte était apparu tout haletant au château, annonçant que les fugitifs étaient au presbytère, ce fut presque avec un sentiment de regret que la vicomtesse apprit que, grâce aux scrupules du bon prêtre, les deux enfants n'étaient point mariés. Cependant, comme elle ignorait que même message avait été dépêché tant à son mari qu'au baron, et qu'elle voulait annoncer en même temps au vicomte la fuite et l'événement qui faisait de cette fuite presque un bonheur, elle fit mettre le cheval au coche qu'on avait laissé chez le métayer, pour que Roger ne remarquât point sa présence, et elle partit pour Beuzerie, mais en laissant tomber, dans ses adieux à la baronne, quelques paroles qui voulaient dire le plus clairement du monde qu'une visite du baron à Beuzerie, non-seulement serait bien reçue, mais même, dans les circonstances où l'on se trouvait, était regardée par elle comme indispensable.

Les présages continuaient donc d'être heureux du côté de la vicomtesse comme du côté du vicomte. Quant à Constance, le chevalier avait ses motifs pour savoir à quoi s'en tenir à son égard.

Il fut donc convenu, dans un conseil général auquel assista l'abbé Dubuquoi, dont les fonctions commençaient à tourner à la sinécure, que le baron irait le lendemain faire une visite à Beuzerie, et selon les circonstances parlerait mariage ou se tairait; mais l'avis de tout le monde, même celui de l'abbé, fut qu'il aurait incontestablement à parler mariage.

Ce grand jour, si impatiemment attendu par Roger, arriva enfin. A six heures il était debout et avait réveillé son père. Mais le baron était trop exact observateur des convenances pour se présenter à Beuzerie avant midi. Il fallut donc que Roger prît patience. Ce qu'il fit en parlant de Constance avec sa mère.

A neuf heures, le baron partit, monté sur Christophe. Roger lui fit promettre de ne rester à Beuzerie que le temps strictement nécessaire au débat des différentes conditions relatives à son mariage. Le baron promit d'être de retour à quatre heures de l'après-midi.

A deux heures, Roger n'y put tenir; il jeta sa carnassière sur son dos, prit son fusil, détacha Castor qui, depuis plus d'un an, tout au contraire de Christophe, était resté dans un repos absolu, et prit le chemin de Beuzerie. Au tiers de la route à peu près, il aperçut le baron, qui revenait au grand trot. L'allure était déjà de bon présage.

En deux enjambées Roger fut au cou de son cheval.

En effet, les nouvelles étaient bonnes, et toutes choses étaient arrangées, sinon selon le désir exact de Roger, mais selon celui de son père.

La recherche de Roger était tacitement agréée par le vicomte et la vicomtesse; le lendemain, toute la famille d'Anguilhem allait faire une visite de bon voisinage à Beuzerie : cette visite se passerait comme une visite ordinaire, sans qu'il fût question de rien, attendu que plein de prudence qu'il était, le vicomte ne voulait point qu'on soupçonnât ses nouveaux projets : puis, le lendemain ou le surlendemain de sa visite, Roger partirait pour Paris où il suivrait en personne le procès, de l'issue duquel dépendait le consentement définitif du vicomte. Cette résolution présentait le double avantage de remettre les affaires aux mains de celui qui avait le plus d'intérêt à ce qu'elles se terminassent, et de retenir Roger une année au moins éloigné de Constance; car à cette époque les plus courts procès étaient fort longs; pendant ce temps, Constance retournerait au couvent où elle attendrait sa seizième année, et Roger sa dix-neuvième. C'était à cette époque l'âge de rigueur pour les mariages en province.

Il y avait dans tout cela du bon et du mauvais pour Roger. Il aurait voulu se marier d'abord et partir après : cela lui paraissait bien plus logique et bien autrement raisonnable : aussi le baron eut toutes les peines du monde à lui faire comprendre que la chose était impossible, puisque son mariage ne devait être que la conséquence du gain de son procès. Le raisonnement était cependant si clair et si nettement posé, que le chevalier fut forcé de s'y rendre. Roger était donc à peu près décidé à se laisser aller à cette nouvelle combinaison, lorsqu'on rencontra, à une demi-lieue d'Anguilhem, la baronne qui, accompagnée de l'abbé, était venue à son tour au-devant de son mari et de son fils.

Là, le plan arrêté chez le vicomte fut de nouveau exposé par le baron, et, au grand désespoir de Roger, obtint l'assentiment général. Force fut donc au pauvre chevalier de se rendre tout à fait. Il fut alors convenu qu'on irait faire la visite le lendemain aux Beuzerie, et comme il n'y avait pas de temps à perdre, que le chevalier partirait pour Paris dans trois jours.

Cependant, il faut le dire, Roger était injuste envers la Providence : après s'être vu refuser positivement Constance, après l'avoir crue morte et avoir voulu se faire jésuite, il la retrouvait toujours fidèle, et, selon toute probabilité, la fortune et le bonheur lui arrivant ensemble, il n'avait qu'un temps plus ou moins long à attendre pour devenir à la fois un riche seigneur et un heureux mari. Il y avait dans cette double pensée une source de consolations fort réelles; aussi Roger, en les pesant à la balance de sa raison, commença-t-il à voir l'avenir un peu plus en rose qu'il n'avait fait aux premiers mois du baron, et à oublier peu à peu le départ pour ne plus songer qu'au retour.

Puis, disons-le, dans toutes les époques, le mot Paris a eu aux oreilles du provincial un retentissement magique. Paris, c'est le but où tendent toutes les organisations jeunes et vivaces. Pour les libertins, Paris, c'est le plaisir; pour les ambitieux, Paris, c'est la gloire; pour les spéculateurs, Paris, c'est la fortune. Bien souvent le mot Paris avait été prononcé devant Roger, mais jamais Roger n'y avait fait attention, car jamais il n'avait cru qu'il surgit dans sa vie un tel événement qu'il eût occasion de faire un voyage à Paris. Mais tout-à-coup cet événement inattendu se présentait. Le mot Paris résonnait à son oreille, accompagné d'un certain cliquetis d'écus dont la musique est toujours agréable, même à l'homme le plus désintéressé. Bref, le soir même, en se couchant, Roger s'avouait, tout bas à lui-même, que puisqu'il était absolument forcé de se séparer de Constance pendant un certain laps de temps, mieux valait que ce temps s'écoulât pour lui à Paris que partout ailleurs.

Le lendemain, le baron et Roger endossèrent leurs plus beaux habits, tandis que la baronne passait la plus belle de ses six robes; puis, à neuf heures, tous trois montèrent dans la carriole et partirent pour Beuzerie.

Les choses se passèrent comme elles avaient été arrêtées d'avance entre le baron et le vicomte, c'est-à-dire dans les règles absolues d'une étiquette presque royale. Il ne fut aucunement question de ce qui était arrivé entre les jeunes gens. Roger et Constance se saluèrent comme s'ils étaient présentés l'un à l'autre pour la première fois. Le baron notifia officiellement à monsieur et à madame de Beuzerie la mort de monsieur de Bouzenois, chevalier des ordres du roi et capitaine d'une de ses frégates; reçut les compliments de condoléance du vicomte et de la vicomtesse, et annonça que la succession devant susciter un procès, son fils le chevalier allait partir pour Paris afin de la suivre. Le vicomte et la vicomtesse souhaitèrent alors au chevalier une réussite entière, en appuyant fort sur le plaisir que le bon succès leur ferait particulièrement; puis à leur tour ils laissèrent échapper que leur fille, étant encore trop jeune pour penser à aucun établissement, allait rentrer à son couvent de Chinon, où elle resterait jusqu'à ce que le moment fût venu de la marier.

Ces communications officielles échangées, le baron, la baronne et le chevalier se levèrent; puis, saluant gravement, prirent congé du vicomte et de la vicomtesse, remontèrent dans leur carriole et reprirent le chemin d'Anguilhem.

La soirée et la journée du lendemain s'écoulèrent en préparatifs de départ. Le soir, le baron pria solennellement Roger de monter dans sa chambre. Roger comprit qu'il s'agissait d'aller recevoir les instructions paternelles, et se présenta respectueusement devant le baron qui le reçut debout; quant à la baronne, elle était assise, et l'on s'apercevait qu'elle avait beaucoup pleuré, et qu'elle était obligée de rassembler toutes ses forces pour ne pas pleurer encore.

Le chevalier s'avança lentement, et, arrivé à deux pas de son père, il inclina la tête.

— Mon fils, dit le baron, vous allez entrer dans un monde nouveau et inconnu pour vous; gardez, avant toute chose, votre honneur; l'honneur d'un gentilhomme c'est comme la réputation d'une femme, une fois taché il ne se lave jamais.

Avant toute chose, je vous le répète, veillez donc sur votre honneur.

Vous ferez connaissance de jeunes gens ; je ne dirai pas plus nobles que vous, tout gentilhomme pouvant faire ses preuves est l'égal d'un autre gentilhomme ; mais de jeunes gens plus favorisés que vous. Vous trouverez le jeu fort en usage dans leur compagnie, ne jouez que lorsque vous ne pourrez faire autrement ; vous n'êtes ni assez riche pour pouvoir perdre, ni assez pauvre pour désirer gagner ; en tout cas, si vous aviez le malheur de jouer et de perdre, vendez jusqu'à votre dernière chemise pour payer votre dette ; toute dette est sacrée, mais une dette de jeu l'est deux fois.

Nous avons calculé, la baronne et moi, que cent louis peuvent suffire à toutes vos dépenses pendant un an : voici donc la première moitié de cette somme : les pièces sont vieilles, car ce sont les économies de quinze ans ; jeune et actif comme vous l'êtes, vous courrez un palais, vous irez saluer les juges, vous quêterez de puissantes protections, et vous réussirez, j'en ai l'espoir ; la fortune aime les jeunes têtes.

Chaque semaine, vous recevrez de nous une lettre détaillée, à laquelle vous répondrez chaque semaine par des détails aussi exacts ; en sorte que si nous gagnons notre procès, vous aurez été vous-même l'artisan de votre propre fortune. Puis, ce procès gagné, si vous épousez Constance, comme il n'y a pas de doute, et que ce mariage fasse votre bonheur, vous n'aurez dû votre bonheur qu'à vous-même, ce qui, dans ce monde, est bien quelque chose.

Vous partirez sur Christophe ; c'est une bonne bête, rude à la fatigue, d'une encolure agréable, et qui serait meilleure encore si vous ne l'aviez pas surmenée quelquefois. On l'a ferré à neuf, hier ; en passant Saint-Aignan, faites-lui tailler les crins à la mode du moment. Son harnais est propre, sa selle est excellente ; vous trouverez mes pistolets de voyage dans ses fontes.

Maintenant, mon fils, nous vous avons fait quelquefois de la peine ; nous vous la pardonnons, votre mère et moi ; à mon tour je vous en ai fait beaucoup, à propos de cette histoire de mort ; je ne sais pas si j'avais le droit de vous faire cette peine, je ne le crois pas, car c'était un mensonge, et, fait même dans une bonne intention, un mensonge est toujours un mensonge : je demande pardon de celui-là à Dieu.

— O mon père ! mon père ! s'écria Roger ne pouvant retenir ses larmes.

— Je ne vous ai pas dit pour vous faire de la peine, Roger, reprit le baron se méprenant au sentiment qui avait arraché cette exclamation à son fils. Vous êtes un bon et brave cœur, mais vous avez une mauvaise tête ; défiez-vous donc de vous-même encore plus que des autres. C'est le dernier conseil de votre père qui vous aime. Et maintenant, continua le baron profondément ému lui-même, recevez notre bénédiction.

Roger tomba à genoux, et le baron avec un geste plein de tendresse et de dignité paternelle, abaissa ses mains sur lui, et sans cesser de regarder le ciel, les imposa un instant sur la tête de son fils. En se relevant, Roger se jeta dans les bras de sa mère.

— Cher enfant, dit la baronne, monte à la chambre, car je sens à mes larmes que tu dois avoir besoin de pleurer. Au reste, sois tranquille, c'est moi qui mettrai les post-scriptum aux lettres que t'écrira ton père.

Roger embrassa de nouveau sa mère, qui, sans qu'elle eût besoin de parler, répondait si bien à la pensée intime de son cœur. Puis, après avoir baisé la main que son père lui tendait, il monta à sa chambre et pleura en effet une partie de la nuit.

Le jour venu, il s'habilla de son habit de voyage. Le baron d'Anguilhem était déjà levé et avait pourvu à tout ; Christophe était sellé et bridé et avait sur sa croupe un porte-manteau convenablement garni. Le chevalier remarqua avec un profond attendrissement que le baron avait les yeux presque aussi rouges qu'il les avait lui-même.

Une collation fut servie, mais personne n'y toucha. Chacun pleurait ou dévorait ses larmes. Le baron sentit que plutôt un mettre fin à cette situation douloureuse pour tous, mieux cela vaudrait. En se levant de table, Roger s'approcha de son gouverneur et lui demanda pardon des tourments qu'il lui avait donnés. Le pauvre abbé, tout égoïste qu'il était dans les circonstances ordinaires de la vie, pardonna d'une voix fort émue à son élève les mille et une petites peccadilles qu'il pouvait avoir commises à son égard.

Roger sortit donnant le bras à sa mère et la main à son père : à la porte il trouva les domestiques de la maison qui pleuraient à chaudes larmes ; car à Anguilhem tout le monde adorait Roger. Il les embrassa, comme il eût fait à des amis, et ils pleurèrent plus fort.

Castor jetait de grands cris et s'élançait de toute la longueur de sa chaîne ; on eût dit que le pauvre animal comprenait que son maître quittait la maison pour longtemps ; son maître alla à lui. Castor se dressa contre sa poitrine et l'embrassa à sa manière.

Le baron et la baronne accompagnèrent leur fils pendant un quart de lieue à peu près ; puis comme il fallait s'arrêter quelque part, le baron s'arrêta là où il était ; cette fois Roger, qui n'était plus sous le poids solennel de la bénédiction de son père, se jeta dans les bras du baron.

Puis vint le tour de la pauvre mère : la baronne ne pouvait se séparer de son enfant, son pauvre cœur se brisait en sanglots, et elle maudissait au fond de l'âme cette malheureuse succession qui lui arrachait son enfant. L'abbé regardait tout cela de la fenêtre de la tour et faisait des signes avec son mouchoir.

Enfin le baron prit son fils par la main et le conduisant à son cheval :

— Allons, du courage, mon fils, lui dit-il ; rappelez-vous que vous avez dix-huit ans, et que par conséquent vous êtes un homme.

Roger monta sur Christophe qui, la tête et la queue basses, semblait partager la tristesse générale ; mais sa mère se précipita encore une fois vers lui, tendant vers son fils ses deux mains que son fils couvrit de baisers. Enfin le baron arracha sa femme à ces embrassements sans fin, et avec toute la force qu'il put rassembler :

— Piquez des deux, monsieur, dit-il à son fils, je vous le pardonne.

Roger obéit et s'éloigna. A cent pas de là, cependant, il se retourna pour revoir encore une fois sa mère. Puis, comme il la vit renversée et pleurant dans les bras du baron, il revint sur ses pas, l'embrassa de nouveau, serra encore une fois la main à son père, puis reprit le galop, et, cinq minutes après il avait disparu derrière un massif d'arbres.

Alors Roger sentit à son pauvre cœur qu'il lui restait encore d'autres adieux à faire : il ne voulait pas, il ne pouvait pas s'éloigner sans revoir Constance. On avait dit, devant la jeune fille, quel jour il partait, et il espérait qu'elle avait compris que quoique ce détour l'éloignât un peu il passerait près de Deuzerie. Il pressa donc le pas de Christophe, et bientôt aperçut au-dessus de la garenne les girouettes du château.

Roger continua d'avancer, mais tout en regardant autour de lui avec un reste de timidité qu'avait laissé au fond de son cœur les anciennes défenses du vicomte et de la vicomtesse. Au détour d'un chemin, il aperçut, à travers les arbres, une robe blanche : il s'avança ; c'était Constance qui, un livre à la main et assise sur la mousse, faisait semblant de lire.

En un instant, Roger fut près d'elle, et, sautant à bas de Christophe, il tomba à ses genoux.

— Ah ! vous voilà, Roger ! s'écria la jeune fille, je vous attendais.

— Et moi, Constance, dit Roger, j'étais sûr de vous rencontrer.

— Vous partez donc ?

— Il le faut bien ; vous le savez, notre bonheur est à ce prix.

— Oui, Roger, oui, dit la jeune fille, ma mère m'a tout dit : notre mariage est arrangé pour votre retour. Vous allez être riche, à ce qu'il paraît... Que je suis heureuse ! je vous devrai tout.

— Oh ! vous êtes un ange, Constance, dit Roger. Aussi je

ne puis pas croire à mon bonheur futur, et j'ai toujours peur que vous ne m'échappiez.

— C'est vous bien plutôt que je ne reverrai peut-être jamais, vous qui partez pour Paris, et qui allez m'oublier dans cette grande ville.

— Moi, vous oublier, Constance ! oh ! jamais, jamais. Si vous n'aviez pas plus à craindre de mon côté que j'ai à craindre du vôtre, je serais bien heureux.

— Et qu'avez-vous donc à craindre de mon côté ?

— Ce que j'ai à craindre, Constance ! j'ai à craindre de perdre mon procès, et qu'alors le vicomte ne retire sa parole et ne vous marie au marquis de Croisey.

— Je ne serai jamais à personne qu'à vous, Roger, répondit Constance, et si je ne suis pas à vous, je ne serai à aucun autre.

— Jurez-moi donc que vous ne vous marierez que lorsque je vous aurai dégagé moi-même de votre serment.

— Je vous le jure.

— Que vous ne croirez à rien de ce que l'on vous dira sur moi, qu'à ce que je vous dirai moi-même ou à ce que vous lirez écrit de ma main.

— Je vous le jure, répéta Constance.

— Et moi, dit Roger, je vous jure à mon tour...

Mais Roger n'eut pas le temps d'achever : en ce moment, un coup de feu partit à dix pas à peine des jeunes gens et l'on entendit le vicomte qui appelait ses chiens.

— Mon père ! s'écria Constance effrayée ; oh ! sauvez-vous ! sauvez-vous !

Roger appuya ses lèvres sur les lèvres de la jeune fille pâle et tremblante, murmura le mot : Adieu, et s'élançant sur Christophe, partit au galop. Au bout de cent pas, il se retourna : Constance avait disparu.

Il s'aperçut alors que Constance était seule engagée envers lui, et qu'en échange du double serment que la jeune fille lui avait fait, il n'avait eu le temps de lui rien promettre ; mais comme Roger était homme de conscience, il se fit tout bas à lui-même le serment qu'il eût dû faire tout haut.

Pauvre Roger ! pauvre Constance !

Peut-être, grâce à cette imprudente exclamation qui vient de nous échapper, nos lecteurs se figurent-ils pouvoir deviner déjà quels incidens funestes menacent l'avenir amoureux de nos deux jeunes gens ; mais dussions-nous blesser leur amour-propre à l'endroit de la pénétration qu'ils ont ou qu'ils croient avoir, nous leur affirmons que, quelles que soient leurs suppositions, ces suppositions ne peuvent avoir aucun rapport avec les événemens étranges qui nous restent à leur raconter.

X.

Comment le chevalier fit son entrée dans le monde.

Le chevalier mit onze jours à venir d'Anguilhem à Paris ; en passant à Saint-Aignan, il avait, selon la recommandation de son père, fait polir et rajeunir Christophe par le premier vétérinaire de l'endroit ; à Orléans, il avait acheté une houppelande de voyage et fait poser un galon frais à son chapeau ; à Versailles, il avait eu bonne envie de s'arrêter à voir la cour ; mais en comparant son équipage à ceux des seigneurs qu'il rencontrait, il avait eu honte de la comparaison et avait continué son chemin, de sorte qu'il était arrivé à Paris sans faire halte autrement que pour manger, dormir, et donner du repos à Christophe, ce qui n'empêchait pas, comme nous l'avons dit, qu'il n'eût mis onze jours à faire la route.

Le chevalier arriva à Paris par Chaillot. Cette entrée de la capitale était loin d'être à cette époque ce qu'elle est aujourd'hui, de sorte que Roger ne fut pas trop émerveillé de ce qu'il voyait, et garda, à l'endroit de la grande ville, une fort respectable dignité : cependant il s'arrêta pour admirer la belle prison qui s'élevait au bas du couvent des Filles-Sainte-Marie, et qu'il prit d'abord pour un palais, puis il longea le

quai de la Savonnerie et entra dans le Cours-la-Reine. Là, il faut l'avouer, son étonnement commença. Il avait le Louvre devant lui, les Invalides au dôme resplendissant à sa droite ; puis, comme c'était un beau jour d'été, une foule de carrosses pleins des plus beaux seigneurs et des dames les plus élégantes de l'époque, qui suivaient l'allée à sa gauche. Bientôt il se trouva au milieu d'un magasin de marbre, vaste atelier découvert où Louis XIV faisait tailler les statues dont il hérissait la France, et qui, situé le long de la rue de la Bonne-Morue, couvrait juste l'endroit où se trouve aujourd'hui la place de la Concorde. Dieu fasse paix à ceux qui ont substitué la pierre et la fonte au marbre et au bronze qui la couvraient à cette époque.

En arrivant à ce magasin de marbre qui lui faisait obstacle, le chevalier fut embarrassé pour savoir s'il passerait à droite ou à gauche. Il questionna un ouvrier.

— Monsieur, lui dit ce dernier, quoique votre cheval ait l'air d'une bonne et brave bête, il me semble fatigué au fond. Ne prenez donc pas par le quai, dont le pavé est fort mauvais, passez par la porte Saint-Honoré, vous laisserez à votre gauche les Filles de la Conception et l'hôtel du Luxembourg, puis vous arriverez à la place Louis-le-Grand ; vous la reconnaîtrez facilement. C'est une grande place au milieu de laquelle on voit le roi à cheval. C'est un bon quartier où l'on peut choisir ses hôtels.

Le chevalier suivit le chemin et le conseil. Il trouva la place Louis-le-Grand à l'endroit indiqué ; mais n'osant s'aventurer dans un si beau quartier, il continua sa route quelques pas encore, et voyant un hôtel d'assez modeste apparence et qui lui parut en harmonie avec l'état de sa fortune, il s'y arrêta : c'était l'hôtel de la Herse-d'Or.

Le chevalier franchit donc la grande porte d'un air assez résolu pour un provincial, et comme il était fatigué, il abandonna Christophe aux soins d'un palefrenier, monta à une petite chambre située au cinquième et qu'on lui désigna sur sa mine, se coucha, s'endormit, et ne se réveilla que le lendemain.

Le lendemain venu, sa première idée fut d'aller remettre à un certain marquis de Créité une lettre de recommandation fort pressante que son père tenait de monsieur d'Orquinon, son voisin de campagne. Mais, en se mettant à sa fenêtre, le chevalier remarqua, entre la toilette des gens qui passaient à cheval ou en voiture et sa toilette à lui, une si grande différence, qu'il rougit de son accoutrement qui cependant lui avait toujours paru fort galant en province ; il s'informa donc de la demeure d'un fripier chez lequel il se rendit immédiatement, et où il acheta un habit à peu près neuf, une veste encore présentable, des bas à coins et une épée. Ainsi transformé, le chevalier était, grâce à sa bonne mine personnelle, présentable même pour Paris, si ce n'est cependant que son habit bleu de ciel portait un nœud vert pomme sur l'épaule, union de couleurs qui pouvait paraître un peu bien hasardée, mais qu'enaît sans doute à une fantaisie amoureuse de son premier propriétaire. Une fois vêtu de son nouveau costume, le chevalier crut devoir étudier l'effet que produirait sa mise fringante sur des matières moins nobles que ne l'étaient le marquis de Créité et la société que notre débutant pouvait rencontrer chez lui, et pour faire son expérience in anima vili, Roger se rendit chez maître Coquenard, procureur de son père, rue du Mouton, près de la place de Grève.

Roger, comme nous l'avons dit, était beau garçon, et quoique de province, il sentait son gentilhomme. On reconnaissait, sans doute, le hâle des champs étendu sur sa figure arrondie et sur ses mains robustes ; mais il avait la jambe bien prise, mais de temps en temps son œil étincelait à travers sa timidité. Son épée seule l'incommodait fort en lui battant les mollets, car, à Anguilhem, il n'avait pas pris l'habitude de porter une épée. Ce frottement perpétuel lui causait de l'inquiétude : il ne savait pas encore non plus se faire faire place par les manans et céder le haut du pavé à ses supérieurs ; de sorte qu'il se dérangeait pour un porteur de chaise et coudoyait un homme de qualité. Son air étonné le sauva du mécontentement de ceux-ci, tandis que ses formes vigoureuses lui épargnèrent les railleries de ceux-là. En effet, le chevalier, comme nous l'avons dit, avait cinq pieds sept à huit pouces et était taillé à l'avenant, ce qui, dans tous les pays du monde, inspire toujours une certaine considération.

Maître Coquenard reçut Roger fort gracieusement. De son côté, Roger, seigneur tout-à-fait sans façon, accepta l'offre qui lui fut faite de prendre sa part d'un civet du plus délicieux aspect, et d'un pâté dont le fumet le plus engageant. On se mit donc à table, sans plus de cérémonie, et l'on commença à fêter l'un et l'autre de bonne façon, puis on entama le chapitre des affaires. Maître Coquenard apprit alors à Roger, avec force délicatesses, pour amortir autant que possible le coup qu'il allait lui porter, que la poursuite de la succession qui l'amenait à Paris était des plus difficiles et des moins sûres; que le baron d'Anguilhem, en acceptant le bénéfice de l'héritage, se trouvait engagé, par le fait même de son acceptation, pour une somme de vingt mille livres portée au compte des dettes du défunt.

Roger fut épouvanté de ce premier exposé.

Mais ce ne fut pas tout; maître Coquenard lui expliqua encore comment, depuis huit jours seulement, les frais des demandes entamées s'élevaient déjà à neuf cents livres.

Pour le coup, Roger pâlit et perdit l'appétit; car, au fond de tout cela, outre l'argent perdu, il y avait toujours l'éventualité d'épouser ou de ne pas épouser Constance; et, nous levons le dire à la louange de notre héros, quoiqu'il y eût joué jusqu'à qu'il eût quitté mademoiselle de Beuzerie, qu'il eût vu depuis lors pas mal de pays, et que de la veille il eût commencé à mordre dans la capitale, l'image de la jeune fille était aussi présente à sa mémoire qu'au moment où il avait pris congé d'elle.

Ajoutons, pour ce qui concerne l'effet produit sur l'appétit du chevalier, que lorsqu'il apprit cette nouvelle le dîner touchait à sa fin.

Muni de ces lugubres renseignements, le chevalier rentra à la Herse-d'Or, mais, il faut le dire, d'un pas moins assuré qu'il n'en était sorti.

Le chevalier, afin d'accomplir la promesse faite, commença par écrire à son père pour lui annoncer son heureuse arrivée à Paris, son entrevue avec monsieur Coquenard, et les malheureuses nouvelles qu'il avait rapportées de chez le digne procureur : il terminait son épître en disant qu'il allait faire usage à l'instant même de la lettre de monsieur d'Orquinon pour le marquis de Cretté.

En effet, la lettre écrite et confiée à la poste, le chevalier donna un coup d'œil le plus étudié à sa toilette, changea de cravate, tira ses manchettes, et s'acheminat, non sans un battement de cœur, vers la demeure de monsieur de Cretté, située au faubourg Saint-Germain, rue du Four, à cent toises de l'hôtel Montmorency.

Ce qui causait surtout chez le chevalier cette surexcitation sanguine, c'est qu'il s'attendait à trouver un vieillard grave, sévère et empesé, dans le genre de monsieur de Beuzerie, genre qui lui était essentiellement antipathique; puis derrière ce vieillard grave, sévère et empesé, il entrevoyait une douairière quinteuse, à l'œil terne, à la voix criarde, et pour obéir à cet aimable couple, une douzaine de valets insolens. Il n'y avait que le dédommagement pour le chevalier d'Anguilhem à tout cela, c'est que les vieillards sont un peu provinciaux, même à Paris.

Mais en entrant dans l'hôtel, tout au contraire de ce qu'il s'attendait à y trouver, il aperçut une demi-douzaine de chevaux de race, harnachés à la plus nouvelle mode, le tout gardé par cinq ou six valets à livrées différentes, mais toutes brillantes et gaies, si bien qu'on sentait que bêtes et gens appartenaient à de jeunes seigneurs, parfaitement au courant de l'élégance du jour; tout cela inquiéta encore plus Roger, il faut le dire, que les deux vieux portraits de famille qu'il s'attendait à trouver là.

Le suisse se tenait debout sur la porte, son chapeau à trois cornes sur la tête, son large baudrier à l'épaule et sa canne à la main, s'écartant du même geste aristocratique les chiens et les manans qui s'arrêtaient gueule et bouche béante devant la porte de l'hôtel; mais quand il aperçut Roger, il porta respectueusement la main à son chapeau avec cet instinct qui indique à un laquais qu'il a affaire à un gentilhomme, et lui demanda ce qu'il y avait pour son service. Roger répondit qu'il désirait parler à monsieur le marquis de Cretté; le suisse alors appela un des valets qui tenaient les chevaux; celui-ci fit un signe à un grand escogriffe galonné sur toutes les coutures, lequel introduisit le chevalier dans un élégant salon situé au rez-de-chaussée, et donnant d'un côté sur la cour et de l'autre sur un jardin.

Un instant après, six jeunes gentilshommes, tous brillans, bruyans et pimpans, descendirent le grand escalier en sautant les marches quatre à quatre. L'un d'eux se dirigea vers le salon, les cinq autres s'éparpillèrent dans la cour, courant chacun au cheval qui lui était destiné.

— Qui me demande? cria de loin au laquais le jeune gentilhomme qui s'était dirigé vers le salon.

— Monsieur le chevalier d'Anguilhem, reprit le laquais.

— Le chevalier d'Anguilhem?... reprit le jeune homme en paraissant rappeler ses souvenirs; je ne le connais pas.

— C'est vrai, monsieur, répondit Roger ouvrant la porte lui-même, et je vous demande un million de pardons d'avoir si mal pris mon temps que d'arriver au moment où vous vous apprêtez à sortir; mais je vous prie de m'indiquer votre heure, et j'aurai l'honneur de revenir.

Tout cela fut dit avec un peu de gaucherie, mais en même temps avec une certaine dignité qui frappa le marquis de Cretté.

— Point du tout, monsieur, répondit le marquis, et je suis bien à votre service, maintenant comme toujours. Veuillez donc me dire ce qui me procure l'honneur de votre visite.

Ces quelques paroles furent accompagnées d'un salut plein d'exquise politesse.

— Monsieur le marquis, reprit le chevalier, je me présente sous les auspices de monsieur d'Orquinon, votre ami, je crois, et je voulais vous remettre une lettre de sa part.

— Je n'ai pas l'honneur de connaître personnellement monsieur d'Orquinon, répondit le marquis; mais il était, je m'en souviens, un des plus intimes amis de mon pauvre père, à qui j'en ai entendu maintes fois parler.

— Allons, allons, se dit tout bas Roger, le marquis aime son père, il ne se moquera pas trop de moi.

Puis tandis que le marquis de Cretté décachetait et lisait la lettre, Roger l'examina à son tour.

C'était un beau et élégant jeune homme de vingt-deux à vingt-quatre ans, un peu petit, mais parfaitement pris dans sa taille, et dont la mise eût pu servir de modèle d'élégance, comme son parler, comme son geste, comme sa tournure, pouvaient servir de modèle de bon ton; un reste enfin de vieille seigneurie avec le parfum antique d'aristocratie nouvelle que devait bientôt faire éclore le règne du régent.

Lorsqu'il eut fini de lire la lettre, il releva les yeux sur le chevalier.

— Hélas! monsieur, lui dit-il, cette lettre était adressée au marquis de Cretté mon père, que nous avons eu le malheur de perdre l'an passé; mais je comprends que vous n'ayez pas appris cela en province.

Roger rougit, ce mot de province lui montait au visage.

— Et cependant, monsieur, continua le marquis, je croyais que nous avions envoyé une lettre de faire part à Orquinon; mais la lettre que vous me faites l'honneur de m'apporter me prouve que la mort de monsieur de Cretté n'a pas été connue là-bas.

Roger rougit davantage encore que la première fois. Ce là-bas lui semblait les antipodes.

— N'importe, reprit le marquis, s'apercevant sans doute de l'embarras du jeune homme, n'importe, monsieur d'Anguilhem, le fils remplace le père auprès des amis de notre famille, et puisque vous avez bien voulu venir nous voir, soyez le bienvenu; faites donc, je vous prie, état de moi, sans vous gêner aucunement.

— Monsieur le marquis, dit le chevalier, vous me comblez véritablement; je ne suis qu'un pauvre provincial, fort ridicule, je le sens, et fort ennuyeux peut-être, car jamais je n'ai

quitté Anguilhem; mais je reçai, je vous le jure, être reconnaissant de votre gracieux accueil.

— Mais voilà qui me comble à mon tour, monsieur, répondit le marquis en saluant Roger avec une cordialité qui pénétra jusqu'au fond de son cœur. Puis se retournant vers ses
amis qui causaient sur le perron, messieurs, leur cria-t-il,
venez que je vous présente, s'il vous plaît, monsieur le chevalier d'Anguilhem, lequel m'est recommandé par l'un des plus
fidèles amis de mon père.

Les jeunes gens s'approchèrent et à leur approche, Roger
salua avec un mouvement qui ne manquait pas de dignité.

— Nous allions partir pour Saint-Germain, chevalier, dit
le marquis; — est-ce que vous êtes libre d'affaires aujour-
d'hui? — Si vous êtes libre et que notre société ne vous soit
pas trop désagréable, nous serons charmés d'être honorés de
la vôtre.

— Mais, dit Roger, il me semble, messieurs, que vous alliez partir à cheval.

— Oui, je comprends, dit le marquis, et vous êtes venu
en carrosse ou en chaise, de sorte que vous n'avez pas de
monture.

— J'ai mon cheval à l'hôtel, dit en souriant Roger; mais
je dois vous avouer, dans l'humilité de mon âme, qu'il ferait
trop mauvaise figure près des vôtres, pour que je hasardasse
mon pauvre Christophe en leur compagnie.

— Comment! de la franchise à ses propres dépens, dit à
part lui le marquis; eh bien! mais ce garçon-là n'est pas si
provincial que je le croyais.

— Eh bien! reprit-il tout haut, il y a moyen d'arranger
cela; il me reste un cheval à l'écurie, que nous avions laissé
de côté, vu qu'il est assez difficile à conduire; vous prendrez
le mien, et je monterai Marlborough. D'ailleurs, vous le savez,
messieurs, ajouta en riant le marquis, j'ai une revanche à
prendre: Marlborough m'a traité comme son patron avait l'habitude de traiter monsieur de Villars; il m'a jeté l'autre jour
les quatre fers en l'air, comme dit notre ami la Guérinière.

— Mais, répondit timidement Roger, ne vous dérangez point
pour moi, monsieur le marquis.

Le marquis se trompa au sens de la phrase, et s'approchant
de Roger:

— Vous montez à cheval, n'est-ce point? lui dit-il tout bas.

— Mais un peu, monsieur le marquis; aussi, vous ne m'a-
vez pas compris. J'avais l'honneur de vous dire que vous
monteriez votre cheval ordinaire, et que moi, si vous vouliez
bien le permettre, je monterais Marlborough.

— Ah! ah! fit le marquis en regardant Roger avec étonnement.

— Que voulez-vous, dit Roger; moi, messieurs, je suis un
campagnard; j'ai beaucoup monté à cheval, de sorte que je
ne sais pas si c'est que je connais les chevaux ou que les
chevaux me connaissent, mais je suis assez solide en selle;
ainsi, ne vous occupez pas de moi, et si ma société ne vous
est pas plus désagréable maintenant qu'elle ne l'était tout à
l'heure, et que vous vouliez toujours de moi pour compagnon,
eh bien! faites seller Marlborough.

— Ma foi, mon cher chevalier, dit le marquis, je ne veux
pas vous en ôter l'honneur; Boisjoli, cria le marquis à un
de ses valets, sellez Marlborough.

Le valet s'avança vers l'écurie en clignant de l'œil et en tirant la langue à ses camarades, ce qui voulait dire en toutes
lettres: — Bon! nous allons rire.

— Mais, dit le marquis, vous êtes venu, mon cher chevalier, en bas de soie et en souliers, il vous faudrait au moins
des bottes, et surtout des éperons.

— Je puis passer à mon hôtel et en prendre, répondit
Roger.

— Où logez-vous?

— Rue Saint-Honoré.

— Non, ce serait trop long. Rameau-d'Or, cria le marquis
en s'adressant à un autre valet, allez chercher mon bottier,
et qu'il vienne ici avec cinq ou six paires de bottes de cheval;
allez.

Le valet sortit.

— Maintenant, mouchez chevalier, dit le marquis, il faut que
vous sachiez au moins où je vous mène. Nous allons faire une
partie de garçons à Saint-Germain. Vous voyez que vous tom-
bez à merveille, car je présume que vous n'êtes pas fâché, en
passant à Paris, d'apprendre comment on s'y comporte; puis
votre éducation faite sous ce rapport, vous le quitterez en
emportant vos millions; car il faut que vous sachiez, messieurs, continua le marquis en se retournant vers ses camarades, que monsieur d'Anguilhem vient, m'écrit-on, à Paris
pour y recueillir un mince héritage de quinze cent mille
livres.

— Peste! s'écrièrent en chœur les jeunes gens, recevez-en
nos complimens bien sincères.

— Croyez-moi, monsieur le chevalier, dit un des jeunes
seigneurs avec cette rapide familiarité qui gagne les gens de
race, écorcez-moi ferme le magot avant de le remporter
en province; nous vous montrerons comment il faut s'y
prendre.

— Ah! pardieu! chevalier, s'écria le marquis de Cretté,
croyez-en d'Herbigny, il est passé maître en cette matière; il
a déjà mangé deux oncles et une tante.

— Ça, dit un autre, quel est le bienheureux défunt qui
laisse ainsi un million et demi?

— Monsieur le vicomte de Bouzenois, mon cousin, dit
Roger.

— En ce cas, mon cher chevalier, touchez là, dit un autre,
car nous sommes quelque peu parents de la main gauche:
c'est moi qui lui ai enlevé sa dernière maîtresse, à ce cher
vicomte.

— Votre héritage valait-il le mien? demanda Roger en lui
secouant la main.

— Allons, allons, pas mal, dit le marquis de Cretté; qu'en
dis-tu, Tréville?

— Moi, dit Tréville, je dis que monsieur le chevalier
d'Anguilhem fera mentir le proverbe: Bête comme un millionnaire: il sera riche et il aura de l'esprit: Gaudeant
bene nati.

— Amen, dit Cretté; chevalier, voici vos bottes.

Roger passa avec le bottier dans un petit cabinet de toilette.

— Eh bien! messieurs, dit le marquis en le regardant entrer, convenez que ce garçon n'est point mal du tout pour
un provincial, et qu'il nous ennuiera moins que nous ne nous
y attendions d'abord.

Cinq minutes après, Roger sortit du cabinet botté et épe-
ronné de manière à faire trembler tout autre coursier que
Marlborough. — En arrivant sur le perron, un des palefre-
niers lui remit une cravache.

Les jeunes gentilshommes montèrent sur leurs chevaux, et
Boisjoli amena Marlborough.

C'était un admirable bai-brun, à la crinière ondoyante,
aux naseaux enflammés, aux yeux sanglans, et sur les jambes
fines duquel les veines se croisaient comme en réseau. Roger
le regarda en amateur, et comprit qu'il allait avoir là un adversaire digne de lui; aussi ne négligea-t-il aucune des précautions exigées en pareil cas: il sépara le filet de la bride,
rassembla les rênes, s'affermit sur les étriers; puis, quand
il se sentit bien en selle, il fit signe à Boisjoli de le laisser
aller.

C'était le moment qu'attendait Marlborough. A peine se
vit-il libre, qu'il commença à bondir, à se cabrer, à faire des
écarts, enfin à exécuter toutes les manœuvres à l'aide desquelles il avait l'habitude de désarçonner son cavalier; mais
cette fois il avait affaire à un maître. Roger le laissa un instant exécuter toutes ses capricieuses incartades, en se con-
tentant de se lier à ses mouvements, de telle façon que cheval
et cavalier semblaient ne faire qu'un; puis, lorsqu'il crut que
le moment était venu de mettre un à toutes ces fantaisies, il
commença à faire sentir à sa monture les genoux si fort et si
bien, que Marlborough comprit que les choses allaient se gâter
pour lui. Alors il redoubla d'efforts; mais cette fois les éperons et la cravache s'en mêlèrent de telle façon que le cheval
commença à hennir de douleur et à jeter l'écume par flocons.
Enfin, après dix minutes de lutte désespérée, Marlborough

se reconnut vaincu. Roger alors s'amusa à lui faire exécuter quelques cercles comme dans un manége, puis des changemens de pieds, puis des courbettes, puis enfin tout ce qu'avait l'habitude de faire faire aux chevaux les mieux dressés le fameux la Guérinière, le Français du temps.

Nos jeunes gentilshommes avaient d'abord vu cet exercice avec la plus grande curiosité, puis ensuite avec le plus grand plaisir. Le marquis de Cretté surtout était tout fier du triomphe de Roger; aussi quand maître Marlborough fut tout à-fait fait calme, s'approcha-t-il du chevalier pour lui faire ses complimens, auxquels se mêlèrent en chœur les éloges des autres jeunes gens.

On partit pour Saint-Germain. Tout le long de la route il ne fut question que de l'ennui dans lequel le rigorisme de madame de Maintenon et les austérités de Louis XIV plongeaient la France. Cette folle jeunesse donnait à tous les diables la veuve Scarron, qu'on n'appelait jamais que la vieille.

Il y avait bien tout un parti qui se moquait du père La Chaise et de ses augustes pénitens; c'était lui qui commençait à se réunir autour du duc d'Orléans et à faire de l'opposition contre l'antiquaille; mais ce parti était bien faible encore; et comme il était fort mal vu à Versailles, il était un peu bien hasardeux d'avouer tout haut qu'on lui appartenait.

Roger, qui avait été élevé au milieu de cette noblesse de province qui faisait, comme nous l'avons dit, une opposition systématique, se trouvait là comme en famille, et fit assez agréablement sa partie dans le concert de malédictions dont on accablait la favorite; il enrichit même la conversation de quelques noëls tourangeaux composés sur le père La Chaise et sur la directrice de Saint-Cyr, par quelques beaux esprits des environs de Loches. Au reste, il crut être fort audacieux, et se fut que gai.

Mais au milieu de tout cela, ce que Roger admirait singulièrement, c'était la façon dont ces gentilshommes tourmentaient leurs jabots et chiffonnaient leurs manchettes; c'était l'excessive supériorité de la coupe de leurs habits, c'était le choix merveilleux des étoffes dont les couleurs s'harmonisaient si gracieusement entre elles, que cette harmonie lui causait presque de l'effroi; il ne croyait pas qu'on put arriver jamais à se placer si fort la taille, et cependant à porter avec tant d'aisance la veste et l'habit. Malgré cette admiration naïve que Roger ne cherchait même pas à cacher, il n'y eut cependant point un seul brocard dirigé contre lui; il en était si reconnaissant qu'il en devenait humble, et qu'il cherchait toutes les occasions de s'abaisser lui-même; mais à peine ouvrait-il la bouche pour faire les honneurs de son costume hasardé et de ses manières provinciales, que quelqu'un de ces jeunes gens l'interrompait avec délicatesse. Son cœur débordait.

Arrivé à Saint-Germain, on fit la carte; mais comme une heure au moins devait s'écouler avant que le dîner ne fût prêt, monsieur de Cretté proposa un brelan. Roger frémit en entendant cette proposition.

—Hélas! pensa-t-il, ces gens-là jouent au moins à perdre trois ou quatre pistoles. Pauvre Roger!

Il regarda timidement son juge, qui le comprit aussitôt.

—Messieurs, dit le marquis, le chevalier d'Anguilhem ne connaît peut-être pas très bien notre brelan, cavons-nous seulement d'une vingtaine de louis, afin qu'il ait le temps de l'apprendre sans se ruiner.

À l'énoncé de cette galanterie, une sueur froide mouilla le visage de Roger.

—La moitié de ce que je possède, se dit-il à lui-même; je suis un homme perdu!

Alors, en une seconde, il comprit toutes les vanités de l'existence: Anguilhem, la Guérite, la Pintade, les économies d'un demi-siècle entassées dans le coffre-fort paternel, tout cela pouvait être mangé en une heure de brelan; et avec des gens qui jouaient petit jeu encore; ce n'était point fait, et ce conviendrait, pour grandir un homme.

Monsieur de Cretté devina que Roger brûlait d'envie de l'entretenir en particulier, il se leva donc tandis qu'on dressait la table de jeu, et passa sans affectation dans la pièce voisine. Roger l'y suivit.

—Ma foi, marquis, dit Roger avec cette franchise qui lui avait tout d'abord concilié l'affection de ses nouveaux camarades, je ne veux pas mentir avec un galant homme; mon père n'est pas riche, il m'a donné peu d'argent pour mon voyage et je crois...

—De perdre?

—Non pas, mais de trop perdre.

—Bah! défaites-vous donc de ces idées-là. Une des qualités d'un gentilhomme est d'être beau joueur.

—Oui, mais pour être beau joueur il ne faut pas perdre plus qu'on ne possède.

—Pourquoi pas?

—Mais de l'argent?

—De l'argent? on en a toujours, si ce n'est pas dans ses poches à soi, du moins dans les poches de ses amis.

—Excusez-moi, marquis, je n'aime point à emprunter.

—Vous êtes un enfant, chevalier; on n'emprunte pas, on joue en l'air; c'est ainsi que nous agissons, nous autres. Que croyez-vous que nous ayons, entre nous tous? une centaine de louis, peut-être; mais au fond de la bourse est la parole, chevalier, et la parole d'un gentilhomme vaut une mine d'or. D'ailleurs, lorsqu'on joue entre honnêtes gens comme nous, les chances favorables balancent les chances contraires. Nous jouons toute l'année les uns contre les autres, nous gagnons et nous perdons des sommes folles, et le 31 décembre celui de nous qui a été le plus malheureux n'est pas en arrière de cent pistoles. Jouez donc sans crainte, perdez gaîment, ou je vous préviens que je vous regarde de travers.

—Je ferai tout ce que je pourrai pour conserver vos bonnes grâces, marquis, dit Roger en souriant.

—Alors, revenez sans plus attendre, j'entends sonner l'or.

Le marquis et Roger rentrèrent dans la salle, la table était prête, les jeux disposés. D'Anguilhem perdit ses vingt louis en trois tours.

Pendant cette demi-heure, tout ce que la crainte a de poignantes angoisses serra le cœur du chevalier. Cependant, quoique les muscles de ses tempes tressaillissent un peu, son sourire ne blêmit pas un instant. Le marquis l'engagea à se caver de nouveau.

Le chevalier tira vingt autres louis de sa poche.

Au bout de cinq tours, le chevalier avait regagné ses vingt louis plus quarante autres. Il commença alors à jouer serré.

—Ce cher d'Anguilhem est un véritable accapareur, dit le marquis de Cretté en poussant au chevalier une quinzaine de louis qui étaient son reste et que le chevalier venait de lui gagner avec un brelan de valets. Il vient à Paris pour y chercher quinze cent mille livres, et il voudrait encore emporter notre argent.

Roger comprit la leçon, remercia son ami par un franc sourire, et se remit à jouer aussi largement que lorsqu'il perdait.

Mais Roger était en veine, au bout de dix minutes il avait trois cents louis devant lui.

Il faut le dire, si la terreur du chevalier avait été profonde, sa joie fut délirante.

On annonça que le dîner était servi. D'Anguilhem remercia intérieurement le ciel, qui lui donnait cette occasion de faire ce qu'on appelle en terme d'art un Charlemagne. Cretté vit le mouvement de joie qui passa sur son visage, si imperceptible qu'il fût.

—Chevalier, dit le marquis, vous voudriez nous faire croire que c'est le gain qui vous rend spirituel et joyeux, c'est de la modestie de votre part; mais, moi qui vous connais, je parie que vous allez risquer vos trois cents louis de gain contre d'Herigny, qui va perdre quatre cents, je crois, au premier vingt-et-un qui vous passera par la main.

Ce disant, il fit de l'œil un signe à Roger.

Roger comprit qu'il fallait être gentilhomme et sacrifier de bonne grâce toute cette fortune improvisée : il toussa pour ne pas soupirer et répondit :

— Vous avez raison, marquis ; mais comme un vingt-et-un ne vient pas encore tous les coups, je propose à monsieur d'Herbigny de jouer trois cents louis l'un contre l'autre, au premier tour et sans voir nos cartes. Nous aurons ce que nous aurons.

— Tenu ! dit d'Herbigny.

On donna les cartes ; personne n'engagea le jeu. Les deux rivers abattirent : Roger eut vingt-neuf et d'Herbigny ente.

Roger rougit légèrement, mais ce fut tout.

— Voici vos trois cents louis, vicomte, dit-il en souriant.

— Vous êtes un fort beau joueur, monsieur d'Anguilhem, répondit d'Herbigny en s'inclinant.

— Agréez mon compliment, chevalier, lui dit le comte de Chastellux ; vous jouez en véritable gentilhomme.

— Et le mien, dit le baron de Tréville.

— Et le nôtre, dirent les autres.

Cretté lui prit la main et la lui serra, puis s'approchant de son oreille : — Très bien, lui dit-il tout bas, on connaît un homme au jeu et au feu ; tenez-vous toujours comme vous avez fait tout-à-l'heure, et dans trois mois vous serez un cavalier accompli.

— Voilà bien des louanges, pensa Roger en se levant, il paraît que j'ai fait quelque chose de très beau : mais dans le trajet de la table de jeu à la table du dîner, il poussa un gros soupir qui l'étouffait.

Le dîner fut des plus gais : le marquis de Cretté et ses compagnons se piquaient de boire ; mais ils étaient sous ce rapport des enfans près de leur convive provincial. Roger trouva avec un sérieux parfait que les verres étaient petits et le vin faible.

— Tétebleu ! dit d'Herbigny, vous êtes aussi beau joueur que beau cavalier, et aussi beau buveur que beau joueur ; il paraît que l'on fait tout bien à Anguilhem.

Roger fut émerveillé de se trouver non-seulement égal, mais encore supérieur en quelque chose à ces miracles d'élégance.

Pendant tout le dîner, on parla chasses, amours et batailles : sur les deux premiers points, le chevalier avait assez bon nombre de prouesses à raconter, quoique ses amours ne fussent pas du genre de ceux de ses nouveaux amis. Mais sur le dernier chapitre Roger ne put raconter ni prouesses ni triomphes : jamais il n'avait vu le feu, jamais il n'avait eu même le plus petit duel ; cela l'humilia fort, et il fit une figure d'auditeur assez désobligeante.

On en était au dessert lorsque arriva une seconde compagnie. Ceux qui la composaient étaient aussi bruyans dès leur arrivée que l'étaient le marquis de Cretté et ses convives à la fin du dîner.

— Allons, voilà que nous allons avoir messieurs de Kollinski, dit le marquis de Cretté avec un air de contrariété qui n'échappa point à Roger.

Roger se pencha en dehors de la fenêtre et aperçut quatre gentilshommes, dont deux, superbement vêtus d'un costume étranger, se prélassaient sur le seuil de l'hôtel en faisant grand vacarme.

C'étaient deux gentilshommes hongrois d'une tenue si riche qu'elle finissait par en être extravagante. Leur luxe était insultant, même dans cette époque de luxe.

Aussitôt il se fit parmi les premiers venus un grand silence, comme s'ils eussent craint d'autoriser la familiarité des derniers arrivans.

Roger se pencha à l'oreille du marquis.

— Qu'est-ce que messieurs de Kollinski ? demanda-t-il.

— Deux honorables seigneurs hongrois qui vivent ici à la manière de leur pays, répondit le marquis, en rossant les hôteliers, en maltraitant les laquais, en barrant le chemin aux passans, toutes choses qui seraient charmantes si le duel n'était pas défendu et si cruellement poursuivi. Braves, du reste ; il n'y a rien à dire contre eux sous ce rapport.

Roger fit son profit de l'explication. Messieurs de Kollinski entrèrent alors dans la grande salle de l'auberge, et l'on se salua courtoisement de part et d'autre. Mais à peine les premiers complimens furent-ils échangés, que le marquis de Cretté se leva, exemple qui fut imité par les gentilshommes de la société, paya l'hôte et sortit, suivi de Roger et de ses autres compagnons.

Du bas de l'escalier, Roger entendit messieurs de Kollinski rire aux éclats, et les mots : nœud vert-pomme frappèrent plusieurs fois son oreille. Or, Roger portait, comme nous l'avons dit, un nœud vert-pomme sur l'épaule ; c'était un ornement de fort mauvais goût, surtout sur un habit bleu de ciel : Roger ne s'en était pas aperçu le matin, mais il le comprit le soir ; il fut donc indigné contre les rieurs, et se mit à les détester du fond de son âme : Roger sentit qu'il avait été ridicule à leurs yeux.

Monsieur de Cretté n'avait pas, de son côté, perdu un mot de leurs railleries ; car en montant à cheval :

— Mon Dieu ! dit-il, que ces messieurs Kollinski sont donc insolens et provocateurs !

Roger devina que la plaisanterie des Hongrois avait été comprise par ses compagnons : il en souffrit cruellement, mais n'ayant rien dit sur le coup, force lui fut de dévorer sa douleur.

Une fois à Paris, Roger remercia bien affectueusement le marquis de toutes ses gracieuses obligeances, demanda à chacun des gentilshommes présens la permission d'aller leur faire visite, et accepta l'offre qu'on lui fit d'une partie de courte-paume pour le lendemain.

— Otez votre nœud vert-pomme, lui dit tout bas le marquis en le quittant, et prenez un nœud ponceau : c'est la couleur à la mode.

Roger eût mieux aimé un coup de poignard que cette délicate attention de son nouvel ami.

— Décidément, pensa-t-il, j'ai été insulté et je n'ai pas demandé satisfaction de l'insulte. Serais-je donc un homme sans cœur ?

XI.

Comment le chevalier mit à profit les leçons d'escrime que lui avait données le baron d'Aguilhem, son père.

Cette idée empêcha Roger de dormir pendant toute la nuit ; il envisageait l'aventure de cent façons différentes ; il ruminait mille argumens en sa faveur ; mais le résultat de tout cela était qu'on l'avait raillé et qu'il l'avait souffert. Ce souvenir gâtait toute cette journée, de la veille, si brillante cependant pour lui. Cette pensée, jointe aux renseignemens donnés par maître Coquenard, sur l'état du procès, n'était point faite pour compléter une bonne nuit ; aussi Roger, après avoir dormi une heure ou deux, se réveilla-t-il de fort mauvaise humeur.

Cependant, comme la veille il avait appris la valeur d'un habit d'élégant, avant de prendre le chocolat il fit venir un tailleur et lui commanda, pour dix heures du matin, un costume complet du meilleur goût qui pût se trouver. A dix heures le tailleur fut chez Roger avec un habit de taffetas chatoyant, à paremens brodés d'argent, avec une veste de soie gris de lin, brodée de même, et culotte pareille à l'habit ; le reste de la toilette fut complété par une cravate de points de Malines, des bas à coins brodés et des boucles neuves ; une épée, plus riche que celle de la veille, et parfaitement affilée, retroussait cavalièrement la basque gauche de son habit.

Alors il avoua franchement ses craintes au tailleur sur la manière de porter galamment toutes ces belles choses ; celui-ci, qui était un homme d'art, lui donna les avis les plus précieux. Roger voulut les mettre à l'instant même à exécution : marcha, tourna, vira devant son professeur, lequel finit par déclarer qu'il était parfaitement satisfait de la manière dont le chevalier se caressait le menton et jetait son chapeau sous le bras gauche : c'était le principal. Roger paya le tailleur et le congédia, un peu distrait déjà des mauvaises idées qui l'avaient préoccupé toute la nuit. Il partit donc d'un pas allègre pour la rue de Vaugirard, où était situé le jeu de courte-paume.

Une seule chose manquait à la satisfaction de son amour-propre, c'était d'être vu ainsi vêtu par Constance : ce regret lui était d'autant plus vif qu'il produisait évidemment une grande sensation sur tous ceux qu'il rencontrait, sensation démontrée par le mouvement que ceux-ci faisaient en se retournant et en le suivant des yeux ; en effet, personne ne pouvait comprendre où allait ainsi à dix heures du matin, vêtu comme pour une noce, ce beau jeune homme qui avait l'air si content de lui.

Roger arriva le premier au rendez-vous : les marqueurs lui firent de profondes révérences qui lui parurent de bon augure. C'était la première fois que Roger voyait un jeu de courte-paume ; il avait cru se trouver dans un Louvre, il était dans un grenier ou à peu près.

Ce qui n'empêchait pas, tant le caprice était déjà chose puissante dans la capitale du monde civilisé, que ce jeu de paume ne fût le plus fréquenté de Paris.

Roger profita de l'isolement qu'il devait à sa trop grande exactitude, pour demander aux marqueurs quelques renseignemens théoriques sur la marche du jeu et quelques leçons pratiques sur le même jeu ; comme il avait l'intelligence vive, il comprit à l'instant même la marche de la partie, et comme il avait le coup-d'œil juste et le poignet solide, il tira assez droit pour un commençant.

Sur ces entrefaites, les nouveaux amis de Roger arrivèrent : la stupéfaction du chevalier fut grande ; ils étaient en culotte du matin et en robe de chambre. — Hélas ! le pauvre chevalier avait encore beaucoup à faire pour être parisien.

Le marquis de Cretté s'aperçut de son étonnement.

— Nous demeurons dans le quartier, dit-il, ce qui fait que nous venons ici en voisins.

— Moi, dit Roger, j'avais quelques visites à faire en vous quittant, de sorte que me suis habillé d'avance.

— Vous auriez mieux fait de venir en négligé, dit le marquis, vous vous seriez fait conduire chez vous en sortant d'ici ; ce costume vous gênera fort.

— Je ne m'attendais pas à pouvoir faire votre partie, dit Roger en se mordant les lèvres. Je ne connais pas le jeu, et...

— Eh bien ! dit le marquis, nous allons peloter un peu pour nous mettre en haleine, et vous donner une idée de la chose, puis nous régulariserons une partie.

En ce moment, un bruit de mauvais augure retentit dans l'antichambre. Plusieurs voix résonnèrent, parmi lesquelles Roger crut reconnaître la voix qui avait raillé la veille le nœud vert-pomme : le chevalier eut comme un pressentiment.

En effet, presque aussitôt, messieurs de Kollinski entrèrent avec leurs deux compagnons de la veille : une sueur froide perla sur le front de Roger.

— Hâtons-nous de nous mettre en place, dit le marquis, ou il nous faudrait disputer avec ces bravaches à qui appartiendra le jeu.

Le marquis mit bas sa robe de chambre, ses amis en firent autant ; Roger, de son côté, se dépouilla de son habit, de sa veste et de son épée.

La partie s'engagea.

Roger commença par faire quelques-unes de ces gaucheries inséparables de l'apprentissage d'un jeu si difficile, et cela au milieu des rires de la galerie. Mais peu à peu son jeu se régularisa. En général, tous les exercices de corps se suivent. Roger, apte aux choses de force et d'adresse, faisait des progrès visibles ; d'un autre côté, la vigueur de son poignet causait l'admiration de ses nouveaux amis : ses balles sifflaient comme des boulets de canon, et il fallait réellement être fort brave pour tiercer contre lui.

Les jeunes gentilshommes s'amusaient fort à voir se déployer les ressources presque improvisées de cette puissante nature. Tantôt, pour saisir la balle au-dessus de sa tête, Roger bondissait à faire croire qu'il avait un tremplin sous les pieds ; tantôt, pour arriver à temps, Roger s'élançait en avant ou se

rejetait en arrière, avec une force de jarret et un calcul des distances prodigieux dans un commençant ; ses amis ne tarissaient pas en éloges. Roger s'exaltait.

La galerie paraissait moins s'amuser : messieurs de Kollinski étaient venus aussi pour jouer, de sorte qu'ils trouvaient que la partie du marquis de Cretté se prolongeait un peu bien longtemps à leur gré. Cela fit que, par manière de passe-temps, et tandis que son frère ricanait avec son impertinence ordinaire, monsieur de Kollinski l'aîné se mit à jeter les balles dans les blouses.

Comme la chose se passait du côté du marquis de Cretté, ce fut à lui que la chose parut particulièrement désagréable.

Cependant le marquis de Cretté s'impatientait de plus en plus et donnait son jeu d'autant moins d'attention qu'il s'impatientait davantage, de sorte qu'il commença à perdre.

Le marquis de Cretté était beau joueur quand il perdait par sa faute ou par la faute des gens qu'il aimait, mais il avait la tête vive lorsqu'il perdait par la faute des autres, et que les autres étaient des gens qu'il n'aimait pas. Aussi, à une nouvelle balle blousée par monsieur de Kollinski, le marquis de Cretté perdit patience.

— Parbleu ! monsieur, dit-il en se retournant vers le blouseur, vous me blousez mes balles et vous me faites perdre. Cela vous amuse probablement, mais moi cela ne m'amuse pas.

— Alors, marquis, je blouserai celles de monsieur, dit le Hongrois en passant du côté de Roger.

Roger jeta sur le marquis de Cretté un regard interrogateur auquel le marquis répondit par un coup-d'œil significatif.

— Et vous aurez raison si monsieur le permet, dit le marquis de Cretté.

— Oui ! mais je ne le permettrai pas, dit Roger avec un battement de cœur indicible, en faisant cependant quelques pas vers monsieur de Kollinski.

— Tiens, dit le Hongrois, c'est l'homme au nœud vert-pomme ; pourquoi n'avez-vous plus votre nœud, mon ami ?

Roger sentit le sang monter à ses tempes, et cependant il était comme cloué à sa place.

Il eût voulu répondre à monsieur de Kollinski, mais sa langue était paralysée.

— Monsieur d'Anguilhem n'a plus son nœud vert-pomme, c'est vrai, dit le marquis de Cretté, mais il a une épée neuve.

Ces quelques mots furent l'étincelle qui met le feu à un baril de poudre.

Roger s'avança jusqu'à monsieur de Kollinski, et le saluant gravement :

— Oui, monsieur, une épée neuve, dit-il, que j'aurai l'honneur de vous passer au travers du corps, si cela peut vous être agréable.

Tous les assistans éclatèrent de rire en entendant la singulière provocation de Roger. Monsieur de Kollinski voulut répondre bruyamment comme c'était sa coutume, mais le vicomte d'Herbigny s'était avancé à son tour ; il rapprocha un doigt de sa bouche.

— Messieurs, dit-il, rien devant tout ce monde, je vous en prie ; nous nous retrouverons.

Les Hongrois saluèrent, retournèrent au fond de la salle et se mirent à ricaner entre eux.

— Eh bien ! dit le marquis à demi-voix à Roger, qui, après que le sang lui avait porté au visage, devenait très pâle, qu'avez-vous donc, chevalier, on dirait que vous allez vous trouver mal ?

— Non, monsieur, mais je suis un peu ému.

— Cette émotion vous empêcherait-elle de vous battre, si nous avions besoin d'un quatrième ?

— M'empêcher de me battre, moi ! répondit Roger, qui se souvint des instructions de son père ; je me battrai dix fois s'il le faut, et contre dix personnes, si vous le jugez convenable. Il se passe quelque chose en moi de plus fort que moi, et je tremble ; c'est de la colère, je pense.

Le marquis sourit de la naïveté avec laquelle le chevalier traduisait ses sensations.

— Avez-vous de l'escrime ? lui demanda-t-il.

— Mais oui, un peu.

— Quel est votre maître ?

— C'est mon père qui me l'a apprise.

— Diable ! vous ne savez peut-être pas grand'chose alors.

— Je crois que je puis me défendre.

— Si vous saviez seulement tirer l'épée comme vous montez à cheval !

— Mais j'espère être au moins de la même force à l'un qu'à l'autre de ces exercices.

— Vraiment ?

— Oui, mais je n'ai fait d'armes qu'avec des fleurets.

— De sorte que vous ne savez pas comment vous vous battrez, une fois sur le terrain ?

— Je sais que je me battrai, voilà tout, et sans reculer d'une semelle, je vous le promets.

— Ah ! si vous le promettez, dit le marquis, je suis parfaitement tranquille.

— Je vous le promets.

— Très bien !

Le marquis remit sa robe de chambre, ajusta son col, et alla trouver les deux frères qui étaient assis sur les bancs des marqueurs avec deux de leurs amis, et qui se levèrent à son approche.

Ces messieurs échangèrent les compliments d'usage : messieurs de Kollinski étaient redevenus parfaitement polis : c'était tout simple, on allait se battre.

On prit rendez-vous pour quatre heures, et l'on convint de se trouver derrière le couvent des Filles-du-Saint-Sacrement.

Nos quatre jeunes gens revinrent à l'hôtel du marquis de Cretté.

— Ma foi, messieurs, voici une fâcheuse affaire, dit le marquis en rentrant au salon, en se jetant sur un canapé et en faisant signe à ses compagnons d'en faire autant.

— Pourquoi cela ? demanda d'Herbigny.

— Dam ! mon cher vicomte, c'est que ces messieurs de Kollinski ont voulu absolument se battre quatre contre quatre.

— Eh bien ! ne sommes-nous pas quatre ? dit Tréville.

— Sans doute, baron ; mais, pour le second jour que nous nous trouvons ensemble, j'aurais voulu tirer le chevalier de cette algarade.

— Et pourquoi moi plutôt qu'un autre ? demanda Roger.

— Parce que, mon cher chevalier, une première affaire, c'est une première affaire...

— Ah çà ! mais, vous autres Parisiens, dit Roger, auriez-vous trouvé, par hasard, moyen de commencer par la seconde ?

— Non, pas encore ; c'est vrai, dit Cretté en riant.

— En ce cas, faites état de moi, je vous prie, monsieur, reprit le chevalier ; et s'il ne s'agit que de recevoir un coup d'épée, j'en vaux bien un autre, que diable !

— Allons, allons ! voilà qui est parler, ce me semble, dit d'Herbigny.

— Moi, je réponds du chevalier, dit Tréville.

— Chevalier, si vous en revenez, dit Cretté, vous serez mon ami... Mais, ne vous abusez pas ; ces messieurs de Kollinski sont des bretteurs distingués ; ils se battent là-bas avec des rapières du temps de Charles IX.

— Eh bien ! que voulez-vous, marquis, on tâchera, et terribles qu'ils soient, de faire leur partie.

— Soit donc, mais vous voilà prévenu. Il est encore temps de vous retirer honorablement, chevalier, et à défaut de vous, nous aurons recours à Clos-Renaud, qui est une jolie lame.

— Vous me chagrineriez fort en répétant ce que vous venez de dire, marquis. Je suis à vos ordres ainsi qu'à ceux de nos Hongrois.

— Eh bien ! messieurs, à ce soir quatre heures, dit Cretté. Faisons nos testaments, car, selon toute probabilité, cela chauffera. Venez avec moi, Roger, je vous donnerai une bonne épée ; vous n'avez là qu'une poignée.

Le marquis prit congé de ses compagnons, et conduisit Roger dans une espèce d'armurerie, où il y avait des épées de toutes forces, avec des montures adaptées à différentes mains.

Roger fit son choix en amateur ; il prit une jolie brette, ni trop longue ni trop courte, ni trop lourde ni trop légère ; un œillet aigu comme une aiguille, qui allait en s'élargissant à quatorze ou quinze pouces de la poignée, de manière à donner de la force à la parade.

Le marquis suivait avec la plus grande attention le choix que faisait le chevalier.

— Allons, allons, dit-il, je vois que vous avez assez bon goût. Jetez-moi dans un coin votre épée, qui n'est bonne à rien, et passez-moi celle-ci à sa place. Bien ! A ce soir, derrière le couvent des Filles-du-Saint-Sacrement, vous savez ?

— Parfaitement.

— D'ailleurs, attendez-moi ; je vous prendrai en passant. Ou plutôt, tenez, soyez ici à deux heures, nous mangerons un morceau ensemble.

— Vous me comblez, marquis.

— Allons, allons, ne nous servons pas de ce verbe-là, il n'est pas de mise entre amis, et il sent son Lochès de six lieues.

Une fois rentré à l'hôtel et enfermé dans sa chambre, Roger fit des réflexions fort lugubres. Ce maudit testament, qu'avait en manière d'avis lâché le marquis de Cretté, lui trottait par la tête. — Pardieu ! disait-il, ce serait une chose bizarre si j'arrivais de Lochès à Paris juste pour me faire tuer.

Là-dessus, le chevalier appuya son coude sur une table, laissa tomber sa tête dans sa main, et se mit à penser à Constance, à sa mère, au baron, à ce bonheur du pays natal, si réel, et cependant qu'on n'apprécie que lorsqu'on en est éloigné, dont on ne sent la réalité que lorsqu'il nous manque ; puis il écrivit quelques pages à Constance, à son père et à sa mère, pleurant fort naïvement à mesure qu'il écrivait.

Il pleura tant qu'il finit par ne plus pleurer : d'ailleurs, il faisait un ciel magnifique : le soleil dardait à travers les barreaux de la fenêtre un grand rayon dans lequel se jouaient des millions d'atomes ; la mort est moins aide par un beau temps : on a remarqué qu'il y avait beaucoup plus de gens braves en août qu'en décembre.

Roger secoua donc la tête, prit l'épée du marquis, la sortit du fourreau : elle pesait à peine, à sa main robuste, comme un fleuret. Il tira au mur, figura quelques contres de quarte et quelques contres de tierce très serrés et très rapides ; bref, il finit par être assez content de lui, convaincu qu'il était qu'il n'avait rien perdu de sa force, quoique depuis près de dix-huit mois il n'eût pas touché un fleuret.

A deux heures, il sortit et regagna l'hôtel du marquis. Cretté l'attendait dans la salle d'armes avec d'Herbigny et Tréville.

Une table était dressée : il y avait sur cette table des côtelettes, du pâté et deux bouteilles seulement de vin vieux.

A cette vue, le chevalier déclara que, n'ayant pris que son chocolat à neuf heures du matin, il mourait littéralement de faim.

Les trois autres jeunes gens firent chorus.

Le repas fut aussi gai que l'on eût dû aller à l'Opéra en sortant de table. De temps en temps seulement, le chevalier sentait un mouvement nerveux qui lui pinçait le cœur ; mais ce mouvement n'était que passager et n'avait pas l'influence de faire disparaître le sourire de ses lèvres.

On resta une heure à table, mais on ne but pas un verre de plus que les deux bouteilles. Les quatre amis s'embrassèrent au dessert.

— Écoutez, chevalier, dit d'Herbigny qui était celui des jeunes gentilshommes composant la société du marquis de Cretté qui passait pour la meilleure lame, il m'a été facile de voir bien quand vous avez monté Malborough, et aujourd'hui, quand nous avons joué à la paume, que vous avez un jarret de fer et un bras d'acier : fouettez sur ce morceau de Kollinski, car je crois bien qu'il voudra avoir affaire à vous, c'est tout naturel, puisque c'est vous qui avez eu la galanterie de lui offrir de lui passer votre épée au travers du corps. C'est un dégageur, un faiseur de feintes. Cassez-lui le poignet en rompant, ensuite vous aurez bon marché de lui

— A mon second duel, répondit le chevalier, je romprai peut-être, car, comme me le disait toujours mon père, rompre ce n'est pas fuir; mais au premier, je ne reculerai pas dieu pas d'une semelle, et pour en être certain, je vous préviens que s'il y a un mur je me mets contre lui.

— C'est cela, pour qu'il vous cloue comme un papillon à une boiserie; pas de forfanterie, mon cher; songez que quand il aura fini avec vous, il nous tombera sur le dos.

— Je tâcherai de lui donner assez de besogne pour qu'il ne vous dérange pas dans vos petites affaires, dit Roger.

— Amen! répondit d'Herbigny.

— Amen! répétèrent Cretté et Tréville.

Tous trois prirent leurs épées; le chevalier n'avait pas quitté la sienne; puis ils montèrent en voiture.

Arrivé au coin du couvent des Filles-du-Saint-Sacrement, Cretté tira le cordon : le cocher s'arrêta, un petit jockey auprès de lui descendit et ouvrit la portière.

— Tu vas attendre ici, Basque, dit le marquis, tout en regardant ce qui se passera, vu que nous aurons probablement et encore plus besoin de la voiture pour nous en retourner que pour venir.

Les quatre jeunes gens sautèrent à terre.

— Eh bien! comment vous trouvez-vous, Roger? dit le marquis.

— Moi, je me trouve à merveille, et pour faire honneur à la compagnie dans laquelle je me trouve, je me battrais avec le diable en personne.

Une seconde voiture arriva. Les quatre adversaires de nos jeunes gens en descendirent. C'étaient messieurs de Kollinski, un Saxon nommé le comte de Gorkaün, et un officier de chevau-légers nommé monsieur de Bardane.

Ils s'approchèrent du marquis de Cretté et saluèrent.

Les choses arrivèrent à l'égard de Roger comme l'avait prévu d'Herbigny. Kollinski l'aîné voulut absolument se battre contre lui, et comme Roger, de son côté, désirait se battre avec Kollinski, la discussion ne fut pas longue.

Le reste du jeu se noua ainsi :

Le marquis de Cretté eut affaire à Kollinski le jeune, d'Herbigny s'accommoda de monsieur de Bardane, et Tréville du Saxon.

On se mit en garde, et comme d'un moment à l'autre on pouvait être dérangé, on croisa immédiatement le fer.

Le marquis de Cretté reçut un coup d'épée qui lui traversa le poignet, d'Herbigny tua raide monsieur de Bardane, et Tréville fut tué par le comte de Gorkaün.

Quant à Roger, il tirait, sans s'en douter, l'épée de première force; comme il l'avait dit, il ne recula pas d'un pas. Seulement il se fendit trois fois sur son adversaire; la première, un coup droit, et il lui perça la joue; la seconde, sur une riposte, et il lui troua la gorge; la troisième, sur un dégagement, et il lui creva la poitrine.

Monsieur de Kollinski l'aîné tomba.

— Peste! dit Cretté qui s'était assis sur l'herbe, quel bélier que ce gros garçon là, il enfoncerait un mur.

En voyant tomber son frère, monsieur de Kollinski jeune s'élança sur Roger, mais d'Herbigny lui barra le chemin.

— Un instant, monsieur, dit d'Herbigny au Hongrois. C'est moi, si vous le voulez bien, qui aurai l'honneur de vous accommoder de la même façon dont mon ami Roger a accommodé monsieur votre frère.

Et sur ce, il écarta Roger qui persistait, prétendant que puisqu'il avait commencé avec la famille, c'était à lui de continuer avec elle; mais il n'eut pas le temps de poursuivre la discussion.

Le Saxon vint à lui.

— Bardon, mon ger monsieur, lui dit-il; mais che né lé bas que nous crussions les pras croisés.

— Eh bien alors! dégroisons les bras, répondit Roger en se remettant en garde.

— Alerte, alerte! messieurs, cria Cretté, voici Basque qui nous fait signe qu'il nous arrive quelqu'un.

— Attendez, attendez, dit Roger, me voilà.

Il se fendit, et traversa l'épaule du comte de Gorkaün.

— Monsieur, lui dit gravement celui-ci, che vous remercie,

et si chamais vous fenez à Dresde je serai pien enchanté de vous y recevoir.

— Monsieur, dit Roger sensible au compliment, vous pouvez compter que ce sera pour vous ma première visite.

Les deux adversaires se saluèrent.

Pendant ce temps-là, Kollinski jeune et d'Herbigny faisaient coup fourré; d'Herbigny perçait la hanche de Kollinski, et Kollinski lui égratignait la cuisse.

La voiture s'était approchée au galop, sur l'invitation du marquis de Cretté; Basque et le cocher de monsieur de Kollinski mirent en face l'un de l'autre monsieur de Bardane et le vicomte de Tréville, que l'on crût qu'ils s'étaient tués mutuellement; on porta Kollinski aîné qui n'était pas mort tout-à-fait dans sa voiture; son frère et le Saxon montèrent près de lui, et la voiture partit au galop. De leur côté, Cretté, d'Herbigny et Roger s'élancèrent allégrement dans leur carrosse, et leurs chevaux les emportèrent ventre à terre.

— Mon cher chevalier, dit le marquis, je vous demande votre amitié et vous offre bien sincèrement la mienne.

— Et moi aussi, dit d'Herbigny.

— Vous me comblez, répondit le chevalier.

— Roger, Roger, dit le marquis, vous savez bien qu'il était convenu que vous ne me diriez plus ce mot-là. Sacre-dieu! que mon poignet me fait mal.

— Et ce pauvre Tréville, dit d'Herbigny, moi qui lui devais deux cents pistoles!

— Que veux-tu, mon cher, dit le marquis; c'est un compte réglé.

Et tous trois rentrèrent à l'hôtel du marquis de Cretté, d'où d'Herbigny et Roger ne sortirent qu'à la nuit.

XII.

Comment le chevalier d'Anguilhem fit connaissance avec le fils de l'Indienne et de quel caractère il le trouva.

Toutes ces aventures s'étaient passées avec la rapidité d'un songe.

Roger avait eu le temps de vivre, tout juste, mais à peine avait-il eu le loisir de s'apercevoir qu'il vivait. Il consulta sur ce phénomène d'activité le marquis de Cretté qui lui répondit :

— Mon cher, c'est ainsi que l'on vit à Paris : encore ce soir perdrons-nous notre soirée, du moins moi, que mon poignet empêche de sortir. Mais quant à vous, Paris est grand, vous avez les deux poignets fort sains, vous pouvez donc encore employer dignement votre temps d'ici à minuit.

— Non, merci, dit Roger, je ne suis pas fâché de rentrer à mon hôtel; mais du train dont j'y vais et avec les exemples que j'ai sous les yeux, j'espère que dans huit jours je serai un cavalier parfait.

— Je le crois pardieu bien, et depuis deux jours vous n'êtes plus reconnaissable; mais il y a une chose vraiment plus pressée que les dîners à Saint-Germain, les parties de paume rue de Vaugirard, et les promenades derrière le couvent des Filles-du-Saint-Sacrement; c'est votre procès, et je vous conseille de vous en occuper.

— C'est bien mon intention, dit d'Anguilhem, et dès demain je me mettrai en course.

— Vous savez, mon cher, que j'ai pour toutes vos affaires ou un carrosse ou un cheval à votre disposition; faites-moi seulement savoir le matin votre heure et votre désir, et l'un ou l'autre seront chez vous à votre choix.

— Et croyez-vous que je gagnerai mon procès? dit Roger.

— Ah dam! mon cher, vous m'en demandez beaucoup plus long que je n'en sais; si vous me demandiez si vous dompteriez Bucéphale, je vous répondrais : Oui; si vous me demandiez si vous embrocheriez Berthelot et Boisrobert, c'est-à-dire nos deux premiers maîtres d'armes, je vous répondrais : C'est bien possible; mais, peste! cher ami, on n'adoucit pas un juge comme on dompte un cheval ou comme on tue un homme : il y a les procureurs, les huissiers, les conseillers, les présidens, ceux des caisses, ceux des recouvremens, un monde de bonnets carrés, un enfer peuplé de coquins noirs : il faut d'abord tâcher de savoir les noms de tous ces gaillards-là ; puis vous me les direz, puis nous tâcherons de séduire les uns avec des belles paroles, et de gagner les autres avec de l'argent.

— Pour les belles paroles, c'est très bien, dit Roger, et je suis en fonds pour cela ; j'ai fait ma rhétorique avec l'abbé Dubuquoi, qui est un garçon d'esprit, et ma philosophie avec les jésuites d'Amboise ; mais pour l'argent, c'est autre chose ; mon père m'a donné cinquante louis pour six mois, et depuis deux jours que je suis à Paris, j'ai déjà mangé vingt pistoles.

— Eh bien ! mais mon cher, je vous l'ai dit, entre gentilshommes il ne faut pas s'inquiéter de ces choses-là. Fouillez à ma bourse : j'ai une soixantaine de mille livres de rentes que j'aurais peine à manger si je n'avais pas un intendant. Prenez, mon cher, prenez ; vous me rendrez tout cela quand vous serez millionnaire.

— Et si je perds mon procès ! dit Roger.

— Eh bien ! que voulez-vous, chevalier, il ne faudra pas vous pendre pour cela. Nous prendrons ce qui vous restera d'argent. Nous irons faire une séance dans un tripot. On ne peut pas toujours perdre : la fortune vous devra une revanche, elle vous la donnera.

— Tout cela est fort précaire, mon cher marquis, et je vous avoue que je ne vois pas l'avenir couleur de rose.

— Ah ! oui, cela me parait encore juste, plaignez-vous. Eh bien ! que diront Hardane et Tréville, si vous n'êtes pas content ? À propos, mon cher, si l'on vous interroge sur eux, ne manquez pas de répondre qu'ils se sont pris de querelle au jeu de paume, et qu'ils se sont enfermés tous deux. Si quelque curieux veut savoir d'où vous tenez cela, dites que c'est moi qui vous l'ai dit.

— Très bien, dit Roger en se retirant.

— Un mot encore : envoyez savoir demain matin chez monsieur de Kollinski s'il est mort ou vivant. Vous lui devez bien cela. S'il est mort, bonsoir, tout est fini. S'il n'est pas mort, envoyez-y chaque jour jusqu'à ce qu'il soit trépassé ou guéri. N'avez-vous pas aussi quelque peu égratigné le Saxon ?

— Je crois lui avoir passé mon épée à travers l'épaule.

— Ah ! vous croyez ! faites d'une pierre deux coups, et envoyez chez lui en même temps.

— Mais leurs adresses ?

— Petitpas vous les portera demain matin.

— Qu'est-ce que Petitpas ?

— C'est mon coureur.

— Allons, bonne nuit, marquis.

— Merci du souhait ; mais j'en doute. Mon poignet me fait un mal de possédé. Cet animal de Kollinski ne pouvait pas me donner un coup d'épée ailleurs ! Quelles brutes que ces Hongrois ! Allons, bonsoir, cher ami ; vous savez que je compte d'aujourd'hui, c'est entre nous à la vie, à la mort.

Roger, tout en regagnant son hôtel, songeait qu'il avait si-non tué, du moins fort maltraité un homme dans la journée, et il s'étonnait, malgré les commandemens de Dieu et de l'Eglise qui ordonnent d'aimer son prochain comme soi-même, il s'étonnait, dis-je, de ne pas éprouver une grande somme de remords.

Il y a plus : quand il avait vu tomber monsieur de Kollinski, bien loin d'en éprouver un regret quelconque, il en avait ressenti une joie des plus vives, tant il est vrai que le sentiment de sa propre conservation l'emporte sur tous les autres sentimens.

Cependant une chose rassura Roger sur la mauvaise idée qu'il commençait à prendre de lui-même ; c'est qu'à peine avait-il été question entre les deux jeunes gens du pauvre Tréville, qui avait été tué, si ce n'est que, comme nous l'avons dit, d'Herbigny s'était rappelé sa mort qu'il lui devait une centaine de louis, circonstance qui ne serait peut-être pas si fidèlement revenue à sa mémoire si Tréville eût vécu.

Et cependant Cretté et d'Herbigny étaient liés avec Tréville depuis dix ou douze ans.

Mais en échange, Tréville avait sans doute un père, une mère, une maîtresse que cette mort allait mettre en grand deuil. Roger frissonna en songeant que lui aussi avait tout cela, et qu'il eût été fort possible qu'à l'heure où il faisait ces réflexions philosophiques ce fût lui, Roger, qui fût couché à la place de Tréville.

Cette pensée fit doubler le pas au chevalier, car il avait grande hâte d'écrire à Anguilhem et d'épancher à l'endroit de tout ce qu'il aimait les sentimens dont son cœur était plein.

Roger écrivit effectivement à son père et à sa mère ; il était si heureux, que sa joie débordait à flots. C'est une si belle chose que de vivre quand on a été près de mourir, et qu'au bonheur de la conservation se joint l'orgueil du triomphe ! Puis, quelque chose de plus encore venait rassurer Roger ; il n'aurait plus, à l'avenir, ce battement de cœur qui est l'indécision du brave : il savait sa force, et en la savait.

Il supplia sa mère de ne pas oublier qu'après l'amour qu'il portait à elle et à son père, le seul et unique sentiment de son cœur était pour mademoiselle de Beuzerie ; il la pria de faire savoir dans le pays, qu'admis dans l'intimité du marquis de Cretté, il avait déjà commencé à mener bon train à Paris. Puis il détailla ses costumes, glissa quelques mots de sa réputation naissante, et demanda si les cinquante autres louis ne pourraient pas arriver bientôt. Enfin, venait un post-scriptum d'une page et demie pour Constance.

Dans sa lettre au baron — car le chevalier eût regardé comme un sacrilége de confondre les choses de cœur avec les affaires d'argent, — dans sa lettre au baron, Roger expliqua longuement les appréhensions de maître Coquenard ; il dessina la position critique où le procès engageait la petite fortune des d'Anguilhem, et comme au fond le présomptueux, convaincu que rien ne lui pouvait plus résister ne doutait pas du gain de l'affaire, il se plut à en exagérer les difficultés pour paraître un vainqueur encore plus brillant.

Le post-scriptum de cette seconde lettre fut consacré à Christophe, lequel se reposait et vivait grassement dans l'écurie de la Herse-d'Or.

Cependant la cause qui avait amené Roger à Paris s'instruisait : monsieur de Bouzenois était mort d'une attaque d'apoplexie, sans rien témoigner ni par paroles ni par écrit, de ses intentions, car le digne gentilhomme croyait encore avoir dix ou douze bonnes années à vivre. Son hôtel, situé place Louis-le-Grand, était devenu tout-à-coup désert : le fils de l'Indienne, ainsi appelait-on la femme que le vicomte de Bouzenois avait ramenée d'outre-mer, le fils de l'Indienne, dis-je, s'était présenté pour en prendre possession ; mais comme il n'avait ni titre ni droits établis, les scellés avaient été apposés sur la maison et le séquestre mis sur ses biens.

Roger s'était bien promis de rendre, aussitôt qu'il aurait un instant à lui, une visite à cet hôtel : il profita donc de ce qu'il avait à mettre sa carte chez monsieur de Kollinski, lequel demeurait rue des Capucines, et chez monsieur le comte de Gorkaün, qui demeurait du côté de la Ferme-des-Mathurins, pour s'arrêter en passant, devant sa future propriété.

Il la reconnut à l'herméticité avec laquelle portes et fenêtres étaient fermées ; c'était un grand et bel hôtel qui pouvait valoir à lui seul trois cent mille livres, prix énorme pour cette époque. Roger remarqua un écusson en pierre sur lequel étaient gravées les armes du défunt, et sur lequel il se promit de faire graver les siennes aussitôt que le gain probable de son procès lui permettrait cette petite satisfaction d'amour-propre. Bref, il s'approchait et s'éloignait de l'hôtel pour le voir sous tous ses aspects, lorsqu'il aperçut un monsieur qui, arrivé à peu près en même temps que lui, opérait les mêmes manœuvres que lui, d'un air aussi préoccupé que lui ; cela fut cause qu'il examina plus attentivement ce monsieur.

C'était un homme auquel il était à peu près impossible d'assigner un âge fixe, quoiqu'il fût évident qu'il eût de vingt-cinq à quarante années : une teinte jaune-orangé était répandue sur toute sa personne et s'infiltrait jusque dans le blanc de ses yeux ; il avait les dents petites et blanches, les cheveux d'un noir de jais, un habit galonné sur toutes les coutures et de la couleur la plus éclatante, deux chaînes de montres et des diamans à tous les doigts; de l'autre côté de la rue l'attendait un grand carrosse doré, sur le siège duquel était assis un cocher encore plus jaune que lui; près de la portière se tenait, en costume de Lascar, un valet encore plus jaune que le cocher.

En même temps que Roger parut remarquer cet étrange personnage, celui-ci, de son côté, parut remarquer Roger; tous deux reportèrent successivement et plusieurs fois de suite leurs regards de l'hôtel sur eux-mêmes et d'eux-mêmes sur l'hôtel, puis, la grande porte du susdit hôtel s'étant entr'ouverte pour donner passage à une espèce d'huissier vêtu de noir, les deux amateurs se précipitèrent en même temps vers la porte et plongèrent leurs têtes par l'ouverture, et cela avec tant de précipitation que leurs têtes se rencontrèrent.

Roger, qui était fort poli, fit des excuses à l'inconnu; quant à l'inconnu, il fit entendre une espèce de grognement sourd qui pouvait se traduire par ces mots : — Diable! voilà un gaillard qui n'a pas la tête tendre. — Puis tous deux s'exclamèrent en même temps :

— C'est, par ma foi, un fort bel hôtel.
— N'est-ce pas, monsieur? dit Roger.
— C'est mon avis, répondit l'inconnu.
— Et quand on aura fait arracher l'herbe qui commence à pointiller dans la cour...
— Quand on aura fait donner une couche de couleur aux contrevents et aux portes....
— Quand tout cela sera animé le jour par de beaux carrosses et de beaux chevaux....
— Illumine la nuit par mille lumières....
— J'aurai, ma foi, un des plus magnifiques hôtels de Paris, dit Roger.
— Pardon, monsieur, dit l'inconnu, vous voulez dire que j'aurai un des plus magnifiques hôtels de Paris.
— Non, je n'ai pas dit vous, j'ai dit moi.
— Mais qui êtes-vous donc, vous?
— Je suis le cousin de monsieur de Bouzenois.
— Et moi je suis son beau-fils, monsieur.
— Comment, vous êtes l'Indien?
— Et vous le provincial?
— Monsieur, dit Roger, le mot n'est pas poli; j'arrive de province, c'est vrai, mais je ne suis pas un provincial pour cela, je suis ami de monsieur le marquis de Cretté, de monsieur le vicomte d'Herbigny, de monsieur le chevalier de Clos-Renaud, et hier j'ai donné trois coups d'épée à un Hongrois qui a la tête de plus que vous.
— Eh bien! monsieur, qu'est-ce que cela veut dire?
— Cela veut dire, monsieur, reprit Roger, que puisque j'ai l'avantage de vous rencontrer, j'aurai l'honneur de vous faire une petite proposition.
— D'accommodement?
— Oui, monsieur, d'accommodement.
— Laquelle? parlez.
— La voici : ce serait de venir faire un petit tour avec moi derrière le couvent des Filles-du-Saint-Sacrement, et comme le jugement des hommes est toujours douteux, de remettre le sort de notre procès, comme le faisaient les anciens chevaliers, au jugement de Dieu.
— Mais c'est un duel que vous me proposez là! s'écria l'Indien, en passant du jaune orange au jaune tendre.
— Si vous me tuez, dit Roger, l'hôtel est à vous sans conteste. Si je vous tue, il n'y a plus de procès.
— Votre serviteur, monsieur, dit l'Indien en regagnant sa voiture. Je suis sûr de gagner mon procès et je ne suis pas sûr de vous donner un coup d'épée; nous nous en tiendrons donc, si vous le voulez bien, au jugement des hommes.

Et l'Indien remonta dans son carrosse, et il partit au grand galop, après avoir fermé jusqu'aux glaces de ses portières.
— Pardieu! dit Roger, voilà un plaisant original.

Et il alla inscrire son nom chez monsieur de Kollinski, lequel n'était pas encore mort, et chez le comte de Gorkum, lequel allait aussi bien que le permettait sa situation.

Après quoi il revint prendre des nouvelles du marquis de Cretté, et lui raconta son entrevue avec l'Indien.

Le marquis de Cretté souffrait toujours beaucoup de son poignet, ce qui ne l'avait pas empêché de faire deux ou trois visites du matin, afin de dérouter les gens qui auraient entendu dire qu'il s'était battu et qu'il était blessé. La précaution n'était pas inutile, car le duel de la veille avait fait grand bruit; mais comme on n'avait pu mettre la main sur personne, et que les deux morts avaient gardé le plus profond silence, personne n'était compromis.

Rien n'empêchait donc le marquis de suivre le procès du chevalier et de faire ses visites avec lui.

Il y avait trois juges principaux et un conseiller-rapporteur.

Le chevalier et le marquis commencèrent par visiter les juges.

C'étaient trois originaux ayant chacun un goût décidé pour un animal différent : l'un adorait son chat, l'autre son singe, le troisième son perroquet. Le chevalier fut très aimable avec les trois juges, et le marquis très galant avec les trois animaux; mais du moment où l'un et l'autre voulurent entamer l'affaire, les juges firent entendre à ces messieurs qu'il leur serait très agréable de parler d'autre chose.

Quant au conseiller-rapporteur, c'était un puritain si austère qu'il refusa même de les recevoir.

— Peste! dit le marquis au chevalier, ceci me paraît de mauvais augure.

Cependant on apprit un beau matin que l'affaire était évoquée au palais. Deux mois s'étaient passés, car il n'avait pas fallu moins de deux mois pour dresser les procès-verbaux, compléter les inventaires et rechercher les titres respectifs des parties. Pendant ce temps-là, Roger avait ruminé s'il ne vaudrait pas mieux entrer en arrangement avec le fils de l'Indienne. Mais le marquis de Cretté s'opposa à toute ouverture de ce genre, attendu que l'Indien annonçait partout que son affaire n'était point douteuse, et qu'il fournirait au tribunal un acte tellement authentique, que messieurs d'Anguilhem père et fils seraient honteusement déboutés de leurs prétentions.

En attendant, les choses marchaient avec leur lenteur accoutumée. La justice est non-seulement aveugle, mais encore elle est boiteuse. Le chevalier éprouvait un dégoût amer pour toutes ces courses dont le but était le Palais et la Sainte-Chapelle. On trouvait tous les huit jours cependant son carrosse, ou plutôt celui du marquis de Cretté, dans les environs. C'était, en général, les lendemains des lettres hebdomadaires du baron.

Si Roger n'eût pas été en quelque sorte le commensal du marquis de Cretté, s'il n'eût pas trouvé là tout réuni à la fois, l'ami, le banquier, le conseil, il eût fallu peut-être se résoudre à demander grâce au fils de l'Indienne, qui faisait la guerre avec beaucoup d'argent.

Mais c'était surtout cette malheureuse pièce authentique qui tourmentait Roger. Quant au baron d'Anguilhem, qui voyait dans chaque nouvelle lettre de son fils un nouveau sujet d'inquiétude, il n'en dormait plus. — Tâche, disait-il toujours, de découvrir quelle est cette fameuse pièce, et si c'est une substitution, un testament ou une donation.

Roger cherchait et ne trouvait pas.

Il rassembla son conseil, composé du marquis de Cretté, de d'Herbigny, de Clos-Renaud et de Chastellux, pour savoir ce qu'il y avait à faire. On lui avait indiqué un sieur Veillère, qui se mêlait de toutes sortes de choses abstraites, telles que communication de papiers cachés, jaugeage de caisses fermées hermétiquement, soustraction même d'actes et de titres. Comme on le comprend bien, il n'était pas question de voler cette pièce à la partie adverse, mais de s'en procurer une copie pour la rendre plus controversable aux avocats. D'une voix unanime, le conseil des gentilshommes repoussa cette proposition comme déshonorante.

Un jour, d'Herbigny crut avoir trouvé un moyen de concilier les choses. En passant à la porte de la Conférence, il reconnut, à la description que lui en avait faite Roger, l'Indien qui revenait dans son carrosse avec une femme qui

Roger et le marquis tentèrent une dernière démarche près
de lui, mais sans plus de succès que la première.
C'était un homme si intègre que maître Bouteau, le conseiller-rapporteur!

On comprend que toutes ces déceptions successives avaient,
malgré l'heureuse disposition de son caractère, conduit tout
doucement le chevalier à une profonde mélancolie. La pers-
pective de la ruine entière de sa famille, de la perte de Constance, qu'il avait retrouvée la seconde fois que la première; et d'un
cruellement encore la seconde fois que la première; et d'un
engagement, comme simple volontaire, dans Royal-Italie,
dans Picardie ou dans Nivernais, n'avait rien que de fort désespérant. Aussi le chevalier se désespérait et ne voulait entendre aucune consolation, refusant toutes les parties que lui
proposaient ses amis pour le distraire, et passant son temps
dans la chambre de la Herse-d'Or à écrire à sa mère ou à
faire des élégies à Constance; ajoutons que pour dernière fatalité, avec la mélancolie, le goût des vers lui était venu.

XIII.

Comment, au moment où le chevalier était en proie au plus profond désespoir, un homme qui lui était inconnu vint lui faire
une proposition à laquelle il ne s'attendait pas, ni le lecteur non
plus.

Un matin que Roger se mirait dans une petite glace pour
voir comment la douleur lui allait, et cela tout en achevant
de mettre sur pied un quatrain fort mauvais, mais prodigieusement tendre, destiné à mademoiselle Constance de
Bearère, au moment même où il attrapait, pour terminer son
quatrième vers, une rime assez riche, on frappa trois coups
à la porte de sa chambre.

— Entrez, dit d'Anguilhem.

La porte s'ouvrit lentement, et celui qui avait frappé entra.
C'était un homme qui, pour la physionomie, avait de grands
rapports avec un regard, évidemment un habitué du palais,
un basochien quelconque, un rat de la Sainte-Chapelle. Depuis quatre mois que Roger fréquentait la salle des Pas-Per-
dus, il avait appris à reconnaître, à ses doigts crochus et à
son nez recourbé, le moindre suppôt de Thémis.

Le visiteur avait les cheveux rouges et collés le front,
une grosse verrue violette sur chaque joue, un œil irisé
comme une opale, un grande vide entre les dents de la mâ-
choire supérieure et un menton pointu dont le dessous creu-
sait plutôt qu'il ne saillait au-dessus du gosier.

— Bas! dit à part lui Roger, voici quelque nouvel exploit
qu'on m'apporte; s'il faut en payer immédiatement les frais,
je serai forcé de lâcher ma dernière pistole. N'importe, faisons bonne contenance.

Et il attendit l'homme aux verrues d'un pied assez ferme.
L'homme aux verrues s'inclina profondément.

— Ai-je l'honneur de parler à monsieur Roger-Tancrède,
chevalier d'Anguilhem, et seigneur d'Anguilhem, de la Gue-
rite, de la Pintade et autres lieux?

Roger pensa que s'il était encore pour le moment seigneur
de toutes ces seigneuries, il ne tarderait pas à en être débarrassé. Cela n'empêcha point que, quelque étonné du préam-
bule, il répondit d'un ton assez ferme:

— Oui, monsieur, à lui-même.

— N'avez-vous personne, continua l'homme aux verrues,
qui soit caché dans ce cabinet que je remarque derrière votre
alcôve?

— Personne, monsieur, répondit Roger; et, permettez moi
de vous le dire, la question me paraît étrange.

— Rien de plus simple cependant, monsieur, vous auriez
pu être avec une maîtresse ou un ami. Vous êtes assez beau
garçon et assez bon camarade pour ne manquer ni de l'un ni
de l'autre. Vous auriez pu être, dis-je, avec une maîtresse ou

un ami, et pour me recevoir plus à votre aise, la faire ou le
faire cacher dans ce cabinet.

— J'étais seul, monsieur, dit le chevalier, et ce cabinet est
parfaitement solitaire.

— Voulez-vous me permettre de m'en assurer? répondit
l'homme aux verrues.

— Parbleu! monsieur, vous me semblez étrange de ne pas
me croire sur parole.

— Oh! je vous crois, monsieur le chevalier, dit l'inconnu
tout en s'acheminant à petits pas vers le cabinet; je vous
crois, car je vous sais homme d'honneur; mais sans votre permission ou à votre insu, quelque indiscret pourrait s'être
glissé...

Et le visiteur entrouvrit la porte et passa par l'ouverture
sa petite tête de fouine.

— Bien, dit-il, il n'y a personne.

— Que diable peut me vouloir cet original? se demanda le
chevalier.

— Et les cloisons, reprit l'homme aux verrues, sont-elles
bien épaisses?

— Ma foi, allez-y voir, monsieur! s'écria d'Anguilhem, car
vous commencez véritablement à m'impatienter.

— Ne vous emportez pas, monsieur, ne vous emportez pas.
Je vous demande bien humblement pardon de toutes ces précautions, mais vous allez comprendre tout à l'heure qu'elles
étaient rigoureusement nécessaires.

— Alors faites, monsieur, faites; regardez dans les armoires, sous mon lit, derrière les rideaux, et si vous voulez
les clefs de la commode et du secrétaire, demandez-les, ne
vous gênez pas.

L'inconnu profita de la permission, ouvrit les armoires,
regarda sous le lit, fureta derrière les rideaux et interrogea
d'un coup d'œil les deux meubles sus-désignés pour s'assurer s'ils n'étaient pas de taille à contenir un écouteur;
mais comme tous deux sans doute lui parurent trop exigus
pour être employés à cette destination, il refusa poliment d'un
geste les clefs que Roger avait déjà retirées de sa poche, et
que, sur ce refus, il y remit.

— Maintenant, monsieur le chevalier, dit l'inconnu, maintenant que je me suis bien assuré que nous sommes seuls, j'ai
l'honneur de vous prier de m'écouter sérieusement, car je
viens vous parler d'une affaire de la plus haute importance.

— Bonne ou mauvaise? dit Roger.

— À votre choix, dit l'homme aux verrues; elle sera ce que
vous la ferez.

Et il alla fermer la porte à la clef et en tira les deux verrous.

Roger jeta un coup-d'œil à la dérobée sur le fauteuil où
était posée son épée, commençant à croire, comme l'Indien,
qu'on pourrait bien lui avoir dépêché quelqu'un pour lui faire
un mauvais parti.

L'homme aux verrues intercepta ce regard, essaya de rassurer à la fois Roger par un sourire et par un geste, et approcha une chaise du fauteuil où Roger était assis.

Roger, par un mouvement involontaire, éloigna son fauteuil.

L'inconnu remarqua ce second mouvement, comme il avait
déjà remarqué le premier, et fit un petit sourire hideux qui
qui voulait dire:

— Oui, oui, je vois bien que vous n'avez pas grande confiance en moi; mais attendez tout à l'heure.

Roger attendit. L'homme aux verrues jeta un regard autour
de lui, comme si la certitude même qu'il fût seul avec le chevalier ne pouvait le rassurer, et se penchant à son oreille:

— Monsieur, lui dit-il, auriez-vous de la répugnance pour
le mariage?

Roger regarda fixement son interlocuteur. Celui-ci croyant
Roger atteint d'un peu de surdité, renouvela sa question.

— Pour le mariage? répéta Roger stupéfait.

— Pour le mariage, reprit l'inconnu, en secouant genti-
ment sa tête avec ce même sourire hideux qui paraissait lui
être familier.

— Mais pour quel mariage? demanda Roger.

— Comment pour quel mariage? mais pour un vrai mariage.

— Je ne comprends pas, dit Roger; mais allez toujours.

— Alors, dit l'inconnu, je vais vous poser la question autrement.

— Posez, monsieur.

— Auriez-vous du goût pour gagner votre procès?

— Têtebleu! je le crois bien, s'écria Roger, et beaucoup même.

— Bien, bien, dit l'homme aux verrues avec son même sourire, nous allons nous entendre alors.

— Entendons-nous, dit Roger, en faisant faire un petit mouvement à son fauteuil.

— Eh bien! moi, monsieur, continua l'inconnu, je puis vous le faire gagner, votre procès. — Ah!

Roger se rapprocha avec enthousiasme de l'homme au sourire hideux, et fut prêt de lui jeter les bras au cou.

Pauvre nature humaine, qui croit avoir des sympathies et des antipathies, et qui n'a que des intérêts!

— Que faut-il faire pour cela? demanda Roger.

— Oh! mon Dieu! presque rien, répondit l'inconnu.

— Mais enfin? —

— Il faut vous marier.

Roger regarda une seconde fois cet homme, mais encore plus fixement que la première, et commença de concevoir l'idée qu'il avait affaire à un fou.

— Pourvu qu'il ne devienne pas furieux, se dit tout bas Roger, la chose se passera gaîment. Puis enfin, comme ce silence se prolongeait, Roger s'étant contenté de se répondre à lui-même, et cette réponse ne suffisant pas à l'homme aux verrues:

— Eh bien? demanda l'inconnu.

— Vous dites donc?... répéta Roger.

— Je dis, monsieur d'Anguilhem, qu'il faut vous marier.

— Me marier, moi?

— Vous-même, en personne, attendu qu'un autre ce ne serait pas du tout la même chose.

— Allons donc, vous plaisantez? dit Roger.

— Si j'avais l'honneur d'être mieux connu de vous, dit l'entremetteur d'hyménées, vous sauriez, monsieur, que je ne plaisante jamais.

— Alors la question devient sérieuse.

— Extrêmement sérieuse, monsieur; je vous supplie donc de la considérer sous ce point de vue.

— Ainsi, il faut me marier?

— Oh! mon Dieu, oui.

— Et avec qui? demanda Roger en faisant un effort sur lui-même.

— Ah! avec qui? demanda l'homme aux verrues en réitérant son affreux sourire; — ah! avec qui? voilà le grand mot lâché!

— Sans doute, avec qui? répondit Roger. Vous pensez bien, monsieur, que je ne me marierai pas comme cela la tête dans un sac!

— C'est pourtant ainsi qu'il faut vous marier, monsieur d'Anguilhem.

— Êtes-vous bien sûr d'être dans votre bon sens? demanda Roger.

— Comment! si j'en suis bien sûr?

— Oui, c'est que dans le cas contraire, comme la plaisanterie peut durer longtemps sur ce ton-là, je vous avouerai que je suis très pressé, qu'on m'attend, et que je désirerais terminer promptement le jeu que nous jouons.

Ce n'est pas le moins du monde un jeu, monsieur, reprit l'inconnu de l'air le plus grave; ou si c'est un jeu, c'est du moins un jeu auquel tout votre avenir est intéressé, puisque vous y pouvez gagner quinze cent mille livres.

— Alors, reprit Roger, pour Dieu, monsieur, expliquez-vous plus clairement.

— Seriez-vous amoureux quelque part? demanda l'homme aux verrues, en fixant sur Roger ses petits yeux d'opale, dont il sembla physiquement au chevalier sentir le regard pénétrer jusqu'au fond de son âme.

— Pour cela, dit Roger en rougissant prodigieusement, dispensez-moi, monsieur, de répondre.

— Puisque vous demandez qu'on respecte votre secret, monsieur, dit l'inconnu, j'ai donc le droit de demander aussi, moi, qu'on respecte le mien.

— Mais vous, c'est bien autre chose! s'écria le chevalier.

— Comment, c'est bien autre chose?

— Vous devez me dire, surtout à moi...

— Au contraire, monsieur le chevalier, vous êtes le dernier auquel je dois le dire; mais je ne vous empêche pas de deviner...

— Ah! c'est bien heureux; merci de la permission, monsieur, malheureusement, je ne suis pas fort sur les énigmes.

— En ce cas, c'est une étude qu'il faut faire; car, pour moi, je ne puis vous répéter que ce que je vous ai déjà dit.

— Monsieur, dit Roger en se levant, vous comprenez...

— Oui, monsieur, je comprends que vous êtes un homme désintéressé, dit l'inconnu en se levant à son tour, et qu'il vous importe peu de perdre ou de gagner votre procès. Bagatelle, après tout, pour un gentilhomme comme vous, qu'une somme de quinze cent mille livres de plus ou de moins.

— Peste! dit Roger, bagatelle! non pas, monsieur; je ne traite pas la chose comme vous; mais cependant, franchement, voyons; je ne puis pourtant me marier ainsi... à... l'absurde.

— Monsieur, monsieur, dit l'inconnu avec un air de profonde commisération pour l'ignorance de Roger, c'est moi qui vous le dis, vous ne savez pas ce que vous refusez.

— Mais enfin, monsieur, dans le cas où je consentirais à entamer une négociation, que faudrait-il faire?

— Une négociation du genre de celle-ci, une fois entamée doit être menée à bout.

— Alors c'est un engagement positif que vous me demandez?

— Positif.

— Et je m'engagerais à épouser?...

— Un nom en blanc.

— Cela n'a pas le sens commun.

— Cependant, permettez...

— Jamais, monsieur, jamais!

— C'est votre dernier mot?

— Le dernier, le suprême.

— Réfléchissez encore.

— J'ai réfléchi, ou plutôt je ne réfléchirai jamais à une pareille absurdité... Me marier, moi, sans savoir avec qui, sans avoir vu ma future, sans lui avoir parlé, sans savoir si elle est jeune ou vieille, belle ou laide, bête ou spirituelle. Allons donc, mon cher, vous perdez la tête.

— Et vous votre procès, monsieur!

Et l'inconnu prit son chapeau.

Ce diable d'homme avait tant d'assurance, que Roger fut déconcerté. Il marcha à grands pas: alla de l'alcôve à la fenêtre, de la porte à la commode, et finit enfin par retomber sur son fauteuil en regardant sournoisement son interlocuteur, qui, de l'air le plus naturel du monde, grattait alternativement ses deux verrues et son menton.

— Comment! dit Roger rompant le premier le silence, comment, monsieur, vous ne vouliez absolument pas me donner le plus petit renseignement?

— Sur l'honneur, monsieur, je le voudrais, dit l'inconnu; mais cela m'est expressément défendu.

— Dites-moi seulement si la jeune personne... hum!... fit Roger en s'interrompant, — est-elle jeune seulement?

L'inconnu continua de gratter ses verrues.

— Voyons, est-elle belle ou laide?

L'inconnu passa de ses verrues à son menton.

— Mais enfin, il me sera bien permis de m'enquérir si ma fiancée est demoiselle... ou veuve.

L'inconnu resta impassible.

— Ah! dit Roger en se frappant le front du poing, ma parole d'honneur, c'est pour en devenir fou!

— Je vous laisserai jusqu'à demain, monsieur, pour réfléchir à mes propositions, dit l'inconnu.

— Et demain? demanda Roger.

— Demain je reviendrai à la même heure.

— Seul?

— Non; j'aurai avec moi la promesse de mariage.

— La promesse de mariage! s'écria Roger en pâlissant.

— Oh! cela n'engage à rien, dit l'inconnu, vous ne la signerez qu'autant qu'il vous plaira de le faire; soyez tranquille, mon gentilhomme, ajouta-t-il en riant de son rire habituel, on ne vous prendra pas de force.

Cela dit, l'homme mystérieux sortit à reculons en saluant plus bas encore qu'il n'avait fait en entrant, et il était déjà loin, que Roger, consterné, serrait encore son front humide de sueur entre ses mains crispées et tremblantes.

XIV.

Comment l'homme mystérieux revint une seconde fois, et comment, dans cette seconde entrevue, les choses s'éclaircirent quelque peu.

Roger resta quelque temps sous le poids du coup qui venait de le frapper, puis enfin, rassemblant toutes ses forces, il se leva, prit à son tour son chapeau, et courut chez le marquis de Cretté, son suprême appui, son éternelle ressource.

Heureusement le marquis était chez lui.

— Qu'avez-vous? s'écria-t-il en apercevant le chevalier; est-ce que votre procès est perdu?

Le marquis faisait cette question au chevalier, tant la figure du chevalier était bouleversée.

— Non, Dieu merci, pas encore, dit Roger; on ne le juge, vous le savez, que dans trois jours; et même...

— Et même?... répéta le marquis.

— Et même j'ai quelque espoir de le gagner, reprit en soupirant le chevalier.

— Il me semble qu'il n'y a pas là-dedans de quoi soupirer si profondément que vous le faites.

— Sans doute, il vous semble cela, à vous qui ne savez pas à quelles conditions.

— Ah! il y a des conditions?

— Hélas! dit Roger, et il se précipita dans les bras de son ami.

— Voyons, parlez, s'écria le marquis; vous m'inquiétez vraiment, chevalier.

Le chevalier raconta alors au marquis son entrevue avec l'homme aux yeux d'opale. Cretté écouta le récit avec la plus grande attention, puis lorsque le chevalier eut fini:

— Voilà qui est bizarre, dit-il. Est-ce qu'il y aurait quelque bâtarde de Bouzenois que l'on voudrait placer, ou bien, grand Dieu! mon pauvre ami...

— Ou bien quoi?... s'écria le chevalier pâlissant aux pressentimens du marquis.

— Ou bien serait-ce la vieille Indienne elle-même qui songerait à convoler en secondes noces.

Roger frissonna jusque dans la moelle des os, mais une réflexion le rassura.

— Impossible, dit-il, elle est morte.

— Alors il n'est pas probable que vous ayez quelque chose à craindre de côté-là.

— Ce n'est pas l'embarras, dit Roger, j'ai vu des gens que l'on croyait morts et qui revenaient.

— Oh! mon Dieu! fit le marquis.

— Mais, reprit d'Anguilhem, je ne crois pas que ce soit ici le cas.

— Cherchons donc quelle autre chose cela peut-être. S'c'était un piége de votre partie adverse? Qu'en dites-vous?

— J'y ai pensé; mais quel intérêt monsieur Afghano aurait-il de ne marier?

Nous avons oublié de dire que l'Indien répondait au nom d'Afghano.

— On ne sait pas; méfiez-vous toujours.

— Oui certainement que je me méfie; mais ma méfiance ne me donnera pas un jour de plus; demain il faut que je rende une réponse quelconque.

— Consultez votre père.

— Mais mon père est à cinquante-cinq lieues d'ici; puis, il faut que je vous l'avoue, marquis, je ne saurais me marier

ainsi; j'aime à l'idolâtrie une jeune demoiselle de mon pays, un amour, un ange, qui est attachée à moi d'une affection égale à celle qui m'attache à elle, et qui mourra si j'en épouse une autre.

— Croyez-vous? dit Cretté en allongeant les lèvres d'un air de doute.

— J'en suis sûr, j'ai reçu sa parole.

— De mourir?

— Non, mais de ne vivre que pour moi. Alors Roger raconta au marquis toutes ses aventures avec Constance, mais sans prononcer son nom.

— Que voulez-vous, mon cher; alors il n'y a pas de réflexions à faire, aimez-vous mieux mademoiselle... est-ce une indiscrétion que de vous demander comment s'appelle cette demoiselle?

— Non, elle s'appelle Constance de Beuzerie.

— En effet, ce petit nom promet, diable!

— Vous demandez donc?

— Je demandais si vous aimiez mieux mademoiselle Constance de Beuzerie que 60,000 livres de rente.

— Si j'étais seul, je l'aimerais mieux que ma fortune, mieux que ma vie, mieux que tout; mais malheureusement j'ai un père et une mère qui m'adorent, et que je ruine en refusant.

— Oui, vous avez raison, dit Cretté; voici la véritable obligation; ceci, mon cher, comme vous comprenez bien, c'est un acte de conscience que vous seul pouvez résoudre.

Roger poussa un profond soupir.

De son côté, le marquis de Cretté devint pensif et rêva longtemps, puis tout-à-coup il prit la main de Roger avec un mouvement si brusque, que celui-ci en resta stupéfait.

— Vous êtes un homme trois fois perdu, dit-il, je devine d'où vous viennent les propositions.

— Bah! dit Roger avec effroi.

— Le monsieur aux verrues est quelque juge, quelque assesseur, quelque huissier qui a une fille bossue et qui éprouve le besoin de s'en débarrasser avantageusement.

— Marquis, je vous en prie, ne me dites pas de ces choses là; vous me faites venir la chair de poule.

— Mon cher, il faut savoir dire la vérité à ses amis.

— Hélas! soupira Roger.

— Du reste, continua le marquis, parlez-en à monsieur votre père, et demandez-lui son avis; mais pour moi, cela ne fait plus aucun doute.

— Il y aurait encore autre chose!... répondit la victime en traînant chacune de ses paroles avec un accent lamentable. Ce serait le cas où l'un de ces messieurs que nous avons dit tout-à-l'heure aurait une fille qui...

— J'y pensais, répondit Cretté, mais je ne voulais pas vous le dire... Laquelle des deux difformités préféreriez-vous!... Moi, j'aimerais mieux, je l'avoue, la difformité incurable...

— C'est un horrible guet-apens! s'écria Roger furieux.

— Il faut cependant choisir, dit le marquis, il n'y a pas de milieu. Il s'agit de perdre votre procès ou de sauter les yeux fermés dans l'abîme.

— Hélas! hélas! réitéra Roger.

— Mon pauvre ami, dit Cretté que la situation du chevalier touchait jusqu'aux larmes, vous voilà dans un traquenard; mais il ne faut pas encore trop vous désespérer avant la seconde visite; profitez du moment où vous tiendrez ce diable d'homme, tournez-le et retournez-le de tous les côtés, demandez des informations, exigez-les au besoin. Si l'on vous refuse, refusez aussi; je serai caché à la porte, je suivrai le démon, fût-ce jusqu'en enfer, et du moins nous aurons le plaisir de nous venger, je vous en réponds.

— Oui, mais je perdrai mon procès.

— Ah dam! que voulez-vous, mon cher, vous ne pouvez pas tout avoir.

Comme tout ce que pouvaient se dire le chevalier et le marquis n'avançait à rien, Roger reprit le chemin de son hôtel, et rentra à la Herse-d'Or.

Roger alors s'apprêta à écrire à son père; mais il réfléchit qu'une lettre mettait quatre jours à aller à Loches et quatre jours pour revenir, ce qui faisait huit jours, **en** supposant même que le baron répondît poste pour poste. Or, l'arrêt devait être rendu sous trois jours ; il était donc matériellement impossible de recevoir à temps une réponse d'Anguilhem ; le pauvre garçon aurait cependant eu bien besoin de l'impulsion de son père pour prendre un parti quelconque.

Il demeura donc en face de lui-même, versant des larmes amères, s'arrachant les cheveux à pleines mains, désespérant enfin de l'avenir et appelant à grands cris Constance, la Pintade, la Guérite, le bois de la Garenne, tous les souvenirs de sa jeunesse enfin ; se reprochant sa sottise d'homme primitif et admirant les paroles profondes du marquis, lorsque celui-ci, en écoutant les amours pastorales de Roger à Bauzerie, l'apparition de Constance dans la chambre de Roger, et la fuite de tous deux à la Chapelle-Saint-Hippolyte, s'était écrié :

— Que vous fûtes simple, d'Anguilhem ; que vous fûtes naïf, mon beau Roger ; que vous fûtes niais, mon pauvre ami.

Et Roger répétait : — Oh ! oui, je fus bien niais ; oh ! oui, je fus bien naïf ; oh ! oui, je fus bien simple.

On voit que le séjour de Paris commençait à opérer efficacement sur Roger.

Mais la nécessité était là, allongeant sa main de bronze, armée de ses coins de fer. Chaque minute avait la valeur d'un jour, chaque jour l'importance d'une année. Le lendemain, l'homme aux verrues, inexorable comme le temps, ponctuel comme la mort, allait venir.

Roger passa la nuit à chercher un moyen de sortir de sa position ; il est inutile de dire qu'il n'en trouva point.

Le jour vint. Roger attendit l'homme aux verrues, armé d'une foule de propositions nouvelles et d'un arsenal de questions insidieuses.

L'homme ne se fit pas attendre. A l'heure, à la minute, à la seconde désignées, Roger, qui se tenait l'oreille au guet, entendit le bruit de son pas dans l'escalier ; puis ce pas s'arrêta devant la porte ; puis on frappa trois coups ; puis enfin au mot : Entrez ! prononcé d'une voix tremblante par Roger, sa porte s'ouvrit et le messager fatal entra plus obséquieux, plus humble, plus mielleux que la veille.

Son regard embrassa d'un coup d'œil circulaire toute la chambre.

— Vous êtes toujours seul ? demanda-t-il.

— Voyez, lui dit d'Anguilhem.

L'inconnu renouvela sa visite avec la même minutie que la première fois ; puis, la visite achevée, il se rapprocha de Roger, qui était assis sur une chaise, pâle comme le condamné exposé sur son échafaud.

— Eh bien ! monsieur le chevalier, dit l'homme mystérieux, avez-vous réfléchi ?

— Bien plus, dit Roger, j'ai deviné, monsieur ; ainsi, parlons franc et terminons séance tenante.

— C'est mon plus cher désir, monsieur, répondit l'inconnu en s'inclinant.

— Vous m'êtes envoyé par quelqu'un qui veut se débarrasser de sa fille.

— Se débarrasser ! Oh ! monsieur, le mot est dur.

— Ne chicanons pas sur le mot. Je suis malheureusement sûr qu'il n'est que trop vrai.

— Cependant je tiendrais à rectifier votre opinion.

— Maintenant, ce père est un de mes juges, n'est-ce pas ? dit Roger en regardant l'homme aux verrues jusque dans le fond de ses yeux d'opale.

L'inconnu regarda à son tour Roger avec un air d'étonnement qui touchait presque à l'admiration.

— Ma foi oui, monsieur, dit-il, vous avez deviné.

— Ah ! je le savais bien, s'écria Roger d'un air triomphant.

— Eh bien ! ensuite ? à quoi cela vous mène-t-il de le savoir ?

— Cela me mène à être certain que je perdrai mon procès si je ne l'épouse pas.

— Et à avoir la même certitude que vous le gagnerez si vous l'épousez.

— Ceci est fort triste, dit Roger.

— Ah ! monsieur, dit l'inconnu, vous avez tort de vous plaindre ; vous êtes en beau chemin de fortune. Laissez-vous faire, chevalier, laissez-vous faire, je ne vous dis que cela.

— Oui, et j'aurai, moi gentilhomme sur l'honneur duquel il n'y a rien à dire, j'aurai épousé la fille d'un homme qui vend la justice.

— Oh ! que vous envisagez les choses sous un déplorable point de vue, monsieur d'Anguilhem, répondit l'inconnu, et que cette façon de voir est absurde, permettez-moi l'expression ! Un homme qui a du crédit en use, il oblige ses amis, et la loi de la reconnaissance, qui est la loi des belles âmes, étant posée, ses amis à leur tour lui rendent service en échange de son bon office.

— Oui, je sais bien, mais la demoiselle...

— Eh bien ! la demoiselle ?

— La demoiselle... est-elle demoiselle ?

L'inconnu ricana.

— Ou veuve ? continua d'Anguilhem.

L'inconnu ricana plus fort.

— Au diable ! monsieur, s'écria le chevalier furieux, je crois que vous vous moquez de moi.

— Dieu m'en préserve, chevalier ; seulement je ris de vos appréhensions.

— Qui ne sont pas fondées, peut-être, reprit d'Anguilhem, quand vous me forcez à acheter chat en poche !

— La surprise en sera meilleure, monsieur d'Anguilhem.

— Ah ! je ne saurais me contenter de cela, monsieur. Laissez-moi seulement voir la demoiselle... la jeune personne, la personne à marier... la dame en question, enfin...

— Impossible, monsieur, impossible.

— Mais, voyons... le père... laissez-moi voir le père... ce n'est pas trop, hein ?

— Au contraire, monsieur, c'est demander tout : quand vous aurez vu le père, vous saurez en vingt-quatre heures qui est la fille.

— Tenez, vous me rendrez fou, dit d'Anguilhem.

— Voyons, monsieur le chevalier, reprit l'homme aux verrues, de son accent le plus mielleux, ne vous exaspérez pas ainsi : l'affaire est belle, croyez-moi, et vous vous repentirez d'avoir fait la difficile, car en cédant à toutes ces petites considérations, qui, je le vois avec peine, ont une influence ridicule sur vous, vous allez perdre une fortune de quinze cent mille livres et me cause qui entraîne trente à quarante mille livres de dépens ; tandis qu'en épousant, vous assurez votre million et demi, plus un mobilier de soixante mille écus, des pierres précieuses et des bijoux pour plus de cent cinquante mille livres, sans compter l'argent monnayé de la caisse, et la caisse est lourde, je vous en réponds ; j'étais là quand on a mis les scellés.

— Ah ça ! dites-moi : une question.

— Faites, monsieur, faites, et si je puis y répondre j'y répondrai.

— Comment se fait-il, dit Roger, que mon beau-père futur n'ait pas fait offrir sa fille à monsieur Afghano, mon adversaire ?

— Parce qu'il a cru devoir vous donner la préférence.

— Je lui suis bien obligé.

— Puis l'Indien est laid et vous êtes joli garçon ; puis votre adversaire est gentilhomme ou très grand seigneur dans son pays, mais il sa noblesse n'est pas reconnue ; enfin le nom d'Anguilhem sonne mieux pour des oreilles françaises que le nom quelque peu sauvage d'Afghano. Madame Afghano ! vous comprenez, le moyen d'annoncer cela à la cour ! mais malgré tout cela, si vous refusez aujourd'hui...

— Eh bien ! si je refuse aujourd'hui ?

— J'irai trouver monsieur Afghano demain.

— Mais le père tient donc beaucoup à placer sa fille ?

— Elle est en âge d'être pourvue.

— Oh ! oui, je le crois. Bref, on me choisit pour m'étranger.

— Monsieur, je vous le répète, vous n'avez pas de raison, et vos paroles sont celles d'un page. On vous donne quinze cent mille livres, on vous les met dans la main; on va vous déterrer pour cela dans la plus mauvaise chambre d'un mauvais hôtel, et vous appelez cela vous étrangler! Ah! vraiment vous me faites de la peine.

— Eh bien! transigeons, monsieur, dit d'Anguilhem. Celui qui vous envoie, veut-il cent, veut-il deux cent, veut-il trois cent mille livres? je les lui concède, je les lui offre, je les lui donne?

— Ce que vous me proposez là n'a pas le sens commun, chevalier; ces cent mille écus que vous offrez ne sont déjà plus à vous, c'est la dot de votre femme.

— Comment, la dot de ma femme?

— Eh oui! en épousant la jeune fille, vous lui reconnaissez cent mille écus; c'est bien naturel, ce me semble, quand le père vous en fait gagner quatre cent mille.

— Vous avez dit la jeune fille! monsieur, s'écria le chevalier, ah! vous l'avez dit, la demoiselle est donc jeune?

— Heureux, trop heureux d'Anguilhem, acceptez, c'est moi qui vous le dis, acceptez.

— Écoutez! vous me connaissez, moi; je vis au grand jour, rien n'est mystérieux en moi, et je joue cartes sur tables.

— Eh bien! soyez beau joueur jusqu'au bout.

— Je ne demande pas mieux; mais il me faut une marque de votre crédit, une preuve de votre influence.

— Laquelle?

— Faites remettre à huit jours le prononcé du jugement qui devait être rendu après-demain, et en échange de cette nouvelle, je vous engage ma parole sous deux conditions.

— Lesquelles?

— La demoiselle ne sera pas contrefaite et n'aura pas, ou plutôt elle aura...

— Je comprends, chevalier.

— Eh bien?

— Accordé.

— Comment, accordé?... Vous me répondez que....

— Oui.

— En ce cas, vous avez ma parole.

— Alors, à dix jours?

— A dix jours.

— Je serai ici le matin du prononcé du jugement.

— Je vous y attendrai.

— A la bonne heure, chevalier, à la bonne heure. Ah! vous êtes ne sais que heureux diable! monsieur d'Anguilhem.

Et l'homme aux verrues mit son chapeau et sortit à reculons, en saluant plus humblement que jamais.

Cinq minutes après il rentra tout effaré.

— Monsieur, dit-il, peut-être avez-vous cru qu'un éclat vous sauverait, et c'est pour cela que vous avez embusqué, à vingt pas de la porte de l'hôtel, le marquis de Cretté, votre ami, dans son carrosse; ne niez pas, j'ai reconnu la livrée et les armoiries; mais vous avez eu tort, entendez-vous bien; le délai accordé est un gage aussi bien pour nous que pour vous. Si, dans l'intervalle, quelque chose s'ébruite de vos projets, si quelque chose transpire de quelque façon que ce soit, si une démarche quelconque de votre part nous porte ombrage, moi, le seul témoin, entendez-vous bien, le seul, je nierai tout, et vous perdrez votre procès avec honte.

Roger fut atterré par cette nouvelle menace, qui répondait si bien à ses secrètes intentions; car, ainsi que nous l'avons dit, il avait complété avec le marquis de découvrir le mystère et de rendre à ses persécuteurs le mauvais temps qu'ils lui faisaient passer.

Mais se voyant découvert, il tomba dans le découragement.

— Que faut-il faire, monsieur, pour que vous soyez satisfait? demanda-t-il à l'inconnu.

— Descendez le premier, monsieur, répondit celui-ci, et quand je vous aurai vu vous éloigner avec le marquis, je sortirai à mon tour.

Roger prit son chapeau, et obéit tristement, suivi à distance d'un étage par l'homme mystérieux.

Il trouva Cretté qui se démenait dans son carrosse: il l'avertit qu'il était découvert, et tous deux se firent conduire au Luxembourg, où ils causèrent longuement.

Pendant ce temps, l'homme aux verrues regagna sa mystérieuse résidence.

— Il n'y a plus rien à faire, dit le marquis au chevalier, sinon à prendre, tout bas, des informations pour vous distraire un peu, et rendre moins rude, par la préparation, le coup que vous ne pouvez plus éviter. Après tout, mon cher chevalier, prenez que la chose soit faite et que vous ayez été mal marié. D'ailleurs, vous vous consolerez facilement en regardant autour de vous, et en voyant de combien d'étranges ménages vous êtes entouré.

— Oui, mais les femmes sont entrées dans ces ménages par la bonne porte, tandis que moi je vais être tympanisé de la belle façon. Que vont dire tous nos amis, bon Dieu!

— Ils n'en sauront rien; vous ne comptez pas en parler, n'est-ce pas?

— Dieu m'en garde.

— Eh bien! il est probable que de son côté le beau-père ne se vantera pas de la manière nouvelle qu'il a inventée d'allumer le flambeau nuptial.

— Hélas! ne m'avez-vous pas dit vous-même plus d'une fois que tout se savait à Paris?

— Tout se sait à peu près; mais tout se déguise aussi quand on le veut bien; d'ailleurs vous avez le pistolet sous la gorge, il faut en passer par là ou par la fenêtre comme on dit: rappelez-vous vos études chez les jésuites d'Amboise, et puisque vous avez fait votre philosophie, eh bien! mon cher, soyez philosophe.

— Ah! marquis, cela vous est bien aisé à dire, à vous. Voyons, soyez franc, feriez-vous le mariage, dites?

— Moi, marquis de Cretté, possédant les soixante mille livres de rentes que je possède, sans le bien de ma mère, non, je l'avoue, je n'épouserais pas cette fille sans y regarder, mais si je m'appelais Roger-Tancrède d'Anguilhem, et qu'il me fallût, en cas de refus, mourir de faim, j'épouserais Alecto en personne, sauf ensuite à me démêler avec elle, et à lui casser, le cas échéant, sa quenouille sur les reins.

— Vous me parlez franchement?

— Foi de gentilhomme!

— Mais songez que je suis amoureux.

— C'est toujours une sottise; mais aujourd'hui c'est pas que cela; c'est un malheur!

— Mais songez que je perds Constance!

— Bah! vous le savez, il n'y a que les montagnes qui ne se rencontrent pas, et un jour, vous et mademoiselle Constance vous vous rencontrerez.

— Elle va suspecter ma loyauté.

— Vous lui expliquerez la chose.

— Elle va me maudire.

— Ah! dans ce cas-là, le tort sera tout à elle, et elle ne sera point raisonnable.

— Elle ne pourra pas croire que j'aie pu me décider à une pareille infidélité.

— Vous lui direz que c'est votre père qui a tout fait, et elle pensera que c'est une revanche que d'Anguilhem a voulu prendre sur Bezeria.

— Mais elle se mariera à son tour.

— Tant mieux pour vous, mon cher, tant mieux: d'abord vous ne voudriez pas avoir sur la conscience le remords de l'avoir fait rester fille; puis une fois mariée, de son côté comme vous du vôtre, on oubliera votre roman à tous deux; vous irez dans le pays, vous ferez des chasses avec le mari, vous lui donnerez à dîner; tandis qu'il fera des compliments à votre femme, vous en conterez à la sienne. Si vite qu'il aille, vous aurez toujours l'avance sur lui, en reprenant la chose où vous l'avez laissée.

— Ah! si madame de Maintenon vous entendait, mon cher Cretté!

— Elle se croirait rajeunie de quarante ans, voilà tout.

Sur ce, les deux amis se levèrent pour aller prendre des renseignements.

XV.

Comment le jugement fut rendu.

Le chevalier et le marquis passèrent trois jours en courses; les valets parlèrent, les concierges parlèrent, les greffiers eux-mêmes desserrèrent les dents, tant les deux amis employèrent de ruses adroites et de moyens ingénieux pour savoir ce qu'ils désiraient savoir.

Mais toutes les informations prises, il se trouva que douze juges et soixante conseillers avaient des filles bonnes à marier, de sorte qu'après toutes leurs recherches, Roger et le marquis ne furent guère plus avancés qu'auparavant.

Il y avait pourtant certaines de ces demoiselles que le chevalier redoutait fort, attendu qu'elles n'étaient pas des rosières; l'une avait été surprise la nuit dans un cloître à moitié ruiné, derrière la rue Saint-Benoît.

Une autre avait été faire un voyage en Picardie sans son père ni sa mère, et il courait d'assez méchans bruits que son cousin le mousquetaire l'avait ramenée.

Une troisième enfin avait été reconnue, disait-on, en fiacre, à Marly, à une heure du matin, et sortant de la fameuse auberge du Veau-Doré.

Rien ne prouvait que la demoiselle à marier fût l'une de ces trois femmes, mais rien ne prouvait non plus qu'elle n'en fût pas; il en résultait que Roger demeurait plongé dans la perplexité la plus profonde.

Sur ces entrefaites, il apprit que, selon le désir qu'il en avait exprimé à l'homme mystérieux, le jugement était remis à huitaine. Cela lui fut une marque insigne de la bonne volonté de ses persécuteurs à son égard, ainsi que de leur influence à l'égard de la justice.

Le huitième jour après qu'il avait écrit, c'est-à-dire la surveille du jour où devait être rendu le jugement, il reçut une lettre d'Anguilhem.

Le baron n'y avait ménagé ni l'encre ni le papier, car la lettre avait huit grandes pages. Il annonçait au chevalier qu'il serait venu lui-même à Paris, si le mauvais argent ne l'eût retenu dans son château. Il déplorait la fatale nécessité qui pesait sur son cher fils, et le laissait, dans cette occasion, absolument libre d'agir selon les calculs de son esprit ou les inspirations de son cœur, ce qui parut à Roger un trait de la plus exquise délicatesse paternelle, et ce qui, à travers mille sanglots, lui fit adopter la cruelle résolution de renoncer à Constance et d'assurer le bonheur de ses parens.

« N'agissez pas pour nous, disait le baron dans cette lettre modèle; vous êtes jeune, Roger, et vous avez de longues années à vivre; ne faites pas le malheur de toute votre existence pour adoucir les restes de la nôtre. Ce procès nous aura ruinés, votre mère et moi; mais qu'importe, nous sommes habitués aux privations. D'ailleurs, vous avez de la force, de la bonne volonté, des amis puissans, vous obtiendrez un emploi qui vous permettra de nous soulager quelque peu jusqu'à notre mort, qui maintenant ne saurait être bien éloignée. »

Roger n'alla pas plus loin; il essuya ses yeux, baisa la lettre avec respect, et lorsque l'homme aux verrues arriva chez lui:

— Monsieur, dit le chevalier, je suis prêt, que faut-il vous signer?

— Ceci, dit le messager; et il tira de sa poche et déploya un papier couvert d'écritures.

— C'est bien, dit Roger, et il signa sans lire.

— Pardieu! monsieur, dit l'homme aux verrues, vous êtes un loyal gentilhomme, et si vous avez de la peine à vous décider, du moins quand vous avez pris votre parti, vous agissez grandement. Bien vous prendra de cette généreuse négligence; lisez maintenant.

Roger lut avec une horrible angoisse, tremblant à chaque ligne de rencontrer le nom de ces trois redoutables filles, mais il eut le bonheur de voir un nom inconnu.

Ce papier était un acte portant obligation d'épouser mademoiselle Christine-Sylvandire Bouteau, fille unique de maître Jean-Amédée Bouteau, conseiller-rapporteur du roi en la grand'chambre, et une reconnaissance à ladite Christine-Sylvandire Bouteau d'une dot de cent mille écus, le jour où le très noble et très honoré seigneur Roger-Tancrède d'Anguilhem gagnerait son procès contre le sieur Afghano, beau-fils de feu le vicomte de Bouzenois.

Maître Jean-Amédée Bouteau était cet austère conseiller rapporteur qui n'avait voulu recevoir ni Roger ni Afghano; celui-là n'avait ni chat à qui on pût offrir des bagues, ni singe à qui on pût faire des donations entre vifs, ni perroquet à qui on pût constituer une rente viagère. Mais il avait une fille à marier.

— Est-elle bien laide, monsieur? demanda Roger.

— J'ai ordre de ne répondre à aucune de vos questions, monsieur le chevalier; faites votre toilette, suivez-moi au palais, assistez au jugement qui sera rendu dans deux heures, et j'aurai l'honneur de vous conduire ensuite chez monsieur Bouteau, votre beau-père.

— Pour quoi faire? s'écria Roger avec un mouvement d'effroi qui l'empêcha de comprendre l'incongruité de la question.

— Mais pour lui faire vos remercîmens d'abord de ce que, de ce moment-là, vous aurez quelque chose comme un million et demi de plus, et puis pour saluer votre future.

Les jambes manquèrent au chevalier.

— Mon père sera sauvé et ma mère mourra tranquille à Anguilhem, murmura-t-il en tombant sur un fauteuil.

— Allons, allons, dit l'homme aux verrues, je vois bien que vous avez besoin d'être seul pour vous remettre; vous irez au palais de votre côté, moi j'y vais du mien.

Et l'homme aux verrues sortit assez cavalièrement cette fois. Roger remarqua cette différence dans ses habitudes.

— C'est juste, dit-il; il est sûr maintenant de son fait, j'ai signé ma propre sentence.

Puis, comme l'y avait invité l'envoyé de maître Bouteau, il commença sa toilette.

Roger avait la mort dans le cœur; il détestait d'avance la femme qu'il allait voir, et pourtant, par un mouvement d'amour-propre inhérent au cœur de l'homme, il ne voulut pas que cette première entrevue lui donnât une mauvaise idée de sa tournure et de son visage.

Il prit un habit de velours noir avec des brandebourgs d'or : une veste de satin blanc, sur les coutures de laquelle serpentait une riche broderie, puis il envoya chercher le marquis de Crétté, lequel arriva bientôt dans son plus magnifique équipage.

Derrière cette voiture, marchaient les carrosses de d'Herbigny, de Chastellux, de Clos-Renaud. Mademoiselle Poussette venait à la suite de tout cela, dans un remise.

Le marquis de Crétté monta seul chez Roger.

Du plus loin qu'il aperçut le marquis, le chevalier lui tendit les bras en criant : Hélas! hélas! hélas!

— Il paraît que le sacrifice est fait? dit Crétté.

— Fait et parfait, répondit Roger. J'ai signé. Pauvre Constance!

— Et... avez-vous quelque renseignement nouveau sur la future? demanda en hésitant le marquis.

— Elle se nomme Sylvandire.

— Ah! diable! un charmant nom; c'est déjà quelque chose. Mais ceci n'est qu'un nom de baptême; comment se nomme-t-elle de son nom de famille?

— Mademoiselle Bouteau.

— La fille de notre conseiller-rapporteur! s'écria le marquis.

— Elle-même, dit Roger. Hélas! c'est quelque petit monstre qu'il aura caché à tous les yeux, et dont il se défait en ma faveur.

— Ou plutôt en faveur de votre baronnie. J'ai rencontré parfois maître Bouteau.

— Et quel homme est-ce que mon beau-père?

— Un juif greffé sur un Arabe; immensément riche, du reste, à ce qu'on assure.

— Et malgré sa richesse, s'écria Roger, il est obligé d'employer de pareils moyens pour placer sa fille! Ah! mon ami, mon ami, il n'y a que le dévoûment filial...

— Il est vrai que Cléobis et Biton étaient, à mon avis, bien peu de chose auprès de vous, chevalier; mais il ne s'agit pas ici de nous lamenter, mais de vous rendre au palais. Si votre femme est par trop... barroque... eh bien! vous la mettrez dans un coin de votre maison, avec des domestiques à elle, et cent mille francs pour son entretien. Vous aurez le désagrément qu'elle porte votre nom, voilà tout; et avec les quatorze cent mille livres qui vous resteront, eh bien! vous prendrez du plaisir ailleurs. Vous avez bien lu l'engagement? il n'y a pas dessus que vous êtes forcé?...

— Non.

— Eh! bien, mon cher, plaignez-vous donc! allons, allons, en séance.

Et Cretté emmena d'Anguilhem, qui alla saluer successivement d'Herbigny, Clos-Renaud, Chastellux et mademoiselle Poussette aux portières de leurs voitures, et qui monta ensuite dans le carrosse du marquis.

Ils arrivèrent au palais; il y avait foule. Le fils de l'Indienne avait voulu assister au dénoûment de ce long drame. On supposait qu'il avait dû dépenser cinquante mille livres à peu près à se rendre agréable aux juges. Il avait l'air si radieux que Roger manqua de s'évanouir et que Cretté en devint tout pâle.

Les juges étaient dans l'appartement voisin; ils délibéraient.

Au bout d'une heure de délibération, la chambre rentra en séance. Roger reconnut ses trois juges et frémit, derrière eux venait modestement le conseiller-rapporteur.

— Comment se nomme le conseiller-rapporteur? demanda timidement Roger à son voisin.

— Maître Bouteau, répondit celui-ci : un bien digne homme.

Roger chercha à lire quelque chose sur la figure de maître Bouteau, mais c'était chose impossible.

Les juges prirent leurs places avec cet air grave que l'on connaît à ces messieurs. laissèrent errer dans la salle ce regard de jurisconsulte qui ne se fixe sur rien, et maître Bouteau déplia un papier.

— Du courage, dit Cretté en se penchant à l'oreille du chevalier, c'est notre beau-père.

— Je le sais, dit Roger.

Maître Bouteau toussa, cracha, et lut ce qui suit :

« Attendu que le sieur Afghano dit l'Indien n'a pu fournir la pièce qu'il devait offrir au tribunal, et qu'il n'existe aucune preuve authentique de ses droits à la succession ; attendu que le sieur baron Tancrède-Palamède d'Anguilhem, représenté par son fils, le chevalier Roger-Tancrède d'Anguilhem, est le plus proche parent du défunt et qu'il a fourni des titres en règle établissant cette parenté.

« Ordonne la chambre que le sieur baron Tancrède-Palamède d'Anguilhem entrera immédiatement en possession de l'héritage de feu le vicomte de Bouzenois, comprenant meubles et immeubles et généralement tout ce que possédait le défunt, comme il est juste.

« Condamne le sieur Afghano dit l'Indien à payer les frais sans réserve ni dépens. »

Maître Bouteau prononça tout cela sans regarder une seule fois Roger, qui chancelait sur son banc.

Le marquis de Cretté prit son ami dans ses bras et lui dit à l'oreille :

— D'Anguilhem, ton beau-père est un grand homme!

— Oui, mais, patience, dit Roger, l'Indien va fournir son acte.

— Il n'eût pas attendu jusqu'à ce moment, reprit Cretté, soyez tranquille, puisqu'il ne l'a pas fourni, c'est qu'il ne l'a pas.

En effet, l'Indien ne produisit aucun papier. Il baissa la tête un instant comme accablé du coup; puis, la relevant bientôt d'un air de triomphe.

— Allons, dit-il assez haut pour être entendu non-seulement des juges, mais encore de l'auditoire, ma mère a bien

OEUV. COMPL. — V.

fait de ne pas tout donner à ce misérable Bouzenois. Voilà qui prouve combien il est dangereux d'enrichir ses amans.

Roger sentit la colère lui monter au front, et fit un mouvement vers l'Indien pour aller venger incontinent la mémoire d'un parent dont on venait de le reconnaître héritier.

— Êtes-vous fou! s'écria Cretté en le retenant; laissez donc crier ce malheureux qu'on écorche. Vous ne vous appelez pas Bouzenois, mais d'Anguilhem, et pardieu! les avocats vous en ont bien dit d'autres.

En ce moment l'Indien se dirigea vers le groupe des jeunes gens. Roger crut qu'il venait à lui et s'apprêta à le recevoir; mais l'Indien passa près d'eux, voilà tout. Seulement en passant il dit assez haut pour être entendu :

— Vous avez eu tort de me trahir, mademoiselle Poussette, car j'ai encore cent mille livres de rentes.

— Je vous en fais mon compliment, monsieur, dit Roger; c'est plus qu'il ne vous en faut pour porter dignement votre nom.

— Allons, allons, ne vous faites pas de querelle, dit Cretté; rentrons chez nous et soupons gaiment.

— Hélas! Cretté, répondit d'Anguilhem, vous oubliez qu'il faut que j'aille voir ma future.

Au reste, Roger avait déjà prononcé ces paroles d'un ton moins contrit qu'on aurait pu s'y attendre. Il songeait à la fierté de son père, à la joie de sa mère, en se trouvant tout-à-coup si prodigieusement riches. Et le pauvre chevalier était si bon fils, qu'il commençait à s'étourdir sur la douleur de Constance.

Puis on s'accoutume vite à la prospérité : Roger sortit de la chambre avec des écarts de jambes et des gonflemens de poitrine qui eussent fait honneur à un millionnaire de naissance.

Cretté lui prêta son carrosse pour aller rendre visite à maître Bouteau, puis il prit congé de son ami en lui rappelant que le souper serait prêt pour huit heures.

Alors Roger aperçut derrière lui l'homme aux verrues. Ses deux yeux d'opale jetaient des flammes.

— Maître Bouteau vient de quitter le palais pour retourner chez lui. Monsieur le baron ne veut-il pas le saluer tout d'abord?

— Si fait, mon cher monsieur, répondit le chevalier, et c'est même mon plus vif désir.

— Eh bien! êtes-vous content, chevalier?

— Oui, monsieur, vous m'avez tenu parole, c'est vrai; mais nous avons encore deux conditions à remplir.

— Et on les remplira, monsieur, aussi exactement, espérons-le du moins, qu'on a rempli la première.

— Faites-moi donc le plaisir de monter dans mon carrosse, monsieur, et allons.

L'homme aux verrues monta dans le carrosse; mais, quelques instances que lui fit Roger, il ne voulut point se placer autre part que sur le devant.

On arriva rue Planche-Mibray; on monta au troisième.

Maître Bouteau était assis dans son cabinet; c'était un tout petit homme, avec un front immense, des yeux petits et cachés sous des lunettes, d'épais sourcils grisonnans, une bouche imperceptible perdue dans les plis de sa joue; en somme, un fort laid beau-père; mais ce n'était pas lui qu'il s'agissait d'épouser, Roger salua presque gracieusement, et ouvrit la bouche pour lui rendre grâces.

— Ne me faites aucun remerciment, monsieur, dit maître Bouteau, votre cause était excellente; d'ailleurs j'ai suivi les lois de ma conscience, et mes collègues, quelque prévenus qu'ils fussent contre vous, ont bien voulu se laisser persuader par mes faibles argumens en faveur de la justice.

Roger salua une seconde fois maître Bouteau, lequel n'eut pas l'air de l'examiner; mais tout en répondant à son salut, il le regarda de tous ses yeux par-dessus ses lunettes. Cet examen terminé, il se retourna vers un parent à ramages qui s'étendait derrière lui et dit avec un naturel parfait :

— Ma fille, venez donc faire la révérence à mon client, monsieur le chevalier Roger-Tancrède d'Anguilhem.

Roger crut que la terre allait manquer sous ses pieds:

4.

une sueur froide lui monta au front, sa vie resta suspendue, ses yeux fixes et hagards s'attachèrent à l'angle du paravent.

Tout-à-coup Roger vit apparaître une délicieuse créature.

Grande, d'une taille gracieuse, flexible et admirablement proportionnée, avec des yeux noirs que voilaient des paupières de velours, et de longs cheveux noirs qui tombaient en boucles épaisses sur ses blanches épaules ; Sylvandire avait dix-huit ans au plus, et pouvait passer pour un prodige de beauté.

Roger, anéanti, pétrifié, stupide, ne songea pas même à faire la révérence, il demeura immobile, en extase, les yeux fixes et la bouche ouverte, comme la statue d'Apollon qui va parler.

— Mon enfant, poursuivit le conseiller en prenant Sylvandire par la main, voici monsieur le chevalier Roger-Tancrède d'Anguilhem qui nous fait l'honneur de te demander en mariage.

Sylvandire leva ses grands yeux noirs sur Roger, et lui lança un regard qui pénétra jusqu'au plus profond de son cœur.

— Oh ! je suis perdu ! dit Roger en lui-même ; une si belle fille a déjà dû être aimée par quelqu'un, à moins qu'on ne l'ait tenue dans une armoire.

— Veux-tu permettre à monsieur le chevalier d'Anguilhem de te faire sa cour ? continua le conseiller.

Sylvandire regarda une seconde fois Roger avec un mélange d'étonnement, de crainte et de langoureuse passion ; mais elle se tut.

— Qui ne dit rien consent, monsieur le chevalier, reprit maître Bouteau. Or, vous saurez que Sylvandire est ma fille unique et qu'elle apporte à son mari trois cent mille livres de dot.

Sylvandire serra la main de son père en signe de reconnaissance.

— Pardieu ! dit Roger à part lui, il pouvait bien lui en donner six cent mille, pour ce que l'argent lui coûte. N'importe, il faut encore le remercier d'être si modeste.

— A quand la noce, voyons, monsieur le chevalier ? dit maître Bouteau.

— Mais, dit Roger, c'est à mademoiselle de fixer l'époque, et dès qu'elle consentira...

Sylvandire s'inclina encore une fois sans parler.

— Elle est muette ! s'écria Roger, croyant avoir trouvé l'infirmité probable, et incapable de maîtriser la nouvelle crainte qui venait de s'emparer de lui.

Sylvandire partit d'un éclat de rire bien franc, et répondit :

— Non, monsieur le chevalier, Dieu merci, je parle.

— Elle n'est peut-être que stupide, dit le chevalier, et cependant avec des yeux pareils il est impossible de ne pas avoir de l'esprit.

Cependant, comme cette première entrevue ne laissait pas que d'être embarrassante pour tout le monde, le conseiller fit un signe du coin de l'œil à sa fille, qui fit la révérence, et s'apprêta à sortir.

— Comment ! s'écria Roger, comment vous vous en allez, mademoiselle, sans me dire à quelle époque vous daignerez...

— Je vous laisse avec mon père, monsieur, répondit Sylvandire ; quoique homme de justice, il n'aime pas les affaires qui traînent en longueur. Ce qu'il fera sera bien fait.

— Allons, dit Roger à part lui, je m'étais encore trompé à cet endroit-là, elle n'est pas trop bête.

Le bienheureux chevalier marchait de déceptions en déceptions.

Sylvandire se retira, laissant Roger seul avec son futur beau-père.

Le mariage fut fixé à quinze jours.

Les arrangements faits, Roger prit congé de maître Bouteau et descendit l'escalier d'un pas plus léger qu'il ne l'avait monté.

Sur la porte de la rue, il trouva l'homme aux verrues.

— Eh bien ! monsieur, lui dit celui-ci, êtes-vous content ?

— Si content, lui répondit Roger, que si la dernière condition est tenue aussi fidèlement que les deux premières, il y a mille louis pour vous, mon brave homme.

— C'est comme si je les avais, dit l'inconnu en saluant jusqu'à terre.

Roger entendit cette exclamation et sauta dans la carrosse sans toucher le marchepied.

— Chez le marquis ! cria-t-il à Basque d'une voix dans laquelle il ne restait plus rien de ses craintes passées.

Dix minutes après, la voiture s'arrêtait dans la cour de l'hôtel.

XVI.

Comment le chevalier d'Anguilhem finit par prendre philosophiquement son parti d'avoir une jolie femme, un magnifique hôtel, et soixante-quinze mille livres de rentes.

Il y avait nombreuse compagnie chez le marquis.

Roger entra la figure radieuse. Chacun s'approcha de lui et l'accabla de compliments.

Le marquis laissa se calmer cette grêle de félicitations, puis il prit Roger par la main et l'entraîna dans un boudoir.

— Eh bien ! lui dit-il, la future ?

— Charmante, répondit Roger d'un air dolent.

— Aussi jolie que Constance ?

— Hélas ! plus jolie.

— Mais alors, que diable vous préoccupe donc encore ?

— Ah ! mon ami, murmura Roger avec un profond soupir, j'étais bien sûr que Constance...

— Eh bien ! oui, je comprends, dit le marquis ; mais que voulez-vous, mon cher, ce serait trop de chance aussi, et vous devenez d'une exigence inconvenante ; tenez-vous pour bien heureux, mon cher, d'en être quitte pour cela, et, puis d'ailleurs qui sait ? tout ce qui vous arrive à vous est si extraordinaire !

— Oh ! non, mon ami, vous ne me persuaderez pas qu'il n'y a pas quelque serpent caché sous toutes ces roses. Mais que voulez-vous, marquis, le sort en est jeté, et puis j'ai réfléchi que le plus galant homme de la terre peut être trompé dans la situation où je suis. Ne pouvant rien sur le passé de ma femme, eh bien ! je me contenterai de surveiller l'avenir.

— A la bonne heure, voilà comme j'aime à vous voir. Rentrons maintenant, bonne contenance, et laissez-moi faire à table, heureux millionnaire.

On se mit à souper. L'or, les cristaux, les bougies resplendissaient. A cette vue, Roger songea que lui, pauvre gentilhomme, deux heures auparavant sans fortune, recevrait le lendemain, s'il le voulait, dans un hôtel plus beau et avec une magnificence pareille à celle que déployait en son honneur, cet ami que lui avait fait un coup d'épée donné à propos ; puis tout en songeant à cela, il se rappelait le maître d'armes si bon et si désintéressé alors, qui avait, sans le savoir, assuré la fortune de sa famille en démontrant une flanconnade à son fils.

— Mes chers amis, dit le marquis, vous savez que nous nous réunissons ce soir pour nous réjouir du gain de ce fameux procès qui donne à notre ami d'Anguilhem soixante-quinze mille livres de rente.

— C'est vous qui m'avez porté bonheur, dit Roger, en saluant le marquis.

— A la santé d'Anguilhem et de ses soixante-quinze mille livres de rentes ! s'écrièrent alors tous les convives.

— Attendez donc, dit Cretté, et vous porterez deux santés ensemble, à moins cependant que vous n'aimiez mieux boire deux fois.

— Qu'y a-t-il donc encore ? demandèrent à la fois d'Herbigny et Clos-Renard.

— Il y a, dit le marquis, que notre ami d'Anguilhem est devenu tout-à-coup amoureux à Paris, et vous ne savez pas sur quel friand morceau le scélérat s'est laissé tomber?

— Sur une fille de Saint-Cyr, dotée par madame de Maintenon? dit Chastellux.

— Sur une princesse palatine? dit Clos-Renaud.

— Sur une fille du sang royal? demanda d'Herbigny.

— Ah! bien oui, d'Anguilhem est assez noble comme cela, et il pense au solide; sur la fille d'un robin, messieurs.

— Peah! firent quelques convives.

— Ah! chevalier, vous dérogez, dit d'Herbigny, il fallait épouser une dame de la Comédie-Française ou une fille de l'Opéra, c'était plus grand seigneur.

— Attendez donc, messieurs, reprit le marquis, la demoiselle est belle comme Vénus, et a six cent mille livres de dot.

— Peste! chevalier, nous vous faisons notre compliment, s'écrièrent les jeunes gens à la ronde.

— Sur quoi le chevalier se fixe à Paris, s'établit dans l'hôtel du vicomte de Bouzenois, et nous donne des festins, mais des festins devant lesquels celui-ci n'est qu'un dîner de gargote.

— En ce cas, vivent le chevalier et la chevalière! s'écria d'Herbigny en levant son verre.

Et tout le monde fit, dans les mêmes termes, raison au toast de d'Herbigny.

— Maintenant, continua le vicomte en reposant son verre sur la table, puisque vous voilà lancé dans la bazoche, mon cher d'Anguilhem, trouvez-moi donc à moi aussi la fille l'un collègue de votre beau-père, quelque jolie petite robine, l'accepterai jusqu'à cinq cent mille livres.

— Alors, au futur mariage du vicomte d'Herbigny, dit à son tour et en levant son verre, le chevalier d'Anguilhem.

Puis, pendant que tout le monde buvait, il se retourna vivement vers Cretté, et lui tendant la main:

— Merci, dit-il, merci, marquis, vous avez été bon, excellent, comme toujours.

En effet, Cretté avait sauvé à son ami tout le ridicule de son mariage. Il est vrai aussi que les six cent mille livres de mademoiselle Bouteau avaient produit un effet magique.

Bref, le souper fut si gai que d'Anguilhem, quelque fût sa préoccupation, s'égaya lui-même au dessert.

Roger quitta le marquis à deux heures après minuit, lui donnant rendez-vous pour le matin à onze heures; il voulait n'entrer à l'hôtel de Bouzenois qu'accompagné de son ami.

À l'heure dite, le marquis était chez Roger; tous deux partirent pour la place Louis-le-Grand, et cette fois les deux battants de la grande porte s'ouvrirent devant le chevalier. Depuis une heure, les gens de la justice attendaient pour lever les scellés.

Tout ce qu'avait dit l'homme aux verrues était scrupuleusement vrai; le coffre fort était plein, les écrins regorgeaient de bijoux, la collection de pierres gravées et de médailles était magnifique.

Roger fut ébloui en voyant tant de richesses; lui qui était venu à Paris avec cinquante louis, ne comprenait pas qu'il existât tant d'or au monde; il voulait rendre à l'instant même à Cretté les huit ou dix mille livres qu'il lui devait; mais le marquis lui fit comprendre qu'il se pressait un peu trop, en lui disant qu'il lui enverrait un matin Basque pour prendre toute cette quincaillerie.

Le chevalier fit à l'instant même un choix parmi les diamants et les pierres précieuses, pour les envoyer à sa mère. Peut-être, en faisant cela, pensait-il au fond du cœur à Constance, car quoiqu'il ne prononçât pas son nom, Cretté comprenait à ses soupirs involontaires qu'il ne l'avait pas complètement oubliée.

L'hôtel, quoique très-somptueux, avait besoin d'être revu par un homme de goût; ce fut encore Cretté qui se chargea de cela; il envoya chercher son tapissier, lui donna ses ordres, et lui accorda huit jours. Le tapissier répondit qu'il était impossible que tout fût prêt dans un si court délai. Cretté se contenta de répondre:

— On paiera le jour où cela sera fini.

Le septième jour, l'hôtel était remis à neuf; et, comme l'avait ambitionné Roger, les armes des d'Anguilhem avaient remplacé sur l'écusson les armes des Bouzenois.

Pendant ce temps, Roger envoyait à sa mère la meilleure voiture qu'il avait pu trouver dans les remises. C'était Rameau-d'Or qui la conduisait en poste; il devait revenir en courrier. Cretté était l'éternelle ressource de Roger; quand il ne lui prêtait pas ses conseils, il lui prêtait son argent; quand il ne lui prêtait pas son argent, il lui prêtait ses domestiques.

Comme Rameau-d'Or était un homme sûr, on l'avertit qu'un des coffres du carrosse, dont on lui remit la clef, contenait un millier de louis, et on l'invita à veiller dessus.

Roger écrivit en outre à son père et à sa mère de venir prendre possession du reste de leur fortune, leur envoyant, jusqu'au dernier sou, le compte de ce qu'il avait été obligé de dépenser, ajoutant au reste que par un bonheur inouï sa fiancée était belle, parfaitement élevée, et paraissait on ne peut plus spirituelle.

La joie du baron et de la baronne fut extrême quand ils apprirent que leur fils paraissait à peu près exempte de reproches. De plus, le baron déclara aussitôt que sur l'héritage il constituerait à son fils cinquante mille livres de rentes et garderait le reste pour briller à Anguilhem.

— Seulement, ajouta-t-il, peut-être achèterons-nous une maison de ville à Loches, afin d'y recevoir l'hiver.

Le bruit du gain du procès et du mariage qui devait en être la suite s'était répandu jusqu'à Bouzerie. Le vicomte et la vicomtesse, qui, tout en consentant au mariage de leur fille avec Roger, avaient toujours gardé un vieux levain contre les d'Anguilhem, se hâtèrent de transmettre cette nouvelle à leur fille; mais Constance secoua la tête en souriant et ne voulut pas croire un mot de ce qu'on lui disait.

— Roger a-t-il écrit? demanda-t-elle.

— Non.

— Il m'a dit de ne rien croire que ce que j'entendrais de sa bouche ou ce que je verrais écrit de sa main.

— De sorte que?...

— Je ne crois à rien qu'à son amour.

Le vicomte et la vicomtesse insistèrent tant qu'ils purent; mais Constance, comme l'apôtre incrédule, voulait voir pour croire.

Le baron, avant de partir, se crut obligé de faire une visite à ses voisins, et de leur expliquer par quelle nécessité Roger était forcé de manquer à ses engagements. Le vicomte écouta fort tranquillement son discours d'un bout à l'autre, puis il ordonna à sa femme de faire descendre Constance. Constance descendit, et monsieur de Bouzerie pria le baron de répéter devant sa fille ce qu'il venait de lui dire relativement au mariage de Roger. Le baron répéta mot à mot son petit discours, qu'il avait ruminé pendant le chemin, mais, pendant tout le temps qu'il parla, Constance secoua la tête avec un sourire plein d'adorable confiance; puis, lorsqu'il eut fini:

— Roger vous a-t-il envoyé quelque lettre pour moi? dit-elle.

— Non, répondit le baron; il aura été embarrassé de sa position et n'aura pas osé vous avouer qu'il était forcé, bien malgré lui, de vous être infidèle.

— En ce cas il veut me tromper, reprit Constance; Roger m'a dit de ne croire qu'à ce que j'entendrais de sa bouche ou à ce que je verrais écrit de sa main.

— De sorte que!.. répéta monsieur de Bouzerie.

— De sorte que je ne crois qu'à son amour, répondit Constance.

Et l'on ne put pas tirer autre chose de la jeune fille, qui, au reste, ne parut pas autrement se préoccuper de ce bruit, qui bientôt se répandit dans toute la province.

Le départ du baron et de la baronne, courant la poste à quatre chevaux avec un courrier en avant, fut un événement dont il fut question pendant plus de huit jours à dix lieues à la ronde. On disait que Roger avait trouvé des bahuts remplis de diamants, et une mine d'or dans la cave.

Pendant ce temps Roger faisait sa cour; mais sa fiancée était placée sous la garde la plus sévère. Maître Bouteau ne quittait pas sa fille d'un instant, persistance paternelle qui continuait à nourrir les inquiétudes de Roger. Il n'en allait pas moins passer tous les jours une heure avec Sylvandire, et la jeune fille, au grand ébahissement de son futur époux, déployait une instruction des plus variées et un esprit des plus agréables. Roger ne se lassait pas de la regarder et de l'entendre.

Toutes les formalités d'usage avaient au reste été remplies, et l'on n'attendait plus que l'arrivée des grands parents pour procéder à la cérémonie du mariage.

Cette arrivée fut un spectacle trop pompeux pour que nous n'essayions pas d'en donner quelque idée au lecteur. Monsieur et madame d'Anguilhem avaient eu l'esprit de ne commander leurs habits que chez des tailleurs de la capitale : ils parurent donc vêtus dans le dernier goût de la cour, et comme l'un et l'autre étaient de vieille race, et qu'ils avaient cet air de grandeur que deux révolutions n'ont pu encore effacer chez nos vrais gentilshommes, ils représentèrent convenablement ; mais les neveux et les cousins de la plaine, et les petits cousins de la Saintonge et du Périgord, produisirent une sensation profonde ; ils arrivaient avec des feutres, des pourpoints, des trousses et des manteaux du temps de Louis XIII. On eût dit une collection de portraits de famille qui avait quitté son garde-meuble.

Roger, qui craignait le ridicule avant toute chose, se maria la nuit à Saint-Roch, et attendit pour le repas de noces que tous les parents, comblés de présents, fussent repartis par les coches qui les avaient amenés. Le baron et la baronne couvrirent de caresses la fille du conseiller, qui souriait tendrement à son mari et se faisait admirablement aux douceurs.

Roger remercia le marquis de Cretté de tous les services qu'il lui avait rendus et tout l'honneur qu'il lui avait fait, et lui promit de lui écrire relativement au point qu'il avait si fort tourmenté et qui le tourmentait plus que jamais ; puis il partit avec sa femme pour une petite terre située à Champigny, qui avait été habitée longtemps par monsieur de Beuzerie.

De leur côté, le baron et la baronne regagnèrent Anguilhem, impatients de rehausser par quelques dépenses nécessaires la splendeur de l'écusson qui se dégradait injurieusement au-dessus de la porte charretière du château.

Le lendemain du départ de Roger pour Champigny, le marquis de Cretté reçut, par courrier extraordinaire, une lettre du chevalier qui ne contenait que ces quelques lignes :

« Je suis le plus heureux des hommes !

» Faites-moi le plaisir, mon cher marquis, de demander à » mon beau-père l'adresse de l'homme aux verrues, et de » remettre à ce dernier mille louis de ma part.

» Votre ami de cœur,

» Le chevalier d'ANGUILHEM. »

XVII.

Comment le chevalier d'Anguilhem se trouva si heureux qu'il fut sur le point, comme Polycrate, tyran de Samos, de jeter un anneau précieux à la mer.

Voici comment Roger avait mis sa conscience en repos au sujet de mademoiselle Constance de Beuzerie.

Si rien n'affaiblit un amour comme la possession, rien ne l'alimente comme l'espérance ; mais l'espérance une fois perdue, l'amour le plus puissant se retire s'il ne s'éteint pas devant l'inflexible nécessité. Aussi, une fois que Roger comprit qu'il ne fallait plus songer à ses anciennes chimères, et qu'il se trouva en face d'une des plus séduisantes réalités qui existassent au monde, il pleura, soupira, mais finit enfin par s'exécuter, et même d'assez bonne grâce.

Il profita donc du retour de sa mère à Anguilhem pour écrire à Constance une lettre des plus touchantes ; il annonçait qu'une de ces nécessités, comme les gentilshommes en rencontrent parfois pour éprouver leur courage, s'appesantissait sur lui, et qu'il allait, en se sacrifiant au bonheur de sa famille, renoncer à l'espoir d'être jamais heureux lui-même. Il supplia donc Constance de lui pardonner et de l'oublier. Mais il termina en jurant à son amante que malgré l'inflexible loi à laquelle il était forcé d'obéir (style cornélien, encore fort à la mode à cette époque), lui, Roger, aimerait Constance jusqu'à la mort.

Constance, ainsi dégagée de sa parole, redevenait libre et pouvait se marier à son tour.

Au moment où Roger écrivit à Constance la lettre dont nous venons de faire l'analyse, il n'avait pas encore eu l'occasion d'écrire au marquis de Cretté celle dont à la fin du chapitre précédent nous avons donné le contenu ; il se défiait donc encore de Sylvandire, et pensait que, trompé probablement d'avance par sa femme, il aurait toujours le beau côté d'une scène conjugale, si jamais les deux rivales pouvaient communiquer ensemble, et si l'une d'elles montrait à l'autre la lettre qu'elle avait reçue.

Roger avait été profondément ému en composant les lignes élégiaques que nous avons rapportées ; aussi porta-t-il, les yeux encore humides de larmes, la lettre qui les contenait à la baronne d'Anguilhem ; de son côté, la digne dame, croyant encore aux éternelles amours, même lorsque ces amours étaient traversées d'insurmontables obstacles, s'empressa de référer de la chose à son mari, et cela surtout lorsque Roger lui eut recommandé de faire tenir la lettre à mademoiselle de Beuzerie, et de veiller avant toute chose à ce qu'elle lui fût remise en mains propres.

Monsieur d'Anguilhem fut fort embarrassé à cette ouverture. Manquer à remplir le désir de son fils, c'était selon lui trahir un devoir, et il faut avouer que depuis quatre mois, Roger avait tellement grandi dans l'estime et l'opinion paternelles, par la façon dont il s'était conduit dans la capitale, que le baron respectait maintenant son fils presque autant qu'il l'aimait. D'un autre côté, faire passer à Constance une lettre sans doute pleine de serments d'un éternel amour, c'était peut-être rallumer des feux qu'il était plus sûr de laisser s'éteindre d'eux-mêmes, c'était peut-être encourager des desseins coupables, c'était peut-être enfin fomenter une rébellion aux foyers Beuzeriens.

Car le baron n'avait pas pris connaissance de la lettre, et il se serait jeté au feu plutôt que de le faire, tant il poussait loin la délicatesse à cet endroit ; de son côté, la baronne ne pouvait lui donner aucun renseignement, si ce n'est que, connaissant l'amour inaltérable que Roger avait voué à Constance, la lettre devait contenir de terribles plaintes contre le sort et de cruelles récriminations contre la destinée. Il en résulta que le baron, après avoir tourné et retourné en tous sens l'épître de Roger, décida dans sa sagesse que le mieux était de ne pas la remettre à mademoiselle de Beuzerie ; puis, ne pas revenir sur cette détermination, il enferma à double clef l'épître amoureuse dans un coffre.

L'accomplissement de cette résolution tourmenta bien le baron d'Anguilhem pendant quelque temps, mais il se rassura peu à peu en songeant que le hasard se sert parfois d'un accident pour faire beaucoup de bien dans ce monde.

Il en résulta que mademoiselle de Beuzerie, n'ayant pas reçu la lettre qui la déliait de ses serments, ne voulut rien admettre de ce qu'on lui dit du mariage de Roger, répondant aux protestations les plus positives de son père et de sa mère :

— On lui avait bien fait croire, à lui, que j'étais morte !

Pendant ce temps, Roger, croyant Constance rendue à la liberté, était fort tranquille, et nous ajouterions même, si nous ne craignions pas de faire prendre à nos lecteurs une trop mauvaise idée de notre héros, qu'il était fort heureux.

Je crois qu'il n'existe pas de mariage, fût-il formé de l'accouplement d'un tigre et d'une panthère, qui ne puisse avoir la prétention de jouir d'une paix de quinze jours après le jour des noces.

Au reste, outre sa beauté qui était parfaite, et que Roger appréciait singulièrement, Sylvandire paraissait adorable de naïveté, de grâce et de vertu. Son nouvel époux l'avait interrogée en tous sens, il avait usé sa judiciaire et sa logique à faire naître des contradictions et à embarrasser une de ses réponses dans une autre ; mais sur aucun point il n'avait pu surprendre Sylvandire en mensonge : aussi se demandait-il incessamment pourquoi maître Bouteau avait pris tant de précautions, de soins et de peines pour assurer le placement d'un trésor si avantageux.

— Que faisiez-vous donc chez votre père, chère amie ? demandait quelquefois Roger.

— Je m'ennuyais, répondait Sylvandire.

— Mais ne receviez-vous donc jamais personne ?

— Oh ! si fait, quelques vieux conseillers, quelques vieux avocats, quelques vieux juges, tous gens de conversation fort maussade.

— Voilà tout ?

— Oh ! mon Dieu, oui, absolument tout.

Alors Roger, après avoir craint une difformité, une infirmité, et encore autre chose, revenu de ces trois terreurs, songeait qu'elle devait avoir quelque vice caché.

— Peut-être est-elle gourmande, se dit-il. — C'était un vice de l'époque, voyez Saint-Simon.

Et il essaya de provoquer sa sensualité à l'aide de ces vins exquis que monsieur de Bouzenois gardait depuis vingt ans dans sa cave ; mais Sylvandire, après avoir goûté le meilleur tokai et le plus exquis constance, faisait une petite grimace de dégoût, et en revenait à son eau fraîche et pure, la seule boisson qui lui fût agréable.

Un jour, pour avoir pris un doigt de syracuse, le rouge lui monta au visage, et elle en fut incommodée toute la soirée. A partir de ce moment elle annonça qu'elle renonçait même à tremper le bout de ses lèvres dans aucune espèce de vin.

— Ma femme n'aime pas la table, pensa Roger ; cherchons-lui quelque autre vice, car décidément elle doit en avoir un.

— Ah ! j'y suis ! se dit-il un beau matin, ma femme est joueuse.

Et il étala le même soir un rouleau d'or devant elle et lui mit des cartes entre les mains ; mais Sylvandire ne connaissait aucun jeu, riait comme une folle quand elle gagnait, et faisait la moue pour une pièce de douze sous perdue.

— Ma femme n'est pas joueuse, dit Roger, c'est vrai ; mais peut-être est-elle avare.

Roger fit monter sa femme dans sa voiture, lui fourra de l'or plein ses poches et la conduisit chez les premières faiseuses de modes et chez les premières couturières de Paris. Sylvandire acheta pour trois cents louis de bonnets, de dentelles et de robes, et cela sans marchander.

— Diable ! dit Roger, c'est qu'elle est prodigue alors.

Mais un jour qu'il lui faisait, à dessein, un léger reproche sur une guimpe d'Angleterre qu'elle avait achetée dix louis de plus qu'elle ne valait, Sylvandire le remercia de cette observation et le pria à l'avenir de régler lui-même ses dépenses.

— Tant pis, tant pis! pensa Roger, c'est qu'il y a quelque chose de plus grave.

Alors Roger se mit en sentinelle et regarda s'il ne viendrait pas rôder autour de la maison conjugale quelques-uns de ces insectes de nuit et de jour qu'on appelle des cousins, dangereuse espèce dont on ne peut se délivrer que lorsqu'on les tue sur la place.

Mais pas un panache d'amoureux, comme eût dit mademoiselle Scudery, mais pas un museau de galant, comme eût dit Molière, ne se montra dans les environs de Champigny.

— Bien décidément, je possède un trésor, se dit Roger avec effroi, et je suis né, il faut en convenir, sous quelque constellation heureuse, qui n'a pas encore été découverte par les astronomes modernes.

Cela était vrai cependant, ou du moins paraissait l'être.

Dire que Sylvandire avait un amour immense pour son mari, c'est ce que nous n'oserions point affirmer. Peut-être Sylvandire n'aimait-elle rien, et, aux yeux du pauvre Roger, cette absence d'amour était une vertu. Mais il n'est rien de plus que ces prétendus indifférens pour s'éveiller, pour s'embraser tout-à-coup ; il n'est rien comme ces soleils cachés sous une nue pour amener des grêlons, de la pluie et des tempêtes.

Maître Bouteau vint voir ses enfans à Champigny. Roger, qui adorait ses parens, et qui leur écrivait deux fois par semaine, trouva Sylvandire bien froide à l'égard de ce bon père, qui avait tant fait pour elle. Il réfléchit pendant deux ou trois jours à cette froideur, et comme il était en train de chercher de bonnes raisons à tout, il finit par se persuader que l'amour dont Sylvandire brûlait pour lui-même éteignait tous les autres amours. On voit que Roger était déjà fort avancé dans les études de son rôle d'époux : de pessimiste, il était devenu optimiste.

Cependant Roger faisait mille amitiés à maître Bouteau, et maître Bouteau les lui rendait : seulement l'un avait un motif, l'autre n'en avait pas. Roger voulait conduire maître Bouteau à point, et, arrivé où il le désirait voir, l'interroger à fond. Après un succulent dîner de campagne, qui avait duré jusqu'à sept heures du soir, Roger crut enfin le moment venu.

— Voyons, maître Bouteau, dit-il en entraînant son beau-père dans une embrasure de fenêtre ; voyons là, franchement, maintenant que vous n'avez plus peur que je vous échappe, et, je dirai mieux, maintenant que je ne voudrais même plus vous échapper, dites-moi, jusqu'à présent je ne m'en suis pas encore aperçu, je dois vous l'avouer, dites-moi ce qu'il y avait de défectueux dans Sylvandire, car pour la marier d'une si étrange manière vous aviez vos raisons ?

— Je veux bien vous parler à cœur ouvert, mon gendre. D'abord, comme vous pouvez le voir, dit le bonhomme à qui le vin muscat déliait la langue, j'ai gagné à ce marché la dot de Sylvandire, c'est-à-dire cent mille écus.

— Je sais le chiffre, répondit Roger.

— Dot que, du reste, continua le beau-père, vous retrouverez après moi revue et augmentée ; et puis, j'ai été sûr que ma fille n'épouserait pas un de ces gentilshommes de province qui n'ont que la cape et l'épée, ou un de ces marchands qui portent toutes leurs dettes à l'actif, et tout leur actif au passif, c'est-à-dire qui sont ruinés, si leur femme ne les aide.

— Vous connaissiez donc la fortune de monsieur de Bouzenois ?

— A livres, sous et deniers, mon gendre ; j'avais tout vérifié par moi-même, tout supputé, tout estimé.

— Mais il y avait bien à la cour quelque gentilhomme qui me valût enfin ?

— Sans doute, mais celui-là n'avait pas un procès qui me le livrait pieds et poings liés ; puis les fortunes de quinze cent mille livres sont rares même à la cour. D'ailleurs, j'avais toujours dit que je doterais ma fille avec la première affaire un peu importante qui me tomberait sous la main : recevoir une somme d'argent comme ont fait vos trois juges, c'est un vol fait à la fois à la justice et au plaideur ; mais lui donner, au contraire, à ce plaideur, qui vous doit sa fortune, lui donner par-dessus le marché une fille charmante, c'est en même temps, je le pense ainsi du moins, accomplir un devoir et rendre un service.

— Toujours la même chose, pensa Roger ; le thème est en effet assez raisonnable, et à la rigueur, on peut y croire. Ainsi, ajouta-t-il tout haut, ainsi, très-cher beau-père, vous n'étiez pas le moins du monde embarrassé de Sylvandire ?

— Oh mon Dieu ! pas du tout, si ce n'est qu'elle s'ennuyait fort avec moi, et que, comme elle a un caractère des plus décidés....

— Ah ! ma femme a un caractère décidé ?

— Une petite tête de fer, mon gendre. Si ce n'est donc, comme je vous le disais, que comme elle a un caractère des plus décidés, je tremblais que d'un moment à l'autre elle ne fît quelque folie. C'est une fille d'un esprit fort étendu, et qui surtout veut être distraite.

— Elle aime donc le plaisir, alors ? demanda Roger.

— Je n'en sais rien, ne lui en ayant jamais procuré ; mais toutefois, par ce que j'ai pu saisir de son caractère, je crois qu'elle ne hait pas les divertissemens.

— Beau-père, vous croyez bien, n'est-ce pas, que je veux rendre Sylvandire heureuse ?

— Vous faites tout ce que vous pouvez pour cela.

— Eh bien ! voyons, pour arriver à ce but, si je vous consultais sur ses goûts et son caractère, quel conseil me donneriez-vous ?

— Je vous dirais : Ayez confiance en elle...

— Ah ! vraiment, tant mieux, interrompit Roger.

— Attendez donc, attendez donc, continua le beau-père, je

vous dirais : Ayez confiance en elle, mais surveillez-la toujours.

— Diable! dit Roger, assez mécontent de ce dénoûment.

Le lendemain, maître Bouteau repartit pour Paris, laissant son gendre fort préoccupé de la conversation de la veille.

En effet, Roger était si heureux qu'il était évident qu'un pareil bonheur ne pouvait durer; aussi Roger était-il tourmenté de son bonheur même.

C'est une chose étrange que le cœur de l'homme, nous ne parlons pas de celui de la femme, que nous ne connaissons que par sympathie. C'est une chose étrange, disions-nous, que le cœur de l'homme, et l'on ne saurait croire quel assortiment indéfini d'amours il contient. Certes, Roger avait fort aimé Constance, Roger l'aimait même à ce point que s'il eût appris que Constance se mariait, il en eût été désespéré. Eh bien! Roger aimait aussi Sylvandire, d'un tout autre amour, c'est vrai; il aimait Constance comme on aime un beau lis, pour admirer sa pureté, pour s'enivrer de son parfum, pour le conserver dans un coin du jardin de son cœur, hors de tous les yeux, loin de tous les regards. Il aimait Sylvandire comme on aime un beau diamant, pour le faire reluire de tous ses feux, pour le produire à toutes les vues, pour se faire envier par toutes les ambitions.

L'amour qu'il avait éprouvé pour Constance était le feu le plus pur de l'âme. L'amour qu'il éprouvait pour Sylvandire était une flamme un peu plus grossière, qui allumée au fond du cœur gagnait peu à peu tous les sens. Roger eût passé sa vie à regarder Constance et il eût été heureux de la regarder. Roger serait mort d'amour comme Narcisse, s'il lui avait fallu, dans ses relations avec Sylvandire, se borner à sa simple vue.

Et maintenant que j'ai caractérisé les deux amours de Roger, c'est aux femmes de dire duquel de ces deux amours elles préfèrent être aimées.

Mais la vérité, c'est que Roger les avait tous deux, l'un dans l'âme, l'autre dans le cœur, et peut-être même n'était-il si heureux, et ne craignait-il tant de changer de position que parce que l'un complétait l'autre.

XVIII.

Comment l'horizon conjugal du chevalier d'Anguilhem commença peu à peu à se rembrunir.

Quelques jours se passèrent encore dans un bonheur parfait; mais Roger, constamment tourmenté des confidences que lui avait faites son beau-père à l'endroit de Sylvandire, résolut de proposer à sa femme un parti qui lui ferait peut-être entreprendre quelque chose hors de ce calme, qui, chez elle, paraissait affecté tant il était profond.

Et Roger avait tort, nous devons l'avouer. Savoir jouir du bonheur présent et s'en remettre à Dieu du bonheur à venir, c'est un des premiers préceptes de la sagesse humaine; aussi est-ce un de ceux que l'on suit le moins. Interrogez les trois quarts des hommes qui ont été malheureux, et ils vous avoueront qu'ils ont cherché leur premier malheur, comme Diogène cherchait un homme avec une lanterne.

Bref, un beau matin, Roger alluma donc sa lanterne, et s'en vint trouver Sylvandire.

— Ma belle amie, lui dit-il, je vous annonce une nouvelle qui va bien vous charmer, car sans doute, comme je me trouve bien heureux, vous vous trouvez bien heureuse?

— Mais, certainement, répondit Sylvandire en levant sur Roger un long regard qui n'était pas exempt de quelque inquiétude.

— Ce bonheur vient de notre amour, Sylvandire, et sans doute comme moi vous aimez le recueillement dans l'amour.

Sylvandire resta muette.

— Or, continua Roger, comme nous aimons tous deux, Roger appuya sur ce mot, être seuls et être loin du monde...

Sylvandire dressa l'oreille comme le cheval qui entend siffler le fouet.

— Nous allons vendre notre hôtel de Bourenois, faire emballer le mobilier et nous vivrons, s'il vous plaît, à Anguilhem, où maître Bouteau nous fera le plaisir de venir passer ses vacances.

— Et pourquoi aller nous enterrer en province? demanda assez résolument Sylvandire.

— Mais pour y vivre en famille.

— Votre famille n'est pas la mienne, répondit Sylvandire, et à part un mois que mon père viendra passer avec nous, mon père demeure le reste de l'année à Paris.

— Oui, sans doute, ma chère, et vous avez raison; mais entre nous soit dit, Sylvandire, je ne crois pas que vous teniez le moins du monde à vivre avec maître Bouteau.

— Vous vous trompez, monsieur, j'aime fort mon père, et d'ailleurs je ne prétends point m'exiler ainsi.

— Vous appelez exil un séjour fait en ma compagnie? Oh! le mot n'est point gracieux, Sylvandire.

— Mais, mon ami, répliqua d'un ton fort radouci la jeune femme qui, dans une première discussion, n'osait pas s'avancer plus avant, ne sommes-nous pas assez riches pour demeurer à Paris, et même pour y vivre magnifiquement?

— C'est vrai, répondit Roger; seulement, je voulais savoir si vous teniez plus à Paris que vous ne tenez à moi; du premier coup, vous m'avez fixé, merci!

— Oh! mais pas du tout, et vous vous trompez, s'écria Sylvandire avec effusion aussitôt que Roger eut commis l'imprudence de laisser voir que sa résolution n'était qu'un jeu; point du tout, je vivrai où vous voudrez, cher ami, et pourvu que je vive près de vous, c'est tout ce qu'il me faut.

Elle était bien sûre, en disant cela, de revenir promptement à Paris.

— Oui, dit Roger, mais vous préférez, n'est-ce pas, que nous retournions dans la capitale, et que nous nous divertissions un peu cet hiver.

— Vous avez tort, mon ami, de croire cela; je n'ai pas de préférence pour un lieu plutôt que pour un autre, et je veux tout ce que vous voudrez.

Que répondre à une femme si soumise, sinon d'aller au devant de ce que l'on suppose être son désir?

Roger ordonna donc qu'on fît immédiatement les préparatifs du départ, et ils revinrent à Paris.

Roger avait peu de connaissances, excepté ses anciens amis; Sylvandire n'en avait pas du tout; car ce n'est pas ce qu'on appelle des connaissances que les juges, les conseillers et les avocats qui fréquentaient maître Bouteau. On se contenta donc de faire écrire à Cratté, à d'Herbigny, à Clos-Renaud et à Chastellux, que l'on était de retour à Paris, que l'on dînait tous les jours à deux heures, et que l'on recevait tous les soirs à huit.

Madame d'Anguilhem fit à merveille les honneurs de l'hôtel de Bourenois et fut généralement trouvée charmante.

Le premier soir, le marquis de Cretté tira Roger à part, et l'ayant conduit dans l'embrasure d'une fenêtre :

— Mon cher chevalier, comme je désire n'être jamais exclu de votre maison...

— Comment être exclu de ma maison! interrompit Roger, que dites-vous?

— Mon cher, vous êtes jeune, dit Cretté, vous avez le cœur plein de pureté et l'esprit plein d'innocence; or, apprenez une chose, c'est que si les amis de la femme sont presque toujours ceux du mari, les amis du mari sont rarement ceux de la femme.

— Pourquoi cela?

— Oh! pourquoi?... ce serait trop long à vous raconter, et je ferai peut-être un jour deux ou trois volumes là-dessus, quand je saurai l'orthographe. Je vous disais donc que quelque chose qu'on vous dise contre moi, je vous permets de le croire; excepté cependant si l'on venait vous dire que je fais la cour à madame d'Anguilhem. Vous me connaissez, Roger, je vous donne ma foi de gentilhomme que votre femme me sera toujours aussi sacrée que si elle était ma sœur.

— Et jamais vous ne serez traité chez moi autrement que comme un frère, répondit Roger, jamais vous ne serez exclu de ma maison que lorsqu'il vous plaira de vous en exclure vous-même. Périssent femme et fortune plutôt qu'une amitié comme la vôtre.

— Ainsi soit-il ! répondit Cretté.

Le marquis se montra en effet très assidu chez le chevalier, mais il eut la délicatesse de n'y arriver jamais seul, et de faire des heures de tout le monde ses heures à lui. Puis, presque toujours il sortait avec le cortège d'amis qu'il avait amené. Bref, fidèle à sa promesse, Cretté ne fit sa cour qu'au mari ; ce qui fut cause que madame d'Anguilhem commença par le mépriser comme un indifférent et finit par le haïr comme un ennemi.

En peu de temps, au reste, l'hôtel Bouzenois, devenu hôtel d'Anguilhem, fut un rendez-vous de bonne compagnie. Sylvandire, belle et gracieuse, attirait les galants, comme le miel attire les mouches. Mais Cretté, ferme au poste avec d'Herligny et Clos-Renaud, chassait les mouches avec ses airs vainqueurs et ses plaisanteries toujours approuvées de Roger. Aussi six mois se passèrent sans que madame d'Anguilhem, quelque bonne envie qu'elle en eût peut-être au fond, fit et rien parler d'elle.

Elle eût pourtant fort désiré d'approcher de Versailles, et avait à ce sujet tourné ses batteries vers la dévotion ; mais le marquis et ses amis s'étaient tout-à-fait déclarés contre la vieille, c'était ainsi qu'on appelait madame de Maintenon ; contre le jésuite, c'est ainsi qu'on appelait le père Letellier ; contre l'anticaille, c'est ainsi qu'on appelait les courtisans ; et contre la vieille machine, c'est ainsi que l'on appelait Louis XIV.

En cela, comme toujours, Roger s'était rangé à l'opinion de son ami ; et comme Sylvandire insistait pour qu'on reçût chez elle une société plus chrétienne, il signifia qu'il ne comptait pas faire de l'hôtel un monastère, et que si les abbés y paraissaient, il opposerait aux petits collets noirs, des mousquetaires de toutes les couleurs.

Il y avait loin, comme on le voit, du Roger de Paris au Roger d'Amboise, du mari de Sylvandire à l'amant de Constance, du libertin révolté contre la soutane à l'écolier qui voulait se faire jésuite.

Sylvandire, qui ne se sentait pas la plus forte, fut obligée de céder.

Vers ce temps-là, maître Bouteau sollicita une place de président. Roger parla des désirs de son beau-père à Cretté, et Cretté, avec son obligeance habituelle, se mit en campagne lui, et ses amis ; mais quelques instances qu'ils fissent dans leurs sollicitations, quelques mines qu'ils fissent jouer, ils virent parfaitement que, réduits à leurs propres forces, il ne réussiraient pas.

Quelqu'un parla alors à maître Bouteau d'un certain marquis de Royancourt, grand avaleur de messes et fort en faveur près de la Maintenon. Maître Bouteau se rappela que justement, trois ou quatre ans auparavant, ce même marquis de Royancourt avait eu, devant le tribunal dont il était en soutien-rapporteur, un procès qu'il avait gagné.

Maître Bouteau alla faire une visite à monsieur de Royancourt qui le reçut très bien, et lui rappela la circonstance du procès, que celui-ci se remémora parfaitement.

Or, comme maître Bouteau pensa que la recommandation d'une jolie femme ne gâterait rien à son affaire, il demanda à Roger la permission de présenter, à lui et à sa femme, monsieur de Royancourt ; présentation à laquelle Roger, sans défiance aucune, ne s'opposa en rien.

Le marquis de Royancourt fut donc présenté à Roger, auquel il fit mille politesses, et à Sylvandire, qui baissa modestement les yeux.

Roger rendit toutes ses gracieusetés à monsieur de Royancourt, moitié par courtoisie, moitié parce qu'il valait mieux être bien que mal avec lui ; c'était un favori tout puissant admis aux soupers sobres de madame de Maintenon, et trônant dans l'antichambre du père Letellier.

Le surlendemain de cette première visite, maître Bouteau fut nommé président.

Il était tout naturel qu'on reçût de son mieux un homme à qui on avait de si grandes obligations. Aussi, à sa seconde visite, le marquis fut-il encore plus fêté qu'à la première. De son côté, monsieur de Royancourt dit au chevalier d'Anguilhem qu'on devait s'étonner qu'un homme comme lui, jeune, riche et de mérite, ne sollicitât point quelque charge à la cour ou dans l'armée, et il lui offrit obligeamment ses services. Roger qui, de tout temps, avait eu un certain fond d'ambition dans le cœur, ne répondit que par des remercîments empressés. Jusque-là le marquis, il avouait la chose à Cretté qui avait couru le nouveau venu une certaine antipathie, jusque-là le marquis, disons-nous, lui paraissait fort gracieux et fort obligeant.

Mais, comme nous l'avons dit, il y avait dissidence entre les deux amis. Cretté voyait le marquis de Royancourt d'un fort mauvais œil, il savait combien étaient tortueuses les menées de ces courtisans à bigottes allures qui étaient venus se poser comme des éteignoirs sur toutes les joies lumineuses qui avaient marqué les deux premiers tiers du règne du grand roi. On n'eût certainement pas joué Tartuffe à l'époque où monsieur de Royancourt avait du crédit.

De son côté, Sylvandire sollicitait de son mari d'accepter les offres du favori de madame de Maintenon.

— Nous serons admis à Versailles, disait-elle ; nous y aurons peut-être même l'appartement.

— Pour quoi faire? répondit Cretté ; n'est-il pas bien meilleur d'être maître de soi-même comme l'est Roger, que d'obéir aux caprices maussades d'un vieux roi toujours de mauvaise humeur et que personne ne parvient plus à amuser, même madame de Maintenon? Quant aux appartements, vous en avez dix ici bien autrement commodes, je vous en réponds, que ne le sont ceux de Versailles. Passe encore si on donnait à d'Anguilhem un régiment ; mais de par tous les diables, quoique d'Anguilhem soit à la fois brave comme Alexandre, comme Annibal et comme César, d'Anguilhem ne me paraît pas avoir la moindre vocation pour la guerre. J'en avais un régiment, moi, eh bien ! je l'ai vendu. Je reprendrai de l'activité quand madame de Maintenon ne sera plus ministre de la guerre.

— Vous, monsieur, répondit aigrement Sylvandire, vous avez épuisé les plaisirs et les honneurs, et je comprends que vous parliez ainsi ; mais monsieur d'Anguilhem et moi nous y sommes neufs et nous en avons soif.

Cretté fixait alors sur son ami un regard interrogateur, et Roger répondait à ce regard par un signe négatif. Sylvandire battue allait trouver son père et envoyait maître Bouteau à la charge ; maître Bouteau faisait avancer monsieur de Royancourt.

Il arriva qu'un jour de festin, un mercredi, je crois, monsieur de Royancourt, qui faisait maigre quatre fois la semaine, affecta de ne manger que du poisson, et reprocha au chevalier avec politesse, mais assez sévèrement néanmoins, le peu de cas qu'il faisait des commandements de l'Église.

Cretté et ses amis s'attendaient à ce que d'Anguilhem fait répondre vertement à cet importun personnage ; mais ils attendirent quelque temps : enfin Roger répondit, mais moins vertement que ne le méritait l'inconvenante apostrophe du marquis.

— Allons, allons, dit tout bas Cretté à son ami, nous baissons et le Royancourt monte : mêle-toi, d'Anguilhem, mêle-toi, tu es gouverné.

En effet, monsieur de Royancourt était devenu commensal de l'hôtel ; il arrivait avec grand train, avec des chevaux magnifiques, avec des valets insolents. Sylvandire apprenait de lui toutes les nouvelles du grand monde, où elle brûlait de s'introduire et qui lui était fermé, comme un de ces jardins enchantés des Mille et une Nuits qui sont sous la garde d'un dragon.

Le dragon qui lui défendait l'entrée de ce jardin, c'était le marquis de Cretté ; aussi le haïssait-elle cordialement.

De son côté, Roger commençait à voir clair dans tout ce manége, et le nouveau venu l'impatientait fort.

— Ce Royancourt m'ennuie considérablement, dit un matin Roger à son ami ; il a conduit hier ma femme et le beau-père chez ce jésuite de Letellier; toutes ces capucinades-là ne me vont point.

— Eh bien! retire-toi de tout cela, dit Cretté qui était venu avec Roger à la plus cordiale familiarité; emmène Sylvandire en Touraine, laisse-moi plein pouvoir, et pendant ton absence, sois tranquille, je ferai maison nette.

— Parbleu! c'est une idée, dit Roger.

Là-dessus il prépara tout pour son départ, mais sans rien dire à personne; seulement, deux heures avant de monter en voiture, il prévint Sylvandire qu'il l'emmenait à la campagne.

Sylvandire demeura atterrée de ce coup d'audace dont elle eût cru Roger incapable, puis elle voulut discuter cette résolution; mais Roger maintint sa volonté; puis elle pleura, mais Roger fut insensible à ses larmes; puis le moment vint, et il fallut partir sans recevoir les adieux de maître Bouteau ni de monsieur de Royancourt.

— Oh! c'est monstrueux! dit Sylvandire en montant en voiture.

— Mais, répondit le chevalier en prenant sa place auprès d'elle, mais, chère amie, puisque vous êtes bien, n'avez-vous assuré, partout où je suis, de quoi vous plaignez-vous, voyons?

— Monsieur, vous pouviez me prévenir, au moins, afin que je prisse congé de mon père et de mes amis.

— Impossible, cher ange; l'idée de partir moi-même m'est venue au moment où je vous l'ai communiquée.

— Est-ce que nous restons longtemps dans vos terres? D'abord, je vous préviens, moi, que je hais la province.

— Mais rien ne nous force à y demeurer éternellement. Nous y resterons tant qu'il nous plaira à tous deux.

Et sur ce, le postillon fouetta ses chevaux et la voiture partit au grand galop.

Au quatrième relai on s'arrêta pour souper; Sylvandire demanda à donner de ses nouvelles à son père, ce à quoi Roger ne s'opposa nullement.

Sylvandire écrivit alors une lettre dont Roger eut la délicatesse de ne point chercher à connaître le contenu; cependant, cette lettre achevée, il vit que Sylvandire continuait d'en écrire d'autres; cela lui donna quelques soupçons. Mais ce que Roger craignait avant toutes choses, c'était une première scène un peu sérieuse; car il savait que le lac conjugal troublé une fois, ne redevient jamais parfaitement pur.

Il ne voulut pas davantage questionner la fille de chambre qui porta la lettre à la poste; il lui semblait indigne de communiquer ses soupçons à de pareilles espèces; puis enfin, peut-être comptait-il que son étoile, heureuse jusque-là, resterait toujours brillante.

A Chartres, Sylvandire demanda à s'arrêter quelques heures pour prier dans la cathédrale. Comme depuis l'entrée de monsieur de Royancourt dans la maison, Sylvandire, ainsi que nous l'avons dit, avait affecté une grande piété, cette demande n'étonna point Roger; seulement, attendu qu'il ne savait que faire, lui, pendant ces trois ou quatre heures, il prévint Sylvandire qu'il allait prendre un cheval et rendre une visite à d'Herbigny qui avait une maison de campagne aux environs. Sylvandire s'achemina vers la cathédrale, et Roger vers la demeure du vicomte. Roger y resta trois heures; mais comme il était moins lié avec d'Herbigny qu'avec Cretté, il ne lui dit rien autre chose, sinon qu'il allait avec sa femme faire un voyage d'agrément en Touraine.

A son retour à l'hôtel, Roger apprit que Sylvandire n'était pas rentrée. Il l'attendit une heure environ, puis voyant qu'elle ne revenait pas, il s'achemina vers la cathédrale. Sylvandire n'était pas plus à la cathédrale qu'à l'hôtel; il revint donc à la Croix-d'Or, fit demander l'hôte et s'informa près de lui. Il apprit alors que Sylvandire était partie dans sa chaise de poste avec sa fille de chambre; ce coup le frappa rudement, mais cependant il conserva toute sa présence d'esprit et dit à l'hôte:

— Rien ne lui a manqué, n'est-ce pas?

— Non, monsieur, répondit l'hôte, et madame paraissait fort satisfaite.

— C'est au mieux, répondit Roger en remontant chez lui la rage dans le cœur.

Il rentra dans la chambre qu'avait occupée sa femme, et trouva sur la toilette encore tout embarrassée, une lettre de Sylvandire, sur laquelle son adresse était tracée d'une petite écriture très ferme et très hardie.

Voici ce que contenait cette lettre:

« Monsieur, vous avez cru devoir m'emmener en me prévenant deux heures d'avance. Moi qui suis une femme et qui, à ce titre, crois avoir quelques privilèges de plus que vous, je retourne à Paris et vous préviens deux heures après.

» SYLVANDIRE. »

» Continuez votre route ou revenez. Ne vous gênez point. Vous savez que j'ai mon père et ma maison à Paris. »

— Elle se moque de moi, dit Roger; mais elle me le paiera. Ah! Cretté! tu avais bien raison, je ne suis plus le maître; mais qu'on attende cependant, et on verra.

XIX.

Comment l'horizon conjugal du chevalier d'Anguilhem tourna tout à fait à la tempête.

Comme nous l'avons dit, le coup avait été rude, d'autant plus rude qu'il frappait un homme encore au commencement de sa vie, encore à l'aurore de ses illusions; un cœur qui avait beaucoup souffert déjà, et dont le bonheur avait été trop court pour l'avoir blasé.

Roger ressentit donc à la fois toutes les atteintes de la colère, de la honte et de la jalousie.

Il donna l'ordre à Breton, son valet de chambre, d'aller commander trois chevaux de poste, et dès que les chevaux furent arrivés à la porte de l'hôtel, il sauta sur l'un d'eux, Breton sur l'autre; le postillon enfourcha le troisième, et tous trois partirent au grand galop.

Le mouvement est un des besoins irrésistibles des cœurs tourmentés; le galop du cheval qui vous emporte vers un malheur plus grand peut-être, vers la certitude, mais aussi quelquefois vers la vengeance, est une espèce de baume physique versé sur les plaies de l'âme. On voit le chemin disparaître, on voit les arbres fuir, on sent qu'on avance, qu'on approche, qu'on arrive; mille fiévreuses visions vous passent devant les yeux, mille projets plus insensés les uns que les autres s'échafaudent et se renversent dans votre cerveau. Plus le cheval s'allonge sous soi, plus on le presse, il y a un démon qui vous crie à l'oreille: Plus vite! plus vite! plus vite!

Roger fit la route en cinq heures sans se reposer un instant; que pour changer de cheval; et cependant il ne rejoignit pas Sylvandire. Breton était moulu, lui ne ressentait même pas sa fatigue.

Quand Roger entra dans la cour de l'hôtel, Sylvandire était revenue depuis une heure et demie. Roger entra tout botté, tout poudreux, et le fouet à la main dans le salon. Sylvandire était déjà habillée en toilette du soir et gracieusement secondée sur un canapé. Elle causait avec monsieur de Royancourt et trois ou quatre de ses amis qu'il avait présentés à l'hôtel d'Anguilhem.

Tant d'audace confondit Roger; il sentit les jambes qui lui manquaient; il s'appuya contre la porte; il était pâle comme la mort.

— La fable de monsieur de La Fontaine, murmura Roger, la Lice et sa compagne. Ils sont quatre; bien, j'amènerai Cretté et deux amis, puis nous irons faire un tour derrière le couvent du Saint-Sacrement.

Mais à l'arrivée de Roger chacun se leva et s'empressa autour de lui, faisant au nouvel arrivant tant de politesses que c'eût été d'un manant que de ne pas attendre une autre occasion de se fâcher.

D'ailleurs, Roger sentait instinctivement que cette occasion ne pouvait lui échapper un jour ou l'autre.

Quant à Sylvandire, elle se contenta de faire un signe de la main; puis avec un petit geste plein d'une boudeuse coquetterie:

— Quoi! vous paraissez ainsi défait, dit-elle; oh! le vilain mari que vous faites; il me semblait que je méritais bien que l'on fît un peu de toilette pour entrer chez moi. N'allez-vous pas vous ajuster mieux, mon ami?

Roger fut bouleversé de cet aplomb; il lui prit grande envie de faire à l'instant même maison nette avec le fouet qu'il tenait à la main; mais la crainte du scandale le retint.

— Vous avez raison, madame, répondit-il; mais comme vous saviez que j'allais revenir, j'espérais vous trouver un peu plus seule.

Et il regarda fixement monsieur de Royancourt pour lui faire sentir que c'était surtout à lui que l'admonestation s'adressait.

En gens comme il faut, les trois amis de monsieur de Royancourt comprirent qu'ils devaient lever le siège. Ils se retirèrent donc incontinent. Quant à monsieur de Royancourt, il demeura quelques instans après eux; puis se levant à son tour, il salua Sylvandire et Roger, et opéra sa retraite qu'il n'avait retardée sans doute que pour protester tacitement contre l'ordre du mari.

— Eh quoi! monsieur! dit Sylvandire lorsque monsieur de Royancourt se fut retiré, c'est ainsi que vous chassez les gens de chez moi!

— Qu'appelez-vous chez moi, madame? dit Roger; il me semble d'abord que c'est chez nous qu'il faudrait dire.

— Chez nous, chez vous ou chez moi, peu m'importe, je ne discuterai pas sur les mots; mais, une fois pour toutes, j'entends recevoir ici qui bon me semble.

— Et moi, je prétends chasser d'ici qui j'y trouve mauvais.

— Vous êtes un gentilhomme bien...

— Achevez, dites.

— Bien campagnard.

— Et vous une petite robine bien délurée.

— Monsieur, croyez-vous me faire peur?

— Pour oui non, vous allez repartir sur-le-champ avec moi pour Anguilhem; seulement, cette seconde fois, vous n'en reviendrez pas aussi vite que vous en êtes revenue la première.

— Vous me parlez ainsi parce que vous me croyez seule et abandonnée, dit Sylvandire, rompant toute mesure; mais je vous préviens que vous vous trompez, et vous trouverez, je vous le jure, des gens qui vous feront repentir de vos procédés envers moi.

— Ah! votre marquis de Royancourt! s'écria Roger exaspéré. Ah! vous voulez parler de votre marquis de Royancourt, n'est-ce pas, madame? Eh bien dans une heure d'ici, votre marquis de Royancourt aura de mes nouvelles, et je par Dieu, si comme j'ai cru m'en apercevoir tout-à-l'heure, il ne comprend ni mes regards ni mes paroles, il comprendra du moins mes gestes, je l'espère.

Sylvandire connaissait d'Anguilhem par l'affaire des Kollinski, laquelle avait fait du bruit de par le monde; d'ailleurs elle avait souvent entendu parler du courage et de l'adresse de son mari par Cretté et par d'Herbigny, elle eut donc grand'peur pour ce qui allait se passer, et s'élançant après Roger, elle l'arrêta comme il mettait le pied sur l'escalier pour remonter chez lui afin de changer de costume, car Roger était un de ces hommes qui comprennent parfaitement que lorsqu'on fait l'honneur à son ennemi de lui proposer de se couper la gorge, il faut faire cette proposition avec un habit de velours et des manchettes de dentelles.

Mais Sylvandire ne voulait pas de scandale; puis elle avait fait de grands projets sur monsieur de Royancourt.

Elle se cramponna donc, comme nous l'avons dit, aux mains de Roger, et chercha par des pleurs à calmer cette grande colère. C'était la première fois que Roger voyait pleurer Sylvandire. Son cœur n'était pas de bronze; aussi dans

cette lutte où il eût dû gagner, au moins le champ de bataille, il perdit tout. Le même soir, monsieur de Royancourt faisait dans le salon sa partie de trictrac avec maître Bouteau, et Sylvandire souriait.

Le même soir, Cretté apprenant le retour de son ami, se présenta à l'hôtel d'Anguilhem; mais des ordres avaient été donnés par Sylvandire, et il lui fut répondu que monsieur et madame étaient bien réellement revenus, mais qu'ils ne recevaient pas.

Le lendemain, le marquis écrivit à Roger qu'il ne remettrait jamais les pieds chez lui, attendu qu'on lui avait refusé la porte de l'hôtel, tandis qu'il avait vu dans la cour, au pied du perron, le carrosse de monsieur de Royancourt.

Il ajouta que c'en était fait à tout jamais de leur amitié.

Roger, au désespoir, courut chez Cretté, mais il le trouva profondément blessé.

Roger n'eut pas de peine à lui persuader qu'il n'était pour rien dans l'ordre donné la veille. Sylvandire lui avait assuré que c'était un malentendu, et il tenait absolu ment à convaincre son ami sur ce point. Mais Cretté savait à quoi s'en tenir, aussi ne revint-il que difficilement et à une condition.

— Écoute, chevalier, dit le marquis, ce refus est une insulte, une insulte faite par tes gens et qui, par conséquent, aux yeux du monde, vient de toi; il me faut donc une réparation. Un jour que ma voiture sera devant ta porte, on fera à monsieur de Royancourt la même réponse qu'on m'a faite. A cette condition, j'oublie ce qui s'est passé et je n'en parle plus jamais.

Roger promit au marquis qu'il serait fait ainsi qu'il le désirait.

Puis, il revint chez lui et signifia à sa femme l'engagement qu'il venait de prendre vis-à-vis de son ami.

Sylvandire se mit à rire.

Mais Roger n'était nullement en train de plaisanter, et il insista très sérieusement, en prononçant pour la première fois ce mot terrible qu'une femme n'oublie jamais, et dont un mari se repent toujours:

— Je le veux.

Alors ce fut une horrible querelle; Sylvandire se montra ce qu'elle était réellement, un véritable despote, et il y eut entre les deux époux une longue succession de: — Je le veux! et de: — Je ne le veux pas!

— Eh bien! si vous ne le voulez pas, dit enfin Roger qui crut triompher par un de ces mots effrayans pour une honnête femme; eh bien! si vous ne le voulez pas, je croirai, madame, que vous avez pour monsieur de Royancourt de singuliers sentimens.

— Croyez ce qu'il vous plaira de croire, répondit Sylvandire.

— Si monsieur de Royancourt ne sort pas de chez moi, dit Roger, alors ce sera moi qui en sortirai; mais prenez-y garde, madame, pour n'y plus rentrer.

— A votre aise, monsieur; le monde est grand, vous êtes jeune, et le voyage vous formera.

— Je pars à l'instant même, madame, songez-y.

— Partez, monsieur, je ne vous arrête pas, répondit Sylvandire.

Roger avait fait fausse route, il s'en aperçut, mais il était trop tard: au lieu de discuter avec sa femme, il aurait dû donner des ordres à sa porte et tout eût été dit.

Il avait entamé une polémique, et le démon de l'adresse féminine l'avait emporté sur sa naïve colère.

— Eh bien! vous êtes encore là? dit Sylvandire en voyant qu'il s'était arrêté, stupéfait de tant d'audace.

Roger fit trois pas vers cette femme éhontée, mais le sentiment de sa propre dignité le retint.

— Breton, dit-il à son valet de chambre, mes malles et ma chaise dans une heure.

Puis il sortit du salon, sans que Sylvandire fît un pas ou dît une parole pour le retenir, et remonta chez lui.

L'heure se passa; ce fut certes une des heures les plus agitées et les plus douloureuses de la vie de Roger. Au moindre bruit, il tressaillait et prêtait l'oreille, car il croyait voir entrer sa femme le repentir dans le cœur, la prière sur la bouché, les larmes aux yeux. Il eût donné dix ans de sa vie pour que Sylvandire fit une pareille démarche. Mais il aurait aussi perdu sa vie tout entière plutôt que de faire un pas vers elle; il avait pour seule vertu, en pareil cas, l'entêtement. C'est beaucoup d'avoir au moins la tête forte, lorsqu'on a le cœur faible.

L'heure écoulée, au milieu d'angoisses et de battements de cœur qu'il est impossible de rendre, Roger prit son chapeau et descendit au salon.

Sylvandire était seule et brodait au tambour.

— Ainsi, c'est une chose décidée, dit-elle, d'un ton aussi dégagé que s'il se fût simplement agi d'une promenade au bois de Satory, — vous nous quittez?

— Oui, madame, répondit Roger stupéfait d'un pareil sang-froid, et j'ai l'honneur de vous saluer.

— Quand nous reverrons-nous?

— J'aurai l'honneur de vous en instruire.

— Adieu, chevalier.

— Adieu, madame.

Et refusant la main que Sylvandire lui tendait, Roger descendit précipitamment l'escalier du perron, monta dans sa chaise et cria tout haut:

— Touche à l'hôtel Cretté.

A ce mot, il eut la satisfaction d'entendre Sylvandire fermer, avec rage, la fenêtre du salon qui était restée entr'ouverte, et derrière laquelle elle regardait ce qui se passait.

Cretté plaignit sincèrement son ami.

Roger voulait aller trouver monsieur de Royancourt, le provoquer, se battre avec lui, mais Cretté le retint.

— Mon cher, lui dit-il, ta position est fausse; il ne faut en vouloir qu'à toi-même, tu l'as faite ainsi; il fallait prendre patience, épier la femme et le marquis, surprendre quelques preuves, et alors, appuyé de ces preuves, faire appeler monsieur de Royancourt. Mais tu n'as rien vu, tu ne sais rien, hier encore tu as reçu cet homme chez toi. S'est-il passé du nouveau depuis hier, as-tu depuis hier quelque chose à lui reprocher? non; il n'est pas même entré chez toi. Monsieur de Royancourt te répondrait qu'il ne sait ce que tu veux dire, que tu es un visionnaire, et tout le monde te donnerait tort, moi tout le premier.

— Que me conseilles-tu donc, alors?

— Mais dam! de partir, puisque tu as annoncé que tu faisais un voyage. Va en Italie, en Allemagne, en Angleterre; prends une danseuse, prends quelque chose qui te distraie, enfin.

— Je déteste les femmes!

— Eh bien! oui, c'est connu cela; mais il n'y a rien qui console d'un amour comme un caprice. Tiens, il n'y a pas plus de huit jours que, sans la petite Poussette, je me serais brûlé la cervelle ou je me serais fait trappiste. Essaies-en.

— Non, je pars, je quitte Paris, j'y deviendrais fou si j'y restais.

— Pourquoi n'irais-tu pas faire un tour à Anguilhem?

— Et quelle excuse donnerais-je de l'absence de ma femme?

— Bah! mademoiselle Constance ne t'en demandera pas.

— Constance m'a oublié, et elle a bien fait. Constance est mariée, sans doute... Ah! Constance, Constance, quelle différence entre vous et Sylvandire!

— Ah! mon cher, tu as bien raison; rien ne ressemble moins à une femme qu'une autre femme. Eh bien! va en Angleterre, tu apprendras de belles choses sur la manière de réduire le sexe à l'obéissance: nos voisins d'outre-Manche sont extrêmement instruits sur cette matière.

— Ma foi, j'ai bien envie de suivre ton conseil. Ah! Cretté, Cretté! j'ai mille plaies au cœur...

Cretté embrassa son ami et n'essaya pas même de le consoler; il savait parfaitement que contre de pareilles blessures, il n'y a de baume que le temps.

Roger partit pour l'Angleterre. Il y séjourna trois mois, et vit deux Anglais malheureux en ménage, qui conduisaient leur femme au marché une corde au cou.

L'un vendit la sienne dix guinées et l'autre sept.

— Pardieu! dit Roger, je céderais bien la mienne pour rien, moi, je donnerais même encore du retour.

Malheureusement, Roger n'était pas Anglais.

Au bout de trois mois il lui prit envie de rentrer en France; comme il était parfaitement libre et que rien ne s'opposait à ce qu'il la satisfît, il partit aussitôt pour Douvres et s'y embarqua.

Douze heures après il aborda à Calais, fort incommodé par la mer qui avait été des plus mauvaises. En mettant le pied sur le port, il trouva le valet de Cretté qui attendait l'heure de s'embarquer lui-même; Roger le reconnut.

— Bon! te voilà Basque, lui dit-il; que diable fais-tu là?

— Ah! mon Dieu, monsieur le chevalier, répondit Basque, c'est le ciel qui veut que je vous rencontre: j'allais vous chercher.

— Et pour quoi faire?

— Pour vous remettre une lettre de mon maître. Mais parlons bas, s'il vous plaît, monsieur le chevalier, car il me semble que l'on nous écoute.

— Et qui nous écouterait, je te prie?

— Tout le monde, monsieur, tout le monde. Vous ne savez donc pas ce qui s'est passé là-bas?

— Ou, là-bas?

— A Paris.

— Il y a trois mois que je n'en ai reçu aucune nouvelle.

— Eh bien! mon maître a été interrogé avant-hier au matin et menacé de la Bastille.

— Allons donc! Cretté, menacé de la Bastille?

— Oui, monsieur le chevalier, c'est comme je vous le dis.

— Et pourquoi de la Bastille?

— Parce qu'il a appelé monsieur de Royancourt en duel, lequel n'a pas voulu se battre.

— Et tu dis que tu as une lettre pour moi?

— Oui, monsieur.

— Qui me donne tous ces détails?

— Probablement.

— Alors, remets-moi cette lettre.

— Ah dam! monsieur, ce n'est pas facile ici, attendu qu'elle est cousue dans la doublure de ma veste; mais si monsieur le chevalier veut revenir avec moi à l'hôtel du Dauphin...

— Mais pourquoi toutes ces précautions?

— Monsieur va sans doute en être informé tout à l'heure en lisant la lettre de mon maître. Quand monsieur le marquis a vu entrer les exempts dans l'hôtel, il s'est méfié de quelque chose, il a écrit sur-le-champ cette lettre pour monsieur le chevalier, il m'a ordonné de la bien cacher, puis il m'a dit: Va, petit Basque, et cours jusqu'à ce que tu rencontres le chevalier d'Anguilhem. Je suis parti aussitôt et me voilà.

— Alors viens à l'hôtel sans plus tarder, mon ami, car j'ai grande hâte d'avoir cette lettre.

Tous deux s'éloignèrent aussitôt à grands pas, et arrivés au Dauphin, ils montèrent dans une chambre et s'enfermèrent.

— Je manque de respect à monsieur, en ôtant ma veste devant lui, dit Basque, mais je ne puis en agir autrement.

— Va toujours, et fais vite, mon enfant.

Basque ouvrit la doublure de sa veste et en tira un billet qu'il remit à Roger.

Roger l'ouvrit avec avidité, et lut ce qui suit:

« Mon cher chevalier,

» Voilà la quatrième lettre que je t'écris: on a sans doute intercepté les trois autres. Ta femme est disparue, et malgré les recherches que j'ai faites, je n'ai pu découvrir où elle est. Hier matin j'ai rencontré monsieur de Royancourt sur le Cours-la-Reine, et comme je ne faisais aucun doute qu'il ne fût pour quelque chose dans la disparition de Sylvandire, je lui ai dit tout haut qu'il était un misérable. Là-dessus, croyant qu'il allait me répondre en gentilhomme, j'ai mis l'épée à la main; mais je me trompais. A mon grand étonnement, monsieur de Royancourt a fait semblant de ne pas m'avoir entendu. Au même instant j'ai aperçu des exempts qui s'avançaient de mon côté, et d'Herbigny m'a fait esquiver. Hier soir je lu al envoyé Clos-Renaud et Chastellux pour prendre son heure ; mais il n'ont pas été reçus ; ce matin en outre probablement pour m'arrêter. Je l'expédie flasque ; s'il te rencontre par bonheur, ne perds pas un instant, et reviens bien vite à Paris pour éclaircir tout cela. »

— Oh! oui, s'écria Roger, oui, je pars pour Paris.

Et il fit aussitôt venir un cheval de poste, avec la résolution bien arrêtée, puisque l'imprudence de sa femme lui en offrait les moyens, de tuer tout ce qu'il rencontrerait, monsieur de Royaucourt et ses amis, fussent-ils cent, fussent-ils mille, et, comme on le pense bien, la rapidité de la route ne fit qu'allumer son sang. Mais arrivé au Cours-la-Reine, comme le chevalier allait entrer dans Paris, un exempt arrêta sa chaise en le saluant jusqu'à terre. Roger eut d'abord envie de le percer de part en part avec son épée, et de commencer par lui la boucherie qu'il méditait ; mais l'exempt fit trois pas en arrière et tirant un papier de sa poche :

— De par le roi, dit-il, chevalier d'Anguilhem, je vous somme de rendre votre épée.

Or, comme c'était une chose fort grave que de tuer un exempt, le chevalier y regarda à deux fois, et à la seconde, remit son arme au fourreau.

Une heure après, le chevalier était écroué au For-l'Évêque.

XX.

Comment le chevalier d'Anguilhem, voyant qu'on ne lui donnait pas la permission de sortir, résolut de sortir sans permission.

Un homme à qui la foudre tombe sur la tête n'éclate pas en sanglots et en gémissemens, il demeure, au contraire, privé de sens, hébété, immobile, anéanti ; mais sous cette apathie apparente, la nature agit, les rapports des sens et des organes un instant interrompus se rétablissent peu à peu, et le sentiment lui revient lorsqu'il a repris assez de forces pour sentir sa position et la supporter.

Roger entra donc au For-l'Évêque comme un homme foudroyé, il n'avait pas averti Basque de sa résolution ; il lui avait, au contraire, recommandé de se coucher, ce que Basque avait fait avec reconnaissance, et tandis que le pauvre diable dormait les poings fermés, Roger avait sauté sur un cheval de poste et était parti à franc étrier pour Paris.

Il n'avait pas voulu se faire suivre de Basque, d'abord parce que le pauvre garçon était éreinté, ensuite de peur de compromettre Cretté. En outre il avait immédiatement brûlé la lettre qu'il avait reçue du marquis, afin que nul ne pût dire que le marquis était pour quelque chose dans sa résolution. Ce que lui avait dit Basque lui trottait par la tête, et ne doutait pas que toutes les mouches de maître Voyer-d'Argenson ne fussent à ses trousses.

A dix lieues de Paris, il prit un carrosse ; il avait fait cinquante lieues en quinze heures, et il était moulu. Dans le carrosse, il commença à reprendre ses esprits, mais il ne devinait encore rien. L'exempt se chargea de lui donner le premier mot de l'énigme en l'arrêtant.

Alors, comme nous l'avons dit, Roger avait été anéanti.

— Ah ! l'on m'arrête, répétait-il tout le long du chemin ; ah ! l'on m'arrête.

Et à chacune de ces exclamations, l'exempt saluait avec beaucoup de courtoisie, mais ne répondait pas.

Le carrosse entra dans la cour du château. Roger en descendit. Un homme en habit de velours nacarat, avec des boutons d'or, vint au devant de lui, et indiqua tout haut à un officier le logement de monsieur d'Anguilhem ; puis il lut à demi-voix le procès-verbal d'arrestation qu'un des exempts avait griffonné dans le chemin en carrosse, sans même que le prisonnier s'en aperçût.

Puis il dit : — Très bien. — Et il fit signe que l'on conduisît le chevalier d'Anguilhem à la chambre qui lui était destinée.

Roger suivit son guide sans dire un mot, sans faire une

On aurait en ce moment montré à Roger un échafaud couvert de drap noir, un billot et une hache ; on lui eût fait signe de s'agenouiller devant le billot et de courber la tête pour recevoir le coup mortel, qu'il eût obéi sans la moindre hésitation. Les aventures qui se succédaient pour lui paraissaient toutes avoir des corrélations intimes dont il saisissait les résultats sans en connaître les raisons ; mais il allait toujours, il allait machinalement, baissant le front et acceptant son absurde destinée, comme en songe on accomplit sans hésitation et sans étonnement les plus monstrueuses folies.

C'est pourquoi il passa presque sans sentir, presque sans y voir, d'un escalier sombre dans une galerie assez belle, puis après la galerie il prit un escalier tournant, monta un nombre infini d'étages, passa de là dans un autre corridor, de ce corridor dans une espèce de grenier, puis de ce grenier dans une chambre petite, sombre, mais assez propre. La porte se referma derrière lui, les verrous craquèrent, et à ce bruit Roger se réveilla.

Il se trouva assis sur une espèce d'escabeau ; il secoua la tête, regarda autour de lui, se leva et fit le tour de sa chambre, ce qui ne lui fut pas long.

Puis, par un instinct plus fort que tous les autres besoins, il s'arrêta devant une fenêtre étroite et doublement grillée qui laissait à travers ses barreaux en croix pénétrer un peu d'air et de jour... le jour ! l'air ! la vie !... Ce pauvre Roger, ce robuste gentilhomme campagnard, habitué à prendre tant de souffle vital dans ses larges poumons, alors qu'il chassait dans les plaines et dans les bois d'Anguilhem, il en était donc réduit à aspirer à travers une crevasse un souffle d'air et un rayon de jour !

Nous disons à aspirer, car la fenêtre était tellement étroite qu'on n'y pouvait passer la tête ; elle était taillée à quatre angles vifs dans des pierres de taille immenses, deux grilles à un pied de distance l'une de l'autre se croisaient, comme nous l'avons dit, dans l'épaisseur du mur, puis à l'extrémité de la fenêtre le prisonnier apercevait un lambeau de ciel sur lequel rien ne se dessinait, ni arbres, ni girouettes.

Par les beaux jours, Roger y cherchait un nuage, par les jours pluvieux Roger y cherchait un morceau d'azur.

La situation était triste, d'autant plus triste, que Roger avait souvent rêvé à tous les malheurs qui pouvaient lui arriver, afin de s'y préparer d'avance, et que jamais il n'avait songé à celui d'un emprisonnement, de sorte qu'il n'était nullement préparé à celui-là.

Il s'assit donc sur son escabeau pour réfléchir, il regarda la table vermoulue sur laquelle était jeté un méchant tapis, puis il se leva pour aller tâter son lit qui était fort dur, puis enfin revint s'asseoir sur son escabeau où il s'abandonna aux plus bizarres réflexions.

Il était en prison, c'était incontestable ; mais qui l'avait fait mettre en prison, et pour quelle cause était-il en prison ? voilà où était le problème à résoudre.

On ne sait pas jusqu'où va la pensée d'un homme qui n'a rien à faire qu'à penser ; celle de Roger parcourut tous les mondes et toutes les probabilités ; d'abord et avant tout, il crut être victime d'une erreur.

— Peut-être, se dit-il, mon père a-t-il conspiré dans sa province et me croit-on son agent.

Quoique monsieur le baron d'Anguilhem fût infiniment moins mécontent du gouvernement du roi Louis XIV, depuis qu'il avait hérité de monsieur de Bouzenois , son fils qui l'avait souvent entendu se répandre en plaintes contre madame de Maintenon et contre le père Letellier, pouvait faire cette supposition qui n'était point par trop absurde. Aussi pour le moment cette supposition satisfit-elle peu près Roger.

— Je prouverai, dit-il, que je suis depuis trois mois en Angleterre, que j'en arrive directement, que depuis dix-huit mois je n'ai même pas été à Anguilhem, et que depuis un an je n'ai pas vu mon père. En face de pareilles raisons, mon innocence éclatera, et l'on me mettra triomphalement à la porte.

Et Roger fut une demi-heure assez tranquille.

— Ah ! oui, dit-il au bout d'une demi-heure, mais si l'on croit que j'ai été en Angleterre pour m'entendre avec le prince d'Orange, qui a voué une haine éternelle à Louis XIV ! Si l'on croit que mon voyage avait pour but de fomenter des rébellions ! Alors je suis perdu !...

Et Roger demeura une autre demi-heure tout désespéré.

— Mais encore ne se pourrait-il pas, se dit-il au bout de cette autre demi-heure, que mon affaire se rattachât à celle de Crette ?

En effet, il ne pouvait croire que ce fût à cause de son affaire avec monsieur de Royancourt que Crette eût été arrêté, ou plutôt il ne pouvait croire que ce fût seulement à cause de cette affaire.

— Crette, se disait-il, a la réputation d'être un ennemi de la vieille, et il l'est en effet, et il aura encouru sa disgrâce. Ce Royancourt doit l'exécrer. Le roi est sévère à l'égard des duellistes ; peut-être avait-on fermé les yeux sur notre première affaire avec les Koulluski, et n'a-t-on cette fois épargné nos têtes que faute de preuves. Aujourd'hui, sur une simple provocation de Crette, on établit une récidive. Oui, mais moi je suis fort innocent de tout cela, puisque j'étais à Londres, tandis que le marquis provoquait monsieur de Royancourt à Paris.

Puis, il pensait à sa femme.

— Elle a disparu, disait-il, croirait-on par hasard que je l'ai assassinée ?

Alors et à ce souvenir, il ne pensait plus à rien qu'à la conduite étrange de sa femme vis-à-vis de lui ; alors et à ce souvenir, il tombait dans des accès de rage ; car Roger, on a dû s'en apercevoir, était jaloux comme un tigre, et l'on avouera que Sylvandire lui avait bien donné quelques motifs de jalousie.

L'heure de la promenade arriva ; on vint chercher Roger pour la promenade.

On permettait à chaque prisonnier une promenade de deux heures par jour.

Cette promenade avait lieu sur la plate-forme.

Roger trouva sur la plate-forme huit prisonniers, huit compagnons d'infortune ; tous les huit d'accoutremens et de visages bien différents.

On pouvait presque lire sur leurs figures et sur leurs habits la date de leur incarcération.

— Que dit-on de neuf à Paris, monsieur ? s'écrièrent toutes ensemble les huit voix.

— Ma foi, messieurs, dit le chevalier d'Anguilhem, on ne dit que je viens d'être arrêté ; mais comme il y a cinq ou six heures que cet événement est arrivé, peut-être n'en parle-t-on déjà plus, et commence-t-on à s'occuper d'autre chose.

— Ah ! l'on vous a arrêté ?

— Parbleu ! vous le voyez bien ; vous n'êtes pas ici pour votre plaisir, n'est-ce pas ?

— Nou certes.

— Eh bien ! ni moi non plus.

— Mais pourquoi vous a-t-on arrêté, vous ?

— Voilà ! je cherche la cause de mon arrestation depuis ce matin, et si vous voulez me le dire, vous me tirerez véritablement d'une grande peine.

— Comment, vous ne savez pas pourquoi vous avez été arrêté ?

— Non, et vous ?

— Ni moi non plus.

— Et vous ?

— Ni moi non plus.

— Et vous ?

— Ni moi non plus.

Il se trouva que la même question, adressée huit fois aux prisonniers, amena huit fois la même réponse.

Sur ces huit captifs, pas un ne connaissait la cause de sa captivité, et l'un d'eux cependant était au For-l'Evêque depuis six ans.

C'était le plus calme et le plus résigné.

Roger frissonna. Il n'avait pas encore passé autant d'heures en prison que son compagnon y avait passé d'années.

Et cependant il y avait trouvé le temps de s'y ennuyer déjà très fort.

— Allons, pensa sourdement Roger, je suis un homme mort.

Mais comme on espère toujours que le sort des autres, quand il est mauvais, ne sera pas le sien, Roger demanda à ses compagnons de captivité s'il n'était pas possible de parler à quelqu'une des autorités du château.

— Vous pouvez, quand il vous plaît, faire venir le gouverneur, lui répondit-on.

— Comment ! je puis faire venir le gouverneur ?

— Sans doute.

— En le demandant simplement.

— Tout simplement ?

— Alors je le demande ce soir même ; messieurs, je vous fais mes adieux.

— Comment ! vos adieux ?

— Certainement, car je n'aurai probablement pas l'honneur de vous voir demain.

— Pourquoi cela ?

— Parce que si je vois le gouverneur ce soir, je serai sans aucun doute élargi demain.

— Pauvre garçon ! murmurèrent les prisonniers en secouant la tête.

Exclamation et geste qui n'empêchèrent pas Roger de rentrer dans sa chambre tout joyeux.

On lui servit à dîner, et il mangea fort résolument le pain et les légumes du roi.

Puis, vers la fin du repas, il pria le geôlier de dire au gouverneur du For-l'Evêque que son nouveau prisonnier avait grande envie de lui parler.

— Il est trop tard ce soir, répondit le geôlier ; mais sans faute monsieur le gouverneur montera demain.

— Vous en êtes sûr, mon ami ?

— J'en suis sûr.

— A demain donc, dit Roger, prenant patience en songeant qu'une nuit est bientôt passée.

Et il alla s'asseoir sur son escabeau pour suivre à travers les barreaux de sa fenêtre les derniers rayons du jour.

Il était là, regardant le ciel et perdu dans ses réflexions, lorsqu'il lui sembla entendre près de lui un petit bruit.

Il abaissa les yeux vers le plancher de sa chambre, et vit une souris qui grignottait les miettes de pain qui étaient tombées à terre.

Roger exécrait les souris ; il prit son chapeau et le jeta de toute volée à la pauvre petite bête, qui se sauva bien effrayée et repassa par-dessous la porte, regagnant la grande chambre voisine, dans laquelle elle avait, selon toute probabilité, fait élection de domicile.

Roger fut un instant fort agité à l'idée des hôtes qui pouvaient lui venir faire visite pendant la nuit. Aussi, tant qu'il resta un rayon de jour dans sa chambre, demeura-t-il les yeux fixés sur cette petite ouverture. Puis, lorsqu'il fit nuit close, il prit le bouchon de sa bouteille qui était resté sur la table et grâce à cet empêchement matériel opposé à une seconde visite ; il demeura assez tranquille.

Cependant il se réveilla trois ou quatre fois en sursaut croyant toujours sentir de petites pattes qui lui couraient sur la figure et sur les mains ; mais à chaque fois il put se convaincre, qu'excepté lui, il n'y avait aucun être vivant dans sa chambre.

Il n'en était pas ainsi de la chambre voisine, qui semblait être le rendez-vous de toutes les souris, de tous les rats et de tous les chats du château.

Nonobstant cela, Roger passa une assez bonne nuit ; il espérait.

Le lendemain à midi, heure qui lui parut bien longue à venir, un bruit inaccoutumé retentit dans son corridor. Des soldats présentèrent les armes, des pas s'approchèrent de la porte de Roger, une clef tourna dans la serrure, la porte s'ouvrit, le gouverneur entra.

C'était un homme grand et sec, dont les lèvres remuaient à peine lorsqu'il parlait et dont les yeux ne disaient absolu-

ment rien. Il tenait son chapeau à la main pour n'avoir sans
doute pas à l'ôter en entrant.

— Monsieur le gouverneur, dit Roger en s'élançant à sa
rencontre, je suis le chevalier Roger d'Anguilhem.

— Je le sais, monsieur, répondit le gouverneur en remuant
imperceptiblement les lèvres.

— Vous le savez? demanda Roger avec étonnement.

Le gouverneur s'inclina.

— Eh bien! puisque vous savez qui je suis, monsieur le gouverneur, je désirerais...

— Avez-vous à vous plaindre du régime de la maison, monsieur le chevalier?

— Non, pas encore, monsieur, je n'ai d'ailleurs pas eu le
temps de savoir bien précisément ce qu'il est; mais j'aurais
désiré connaître...

— Ne manquez-vous de rien, monsieur le chevalier?

— De rien, jusqu'à présent; mais ne puis-je savoir?...

— Quelqu'un des domestiques du château aurait-il manqué
de formes envers vous, monsieur le chevalier?

— Non, monsieur, j'ai même remarqué la politesse de celui
qui est chargé de me servir.

— En ce cas, monsieur le chevalier, puisque vous n'avez à
vous plaindre de rien, permettez que je me retire.

— Pardon, monsieur, pardon; j'ai à me plaindre d'être en
prison.

— Ah! ceci ne me regarde pas, répondit le gouverneur.

— Mais enfin, pourquoi suis-je ici?

— Vous devez le savoir mieux que moi, monsieur le chevalier.

— Mieux que vous! et pourquoi cela?

— Parce que cela vous regarde, tandis que, comme j'ai eu
l'honneur de vous le dire, cela ne me regarde pas, et que je
ne me mêle que de ce qui me regarde.

— Mais enfin, vous devez savoir...

— Je ne sais rien, monsieur.

— Mais enfin, vous devez deviner....

— Je ne devine rien, monsieur; le roi m'envoie un prisonnier, je l'écroue, je le loge, je veille à ce qu'il ne manque
de rien tant qu'il est mon pensionnaire. C'est là mon devoir,
et je le remplis scrupuleusement.

— Mais le roi peut se tromper.

— Le roi ne se trompe jamais.

— Mais le roi peut avoir tort.

— Le roi n'a jamais tort.

— Et cependant je vous jure que je n'ai rien fait.

— Monsieur, permettez-moi de ne pas en entendre davantage.

— Monsieur, je vous proteste que je suis innocent.

— Monsieur, souffrez que je me retire.

— Mais au moins resterai-je longtemps ici, oui ou non
monsieur? je vous en supplie.

— Tant qu'il plaira au roi, monsieur.

— Ah! tenez, s'écria Roger, vous me rendez fou.

— Je suis bien votre serviteur, monsieur.

Et le gouverneur salua Roger et sortit, son chapeau à la
main, et toujours accompagné de ses gardes.

Cette fois, il sembla à Roger que la porte se refermait sur
lui avec un bruit sinistre. Il lui sembla que de ce moment
seulement il était prisonnier; il s'affaissa sur son escabeau,
puis ses yeux fixes et mornes s'attachèrent sur cette porte, et
peu à peu se remplirent de larmes.

Roger pensa à ses parens, à ses amis, à Dieu.

Alors toutes les histoires de captivité, plus terribles en
cette époque qu'en aucune autre, lui revinrent en tête: Bassompierre, prisonnier dix ans à la Bastille; Lauzun, captif
treize ans à Pignerol; Fouquet, vivant ou mort on ne savait
où. Il vit passer les uns après les autres devant lui tous ces
gentilshommes enlevés la nuit, disparus. Mathioli, le Masque-
de-Fer, et cet homme même qu'il avait vu la veille et qui était
là depuis dix ans. Il est vrai que tous ces hommes avaient fait
quelque chose; Bassompierre avait essayé de lutter contre
Richelieu; Lauzun avait compromis une petite-fille de Henri
IV; Fouquet avait osé rivaliser de luxe avec Louis XIV;

Mathioli avait trahi un secret d'état; le Masque-de-Fer était
une énigme politique; mais lui, Roger, avait beau chercher
dans sa mémoire, interroger son passé, scruter chaque jour
de sa vie, il n'avait pas un crime, pas une faute, pas une imprudence à se reprocher, tandis que le monde entier savait
les torts de ceux dont le souvenir se présentait à son esprit.

Mais le monde ne savait pas ce qu'avait fait cet homme qui
lui avait parlé la veille, dont il ne connaissait pas même le
nom et qui était là depuis dix ans.

Dix ans! Mais cet homme n'avait donc ni parens pour solliciter sa grâce, ni amis pour faire des démarches près des
ministres. Cet homme était donc tout-à-fait obscur. Mais
s'il était obscur, pourquoi depuis dix ans était-il au For-l'E-
vêque?

Cela tourmenta beaucoup Roger pendant une heure ou
deux, puis il en revint à se donner de si bonnes raisons à
lui-même, que peu à peu la sécurité que lui inspirait son innocence commença à reprendre le dessus et que toutes ces som-
bres idées s'évanouirent.

A l'heure de la promenade, Roger sortit comme la veille;
comme la veille, fut conduit sur l'esplanade, où, comme la
veille, il trouva ses huit compagnons.

Il s'approcha de celui qui était là depuis dix ans, et lui demanda son nom.

— Le comte d'Olibarus, répondit celui-ci.

Roger, chercha dans sa mémoire, ce nom lui était parfaitement inconnu.

— Et pour quelle cause êtes-vous ici? Voyons, comte,
de vous à moi, dites-moi cela.

— Je ne puis vous répéter que ce que je vous ai déjà dit
hier, monsieur; je n'en sais rien.

— Vous n'en savez rien?

— Non, monsieur.

— Mais, dit Roger en baissant la voix, depuis dix ans que
vous êtes prisonnier vous n'avez pas essayé de vous sauver?

Le comte d'Olibarus regarda fixement Roger et lui tourna
le dos sans lui répondre. Il le prenait pour un espion.

— Pardieu! se dit Roger à lui-même, il me semble que si
j'étais depuis dix ans ici, j'aurais déjà essayé dix fois de me
sauver.

Puis il ajouta à part lui:

— Tiens, tiens, tiens! sans qu'il y ait dix ans que je sois
ici, pourquoi n'essaierais-je pas de me sauver tout de même?

Cette réflexion faite, Roger se rapprocha de ses compagnons; mais tous s'éloignèrent de lui comme s'il avait la
peste.

Le comte d'Olibarus leur avait fait part de ses soupçons,
et la confidence portait ses fruits.

Roger ne put donc pas échanger une parole avec les autres
prisonniers, ce qui le rendit de fort mauvaise humeur et l'affermit dans la décision qu'il avait prise mentalement de quitter le plus tôt possible le For-l'Evêque.

Il résolut donc, à partir de ce moment, de donner huit jours
au roi pour réparer l'injustice qui avait été commise vis-à-vis
de lui, et si au bout de ces huit jours l'injustice n'était pas
réparée, de réunir alors toutes les facultés de son esprit sur
un seul point:

Son évasion!

XXI.

Comment le roi oublia de réparer l'injustice qui avait été commise
vis-à-vis du chevalier d'Anguilhem et de ce qui s'ensuivit.

Dans des circonstances pareilles, quoique moins importantes, nous avons déjà vu Roger à l'œuvre. La résolution
une fois prise, le lecteur sait donc quelle persistance il mettait à l'accomplir.

Huit jours se passèrent, pendant lesquels Roger aurait cru
manquer à la confiance qu'il devait à sa majesté, s'il eût pensé

le moins du monde à un projet qui ne devait être exécuté qu'en cas d'oubli. Mille idées se présentèrent à son esprit, toutes relatives à sa fuite, mais il les repoussa courageusement. Pendant huit jours il ne s'ennuya pas trop, quoique ses compagnons de la terrasse continuassent à s'éloigner de lui. L'espérance était toujours à ses côtés, et à chaque fois qu'on ouvrait sa porte, il croyait que le roi, atteint de repentir, allait réparer son erreur.

Le roi avait probablement autre chose à faire que de se repentir; il ne se repentit donc point, et les huit jours s'écoulèrent sans que l'erreur commise à l'endroit du chevalier d'Anguilhem fût réparée.

La dernière minute de la dernière heure du dernier jour expirée, Roger revint sérieusement à son projet.

Il commença par examiner sa prison.

Une porte de chêne épaisse de trois pouces;

Une fenêtre à double grillage;

Des murs de quatre pieds de profondeur;

Voilà ce qu'il reconnut.

Tout cela ne laissait pas de grandes espérances.

Roger ébranla la porte : deux serrures et deux verrous répondaient de sa solidité.

Roger secoua les barreaux des fenêtres : ils étaient profondément scellés dans la muraille.

Roger sonda les murs : partout ils rendirent un son mat indiquant qu'ils étaient parfaitement compacts.

Il aurait fallu une pince pour faire sauter la porte.

Il aurait fallu une lime pour scier les barreaux de la fenêtre.

Il aurait fallu une pioche pour creuser les murailles de la chambre.

Roger n'avait rien de tout cela.

Mais il avait l'intelligence de l'homme élevé à la campagne et habitué à se tirer de lui-même des mille petits embarras de la vie; mais il avait cette patience du prisonnier qui poursuit pendant des heures, pendant des jours, pendant des années cette seule et unique pensée du prisonnier : la délivrance!

Il avait examiné l'intérieur, il examina l'extérieur.

Comme d'habitude, on vint le chercher pour la promenade. En sortant de sa cellule, il traversa la grande chambre qui la précédait, et où continuaient de venir s'ébattre, toutes les nuits, les chats et les rats du voisinage.

C'était une espèce de magasin, avec une fenêtre non grillée, donnant, Roger ne savait où, car on ne lui permettait pas de s'approcher de la fenêtre, et de son côté il n'avait garde d'en demander la permission. Ce magasin était rempli de vieux matelas, de couvertures, de rideaux de serge et de bahuts; on eût dit la boutique d'un tapissier revendeur.

On comprend si les chats, les souris et les rats étaient à l'aise dans une pareille salle.

On fit suivre à Roger un long corridor; ce corridor se fermait par deux portes, l'une donnant sur la chambre qui précédait la sienne, l'autre sur un escalier tournant qui montait à la plate-forme.

Ces deux portes étaient soigneusement verrouillées, une sentinelle se promenait dans l'intervalle qu'elles laissaient entre elles.

Cette fois, Roger n'essaya même pas de lier conversation avec ses compagnons de captivité. Il avait sa pensée qui lui parlait, et à laquelle il répondait. Les deux heures se passèrent, de la part de Roger, à attendre le moment de rentrer dans sa prison.—Il était inutile de songer à fuir par la plate-forme, puisqu'il y avait deux portes à enfoncer et une sentinelle à surprendre.

Toutes ses espérances se tournaient donc vers la chambre formant magasin. Aussi en rentrant, Roger l'examina-t-il avec plus d'attention qu'il ne l'avait fait encore. Le bruit qu'on entendait par la fenêtre indiquait que cette fenêtre donnait sur la rue. Il y avait dans le magasin assez de toiles à matelas et de couvertures pour fabriquer une corde.

Le tout était donc d'arriver à ce magasin.

Roger rentra dans sa chambre, et la porte se ferma sur lui avec sa double serrure et son double verrou.

L'esprit du prisonnier était fixé sur un point : c'est que son évasion, si elle était possible, ne pouvait s'exécuter que par le magasin.

Roger n'était donc séparé de la liberté que par une porte. Mais quelle porte! Un mur de chêne de trois pouces d'épaisseur s'emboîtant dans un mur de pierre!

Pas une vis, pas un clou du côté de la cellule de Roger; tout le mécanisme à l'extérieur, par conséquent pas moyen de dévisser les serrures et les verrous, eût-on même un instrument quelconque pour le faire.

Mais cet instrument on ne l'avait même pas.

On apporta au prisonnier son souper; il glissa un long regard à travers l'ouverture de la porte et entendit le cri des marchands qui passaient dans la rue.

Roger soupa; puis, le souper fini, il se jeta sur son lit.

Alors il entendit un léger bruit; il tendit l'oreille et aperçut la petite souris qui, rassurée par le silence, se hasardait à venir manger de nouveau les miettes de sa table.

Cette fois, Roger fut tout étonné de ne pas sentir la même horreur pour la race souriquoise : ce petit animal qui venait visiter le prisonnier et lui demander à vivre de son superflu, lui inspirait déjà plus d'intérêt que de dégoût. D'ailleurs, Roger commençait à s'ennuyer, et la petite visiteuse lui promettait une distraction.

Aussi voulut-il, dans son orgueil, lui adresser quelques mots d'encouragement, convaincu que la souris n'attendait que ces quelques mots pour venir à lui, pleine de reconnaissance de l'honneur qu'il lui faisait; mais la souris, au contraire, qui ne s'était hasardée dans la chambre qu'avec la conviction que son ennemi n'y était pas, eut à peine entendu la voix de Roger, qu'elle disparut rapide comme un éclair.

Roger, après avoir murmuré contre l'injustice des hommes, murmura contre l'ingratitude des souris.

Puis la nuit vint; Roger se déshabilla et se coucha. Comme il était contre les règlements de la maison de donner de la lumière aux prisonniers, les prisonniers se couchaient avec le soleil.

Malheureusement pour Roger, il avait, depuis son départ d'Anguilhem, perdu l'habitude de se coucher de bonne heure. Pendant son séjour à Paris, au contraire, il avait contracté celle de veiller assez tard. C'était l'époque des petits soupers, et Roger ne se mettait guère au lit que vers les deux heures du matin. D'ailleurs, quand, à Anguilhem, il se couchait à huit heures du soir, c'était après quelque rude journée passée à chasser, à monter à cheval et à faire des armes. Alors la lassitude physique appelait bien vite le sommeil. Mais, dans sa prison, c'était bien autre chose. Cette turgescence vitale qui bouillonnait dans ses veines n'avait plus aucune issue pour s'échapper. Le sang montait à la tête du prisonnier; ses artères battaient comme s'il avait eu la fièvre. Il fermait les yeux et tombait dans cette espèce de somnolence qui n'est ni la veille ni le sommeil. Alors les visions les plus extraordinaires lui passaient devant les yeux. La nuit s'écoulait à se tourner et à se retourner; puis, vers les deux heures du matin, il finissait par s'endormir d'un sommeil de plomb, dans lequel, au bout d'un certain temps, germait quelque rêve incohérent. Il lui poussait des ailes comme à un oiseau, et il s'envolait par la fenêtre. Il devenait souris et passait par-dessous la porte; puis, au moment où il courait sur les gouttières, où traversait les plaines du ciel, les pattes ou les ailes lui manquaient tout-à-coup, et il se sentait rouler dans des profondeurs infinies, et se réveillait avant d'avoir touché le fond, le cœur bondissant, la poitrine haletante, le front ruisselant de sueur.

Alors, jusqu'au jour, il n'y avait plus moyen de se rendormir.

Aux premiers rayons du soleil, Roger sautait en bas de son lit. Aussitôt il commençait à tourner autour de sa cellule comme un ours autour de sa cage, examinant murailles et fenêtres, mais finissant toujours par s'arrêter devant la porte.

Cette porte maudite, à laquelle il ne manquait que l'inscription désespérante pour ressembler à celle de l'enfer.

C'était pourtant par cette porte qu'il fallait passer.

On apporta à Roger son repas du matin; Roger mangea

vite, sema le plus de pain qu'il put à terre, jeta des miettes jusqu'à la porte et alla s'asseoir sur son escabeau, dans l'angle le plus éloigné de cette porte.

Grâce à toutes ces précautions, il vit paraître au bout d'un instant le museau aigu de sa voisine.

Malgré l'impunité avec laquelle elle avait parcouru la chambre la veille et les paroles encourageantes que Roger lui avait adressées, la petite bête hésita longtemps à se hasarder plus avant. Elle retira son museau, le repassa, le retira encore, puis enfin, attirée par ces miettes éparses sur le parquet, et surtout par l'immobilité de Roger, elle s'élança dans la chambre, s'arrêtant comme effrayée elle-même de sa hardiesse ; mais bientôt, rassurée par l'impunité, elle se mit à grignotter les miettes avec une foule de petites mines, de petits bonds, de petits gestes qui amusèrent fort Roger. Roger n'aurait jamais cru qu'une souris pouvait devenir une bête si distrayante.

Malheureusement Roger, qui était resté immobile comme une statue, sentit la crampe gagner sa jambe gauche. Il fit alors un mouvement si articulé que la souris se sauva.

Roger réfléchit alors qu'il y aurait deux cas où il pourrait faire comme la souris venait de faire, le premier s'il était à la taille du trou, le second si le trou était à sa taille.

Il était évident qu'un des deux cas seulement rentrait dans les choses possibles.

Ce point bien démontré à Roger, comme c'était, ainsi que nous l'avons dit, un esprit parfaitement logique, il se posa la question suivante :

— Par quel moyen creuse-t-on le bois ?

Et il se répondit : — Par deux moyens.

Avec le fer.

Et avec le feu.

Se procurer un instrument de fer était chose impossible.

Se procurer du feu n'était que chose difficile.

Roger s'arrêta à cette conclusion :

— Il faut que je me procure du feu.

Malheureusement il n'y avait pas moyen de se plaindre du froid. On était en plein été, et Roger sentait bien qu'il n'aurait jamais la patience d'attendre jusqu'à l'hiver. D'ailleurs, d'ici là, il pouvait prendre au gouverneur l'idée de le faire changer de logement.

Roger se mit donc à réfléchir au moyen de se procurer du feu.

Le même soir son plan était arrêté.

À neuf heures, la sentinelle qui veillait dans le corridor crut entendre des gémissemens ; elle écouta successivement aux deux bouts de la galerie, et s'assura que les gémissemens venaient de la chambre de Roger.

À dix heures, comme la première ronde passait, la sentinelle fit part de ses observations à l'officier qui la commandait ; l'officier s'approcha de la porte et s'assura de la vérité du rapport de la sentinelle. Des plaintes, des gémissemens se faisaient entendre du côté de la chambre de Roger, et comme Roger était seul de ce côté, il n'y avait pas à s'y tromper. C'était lui qui gémissait et qui se plaignait.

On appela un geôlier.

Le geôlier vint, ouvrit la porte de Roger et trouva le prisonnier étendu sur son lit et se plaignant d'atroces douleurs d'estomac. On appela le médecin de la maison, lequel monta et ordonna au malade des infusions de tilleul, le thé n'étant pas encore inventé à cette époque.

Le lendemain, Roger demeura couché, se plaignant toujours de ses douleurs, qui ressemblaient, disait-il, à des brûlures. Vers les deux heures, il n'en mangea pas moins un potage qu'on lui apporta de la table même du gouverneur. Mais le potage avalé, les gémissemens recommencèrent ; le médecin monta de nouveau, et Roger déclara au médecin qu'il avait la certitude qu'on voulait l'empoisonner.

Le médecin employa aussitôt les contrepoisons ; mais, comme il s'en était bien douté, il ne retrouva aucune substance vénéneuse dans ce qu'avait mangé le prisonnier.

Roger n'en persista pas moins à se regarder comme victime d'un empoisonnement, et, à partir de ce moment, décina

ra qu'il mourrait plutôt de faim que de manger aucun aliment qui ne serait pas préparé par lui-même.

Tout le reste de la journée, Roger tint parole : il ne toucha point à son souper, que le lendemain le gardien retrouva intact en lui apportant son déjeuner.

À l'heure de la promenade, Roger demanda à sortir ; mais on lui dit que cette heure avait été changée. On craignait que si Roger se trouvait sur la plate-forme avec les autres prisonniers, il ne se plaignît à eux d'avoir été empoisonné, et que cette calomnie ne fût acceptée par ses compagnons comme une vérité.

On vint donc le chercher vers cinq heures seulement. Roger n'avait pas mangé depuis la veille à midi, il était fort pâle et paraissait fort souffrant : il ne put demeurer debout sur la plate-forme et l'on fut forcé de lui apporter un siège. Il resta tout le temps assis.

En rentrant dans le magasin qui précédait sa chambre, il se trouva mal, mais sans s'évanouir tout-à-fait ; alors, d'une voix affaible, il demanda de l'air et on le conduisit vers la fenêtre.

Roger allongea la tête hors de la lucarne, et vit que cette ouverture donnait sur le quai de la Vallée-de-Misère. Soixante pieds au moins le séparaient de terre, et comme toutes les autres croisées des étages inférieurs étaient garnies de barreaux de fer, il vit au-dessous de lui une forêt de grilles dont les pointes étaient tournées de son côté. Roger frissonna à cette vue, ce que son gardien mit tout naturellement sur le compte de son état de malaise ; mais il n'en décida pas moins qu'il s'en irait par là.

Rentré dans sa chambre, Roger persista à refuser toute espèce de nourriture, continuant d'affirmer qu'il avait la certitude qu'on voulait l'empoisonner, et déclarant qu'il aimait mieux mourir par la faim que par le poison.

Une pareille accusation était trop grave pour ne pas préoccuper le gouverneur. Aussi se présenta-t-il le lendemain à l'heure du déjeuner chez son commensal : il retrouva le souper tel qu'il avait été servi la veille. Il y avait près de cinquante heures que Roger n'avait mangé.

Aussi Roger était-il très faible et très changé. Le gouverneur lui fit les protestations les plus rassurantes, lui offrit de goûter avant lui tout ce qu'on lui apporterait ; mais Roger refusa constamment, disant que cette démonstration ne prouverait rien, attendu que le gouverneur, en avant, ou après avoir mangé, pouvait prendre des anti-vénéneux, et neutraliser ainsi l'effet du poison.

Le gouverneur était fort embarrassé. On ne lui avait pas dit quelle était la cause de l'emprisonnement du chevalier d'Anguilhem. Ce pouvait être aussi bien pour une cause futile que pour une cause grave, et pour l'un et l'autre cas, le roi pouvait vouloir, d'un moment à l'autre, qu'on lui représentât son prisonnier vivant, soit pour le remettre en liberté, soit pour le punir. Il demanda donc à Roger quel était son désir, lui promettant de faire tout ce qu'il pourrait pour le contenter, si toutefois ce désir était en son pouvoir.

Roger renouvela la demande qu'il avait faite déjà, c'est-à-dire de préparer lui-même sa nourriture, faute de quoi il déclara qu'il avait tant souffert, dans les deux empoisonnemens qu'il avait subis, qu'il était prêt à se laisser mourir de faim.

Comme à tout prendre, le gouverneur ne voyait pas grand mal à faire ce que demandait Roger, il lui accorda sa demande. En attendant, comme Roger était très faible, on lui monta deux œufs si fraîchement pondus, qu'ils étaient tièdes encore, et une bouteille de vin de Bordeaux.

Comme les œufs n'avaient aucune gerçure visible, comme la bouteille de vin de Bordeaux paraissait bouchée depuis longtemps, et que la cire en était complètement intacte, Roger ne fit aucune difficulté d'avaler les deux œufs et de boire un verre de vin de Bordeaux.

Il va sans dire que le prisonnier n'éprouva aucune indisposition après avoir pris ce léger repas.

Mais tout léger qu'il était, il rendit quelques forces à Roger. Roger, qui n'était pas habitué au jeûne, avait horriblement souffert de celui qu'il s'était imposé, et si le gouverneur n'était pas venu le tirer si obligeamment d'embarras, peut-être n'aurait-il pas eu le courage de jouer plus longtemps la comédie qu'il avait entreprise.

Enfin il était arrivé à son but. On lui monta un réchaud, un soufflet, du charbon, quelques plats, quelques casseroles de terre, puis des œufs, des légumes, du beurre.

De plus une grande fontaine pleine d'eau.

Roger était chasseur, ce qui veut dire que plus d'une fois dans ses courses sur le territoire d'Anguilhem ou sur les terroirs voisins, il avait eu l'occasion d'apprêter son dîner lui-même. Il ne fut donc pas le moins du monde embarrassé lorsqu'il s'agit de se servir des ustensiles qu'on lui avait apportés; et soit que le jeûne l'eût préparé à trouver ce repas bon, soit qu'effectivement il eût des notions acquises ou instinctives sur l'art culinaire; soit, comme le dit Brillat-Savarin de gastronomique mémoire; qu'il fût devenu cuisinier ou qu'il fût né rôtisseur, il fit parfaitement honneur au dîner qu'il s'était préparé lui-même.

La nuit qui suivit ce repas, aucun gémissement ne troubla la sentinelle à laquelle on avait cependant recommandé d'avoir l'oreille très active. Aussi, cette nuit, Roger qui se doutait qu'une suprême surveillance avait été recommandée, se contenta-t-il de dormir, et même, comme il n'avait probablement pas dormi depuis qu'il était en prison.

Le lendemain, le gouverneur vint s'informer lui-même de la santé de son prisonnier. Il le trouva levé et occupé à préparer son déjeuner. Ces excellentes dispositions dispensaient le digne officier d'un long interrogatoire; il se contenta donc de demander à Roger des nouvelles de sa santé et de recevoir ses remerciements; puis il prit congé de lui avec ce même regard vague, cette même immobilité de lèvres que le prisonnier avait remarquées chez son hôte, lors de la première visite qu'il avait reçue chez lui.

A cinq heures, on vint prendre Roger pour lui faire faire sa promenade accoutumée. La mesure adoptée par le gouverneur de ne pas le laisser communiquer avec les autres prisonniers, tenait toujours. Roger se promena donc seul et réfléchissant à son projet, qu'il avait décidé de mettre à exécution pendant la nuit du lendemain.

Le reste de la soirée et toute la journée du lendemain se passèrent sans encombre : rien ne vint déranger le projet arrêté. Les augures ne furent ni bons ni mauvais. Il n'y eut ni comète, ni éclipse de soleil. Roger n'éprouva donc pas même un moment d'indécision.

C'était un cœur ferme, au reste, comme nous l'avons dit, en temps ordinaire, que le cœur de Roger, mais inflexible, surtout dans l'exécution d'une résolution prise.

Pourtant il vit venir la nuit avec un ardent battement de cœur ; mais, hâtons-nous de le dire, cette émotion ne venait pas des dangers auxquels il allait s'exposer, mais de la crainte que quelque circonstance imprévue ne vînt contrarier son évasion : Il en soupa pas moins à son heure accoutumée et avec son appétit ordinaire, et lorsqu'on entra dans sa chambre, comme d'habitude, vers les huit heures du soir, on le trouva déjà dans son lit et tout accommodé pour y passer la nuit.

Il y avait deux heures à attendre : la première ronde passait à dix heures du soir et la seconde à trois heures du matin ; or, il arrivait quelquefois, rarement il est vrai, que cela était déjà arrivé deux fois depuis que Roger était au Ford-l'Évêque, que l'officier se faisait ouvrir les portes des cellules et visitait les murailles et les barreaux pour s'assurer que les prisonniers ne méditaient aucune tentative d'évasion. Roger ne pouvait donc rien entreprendre avant dix heures.

Et bien prit à Roger d'avoir attendu ; car à l'heure habituelle on commença à entendre les pas de la patrouille, puis les pas se rapprochèrent ; puis la porte du grenier-magasin s'ouvrit, puis celle de la chambre de Roger. Roger craignit un instant que tout ne fût découvert ; mais il réfléchit bientôt que c'était chose impossible, attendu que nul préparatif fait d'avance ne pouvait le dénoncer, et qu'aucun confident ne pouvait le trahir ; il n'y avait donc bonne contenance et paraît se réveiller du plus profond sommeil. Comme l'avait pensé Roger, ce n'était qu'une simple mesure de précaution, et l'officier, après

avoir sondé les murailles, secoué les barreaux et visité la porte, sortit en disant : — Très bien !

Le prisonnier se souleva sur son lit, écoutant le bruit des pas qui s'éloignaient ; puis, lorsque tout bruit, toute rumeur, tout écho se fut éteint dans les profondeurs de la prison, il descendit lentement de son lit, marchant pieds nus ; il alla écouter à la porte. Tout était calme et silencieux. Il respira.

En un instant, Roger fut habillé.

Comme on l'avait arrêté tel qu'il était, et que Basque devait lui amener ses malles que, partant à franc-étrier, il n'avait pu prendre avec lui, Roger avait obtenu qu'on lui fît faire des chemises et qu'on lui achetât des mouchoirs. Il commença donc par tirer du bahut où était renfermé son linge tout ce qui pouvait se tordre en corde, se tresser en nattes, former enfin une espèce d'échelle. Alors il posa tout cela sur son lit, et, pour ne pas perdre de temps, il porta dans la porte un amas de charbon qu'il alluma ; puis il revint à son échelle.

D'abord, les draps et les couvertures du lit y passèrent ; puis, au bout des draps et des couvertures déchirés par bandes, il tordit les chemises et natta les mouchoirs. Pendant ce temps, le charbon s'allumait ; et Roger, pour ne pas être asphyxié, était obligé d'aller de cinq minutes en cinq minutes, respirer l'air à sa fenêtre. La nuit était parfaitement sombre et telle qu'il la fallait à un projet aussi hasardeux que celui de Roger.

Cependant, le charbon converti en braise faisait son œuvre. Une horrible fumée en était la conséquence ; mais, par bonheur, le vent soufflait du côté de la fenêtre du quai, de sorte que toute la fumée refluait dans la chambre du prisonnier qu'elle eût certainement étouffé, s'il n'eût de temps en temps passé, comme nous l'avons dit, la tête à travers les barreaux de la fenêtre.

Roger entendit sonner onze heures et onze heures et demie.

Enfin, vers minuit, le trou pratiqué dans la porte et qui avait la forme de l'ouverture d'un four, lui parut assez grand pour qu'il pût y passer. Il éteignit le charbon avec de l'eau, déblaya l'entrée, l'élargit encore, en brisant les portions de bois calcinées, puis il se coucha sur le dos, et, la portion de corde déjà préparée à la main, il se glissa comme un serpent, et en un instant il se trouva dans le magasin.

Là il commença de respirer plus librement ; puis il alla écouter à la porte du corridor, et il entendit le pas lent et régulier de la sentinelle.

Tout allait bien.

Alors il s'achemina à tâtons vers l'endroit où il avait vu en passant un amas de couvertures, et il commença d'ajouter à la corde déjà préparée des bandes qu'il déchira sans bruit, et à l'aide desquelles il crut donner à sa périlleuse échelle une longueur suffisante pour la porter jusqu'à terre.

La corde préparée, il chercha un point où la fixer, mais la fenêtre ne lui offrit aucun crampon assez solide pour lui confier sa vie. Il se souvint alors que là avait quatre colonnes destinées à porter autrefois un ciel aujourd'hui absent. Il rentra dans la chambre par la même voie qu'il en était sorti, dévissa une de ces quatre colonnes, repassa dans le grenier, noua par le milieu la corde à la colonne, plaça la colonne en travers de la fenêtre, de manière à ce qu'elle fut assurée solidement ; puis après avoir recommandé son âme à Dieu, avoir murmuré le nom de son père et de sa mère, après avoir adressé un dernier souvenir à Constance, il sortit à reculons par la fenêtre, et se cramponnant des mains et des genoux, il commença sa lente et effroyable descente dans l'abîme que, la surveille, il n'avait regardé qu'en frissonnant.

Comme nous l'avons dit, l'espace qui séparait la fenêtre de la terre était de plus de soixante pieds. Il fallait, outre le courage qui avait fait entreprendre ce projet, une force et une adresse merveilleuses pour l'exécuter. Mais Roger était fort et adroit ; Il ne se pressa en rien ; pas un de ses mouvements ne fut plus rapide que l'autre ; à chaque nœud il s'arrêtait une seconde pour se reposer, se servant de ses pieds pour s'éloigner des barreaux aigus des fenêtres. Il compta ainsi trois étages devant lesquels il passa ; puis tout-à-coup il ne sentit plus rien autour de ses genoux, il chercha vainement ; il était arrivé à l'extrémité de la corde. Il étendit les pieds pour chercher un point d'appui quelconque, il ne trouva rien ; il essaya de plonger son regard autour lui : la nuit était si noire qu'il ne vit rien. On eût dit un abîme sans fond. Un instant il eut l'idée de remonter et d'ajouter de nouvelles bandes de toile à celles qu'il avait nouées les unes au bout des autres, mais il sentit que la force lui manquerait avant d'être seulement à moitié chemin. Alors une sueur froide lui monta sur le front. Il pouvait être aussi bien à vingt pieds qu'à deux pieds de la terre. Il comprit que tout était là ; cette question de bonheur ou de malheur ; que sa vie était entre les mains du hasard. Il se laissa couler jusqu'à la complète extrémité de la corde ; puis, en murmurant quelques mots de prière, il s'abandonna à sa fortune et se laissa aller.

Presque aussitôt un cri de douleur mal étouffé retentit jusqu'à la sentinelle ; la sentinelle donna l'alarme ; on accourut avec des flambeaux, et l'on aperçut Roger évanoui et suspendu à l'extrémité d'une grille de fer, dont la pointe lui traversait la cuisse.

XXII.

Comment le roi se souvint enfin du chevalier d'Anguilhem et de ce qui s'ensuivit.

Lorsque Roger revint à lui, il se trouva dans une chambre inconnue. Un médecin était près de lui, et il était dans un lit plus propre et meilleur que ne le sont ordinairement les lits de prison, si bien qu'il se crut un instant en liberté ; mais il n'en était pas malheureusement ainsi pour le chevalier. Le gouverneur l'avait fait momentanément transporter dans une chambre de son propre appartement.

La blessure était grave sans être dangereuse ; seulement Roger éprouvait une grande faiblesse causée par l'énorme quantité de sang qu'il avait perdue. Sa première pensée fut de s'assurer s'il ne pourrait pas profiter de l'accident même pour tenter une seconde évasion. Sous prétexte qu'il avait besoin de sang il pria le médecin d'ouvrir la fenêtre ; la fenêtre, comme toutes les autres fenêtres du For-l'Évêque, était grillée en dehors.

Lorsque le chirurgien sortit, recommandant à Roger de prendre du repos, Roger entendit qu'on refermait la porte derrière lui à deux serrures. Roger était dans une prison un peu plus commode, un peu plus élégante, mais c'était toujours une prison.

Le lendemain, le gouverneur lui-même vint lui faire visite, et s'informer près de lui des causes qui avaient pu lui faire entreprendre une évasion si dangereuse : il tenait, disait-il, à s'assurer que ce n'était ni le régime un peu frugal ni les règles un peu sévères de la maison qui l'avaient porté à cet acte de désespoir. Roger répondit que non ; qu'il reconnaissait qu'on était aussi bien au For-l'Évêque qu'on pouvait l'être en prison, et que c'était le désir seul de recouvrer une liberté qu'il n'avait pas mérité de perdre, qui l'avait porté à cette extrémité. Le gouverneur le pria de signer cette déclaration qui, disait-il, devait être sa sauvegarde près de l'autorité, ce que Roger fit à l'instant même.

En effet, Roger voyait un sujet d'espérance dans cette déclaration même. Le pauvre garçon, dans la naïveté de son âme, se croyait toujours victime d'une erreur qui, un jour ou l'autre, ne pouvait manquer d'être reconnue. Or, c'était à son avis un moyen de reconnaissance que de faire mettre le plus tôt possible, et de quelque façon que ce soit, son nom sous les yeux de l'autorité.

Aussi cette simple circonstance redonna-t-elle un certain courage à Roger. Il faut si peu de chose pour rendre l'espérance à ceux-là même qui croyaient le plus désespérer.

Il attendit donc avec plus de tranquillité qu'il n'eût fait sans cette circonstance, et sa blessure s'en trouva bien. Au

bout de huit jours, Roger se leva, et au bout de quinze, il commença à pouvoir marcher seul dans sa chambre. Pendant cet intervalle, le gouverneur était venu le voir trois fois, et à chaque fois, Roger avait demandé au gouverneur s'il était bien sûr que sa déclaration eût été mise sous les yeux du ministre de la police. Les deux premières fois, le gouverneur répondit qu'il l'espérait ; mais à la troisième, il put l'affirmer au prisonnier, attendu qu'en récompense de la surveillance active qu'il avait déployée en cette occasion, il venait d'être nommé chevalier de Saint-Louis.

Le prisonnier félicita bien sincèrement le gouverneur sur la grâce que le roi venait de lui accorder, et ne douta pas qu'à la suite de l'enquête qui devait être faite à l'endroit de son accident, il ne fût lui-même prochainement mis en liberté. Il y avait même des momens où il pensait que son élargissement ne pouvait manquer d'être signalé aussi par une grande faveur de sa majesté ; le roi, à son avis, était trop équitable pour laisser une pareille injustice sans réparation. Cependant il est juste de dire que Roger ne s'arrêtait à cette idée de suprême justice, que dans des momens d'optimisme que lui-même regardait comme un peu exagérés, du moment où ils étaient évanouis.

Cependant plus de quinze jours déjà s'étaient passés depuis la tentative d'évasion que nous venons de raconter, et le chevalier allait de mieux en mieux, lorsqu'un soir le gouverneur entra dans sa chambre.

— Monsieur le chevalier d'Anguilhem, dit-il de sa voix habituelle et sans que Roger pût rencontrer son regard vague, levez-vous et habillez-vous.

— Comment que je me lève et que je m'habille ? répondit Roger.

— Oui, monsieur, nous nous séparons.

— Ah ! dit Roger, je savais bien qu'un jour ou l'autre mon innocence serait reconnue.

Le gouverneur ne répondit rien.

— Monsieur le gouverneur, dit Roger en s'habillant à la hâte, croyez que si l'on m'interroge sur vous, je m'empresserai, comme je l'ai déjà fait, de rendre justice à vos bons procédés à mon égard.

Le gouverneur s'inclina sans répondre.

— Et que si, par moi ou mes amis, je puis vous être agréable en quelque chose, je saisirai l'occasion, non-seulement avec empressement, mais avec reconnaissance.

Le gouverneur balbutia quelques mots inintelligibles.

— Mais, dit Roger, je suis encore trop faible pour aller à pied, auriez-vous la bonté, monsieur le gouverneur ; de dire qu'on me fasse avancer une voiture.

— Il y en a une à la porte, monsieur.

— Alors, merci, très bien, monsieur le gouverneur, je ne dirai pas au plaisir de vous revoir chez vous, mais chez moi, ancien hôtel Bouzenois, place Louis-le-Grand.

Le gouverneur s'inclina de nouveau sans répondre ; mais comme le chevalier était prêt, il n'y fit pas grande attention, tendit la main au gouverneur, et, s'appuyant sur le bras d'un soldat, il sortit.

Le chevalier s'avança jusqu'à la porte au milieu d'une double haie de gardes ; à la porte il vit effectivement une voiture qui l'attendait, et il se retourna une dernière fois pour saluer le gouverneur, mais le gouverneur était resté en arrière.

Roger monta dans la voiture assez légèrement pour un blessé, et, pendant qu'on refermait la portière, cria d'une voix allègre : — Place Louis-le-Grand, hôtel Bouzenois.

Il lui sembla qu'un éclat de rire répondait à cette désignation d'adresse, mais il n'y fit pas attention allongea sa jambe blessée sur la banquette de devant et s'accouda dans l'angle de la voiture.

Au bout d'un instant il s'aperçut que deux mousquetaires galopaient aux deux côtés de sa voiture ; cet excès d'honneur que lui faisait sa majesté de le faire reconduire chez lui avec une escorte commença d'inquiéter Roger.

Puis il lui sembla qu'au lieu de descendre le quai, le carrosse traversait la Cité ; ce n'était pas le moins du monde le chemin de la place Louis-le-Grand.

Roger s'approcha alors de la portière, interrogea les gardes ;

49

mais sans doute le bruit des roues de la voiture et le piétine-
ment des chevaux sur le pavé empêchaient qu'ils n'entendissent, car il eut beau renouveler ses questions, ils ne répon-
dirent à aucune.

Enfin, après avoir roulé un quart d'heure à peu près, Roger
aperçut un grand bâtiment isolé; il mit la tête hors de la portière, fixa les yeux sur cette masse noire qui se découpait dans
l'ombre, et, à son grand effroi, il reconnut la Bastille.

Ce que Roger avait pris pour un élargissement, c'était une
une translation, et la grâce que le roi lui avait faite, c'était
de le tirer du For-l'Évêque pour le mettre à la Bastille.

On fit descendre Roger sous la voûte et on le fouilla comme
c'était l'habitude pour les prisonniers qu'on amenait à la
Bastille; puis on lui fit passer le pont et on lui ouvrit la
porte du corps-de-garde. C'était là qu'il devait attendre que
sa chambre fût prête.

Roger était tellement anéanti, qu'il ne fit pas un geste,
qu'il ne proféra point une parole. Au bout d'un quart d'heure
on vint le prendre. Un des mousquetaires qui avaient accompagné sa voiture lui présenta le bras, afin qu'il s'appuyât
dessus. Roger se laissa conduire comme un patient qu'on
mène à l'échafaud. Cependant, en passant dans un corridor
plus sombre, il sentit que son guide lui glissait un petit billet
dans la main. Il tressaillit.

— De la part du marquis de Creté, dit tout bas le mousquetaire.

Roger voulut parler, mais le mousquetaire céda aussitôt
la place à un camarade et s'éloigna.

Le prisonnier venait d'être fouillé, et n'avait par conséquent
plus rien à craindre sous ce rapport. Il mit la main dans sa
poche, y laissa tomber le billet; puis il appuya son bras sur
l'épaule de son nouveau guide. Bientôt on arriva à un escalier. Sans doute on avait eu égard à la blessure du prisonnier,
car on ne le fit monter qu'au second étage. Parvenu là, on
ouvrit une première porte, puis une seconde, puis une troisième, et Roger se trouva dans une chambre où, à la lueur
des flambeaux qui le suivaient, il entrevit quelque chose
comme un lit. Presque aussitôt la porte du cachot se referma;
il entendit les serrures et les verrous des deux autres portes
grincer à leur tour. Il se trouva prisonnier de nouveau.

Comme il était très fatigué, et que sa cuisse le faisait beaucoup souffrir, il s'orienta pour trouver le lit, et se dirigea du
côté où il supposait qu'il devait être. Il le trouva effectivement; mais au moment où il s'asseyait dessus:

— Monsieur, dit une voix, puis-je savoir ce que vous désirez?

— Pardon, monsieur, s'écria Roger en se relevant; mais
j'ignorais que le lit fût occupé.

— Il l'est, monsieur, comme vous le voyez, dit la voix; et
comme je suis le premier en date, vous permettez que je le
garde.

— Comment donc, c'est trop juste, monsieur, répondit Roger; mais comme en votre qualité de premier en date, vous
connaissez sans doute mieux que moi l'établissement, avez-la
bonté de me dire s'il y a un fauteuil, une chaise, un escabeau,
un siège quelconque enfin sur lequel je puisse m'asseoir. Je
suis blessé à la cuisse, et je sens que si je me tenais debout
plus longtemps, je m'évanouirais.

— Cherchez, monsieur, répondit la voix, il doit y avoir un
fauteuil quelconque.

Roger chercha, étendant la main comme un homme qui
joue au colin-maillard, et rencontra enfin le fauteuil annoncé.
Il s'étendit dedans et se mit à réfléchir.

D'abord au son de cette voix il lui semblait l'avoir entendue quelque part, mais il ne pouvait dire où cela. Il eut beau
chercher afin de l'appliquer à quelqu'un de sa connaissance,
ses idées s'embrouillaient de plus en plus. Alors il songea
que ce qu'il y avait de mieux pour le guider dans sa recherche,
c'était de demander tout bonnement à son compagnon de
captivité qui il était.

— Monsieur, dit Roger, quand on est destiné comme nous
le sommes à habiter quelque temps, j'en ai peur du moins,
la même chambre, ce qu'il y a de mieux à faire, c'est de lier

promptement connaissance, afin de savoir à qui l'on a l'honneur de parler.

— Mais qui êtes-vous vous-même? dit la voix.

— Je suis Roger-Tancrède d'Anguilhem... prisonnier par
erreur, dit Roger; et vous avez raison, c'est trop juste que
je me nomme le premier. Et vous, qui êtes-vous?

— Moi, monsieur je suis le numéro 158.

— Qu'est-ce que le numéro 158?

— C'est la dénomination qui a remplacé mon nom et mon
titre. Demain, vous ne vous appellerez plus le chevalier d'Anguilhem; vous vous appellerez le numéro 159, 160 ou 161.

Roger frémit à l'idée qu'après avoir perdu sa liberté il
allait perdre son nom, et qu'après avoir été un homme, il allait devenir un numéro.

— Êtes-vous donc ici depuis assez longtemps pour avoir
oublié votre autre nom?

— Non, mais on me punirait peut-être pour m'en être souvenu, dit la voix.

— Diable! vous êtes prudent! dit Roger.

— Quand vous aurez été comme moi dix ans trois mois
et cinq jours sous les verrous, répondit la voix, c'est, je vous
en réponds, une vertu que vous pratiquerez à votre tour.

— Dix ans! s'écria Roger, dix ans trois mois et cinq jours!
j'aimerais mieux me briser dix fois la tête contre les murailles.

— Monsieur, dit la voix, vous trouverez bon que je ne vous
réponde plus.

— Et pourquoi cela, s'il vous plaît?

— Parce que notre grand roi Louis XIV, que Dieu con-
serve, est bien le maître de nous appeler du nom et du numéro qu'il lui plaît, et de nous garder dans son château le
temps qu'il lui convient.

— Oh! pour le coup, je vous reconnais, s'écria Roger, et
vous vous êtes dénoncé par trop de prudence; vous êtes le
comte d'Olibarus!

— Je ne suis pas le comte d'Olibarus, s'écria la voix; je
suis le numéro 158.

En ce moment on entendit des pas dans le corridor.

— Ah! vous m'avez perdu! s'écria le pauvre comte, et c'est
la seconde fois; la première, vous m'avez parlé sur la terrasse du For-l'Évêque, et comme on vous a vu vouloir vous
échapper, on a cru que j'étais votre complice et l'on m'a transporté ici. Vous venez de me parler pour la seconde fois et
l'on va me conduire dans quelque cachot, d'où je ne sortirai
plus jamais.

On entendit ouvrir la première porte.

— Mais, monsieur le comte... dit Roger.

— Silence! monsieur, au nom du ciel, silence! — Taisez-
vous, pas un mot: je ne vous connais pas; je ne vous ai jamais parlé; je ne vous ai jamais vu.

Et le comte d'Olibarus se roula dans ses couvertures et
tourna le nez contre la muraille.

Le pauvre prisonnier s'était trompé dans ses funestes pré-
visions; on venait tout bonnement pour dresser un lit de
sangle à son compagnon de chambrée.

Cette attention fit grand plaisir à Roger qui aurait momentanément été satisfait de sa position, s'il avait pu lire le billet
de Creté qu'il tournait et qu'il retournait dans sa poche;
mais les gardiens ne s'éloignaient pas un instant pendant tout
le temps qu'on fit le lit, ce qui, du reste, ne fut pas long, et
quand ils s'éloignèrent, ils emportèrent la chandelle.

Roger croyait être débarrassé de leur présence lorsque l'un
d'eux revint sur ses pas, et rouvrant la porte:

— A propos, dit-il, le dernier venu s'appelle le numéro 159.

— Peste! dit Roger en lui-même, il paraît qu'entre le comte
d'Olibarus et moi, il est arrivé dix locataires à sa majesté!

Et il se coucha donc avec cette douce consolation que si
la Bastille se remplissait dans cette progression, on serait
bientôt obligé de mettre les plus anciens à la porte, ou de
faire des chambrées de huit ou dix prisonniers, ce qui, dans
le premier cas, remplirait entièrement ses désirs, ou, dans le
deuxième, lui procurerait au moins quelque distraction.

Sur quoi il se rendormit, tenant dans sa main le billet de

Cretté, qu'il se promettait bien de lire aux premiers rayons qui pénétreraient dans sa prison.

Mais l'homme n'est pas plus sûr de lui dans le malheur que dans le bonheur. Roger dormit comme s'il eût été parfaitement heureux, et ne se réveilla qu'au grand jour. Il eut d'abord beaucoup de peine à se rappeler où il était. La vue du comte d'Olibarus assis sur son lit et recousant lui-même la bampe de son bonnet de nuit le déroutais entièrement; mais, en regardant autour de lui, et en redescendant au fond de sa mémoire, Roger se rappela bientôt qu'il était à la Bastille.

Puis, tous les détails de sa translation se représentèrent à son esprit, et il se souvint qu'un mousquetaire lui avait remis dans la main un billet de Cretté, qu'il n'avait pas pu lire à la veille, et qu'il s'était endormi ce billet dans la main, en se promettant de le lire aux premiers rayons du jour.

Roger frissonna à l'idée d'avoir perdu ce billet, il se mit aussitôt à sa recherche et il le trouva heureusement sous son traversin.

Le billet de Cretté contenait ces quelques lignes :

« Je sais qu'on te transporte du For-l'Évêque à la Bastille, et par le moyen de Clos-Renaud, qui est lieutenant aux mousquetaires gris, je te fais passer ce billet. Ta femme n'est pas encore reparue, et dussé-je te désespérer, je te dirai que je ne la crois pas étrangère à ta détention. Le Royaucourt est plus que jamais en faveur, et à la manière dont on m'a répondu quand j'ai sollicité ton élargissement, je suis convaincu que le coup vient de là. De plus, on prétend avoir trouvé chez toi, écrite de ta main, je ne sais quelle chanson contre la Maintenon. Une de celles probablement que tu nous as chantées à Saint-Germain. Tu vois bien qu'il n'y a que ta femme qui puisse avoir commis cette petite trahison.

« Nous ne pouvons donc rien pour te faire sortir; mais tâche de t'échapper, accours chez moi. Deux ou trois déguisemens seront prêts, tu courras nuit et jour, et en vingt-quatre heures tu seras à l'étranger. »

Cette lettre fut un coup de foudre pour Roger. Il croyait bien sa femme coupable, il se doutait bien que Sylvandire l'avait trahi; mais qu'elle eût été jusqu'à le faire mettre au For-l'Évêque, voilà ce qui ne pouvait entrer dans son esprit. Il fallait cependant bien y croire, son arrestation avait dû faire du bruit; il n'y avait pas de probabilité que Sylvandire l'ignorât, et si elle ne l'ignorait pas, si elle n'était étrangère, comment se faisait-il qu'elle ne fût pas à Paris pour solliciter sa liberté? comment n'avait-elle pas déjà mis en campagne tous les amis de maître Bouteau et de monsieur de Royancourt? comment n'avait-elle pas sollicité et obtenu ce qu'on refusait bien rarement à une femme, c'est-à-dire une entrevue avec son mari; cette entrevue fût-elle devant témoins? Il fallait bien croire ce que disait Cretté. D'ailleurs Cretté ne s'était pas trompé quand il avait prédit l'avenir; à plus forte raison devait-il rencontrer juste quand il racontait le passé.

Roger réduisit en morceaux impalpables le billet de Cretté, et le jeta dans la cheminée; car à la Bastille, à partir du second étage, les chambres avaient des cheminées. Puis il se leva, en faisant à part lui les plus terribles projets de vengeance contre le marquis de Royancourt et contre Sylvandire.

Mais, pour se venger, il fallait être libre, et Cretté lui disait qu'il ne devait pour cela compter que sur lui-même, convaincu que toute démarche de sa part serait inutile. Roger en vint donc à chercher quelque nouveau moyen d'évasion. Il s'en était fallu de si peu qu'il ne se sauvât du For-l'Évêque, qu'il ne voyait pas, au bout du compte, pourquoi il ne se sauverait pas de la Bastille.

Seulement, il y avait un grand empêchement à toute tentative de fuite; c'était la présence du comte Olibarus.

Roger réfléchit plusieurs jours à son projet; mais il eut beau réfléchir, il ne trouva rien. Pendant toute ce temps, son compagnon se montra de plus en plus prudent, évitant toute conversation, et ne répondant à Roger que lorsqu'il l'appelait par son numéro.

Trois semaines s'écoulèrent, Roger passant ses journées à méditer un moyen d'évasion et à maudire la poltronnerie de son compagnon de chambrée, qui, aussitôt qu'il entamait ce sujet, le menaçait d'appeler la sentinelle. Plusieurs fois il lui

avait pris des envies féroces d'étrangler le comte et de dire qu'il était mort d'une attaque d'apoplexie; mais heureusement Roger s'arrêtait toujours à temps, se réservant ce moyen suprême pour une dernière extrémité.

Nous avons donc dit, malgré sa préoccupation d'esprit, Roger avait le sommeil profond; Roger avait vingt-un ans à peine, et l'on dort bien à cet âge. Cependant il lui arrivait parfois, au milieu de son sommeil, d'entendre des bruits qu'il prenait pour un épisode de ses rêves.

Quant au comte, il paraissait encore plus adonné au sommeil que Roger, car presque toujours, lorsque Roger se réveillait, le comte dormait encore.

Cependant une nuit que Roger s'était couché retournant dans sa tête une combinaison naissante, et qu'immobile dans son lit et la couverture sur les oreilles, il ruminait toutes les chances bonnes ou mauvaises de ce nouveau plan, il lui sembla que le bruit singulier qu'il avait cru plus d'une fois entendre pendant son sommeil se renouvelait; il prêta aussitôt l'oreille avec la plus profonde attention, et reconnut que ce bruit était celui d'une lime sourde, et venait du côté de la croisée au-dessous de laquelle le comte Olibarus avait son lit. Alors sans interrompre son souffle, auquel il s'appliqua au contraire à donner toute la régularité et le calme du sommeil, il entr'ouvrit un œil et dirigea son regard vers la croisée, laquelle, malgré l'obscurité de la nuit, laissait toujours pénétrer une espèce de lueur qui se répandait autour d'elle. D'abord Roger ne distingua rien; mais peu à peu sa vue s'habitua aux ténèbres, et alors il aperçut le comte Olibarus à genoux sur son lit et limant les barreaux de sa fenêtre.

Si jamais étonnement fut grand, ce fut, certes, celui de Roger. Aussi demeura-t-il quelque temps l'haleine suspendue. Aussitôt le comte qui n'entendait plus le bruit de sa respiration, s'arrêta. Roger comprit qu'il était épié, il fit un ou deux mouvemens dans son lit, bâilla, s'étendit, murmura quelques paroles sans suite comme un homme qui rêve, et parut se rendormir. Le comte resta quelque temps l'oreille au guet, puis, lorsque la respiration de Roger se fut rétablie régulière et calme, il se remit à la besogne.

Il n'y avait pas de doute; le comte d'Olibarus, cet homme si craintif, si timide, si prudent, préparait à son tour son évasion.

Roger se promit bien d'en prendre sa part.

Quatre heures du matin sonnèrent. Comme, selon toute probabilité, l'événement ne devait pas encore avoir lieu cette nuit-là, Roger se rendormit.

En se réveillant, Roger trouva le comte aussi calme que d'habitude; il voulut alors lier conversation avec lui; mais il n'y eut pas plus moyen que les autres jours; le comte se plaignit même hautement du malheur qui le poursuivait, de rencontrer sans cesse sur son chemin un homme aussi compromettant que Roger.

Il y avait dans toutes ses plaintes un tel accent de bonne foi, que Roger, tout en regardant alternativement les barreaux et le comte, commençait à croire qu'il avait fait un rêve.

La journée s'écoula sans que par un mot, par une parole, par un geste, Roger parvînt à rien surprendre du secret du comte; puis, la nuit vint; Roger attendait la nuit avec impatience.

Cette fois, Roger ne s'endormit point, mais fit semblant de s'endormir. Le comte ne se tint pas moins coi et couvert pendant plus de deux heures, modelant sa respiration sur celle de Roger. Enfin, convaincu que son compagnon dormait, il se souleva sur les genoux et se mit à recommencer son travail de la veille et très-probablement des nuits précédentes. Roger le laissa faire avec la plus grande tranquillité.

Sur les deux heures, le comte s'interrompit, et se levant pieds nus, s'avança vers la cheminée. Puis il approcha l'escabeau, et montant dessus, il parla à voix basse; mais cependant pas si bas que Roger n'entendît ces mots :

— Demain tout sera prêt.

Une voix répondit alors quelques paroles, mais ces paroles n'arrivèrent aux oreilles de Roger que comme un vain bruit, et il ne put rien entendre. Seulement le comte répondit :

— Eh bien ! à demain.

Puis il écouta. La même voix bourdonna dans la cheminée et il reprit :

— C'est dit, à deux heures.

Et il remit avec grand soin l'escabeau à sa place, regagna son lit, se recoucha et parut s'endormir.

Quant à Roger, comme il savait désormais à quoi s'en tenir, il s'endormit réellement.

La journée du lendemain se passa comme celle de la veille, sans que le comte trahit par aucun tressaillement, par aucune rougeur, par aucune impatience, le projet arrêté pour la nuit suivante; il fut même homme muet, craintif et tremblant, si bien que Roger qui, comme nous l'avons vu, avait une certaine puissance sur lui-même, restait en admiration devant le maître en dissimulation que le hasard lui avait donné et qui le surpassait de si loin.

Le soir vint, les deux prisonniers se mirent au lit. Roger seulement fit semblant de se déshabiller et se coucha tout vêtu. Sans doute de son côté le comte en fit autant. Bientôt tous deux ronflèrent d'autant mieux que ni l'un ni l'autre ne dormait.

Vers minuit, le comte se dressa sur son lit et se mit à scier le dernier barreau. Cela dura une heure à peu près. Puis il se leva, alla vers la cheminée, monta sur l'escabeau et dit : — Tout est prêt.

La voix répondit quelques paroles que Roger ne put toujours pas entendre, mais qui semblaient entrer parfaitement dans les désirs du comte; car il se contenta de répondre :

— Bien ! très bien !

Puis le comte descendit de son escabeau et alla se jeter sur son lit.

Une demi-heure s'écoula.

Alors le comte se leva, alla écouter à la porte de la chambre, et après s'être assuré que la plus grande tranquillité régnait dans l'intérieur de la prison, il demeura un instant immobile et comme rêvant ; puis, son compagnon de chambrée lui-même distinguant à peine le bruit, il s'approcha du lit de Roger.

Un instant Roger eut l'idée que le comte venait à lui pour l'assassiner et s'assurer ainsi de son silence ; il se tint donc sur ses gardes, sûr, quoiqu'il fût sans défense, de venir facilement à bout d'un vieillard qui ne pouvait avoir pour armes qu'un stylet, qu'un couteau ou qu'un poignard; il se tint donc prêt à lui saisir le bras au moment où il le lèverait sur lui.

Mais le comte ne leva pas le bras : il l'étendit seulement et lui toucha l'épaule.

Au même instant, Roger se trouva debout devant le comte qui recula d'un pas.

— Silence ! dit le comte.

— D'autant plus volontiers que je sais tout, mon cher comte, répondit Roger.

— Comment cela ?

— Il y a trois nuits que je ne dors pas, et que je ne vous perds pas, je ne dirai pas de vue, mais d'oreille.

— Alors vous devinez de quoi il est question ?

— Parfaitement, et je suis prêt.

— Habillez-vous.

— Je suis habillé.

— A merveille !

— Vous voyez que vous me faisiez injure en ne vous confiant pas à moi.

— Vous êtes si jeune.

— Oui, mais j'ai de la résolution et du courage.

— Je le sais, et c'est pour cela que j'avais résolu de vous prévenir au moment où vous n'auriez plus besoin que de ces deux vertus, le moment est arrivé, préparez-vous.

— Je suis prêt ! qu'y a-t-il à faire?

— Je suis parvenu à communiquer, comme vous l'avez vu, avec deux prisonniers de la chambre supérieure : l'un de ces deux prisonniers est mon ami, et nous allions fuir ensemble du For-l'Évêque, lorsque votre évasion à vous nous a fait envoyer à la Bastille; heureusement nous n'avons été séparés que par le plancher, et nous sommes parvenus à communi-

quer l'un avec l'autre, par une ouverture pratiquée dans la cheminée. Nous avions une lime à nous deux ; chacun de nous a scié les barreaux de sa fenêtre. Nos deux voisins vont nous descendre une première corde qu'ils ont faite avec leurs draps et leurs couvertures, nous y ajouterons nos couvertures et nos draps, puis ils les remonteront la corde, l'attacheront à un des barreaux non sciés, et comme les deux fenêtres sont directement l'une au-dessus de l'autre, nous descendrons, eux de leurs fenêtres, nous de la nôtre.

— A merveille.

— Alors cela vous convient ?

— Parfaitement.

— Maintenant, mon cher comte, que nous allons fuir ensemble, voyons, franchement, pourquoi êtes-vous à la Bastille, vous?

— Voulez-vous le savoir?

— Oui, véritablement cela me fera plaisir, dit Roger; je jugerai mon délit d'après le vôtre ; vous avez été dix ans prisonnier, je saurai à peu près combien de temps le roi comptait me garder pour pensionnaire.

— Eh bien! j'ai eu l'imprudence de dire...

— Vous avez eu l'imprudence de dire?... répéta Roger.

— Que le roi...... continua le comte en baissant la voix.

— Eh bien ! que le roi...

— Devenait aveugle, si bien...

— Si bien...

— Si bien, qu'il n'y voyait plus qu'avec les lunettes de madame de Maintenon.

— Comment ! s'écria Roger ; et voilà dix ans !.....

— Silence, donc !

— Voilà dix ans que vous êtes en prison pour cela?

— Dix ans trois mois et cinq jours.

— Ah mon Dieu ! mais, en ce cas, moi j'en ai pour toute ma vie.

— Qu'avez-vous fait?

— Moi? j'ait fait une ou deux chansons contre elle.

— Et on le sait?

— Il paraît que ma femme a livré les originaux.

— De votre écriture?

— De mon écriture.

— Alors, mon cher ami, comme vous le dites, c'est bien heureux pour vous d'avoir trouvé une occasion de fuite, car, comme vous venez de le dire, vous en aviez pour toute votre vie.

— Ou pour toute la leur, répondit Roger.

— Ce qui peut être encore fort long, reprit le comte ; les égoïstes vivent cent cinquante ans, comme les perroquets ; mais silence, voici notre corde qui descend.

Effectivement, le comte s'approcha de la cheminée, dans laquelle pendait l'extrémité d'un drap. Les deux prisonniers se mirent alors à attacher leurs draps et leurs couvertures bout à bout, avec celui qu'on leur descendait ; puis, lorsque cette opération fut finie, les prisonniers de l'étage supérieur tirèrent le tout à eux.

Le comte alors alla à la fenêtre, et, aidé de Roger, détacha les deux barreaux, qui ne tenaient plus que par une parcelle de fer, et qui, en se détachant, laissèrent une ouverture assez grande pour qu'un homme pût y passer.

Il fut convenu que le comte passerait le premier et Roger après lui.

Tous deux montèrent sur le lit, se tenant prêts.

On entendit le frôlement de la corde qui descendait.

Puis on vit un corps opaque ; c'était un des prisonniers de l'étage supérieur. Il toucha la terre sans accident et attendit.

Le second passa à son tour, et arriva aussi sans accident près du premier.

Puis ce fut le tour du comte, qui toucha le sol avec le même bonheur. Puis enfin, Roger sortit le dernier et arriva près de ses compagnons.

Il y avait, à vingt pas de là, une sentinelle qui se promenait de long en large, tantôt tournant le dos aux fugitifs, tantôt revenant à eux. Il n'y avait pas moyen de fuir sans passer à dix pas d'elle ; il fallait sauter du rempart dans le fossé, traverser le fossé à la nage, remonter le talus opposé, se laisser glisser de là sur quelques maisons basses du faubourg Saint-Antoine, et fuir par les mansardes ou les gouttières. Il y avait de quoi se rompre le cou vingt fois.

Il n'en fut pas moins convenu qu'au moment où la sentinelle tournerait le dos, les quatre fugitifs se lanceraient, se fiant chacun à sa fortune et tirant de son côté.

Il fut fait ainsi qu'il était dit, le soldat accomplit dans toute sa longueur sa promenade accoutumée, puis, il se retourna.

Au même instant, les quatre fugitifs coururent droit au fossé.

Roger entendit le qui vive! de la sentinelle, vit un long éclair suivi d'une détonation, sentit rouler entre ses jambes un de ses compagnons, et comprit en même temps, à une sensation pareille à un violent coup de fouet, qu'il était atteint au côté; mais il ne se lança pas moins dans le fossé, et commença de gagner l'autre bord à la nage. Pendant ce temps, il se faisait grand bruit à la Bastille. On voyait les fenêtres s'illuminer, es flambeaux courir, et les soldats criaient: « Aux armes ! ux armes ! »

Roger nageait toujours, l'eau empêchait qu'il ne sentît la douleur; il atteignit donc le bord, pensant n'être que légèrement blessé; mais à peine eut-il mis le pied sur le talus, qu'il sentit que les forces allaient lui manquer. Il rassembla alors tout son courage, et s'aidant de ses mains, il continua de gravir la pente gazonneuse; mais il lui sembla que le ciel devenait couleur de sang; un tintement pareil à celui d'une cloche bruissait à ses oreilles. Il voulut parler, appeler machinalement au secours, et sa voix expira dans son gosier. Alors il se releva battant l'air de ses mains, fit un dernier effort, dans lequel s'usèrent ses dernières forces, et retomba évanoui.

Les deux autres compagnons continuèrent leur route: il était convenu, comme nous l'avons dit, que chacun ne songerait qu'à soi.

XXIII.

Comment le chevalier d'Anguilhem passa du château de la Bastille au château de Châlons-sur-Saône et fit la route avec un exempt d'un caractère fort enjoué.

Le comte Olibarus était tué et Roger blessé dangereusement. On enterra le comte sous le n° 158, et l'on rapporta Roger à la Bastille.

Mais Roger était un Hercule; au bout de trois semaines, il se trouva sur pied, faible encore, mais parfaitement hors de danger. Au reste, ces deux accidens lui avaient fort calmé la tête à l'endroit des tentatives d'évasion, et il était du moins momentanément à peu près guéri de la manie de fuir.

Mais ce dont il n'était pas guéri, ce dont il se promettait à lui-même de ne jamais guérir, c'était de sa haine contre Sylvandire à laquelle il devait, à part ce que lui avait dit Creté, sa réclusion d'abord, puis les deux blessures qui en avaient été la suite. Il est vrai que Sylvandire, en se débarrassant de Roger par le moyen du For-l'Évêque et de la Bastille si fort pratiqué à cette époque, ne pouvait deviner qu'il aurait le mauvais goût de tenter deux fois de s'évader, et que ces deux tentatives auraient pour lui un si mauvais résultat; mais il n'en était pas moins vrai que la cause de tout cela c'était Sylvandire.

Aussi le chevalier se promettait-il, une fois libre, d'exercer une cruelle vengeance. Cette vengeance, quelle serait-elle? Roger n'en savait rien encore; mais seulement il savait qu'un jour ou l'autre il se vengerait.

Un soir qu'il s'était bercé toute la journée de ces douces idées, il entendit des pas dans son corridor. Comme c'était à une heure inaccoutumée et qu'il commençait, depuis quatre ou cinq mois qu'il habitait une prison, à connaître les habitudes de ces sortes d'établissemens, il ne fit aucun doute qu'il allait se passer quelque chose de nouveau à son égard. En effet, deux soldats entrèrent et se rangèrent de chaque côté de sa porte; le gouverneur les suivit, et, après avoir salué Roger, l'invita à prendre les objets qui lui appartenaient dans la chambre et à le suivre. L'inventaire ne fut pas long, un des guichetiers se chargea du petit paquet, et Roger obéit au gouverneur.

Ils traversèrent le corridor qui donnait dans la cour intérieure, puis la cour, puis la voûte, le tout au milieu d'une double rangée de gardes; puis, de l'autre côté, ils trouvèrent une voiture: il s'agissait d'un nouveau transfert.

Roger, qui commençait à douter de la mémoire de S. M. Louis XIV, ne s'illusionna point cette fois; d'ailleurs il y avait un mousquetaire à cheval à chaque portière du carrosse et un exempt assis au fond: le prisonnier salua donc le gouverneur en le remerciant des soins qu'il avait fait prendre de sa blessure et monta près de l'exempt. Aussitôt la portière fut refermée à la clef, et la voiture partit au galop.

La voiture traversa une partie de Paris, sans que Roger pût voir où elle l'entraînait; il faisait une de ces nuits comme on en choisit ordinairement pour le transfert des prisonniers. Seulement bientôt à un air plus libre et plus pur qu'on était sorti de la capitale; il se pencha vers la portière aperçut des arbres et des champs, mais comme il paraissait trop occupé de ce spectacle:

— Mon gentilhomme, lui dit l'exempt, je vous préviens que le carrosse est fermé à clef, que deux mousquetaires galopent aux deux côtés de la voiture, que j'ai un pistolet dans chaque poche, et que mes ordres sont de tirer sur vous à la moindre tentative d'évasion que vous feriez. Je vous dis cela, voyez-vous, continua l'exempt, parce que je suis un vieux soldat, et que je ne voudrais pas assassiner un gentilhomme sans lui dire pourquoi; maintenant vous voilà prévenu: cela vous regarde.

Roger se rejeta au fond de la voiture en poussant un soupir. Il commençait à avoir un grand respect pour la force matérielle, qu'il ne comprenait autrefois que pour la combattre et pour la vaincre.

— Mais enfin, dit Roger, où me conduit-on encore?

— Il m'est défendu de vous le dire, répondit l'exempt. Ah! vous m'êtes recommandé comme un gaillard qui profite de la moindre indiscrétion.

Roger poussa un profond gémissement.

— Allons donc, allons donc! lui dit l'exempt; soyez un peu raisonnable et ne vous désespérez point pour cela. J'ai mené des femmes qui faisaient meilleure contenance que vous.

— Alors, c'est dans une autre prison que vous me conduisez? demanda Roger.

— Oh! pour cela, je vous répondrais que non, que vous ne me croiriez pas, ainsi je vous dirai franchement que oui.

— A Pignerol ou aux îles Sainte-Marguerite, murmura Roger. Ah! Fouquet, ah! Lauzun.

— Chut! dit l'exempt, chut! ne gâtez pas votre affaire en me parlant de tous ces grands messieurs-là. Cheminons tranquillement, voyez-vous, sans nous occuper de politique. Tenez, je suis bon garçon, moi, et c'est bien heureux que vous ne soyez pas tombé sur quelque autre de mes confrères, bourru et mal gracieux, qui ne vous aurait pas dit un mot pendant toute la route; moi, au contraire, j'aime les gens comme il faut, je ne déteste pas causer, et je trouve qu'il vaut mieux faire rire les pauvres prisonniers que de les faire pleurer; quitte toutes à leur montrer les dents et les griffes s'ils ne sont pas reconnaissans de ma conduite; mais je dois le dire, cela ne m'est jamais arrivé; voyons, soyez aussi bon enfant que les autres, et je vous promets que la route ne vous paraîtra pas longue.

— Ah! dit Roger en frissonnant; c'est cela, nous allons à l'autre bout de la France. Ah! Matthioli... oh! le Masque-de-Fer!

— Encore, encore! reprit l'exempt. Oh! par ma foi, mon gentilhomme, vous allez me rendre la route fort désagréable, tandis que je ne demandais pas mieux, moi, que d'égayer le chemin. Allons, de la force: faites-moi bon visage; je ne vous dis pas cela pour ce moment-ci, où l'on n'y voit pas, mais où je devine cependant que vous me faites la moue, et je causerai avec vous, quoique cela me soit expressément défendu.

— Et de quoi causerez-vous? demanda Roger.

— Ah! dame! de choses et d'autres, de la pluie et du beau temps; cela vaut mieux que de garder le silence comme deux brochets.

— Mais il n'y a qu'une seule chose que je désire savoir, il n'y a qu'un seul point sur lequel je désire être éclairé?

— Quel est-il? Voyons! parlez.

— Où allons-nous?

— Il m'est défendu de vous le dire.

— Ah! vous voyez bien.

— Oui, mais il ne m'est pas défendu de vous dire où nous n'allons pas.

— Oh! alors répondez-moi.

— Avant tout, faisons nos petites conditions. Dites que vous ne chercherez pas à vous évader et que vous ne serez plus triste. Oh! moi, voyez-vous, la tristesse c'est ma mort.

— Mais, de votre côté, dit Roger, vous me donnez votre parole de vieux soldat que vous remplirez fidèlement le message dont je vous chargerai?

— Moi?

— Oui, vous.

— Vous m'offririez cent mille écus, mon gentilhomme, que je ne vous promettrais rien. Mais réfléchissez-y donc, mon cher monsieur, vous me demandez des choses absurdes. Ah ça! mais pourquoi le roi vous ferait-il garder à vue, si ce n'était pour vous empêcher de faire passer des messages? Soyez donc juste aussi!

Roger réfléchit qu'il ne gagnerait rien à la mauvaise humeur de son compagnon, et qu'il pourrait au contraire singulièrement y perdre. Toute fuite lui paraissait impossible. D'ailleurs, nous l'avons dit, il était momentanément guéri de cette monomanie, de sorte qu'après un moment de silence:

— Eh bien! monsieur, dit-il à son compagnon de route, je vous engage ma parole de gentilhomme que je ne ferai aucune tentative d'évasion, et que je serai le plus gai que je pourrai.

— A la bonne heure, voilà que nous devenons raisonnable, et nous allons faire un petit voyage charmant. Voyons, voyons; interrogez, et on vous répondra.

— Allons-nous aux îles Sainte-Marguerite?

— Non.

— Allons-nous à Pignerol?

— Non.

— Allons-nous à la tour Saint-Jean?

— Non.

— Allons-nous à Pierre-en-Scise?

— Vous brûlez.

— A la forteresse de Dijon?

— Vous brûlez, vous brûlez.

— Alors nous allons au château de Châlons.

Silence de la part de l'exempt.

— Nous allons au château de Châlons?

Silence plus absolu et plus prolongé.

— Mais, répondez-moi donc? s'écria Roger avec impatience.

— Ce ne sont pas là nos conventions, mon gentilhomme, dit l'exempt. J'ai promis de vous dire où vous n'alliez pas; mais je me suis interdit de vous dire où vous alliez. Supposez que je sois compromis par ma bonté envers vous, et qu'on me fasse faire serment que je ne vous ai pas dit que vous alliez au château de Châlons; alors, je lève la main et fais serment avec toute conscience, car je ne vous l'ai pas dit.

— Allons donc! c'est au château de Châlons que nous allons, murmura Roger en poussant un soupir et en se laissant retomber muet et pensif dans l'angle de la voiture.

— Allons, allons, dit l'exempt, voilà notre tristesse qui nous reprend; nous allons faire un voyage bien divertissant, à ce qu'il paraît, et deux jours comme cela! Ah! d'abord, je vous préviens que je ne le souffrirai pas.

— Comment! dit Roger, vous me forcerez d'être gai?

— J'ai votre parole, monsieur, et, en homme d'honneur, vous aurez pitié d'un pauvre exempt, et vous la tiendrez; mais songez donc que je n'étais pas né pour être exempt, moi; j'étais né pour chanter le vaudeville chez Turlupin. Ah! ah!

à propos de vaudeville!... bon! je suis content de penser à cela, cela va peut-être vous égayer. Ah! vous en faites de drôles, de vaudevilles, mon gentilhomme!

— Que voulez-vous dire? demanda Roger.

— Bon, n'allez-vous pas le nier! On les a trouvés chez vous, et de votre écriture.

— Je ne sais pas ce que vous voulez dire.

— Je conçois, je conçois. Ce n'est pas un aveu que je vous demande; mais vous avez l'esprit satirique, mon gentilhomme. Et l'exempt se mit à chantonner sur un air fort connu à cette époque:

> On dit que c'est la Maintenon
> Qui renverse le trône,
> Et que cette vieille guenon
> Nous réduit à l'aumône.
> Louis-le-Grand soutient que non.
> La faridondaine, la faridondon,
> Et que tout se règle par lui
> Biribi,
> A la façon de Barbari, mon ami,
> Mon ami.

— Je n'ai jamais fait ce pamphlet! s'écria Roger, j'ai eu le malheur de le copier, voilà tout.

— Et celui-ci! dit l'exempt, et il reprit sur un autre air:

> Tout ce que fait la Maintenon,
> Ne saurait jamais être bon,
> Cette vieille sempiternelle,
> A donné la guerre au Voisin,
> Et je crois que Pontchartrain
> Aura les finances demain.

— Mais je vous dis que ce n'est pas encore moi, reprit Roger, qui n'ai fait ni noël ni...

— Bon! et celui-là. L'exempt reprit sur un troisième air:

> Ah! ah! ah! Maintenon,
> Margoton,
> Dit le bon roi,
> Laisse-moi,
> Car c'est toi
> Qui me fera rire
> Dans la poêle à frire.

— Mais, s'écria Roger, comment se fait-il que vous chantiez ces couplets-là sans être arrêté?

— Je les chante à vous, mon gentilhomme, et voilà tout. Peste! je ne vais pas m'aviser de les chanter en société, ni de les copier de ma main. Ce n'est pas que je ne les trouve fort drôles, et la preuve, c'est que vous voyez que je n'en ai pas perdu un mot, hein?... Est-ce que ce n'est pas cela?... Si je me suis trompé, voyons! vous qui êtes l'auteur, dites-le-moi...

— Sur mon honneur, dit Roger, je vous proteste...

— Chut!... Taisons-nous! Je veux bien faire semblant de vous croire. Eh bien, non! ce n'est pas vous... Voyons, n'en parlons plus.

— Oh! malheureux que je suis! s'écria Roger; oh! imprudent que j'ai été de chanter de pareilles choses!

— Au contraire, il faut les chanter, il n'y a pas de mal; mais il faut les chanter en petit comité, en tête à tête, comme nous sommes là... Mais il ne faut pas en garder copie chez soi, et surtout des copies de son écriture, ou alors, ma foi! on s'expose à ce que si votre femme a besoin de se débarrasser de vous... Ah! dame! c'est si facile à tenter, la femme...

— Comment! dit Roger, vous savez aussi mon aventure?

— Quelle aventure?

— Mais, enfin, ce que vous venez de me raconter là.

— Moi! je ne sais, dit l'exempt; j'ai dit cela comme j'aurais dit autre chose... Puis il se mit à fredonner:

> On dit que c'est la Maintenon
> Qui renverse le trône.

Quant à Roger, tout abasourdi de la singulière situation où il se trouvait, et commençant à craindre que sa tête ne se perdît dans le conflit d'idées qui l'assiégeaient, il ferma les yeux, et appuyant son front contre les parois de la voiture, il essaya de rappeler un peu de lucidité dans son esprit, tandis que l'exempt, passant d'une chanson à une autre, continuait de fredonner les couplets séditieux pour lesquels il paraissait avoir une admiration particulière. Cependant, comme il y avait trois nuits que Roger ne dormait pas, il finit par céder au sommeil et ne se réveilla que le lendemain au jour; il trouva près de lui l'exempt toujours frais, dispos et souriant, lequel s'informa avec le plus vif intérêt de la façon dont il avait passé la nuit. Quant à lui, il assura que, confiant dans la parole de son prisonnier, il avait goûté tous les charmes du sommeil.

Au moment de descendre pour déjeuner, il demanda à Roger s'il avait de l'argent. Roger était sans un sou. On lui avait enlevé tout ce qu'il possédait, jusqu'à ses bijoux, de peur qu'il ne s'en servît pour corrompre ses gardes; le prisonnier fit donc humblement l'aveu de sa misère.

Alors, il parut se livrer dans l'esprit de l'exempt un certain combat entre le bon et le mauvais principe; mais le bon principe l'emporta.

— Écoutez, je pourrais garder quinze sous sur les deux livres que le roi vous accorde pour votre repas; mais vous avez été bien aimable, vous m'avez bien tenu parole. Au lieu de vous rançonner, comme le feraient certains de mes confrères, je remettrai quelque chose, et avec votre permission, si ma compagnie ne vous désoblige pas trop, eh bien! nous déjeunerons ensemble.

— Avec grand plaisir, répondit Roger, qui n'avait jamais en ce qu'on rapport d'idées aristocratiques trop exagérées, et qui d'ailleurs ne se souciait pas de se brouiller avec son compagnon.

Et tous deux se mirent à table. Comme l'avait promis l'exempt, le repas était vraiment bon. Roger mangea comme un convalescent de vingt ans.

— Quel bel âge que le vôtre! disait l'exempt en le regardant avec envie, quoique de son côté il se tirât d'affaire avec une certaine distinction; quel charmant âge il! Voilà pourtant comme j'étais à votre âge; plus gai seulement, chantant toujours, chantant à tue-tête, chantant à gorge déployée, depuis le matin jusqu'au soir, comme un pinson, comme un chardonneret, comme un rossignol; mais ayant toujours soin de chanter les chansons des autres, et jamais les miennes, à moins que je ne fusse avec un ami, comme vous, en tête à tête; car je faisais aussi des chansons, moi, qui ne valaient pas les vôtres, peut-être, mais qui n'en avaient pas moins leur mérite. Tenez, écoutez, en voici une.

Et l'exempt se mit à chanter sur l'air des cloches:

Tonton, ton temps est passé,
Vieille coquette;
Tonton, ton timbre est cassé,
Vieille pendule, tu répètes
À soixante ans
Le carillon de la clochette
Dans son printemps,
Mais à présent
Ton tocsin tintant
Ne réveille personne,
Quand sur le tendre ton
Ta grosse cloche sonne,
Non, non, non,
Si l'on t'entend,
Ce n'est qu'au son,
De ton argent comptant.

— Hein! que dites-vous de cela, mon cavalier? dit l'exempt quand il eut fini et qu'il eut, pendant un moment de silence donné le temps à Roger d'apprécier sa poésie.

— Mais ce que j'en dis, répondit Roger, je dis que vous êtes bien imprudent de chanter de pareilles causes.

— Pourquoi cela?

— Si je vous dénonçais?

— Bah! est-ce qu'on vous croirait? Je dirais que vous vouliez vous venger de ma sévérité, et tout cela vous retomberait sur le dos.

On arriva pendant la nuit au château de Châlons-sur-Saône. Roger fut incontinent conduit à la chambre qui lui était destinée; mais comme il était très fatigué par la route et très affaibli par sa dernière blessure, qui n'était pas encore guérie, il se jeta sur son lit, sans même regarder ce que c'était que sa chambre.

Il remarqua seulement qu'elle était éclairée par une lampe pendue au plafond, et cette attention lui fit plaisir.

XXIV.

Comment le chevalier d'Anguilhem devient aussi prudent, aussi dissimulé que l'avait été feu le comte d'Olibarus.

Quand Roger s'éveilla pour la première fois, il vit sa lampe qui brûlait toujours. Pensant alors que le jour n'était pas encore venu, il se retourna du côté du mur et se rendormit.

Mais la seconde fois qu'il se réveilla, il s'étonna de la lenteur avec laquelle se levait le soleil, et regarda autour de lui. Alors la terrible vérité lui apparut tout entière: il était dans un cachot sans fenêtres. Cette lampe, dont il avait accueilli la lumière comme un bienfait, c'était désormais son seul soleil. Un tour destiné à lui faire passer ses repas contenait son déjeuner; preuve certaine que la journée était déjà avancée.

Oh! alors, si fort que fût Roger, son malheur retomba sur son âme et lui brisa la poitrine; il s'assit sur son lit, les bras pendants, se demandant ce qu'il avait fait à Dieu et aux hommes pour être ainsi abandonné de l'un et si maltraité par les autres.

Il passa ainsi dans le plus profond abattement un temps dont il ne put mesurer la durée. Seulement son tour s'agita, fit un mouvement de rotation sur lui-même et reparut chargé de son dîner, lequel venait de remplacer le déjeuner qui s'en retournait aussi intact qu'il était venu.

Cependant au milieu de cette profonde douleur qui écrasait Roger, la nature, toujours exigeante, réclamait ses droits. Roger avait faim! Roger avait soif! Il s'approcha machinalement du tour, mangea et but comme eût fait un animal altéré et affamé; puis il se mit à tourner tout autour de sa chambre d'un mouvement lent et régulier, comme fait une bête féroce dans sa cage.

Les heures passaient sans que ni lumière ni obscurité indiquât leur marche; les jours s'écoulaient sans qu'il entendît une seule rumeur. La seule distraction de Roger était le bruit que faisait son tour quand on lui servait ses repas, ou le mouvement que faisait sa lampe, lorsqu'elle remontait à travers le plafond pour aller se remplir d'huile et chercher une mèche nouvelle.

Mais la main qui faisait crier le tour et mouvoir la lampe restait invisible. Deux ou trois fois Roger s'adressa à ce moteur inconnu, lui demandant quel jour, quelle heure il était, et cela non pas pour savoir quel était le jour et l'heure, mais pour entendre au moins le son d'une voix humaine; mais jamais ses questions n'obtinrent la moindre réponse, et le prisonnier cessa même bientôt de renouveler des tentatives dont il avait reconnu l'inutilité.

D'abord le désespoir s'empara de lui; puis l'épuisement succéda au désespoir; il dormait quelquefois douze heures de suite. Il se roulait comme une brute, ou bien il restait immobile comme un idiot.

Un instant il eut l'espoir qu'il allait devenir fou, et il poussait à cette pensée des éclats de rire sauvages.

Mais il n'eut pas ce bonheur. Comme une pierre jetée dans un étang trouble momentanément l'eau en faisant monter la vase à sa surface, au coup qui était venu frapper son cœur, la colère et le désespoir étaient montés au cerveau de Roger; mais comme peu à peu l'eau s'épure et s'éclaircit, de même l'esprit du prisonnier se calma, et au bout d'un mois de cette captivité, un regard tombé sur lui aurait cru le voir tranquille et presque rasséréné.

C'est que le fiel, qui avait d'abord troublé sa raison, se décipitait petit à petit et s'aigrissait au fond de son cœur.

Alors l'apparence de la quiétude lui revint. Il eut l'air de vivre de la vie de tout le monde; sa pensée s'activa du repos de son corps, ses idées s'organisèrent. A force de creuser sa situation, il entrevit mille formes confuses dont jamais en liberté, à l'air, en société, son esprit, distrait par les objets extérieurs, ne lui eût permis de soupçonner même l'existence.

Il reprit jour par jour, heure par heure, et presque minute par minute, sa vie, depuis le moment où il était devenu le mari de Sylvandire, jusqu'au jour où il avait été arrêté au Cours-la-Reine. Il interrogea cet amour d'un instant que Sylvandire avait paru ressentir pour lui, et qui n'était que le sentiment physique qu'éprouve une femme pour celui qui le premier lui fait éprouver des sensations inconnues. Il vit cet amour factice disparaître peu à peu et faire place à l'indifférence; puis il sentit naître les premiers symptômes de la haine que Sylvandire lui avait voué depuis; les premiers symptômes avaient suivi immédiatement l'apparition de monsieur de Royancourt à l'hôtel d'Anguilhem. Cette haine s'était bientôt fortifiée de celle que Sylvandire portait aux familiers de son mari. Dès lors une lutte s'était établie entre ces deux natures si différentes l'une de l'autre. Chacun avait appelé à son aide ses auxiliaires naturels. Roger avait appelé Cretté, d'Herbigny, Clos-Renard et les essaims de gentilshommes au cœur franc qui avaient alors conseillé à leur ami une guerre ouverte et loyale, puis une retraite sage. Sylvandire avait appelé le marquis de Royancourt, monsieur Bouteau, sans doute, et le jésuite Letellier. Peut-être eux avaient eu recours aux manœuvres tortueuses, aux ruses souterraines, aux machinations nocturnes, et ils avaient réussi. Maintenant, Roger était pieds et poings liés entre leurs mains, sous le poids d'une accusation qui n'avait aucun rapport avec la cause réelle de son arrestation. Cette arrestation devait durer tant que durerait la passion, l'amour ou le caprice de monsieur de Royancourt pour Sylvandire, plus longtemps peut-être, car à la crainte des récriminations du mari offensé, succédait la crainte de la vengeance du prisonnier meurtri; sa détention pouvait donc se prolonger indéfiniment, soit que l'amour que Sylvandire inspirait au marquis résistât au temps, soit que la crainte que Roger inspirait à monsieur de Royancourt fût plus forte que le remords.

Alors Roger examinait sa conduite à lui avec la même minutie qu'il venait d'examiner celle des autres, et il trouvait mille moyens, le cas se représentant, d'éviter tous les malheurs qui lui étaient arrivés.

— Oui, se disait alors Roger, oui, je n'ai été qu'un sot. J'aurais dû faire comme tant de maris que je connais, qui sont heureux et considérés et qui battent, à cette heure, en pleine liberté, le pavé de Paris. Il me fallait fermer les yeux, prendre mademoiselle Poussette, comme le conseillait spirituellement Cretté. Décidément, tous ces gens-là étaient des gens d'esprit, moi seul je suis un imbécile.

Au lieu d'être un pauvre prisonnier comme je le suis, je serais colonel de quelque régiment. J'aurais fait maigre trois jours de la semaine, c'est vrai, mais les quatre autres jours j'aurais, dans quelque petite maison du faubourg Saint-Antoine, bien élégante, bien commode, bien isolée, fait gras avec ma maîtresse et mes amis. Le roi me ferait son sourire le plus doux; je baiserais une fois par semaine la main sèche de madame de Maintenon, je ferais ma cour au père Letellier. Je serais duc à brevet, pair de France peut-être.

Ah! véritablement, je suis un sot.

Eh bien! non! non! cent fois non! j'ai fait ce que j'ai dû taire, j'ai fait ce que je ferais encore; car il n'y a qu'un bonheur dans ce monde et qu'une manière de l'envisager. D'ailleurs, j'aimais cette femme, pas de cœur, mon cœur a toujours été pour la pauvre Constance, mais je l'aimais d'orgueil; je l'aimais parce qu'elle était belle, peut-être aussi parce que

j'avais fait beaucoup pour elle, peut-être parce qu'elle me devait tout; mais de quelque manière que ce fût enfin, je l'aimais; je ne devais pas, je ne pouvais pas souffrir qu'on me l'enlevât. J'ai donc fait ce que j'ai dû, et ce n'est pas moi qui suis sot, ce sont eux qui sont des infâmes.

Mais aussi, que je sois libre un jour, et je me vengerai!... Mais, quand serai-je libre?... Là était la question.

Au For-l'Évêque, Roger s'était dit que, si on lui rendait la liberté, il pardonnerait tout. A la Bastille, il avait fait des restrictions mentales. A Châlons, il se dit qu'il avait vingt-deux ans, et le roi soixante-quinze; qu'en donnant dix ans à vivre au roi, c'est-à-dire jusqu'à quatre-vingt-cinq ans, c'était tout ce qu'une tête couronnée, si exigeante qu'elle soit, pouvait demander. Or, le roi mort, on ouvrirait les prisons; Roger, en allant au pire, sortirait donc de sa prison à trente-deux ans.

Or, Roger se demanda ce qu'il aimerait mieux, sortir de sa prison à l'instant même et ne pas se venger, ou sortir de prison dans dix ans, et prendre sa revanche tout à son aise.

Roger se répondit qu'il aimerait mieux sortir de prison dans dix ans et se venger, mais se venger comme les habiles se vengent.

Aussi, au bout de trois mois d'isolement et de réclusion, Roger fut-il un penseur profond, un politique consommé, un Machiavel de première puissance.

Parfois quelqu'un qui l'eût regardé, l'eût vu assis sur son escabeau, les jambes croisées l'une sur l'autre, le coude sur le genou, le menton dans la main, le regard fixe et le sourire sur les lèvres; ce quelqu'un eût cru alors que Roger pensait à son père, à sa mère, à mademoiselle de Beuzerie, aux beaux jours de sa jeunesse, ou à quelque doux souvenir.

Non, Roger pensait à la vengeance.

Onze mois s'écoulèrent ainsi, sans que jamais le cœur du prisonnier désespérât, sans que jamais son courage faiblît. Peut-être son visage, hâlé par le soleil, pâlit-il un peu pendant cette longue nuit; peut-être ses formes herculéennes s'amincirent-elles par le jeûne; mais cette pâleur lui donna cette distinction qui lui manquait; mais cette maigreur lui donna l'élégance qu'on cherchait vainement en lui. Roger resta beau et fort, seulement Roger devint hypocrite.

Tous les soirs, il priait haut pour les jours du roi et de madame de Maintenon; car enfin peut-être regardait-on ce qu'il faisait, peut-être écoutait-on ce qu'il disait : il est vrai qu'en même temps, et du fond du cœur, il les donnait à tous les diables; mais cela était intérieurement, et personne que lui et Dieu n'en savait rien.

Un matin, pendant qu'il mordait à belles dents dans un morceau de pain qui lui servait de déjeuner, la porte de son cachot s'ouvrit : une voix qu'il connaissait frappa ses oreilles. Ses yeux accoutumés à l'obscurité, car souvent il restait des heures, des jours entiers sans qu'on songeât à lui allumer sa lampe éteinte, distinguèrent un gentilhomme superbement vêtu, qui fit deux ou trois pas en prononçant son nom.

C'était monsieur de Royancourt qui s'avançait les bras ouverts à la rencontre de Roger.

Roger saisit son escabeau et le leva dans l'intention de fendre la tête à monsieur de Royancourt; il avait en face de lui son ennemi. Il n'avait qu'à laisser retomber son arme massive, il l'anéantissait ; Roger réfléchit, jeta l'escabeau sur le lit, et courut au marquis de Royancourt les bras ouverts.

Grâce à l'obscurité de laquelle il était enveloppé, on n'avait pas vu le geste de menace qui, dans un premier mouvement, lui avait échappé.

Ces deux hommes, qui se haïssaient mortellement, se pressèrent sur le cœur l'un de l'autre, comme eussent fait deux amis, comme eussent fait deux frères.

— Vous êtes donc ici, mon cher d'Anguilhem? dit le marquis en l'attirant dehors. Oh! que nous avons cherché longtemps avant de vous retrouver.

Malgré sa présence d'esprit, Roger resta confondu de tant de hardiesse; mais il dissimula son étonnement sous un sourire qu'il s'était fait, accepta la main que lui tendait monsieur de Royancourt pour le conduire hors de prison; et marchant sur ses pas, tout en lui serrant la main avec effusion, il arriva dans des appartemens qui étaient ceux du gouverneur.

Roger se trouva en face d'une glace et se reconnut à peine. Sa barbe était longue, ses cheveux hérissés, et ses habits tombaient en lambeaux.

Il se sourit du même sourire dont il avait souri à monsieur de Royancourt.

— Vous êtes libre, mon cher monsieur d'Anguilhem, lui dit le marquis ; mais comment se fait-il, mon Dieu ! que vous n'ayez pas donné de vos nouvelles depuis tantôt quinze mois ? Mais nous causerons de tout cela plus tard. Allons maintenant au plus pressé.

— Le plus pressé, mon cher libérateur, mon ami, mon frère, dit Roger, serait, je crois, d'obtenir de monsieur le gouverneur, si véritablement je suis libre, ce que je ne puis croire encore...

— Vous êtes libre, mon cher chevalier, et grâce à nos instances, reprit le marquis.

— Croyez que je vous en suis bien reconnaissant. Le plus pressé serait donc, disais-je, d'obtenir de monsieur le gouverneur qu'il voulût bien me prêter une chambre, faire venir un bain, et mander un tailleur et un perruquier.

— Sans doute, mon cher chevalier, et vous allez avoir tout cela à l'exception du tailleur qui est inutile. J'ai prévu le dénûment où vous seriez, et j'ai apporté dans ma chaise des habits que j'ai fait prendre à votre hôtel ; on va vous les monter ; et, en même temps, si vous le voulez permettre, mon valet de chambre vous accommodera.

— Vous me comblez, mon cher marquis, mais j'accepte : il m'est doux de tout vous devoir.

On conduisit Roger dans une chambre, on lui apporta un bain, et tandis qu'il était au bain, le valet de monsieur de Royancourt le rasa et le coiffa.

Puis, en sortant du bain, Roger fit sa toilette.

Ce fut alors seulement que lui-même s'aperçut du changement qui s'était fait en lui. La seule chose qui manquât à Roger, c'était cette finesse de forme, marque distinctive de la race ; cette finesse, la douleur, le jeûne, et peut-être la réflexion, la lui avaient donnée. Roger était à cette heure un cavalier accompli.

Monsieur de Royancourt fut étonné lui-même en le voyant. Il y avait dans l'air de cet homme une puissance qu'il n'avait jamais vue et qui le fit frissonner ; la résolution rayonnait dans sa prunelle. Pour la première fois, monsieur de Royancourt songea à ce que devait craindre un homme qui aurait Roger pour ennemi.

Le gouverneur voulut retenir ces messieurs à déjeuner ; mais Roger répondit en souriant que le gouverneur oubliait sans doute qu'il venait de lui faire servir le sien lorsque monsieur de Royancourt était entré dans sa prison. Le gouverneur balbutia quelques excuses, se rejetant sur la sévérité des règles de la maison qui ne lui permettaient pas qu'il eût pour ses hôtes toutes les attentions qui parfois leur étaient dues. Roger répondit à cela avec son sourire éternel que, quant à lui, il aurait tort de se plaindre, qu'il avait été parfaitement bien traité.

La chaise attendait à la porte ; les chevaux de poste y étaient attelés ; monsieur de Royancourt et Roger montèrent dedans, et la chaise partit au galop.

C'était avec un profond ravissement que Roger, oppressé pendant onze mois par l'air méphytique d'un cachot, respirait l'air pur et embaumé du mois de mai. C'était avec une joie inexprimable que Roger, au lieu de l'horizon sombre et borné de ses quatre murailles, parcourait des yeux l'étendue avec ses larges plaines et son lointain de montagnes bleuâtres ; mais toute cette joie, tout ce ravissement se passaient en lui ; il était impénétrable dans sa joie comme dans sa haine, et il revoyait cette nature tant aimée avec le même sourire qu'il avait revu cet homme tant haï.

Puis, de temps en temps, il répondait à ses questions d'un signe affectueux ou d'une voix amicale, et lui renouvelait les assurances de sa reconnaissance et de son dévoûment.

Enfin la conversation contenue jusqu'alors du côté du marquis par un certain embarras dont il n'était pas le maître, du

côté de Roger par une émotion qu'il n'avait pas la force d'étouffer entièrement, prit une certaine régularité.

Roger appela tout son courage, raffermit sa voix et demanda des nouvelles de Sylvandire.

— Hélas ! pauvre femme ! répondit monsieur de Royancourt ; vous lui avez causé bien du chagrin, et vous avez bien des torts à réparer envers elle.

— Ah ! ah ! fit Roger ; vraiment !

— Sans doute, dit monsieur de Royancourt. D'abord, lorsque vous l'avez menacée de la quitter, elle ne pouvait croire à votre départ et a pensé que c'était une plaisanterie ; mais lorsqu'elle a vu s'écouler un jour, deux jours, trois jours, sans que vous revinssiez, il lui a bien fallu se rendre à l'évidence. Alors elle est devenue comme folle ; pendant une semaine ça n'a été que soupirs et pleurs ; enfin elle a été trouver monsieur d'Argenson pour savoir où vous étiez. Monsieur d'Argenson savait seulement que vous n'étiez plus en France. Comme vous le pensez bien, à cette nouvelle son désespoir a redoublé, et un beau jour, en se présentant chez vous, son père a appris qu'elle était partie le matin même pour aller vous rejoindre partout où vous seriez. Pendant trois mois on ne put deviner ce qu'elle était devenue. Pauvre femme ! car le roi, qui sait tout ce qui se passe dans son royaume, apprit cette aventure, dit que vous étiez un mauvais époux, un fâcheux exemple, et ordonna qu'on vous arrêtât.

— Bon et excellent roi ! s'écria le chevalier du ton le plus pénétré.

— Ce fut alors que l'on fit chez vous cette perquisition dans laquelle on trouva les malheureux vaudevilles qui ont causé tout le mal.

— Et que je me repens bien d'avoir conservés ; car pour en être l'auteur, vous ne pensez pas que je sois capable d'une pareille ingratitude, n'est-ce pas ?

— Oh ! je ne l'ai jamais pensé ; c'est ce qui m'a donné cette conviction avec laquelle j'ai plaidé votre cause.

— Mon libérateur ! s'écria d'Anguilhem en saisissant les deux mains de monsieur de Royancourt. Mais revenons à Sylvandire, je vous prie.

— Eh bien ! mon cher ami, Sylvandire arriva à Londres derrière vous ; elle apprit que vous veniez de repartir pour la France, elle partit derrière vous. A Douvres, elle vous manqua d'un jour ; à Calais, de deux heures.

— Chère Sylvandire ! murmura le chevalier du ton le plus conjugal.

— A Calais, elle apprit votre départ pour Paris, et sans perdre un instant, sans vouloir se reposer, quelque besoin qu'elle en eût, elle partit à son tour, espérant vous rejoindre sur la route ; mais son espoir fut déçu. Ne vous ayant pas rejoint, elle espéra vous retrouver à l'hôtel, et elle veilla toute la nuit sans vouloir se reposer, car elle croyait vous voir arriver à chaque instant ; mais vous ne vîntes pas. Jugez de sa douleur !

— Ah ! marquis ! marquis ! vous m'arrachez l'âme ! s'écria Roger en s'essuyant les yeux avec son mouchoir. Après ? continuez... Et j'ai pu soupçonner une pareille femme ! Ah ! vous avez raison, marquis, je suis coupable ! Après ? après ?

— Eh bien ! après, reprit le marquis trompé par la vérité avec laquelle Roger jouait son rôle, après, que voulez-vous que je vous dise ? les jours s'écoulèrent dans la douleur, dans les larmes, car vous ne paraissiez pas, et nous ignorions ce que vous étiez devenu.

— Vous ignoriez que j'étais en prison ? Eh bien ! parole d'honneur, je m'en étais douté.

— Oh ! mon Dieu, oui, nous l'ignorions. Monsieur d'Argenson, craignant d'être sollicité par madame d'Anguilhem, forcé par moi, à qui il savait quelque crédit, monsieur d'Argenson ne nous apprit votre emprisonnement qu'il y a quinze jours à peu près. Alors, vous comprenez bien, Sylvandire s'est mise en campagne de son côté, monsieur Bouteau et moi nous nous sommes mis du nôtre, et nous avons tant prié, tant supplié madame de Maintenon, tant entouré le roi, qu'enfin nous avons obtenu votre liberté. Oh ! mon cher d'Anguilhem, ajouta le marquis d'un ton de voix pénétré, ah! nous avons bien souffert, allez!

— Et moi, pendant ce temps-là, je vous accusais de tiédeur. Oh! malheureux! oh! ingrat que je suis! Vous m'avez pardonné, vous, mais croyez-vous qu'elle me pardonnera jamais, marquis?

— L'âme d'une femme est un trésor d'indulgence, répondit monsieur de Royancourt; espérez donc, mon cher chevalier.

— Et maintenant que vous m'avez quelque peu rassuré sur ce point, un mot de mes parents, mon cher marquis. Vous le voyez, l'amour conjugal m'a fait oublier l'amour filial. Le baron et la baronne sont en bonne santé, j'espère?

— Oui, Dieu merci! et tous deux sont prévenus par les soins de votre femme que vous allez revenir d'un long voyage, car, ainsi que nous, ils ignoraient votre captivité.

— Bonne Sylvandire!.... Et nos autres connaissances? d'Herbigny, Clos-Renaud, Cretté...

Roger laissa échapper le dernier nom plutôt qu'il ne le prononça.

Le marquis se laissa prendre à cette négligence.

— Mais, comme vous le savez, reprit-il, je vois peu vos amis, qui passent à la cour pour des libertins, hantant le Palais-Royal. Je crois, cependant, qu'ils se portent bien, monsieur de Cretté surtout, avec lequel j'ai regretté d'avoir eu quelques démêlés; mais, grâce au ciel, tout s'est aplani entre nous.

— Oh! vraiment vous avez eu quelque chose à cause de madame de Maintenon, sans doute? Cretté a le tort de ne pas aimer cette digne et sainte personne; mais, comme vous l'avez dit, c'est un libertin que je crois de la société des Broglie, des Lafare, des Canillac.

— Tous malheureux qui perdent leurs âmes! dit monsieur de Royancourt en joignant les mains d'un air de compassion.

— En supposant toutefois qu'ils en aient une, dit Roger.

M. de Royancourt fit un signe de doute, et pour le moment la conversation en resta là.

Roger était enchanté de lui: il venait de mettre en action les préceptes que lui avaient dictés ses quinze mois de prison. Il avait vu que monsieur de Royancourt avait été sa dupe, et il espérait tromper sa femme comme il avait trompé le marquis.

Le reste du chemin, à peu de variations près, fut abrégé par des conversations du même genre. Les voyageurs coururent jour et nuit, ne s'arrêtant qu'un instant à Auxerre et une minute à Fontainebleau.

Enfin on arriva à Paris.

Roger vit de loin le For-l'Évêque et passa au pied des murs de la Bastille.

Dix minutes après, on était à la porte de l'hôtel d'Anguilhem.

Roger était évidemment attendu; toute la maison avait été prévenue et préparée. Le chevalier, en entrant dans la cour de l'hôtel, aperçut des laquais à toutes les portes et sa femme à la fenêtre.

Il sauta à bas de carrosse et courut vers le salon; Sylvandire vint à sa rencontre, suivie de monsieur Bouteau, si bien qu'il la rencontra à la porte.

En ce moment, et derrière la figure hypocritement composée de sa femme, Roger aperçut le portrait de son père et de sa mère qui lui souriaient dans leur cadre. Alors, si fort desséché que fût son cœur par une captivité de quinze mois, des larmes jaillirent de ses yeux à la vue de ces seuls amis sur lesquels l'homme puisse compter.

L'émotion fut si forte, que Roger s'évanouit.

Sylvandire put croire, et crut sans aucun doute, que c'était par amour pour elle et de plaisir de la revoir que les forces manquaient au chevalier.

XXV.

Comment le chevalier d'Anguilhem mit le feu à son hôtel pour s'assurer s'il était où s'il n'était pas ce qu'il avait peur d'être.

Trois jours après la scène que nous venons de raconter, c'était un spectacle patriarcal à voir que celui qu'offrait l'hôtel d'Anguilhem, grâce à la cordialité charmante de maître Bouteau, aux caresses échevelées de Sylvandire, aux amitiés empressées de monsieur de Royancourt, et à la dissimulation de Roger.

Tous ces gens-là avaient l'air de s'aimer les uns les autres d'une façon évangélique.

Or, comme dans ce monde tout n'est que surface, chacun s'y laissa tromper, même ceux qui avaient intérêt à plonger au plus profond des sentiments d'autrui.

Il n'y eut pas jusqu'à Roger qui, en se sentant, de quelque côté qu'il étendît la main ou portât le regard, enveloppé d'une si tendre affection, ne se retrouvât parfois un doute au fond du cœur.

Malheureusement Cretté était absent de Paris pour huit jours encore; Roger s'était présenté secrètement chez lui, et il était convenu avec le petit Basque qu'aussitôt le retour de son maître, Roger serait prévenu.

Pendant ce temps, Sylvandire se confondait en profondes tendresses pour son mari, elle lui demandait comment il passait son temps en prison, et s'il pensait quelquefois à elle.

Roger répondait que la prison était un séjour fort agréable, les geôliers des serviteurs pleins de politesse, que tous les jours il dînait à la table du gouverneur, que toutes les après-midi il sortait avec lui en voiture, et que tous les soirs ils faisaient ensemble leur partie d'hombre ou d'échecs, après quoi on le réintégrait, avec tous les égards possibles, dans une jolie chambre, qui n'avait d'autre désagrément qu'une porte avec deux verrous et qu'une fenêtre avec quatre barreaux. Roger avait peur qu'en disant à Sylvandire de qui en était réellement, Sylvandire ne comprît qu'un homme qui avait tant souffert avait un immense besoin de se venger.

Quant à ce qui était de savoir s'il avait pensé à elle, Roger jurait tendrement à Sylvandire qu'il n'avait fait que cela depuis le matin jusqu'au soir, et depuis le soir jusqu'au matin. Sous ce rapport, on sait que Roger disait l'exacte vérité.

Puis Sylvandire jurait à son tour à Roger qu'elle le trouvait fort embelli, et que la prison lui allait à merveille.

Un matin, le petit Basque vint prévenir Roger que le marquis de Cretté était de retour depuis une demi-heure.

Roger sortit à pied, prit un carrosse au coin de la rue et se fit conduire à l'hôtel Cretté. Le marquis l'attendait; les deux amis se jetèrent dans les bras l'un de l'autre.

Cretté avait appris une partie de ce qui était arrivé à Roger, et particulièrement les détails de ses deux évasions et les blessures qui en avaient été la suite; mais ce qu'ignorait le marquis, c'était cette réclusion solitaire, c'était ce cachot sans soleil, c'était ces tortures du temps qui passe et qu'on ne peut calculer; c'était enfin la résolution bien profonde prise par Roger de se venger de sa femme, si sa femme, comme il pensait, était pour quelque chose dans sa détention.

Cretté ne put que lui répéter ce qu'il lui avait écrit, c'est-à-dire la disparition de Sylvandire, sa querelle à lui avec monsieur de Royancourt, et la conviction morale, sinon matérielle qu'il était que c'était sa femme qui avait livré les malheureux noëls qui avaient été sinon la cause, du moins le prétexte de sa détention.

Quant à l'élargissement de Roger, il était dû, comme s'en était douté le prisonnier, à l'insistance des démarches de Cretté, de d'Herbigny, et surtout de Chastellux, qui était quelque peu parent par les femmes de monsieur d'Argenson, parenté qu'il avait à peu près niée jusque-là, et qu'il avait pris sur lui de réclamer du moment où elle pouvait être utile à Roger. Seulement, lorsque monsieur de Royancourt vit ses affaires tellement avancées qu'il n'y avait plus moyen de prolonger la captivité de Roger, il devint défenseur de persécuteur qu'il était; et comme son crédit était réel, il activa la mise en liberté du captif.

On sait le reste.

Tout ce que racontait la Cretté à son ami s'accordait si parfaitement avec ce qu'il s'était vingt fois répété à lui-même, qu'ils ne doutèrent pas un instant qu'ils ne fussent arrivés à la plus exacte appréciation des causes et à la plus grande vérité des résultats.

Les deux amis se quittèrent en se renouvelant l'assurance de leur éternelle amitié, assez éprouvée au reste pour qu'ils pussent compter l'un sur l'autre, mais en reconnaissant qu'ils ne devaient se voir que dans les occasions importantes.

Seulement, tout convaincu moralement que c'était Roger, il voulut, pour l'acquit entier de sa conscience, arriver à la possession de quelques preuves matérielles qui ne laissassent aucun recours à cette voix du doute qui, parfois encore, criait au fond de son cœur: —Peut-être!

Il avait appris dans son cachot à réfléchir et à se taire. Il avait jusque-là parfaitement mis en pratique cette étude forcée; personne ne se doutait de ce qui se passait au fond de son âme, il commença donc à agir.

Il fit venir Breton.

Breton était un domestique fidèle et sur lequel il pouvait compter.

Breton, interrogé sur le compte de monsieur de Royancourt, répondit qu'en l'absence du chevalier le marquis était venu tous les jours à l'hôtel, et que ses visites n'avaient cessé que du jour où madame d'Anguilhem avait disparu.

Maintenant, il devenait clair pour Roger que si sa chère épouse eût caressé le louable projet de se mettre à sa recherche, elle n'eût pas manqué d'en instruire tous les siens; or, monsieur de Royancourt avait avoué lui-même à Roger qu'en partant Sylvandire n'avait rien dit à personne.

Madame d'Anguilhem, on s'en souvient, avant sa fuite, renvoyé la fille de chambre qui la servait depuis dix ans; cela parut fort louche à Roger, attendu que mademoiselle Clarisse était une personne d'une fidélité et d'une rouerie trop remarquables, pour qu'on s'en défît sans motif et au moment d'exécuter seule un voyage fatigant.

Roger espéra tirer quelque chose de Sylvandire même; mais lorsque, hypocrite jusque dans l'amour, il essaya à son tour de savoir de sa femme comment elle avait employé le temps de son absence, ce furent des minauderies sans fin, des refus coquets de parler, ce fut une impossibilité matérielle de prouver un séjour quelconque, dans un endroit quel qu'il fût. Sylvandire avoua seulement qu'elle avait passé deux mois dans le couvent des Filles-Dieu, qui était, il est vrai, un couvent fort renommé pour la sévérité de sa règle, mais où monsieur de Royancourt, ami de madame de Maintenon, entrait et sortait à sa volonté, sa sœur étant supérieure et sa cousine trésorière du susdit couvent.

Aller prendre des informations aux Filles-Dieu, c'était dénoncer soi-même sa défiance; aussi Roger jura-t-il qu'il croyait tout ce qu'on lui disait, et affirma-t-il à Sylvandire que de son côté le couvent l'avait fort embelli. Du reste, il continua de faire un ménage adorable, salua plus fréquemment que jamais monsieur Bouteau du doux nom de beau-père et accabla monsieur de Royancourt des plus affectueuses politesses.

Les amis qui ne savaient pas comme Cretté que toute cette tendresse couvrait quelque chose d'inconnu, de mystérieux, de terrible peut-être, ricanaient bien un peu lorsque la conversation tombait sur cette recrudescence d'amour entre les deux jeunes époux, et, comme on le comprend bien, on ne manquait pas dans certains cercles de s'égayer sur madame d'Anguilhem, cette vertueuse Pénélope qui, au lieu d'attendre son Ulysse, l'avait été chercher on ne savait où, mais bien certainement où il n'était pas.

Roger, en attendant, avait donné carte blanche à Breton et l'avait chargé de séduire quelques-uns des gens de monsieur de Royancourt. Un matin, Breton, en habillant son maître,

lui annonça que le cocher du marquis, que celui-ci avait maltraité la veille, consentait à parler pour cent louis. Breton invitait le chevalier à profiter de ce moment de mécontentement.

Le chevalier suivit les conseils de Breton; il envoya cent louis au cocher, et le même jour, voilà ce qu'il apprit de la bouche même de ce drôle.

Toutes les nuits, à partir du jour qui coïncidait avec le départ de Sylvandire, monsieur de Royancourt se rendait, après souper, au petit hameau de Luzarches, quelquefois à cheval, quelquefois en carrosse; il y passait quatre ou cinq heures; et, régulièrement toutes les nuits, à deux heures du matin, il reprenait le chemin de Paris, où il était rendu à quatre. Il se mettait alors au lit, et feignait de n'être pas sorti de chez lui. Pour plus de précaution, sa voiture rentrait à minuit à l'hôtel, et tous ses gens, à l'exception du cocher, qui savait qu'il ramenait la voiture vide, et du valet de chambre, qui attendait l'arrivée de monsieur de Royancourt jusqu'à quatre heures du matin, croyaient que c'était le retour du maître.

Roger était sur la première trace. Il promit bien de suivre jusqu'à l'autre extrémité ce fil, dont il tenait un bout entre ses mains. Il partit, en conséquence, lui-même pour Luzarches.

Là, il commença ses informations et apprit qu'une jeune dame s'était venue établir dans une maison qu'elle habitait seule. Une religieuse la servait. Un homme dont on ignorait le nom, mais qui paraissait fort distingué, la venait voir tous les soirs. On lui dépeignit Sylvandire à ne pas s'y méprendre, et on lui fit le portrait de monsieur de Royancourt si ressemblant, qu'il n'y avait pas à s'y tromper.

Un autre que Roger eût fait un éclat, eût appelé monsieur de Royancourt en duel, ou l'eût fait assassiner par deux bravi dans un coin. Mais pour l'éclat, il y avait le For-l'Evêque, pour le duel, la Bastille, et pour l'assassinat, vengeance qui, au reste, ne se présenta pas même à l'esprit de Roger, il y avait la roue.

Tout cela n'était donc pas une vengeance, puisque cette vengeance emportait sa punition: ce qu'il fallait à Roger, c'était une vengeance qui le laissât libre, heureux, et cependant vengé.

D'ailleurs, c'était sur Sylvandire surtout que se concentrait sa haine; c'était Sylvandire qui l'avait trahi; c'était Sylvandire qu'il avait aimée; c'était Sylvandire qui l'avait rendu un instant heureux; c'était Sylvandire qu'il haïssait si cruellement, qu'il avait peur de l'aimer encore.

Du moment où Roger s'était promis une vengeance, il avait arrêté quelle vengeance ce serait. Il reprit donc son projet dans le coin de son esprit où il l'avait déposé pour le mettre à exécution quand le jour serait venu. Son âme, depuis sa sortie de prison, n'était, il faut le dire, qu'une mer orageuse où naissaient et mouraient des vagues tumultueuses; les idées fermentaient comme des tempêtes, et où, de temps en temps, quelques bons sentiments passaient comme des éclairs, mais aussi s'évanouissant rapides comme eux.

Une fois sûr d'être malheureux, une fois certain d'avoir été dupe, il se sentit fort et se vit sauvé.

D'abord, il fallait que Roger acquît la certitude qu'il n'aimait plus cette femme maudite, afin de ne point être arrêté au moment de l'exécution de son projet par un de ces regrets du cœur qu'on prend pour un remords de la conscience. Nous l'avons dit, et nous le répétons, Roger haïssait tellement Sylvandire, qu'il n'était pas encore sûr de ne plus l'aimer.

Il analysa donc un à un ses sentiments vis-à-vis de Sylvandire.

C'était, lorsqu'il la voyait sans être prévenu, comme un coup aigu dans le cœur, c'était une douleur profonde, c'était une surprise glacée, quelque chose comme la froide sensation de la lame d'une lancette vous ouvrait la veine. Malgré sa puissance sur lui-même, alors Roger pâlissait, tout son sang refluait à son cœur, puis, un instant après, son cœur trop plein repoussait aux extrémités ce sang avec tant de violence que c'étaient des éblouissements à croire qu'il allait se trouver mal. Cependant, au milieu de toutes ces sensations si différentes, si opposées, si convulsives, il fallait vivre de la vie ordinaire, il fallait causer avec indifférence, il fallait sourire gracieusement; ce fut un supplice plus cruel peut-être que celui de la prison de Châlons-sur-Saône.

Parfois, au milieu de la nuit, brisé par un songe dans lequel il se croyait encore prisonnier dans un cachot infect et sur un mauvais grabat, Roger se réveillait, le cœur bondissant, la poitrine haletante, les cheveux hérissés, et il se trouvait dans une chambre voluptueusement éclairée par une lampe d'albâtre, mollement couché sur un lit aux tentures de soie, et ayant près de lui, dormant d'un sommeil tranquille, cette Sylvandire, cette sirène ardente, cette voluptueuse enchanteresse qui, sous une si merveilleuse enveloppe, cachait une si hideuse réalité. Alors il se soulevait sur son bras raidi, il la regardait d'un œil fixe, profond et fatal, et il songeait à ce conte de Galland qui venait de paraître et qui faisait fureur, à l'histoire de cet homme qui épouse une goule et qui la voit revenir au lit conjugal après son monstrueux repas dans un cimetière.

Pendant ce temps, Sylvandire faisait quelque doux songe, poussait quelque plainte amoureuse, et dans quelque voluptueux sourire, montrait sous le corail de ses lèvres l'émail de ses blanches dents.

Alors il prenait à Roger des envies féroces d'étouffer cette femme dans une étreinte d'amour et de recueillir son dernier soupir sur sa bouche, afin que, puisque sa vie avait été à un autre, sa mort du moins fût à lui; mais il n'accomplissait que la première partie de ce projet, les forces lui manquaient pour la seconde.

Quant à Sylvandire, elle était si certaine de sa puissance sur Roger, que ses jours étaient heureux et ses nuits tranquilles. Aussi, jamais n'arriva-t-elle à surprendre ce regard farouche qui l'enveloppait et la fascinait à son insu; mais, il faut le dire, jamais par un mot, jamais par un geste, jamais Roger ne se trahit.

Monsieur de Royancourt continuait à venir à l'hôtel, mais il était visible qu'il s'attiédissait.

— Cela doit être ainsi, se disait Roger en suivant les progrès de son refroidissement comme il avait suivi ceux de son amour, cela doit être; la possession a amené l'indifférence.

Et il redoublait d'assiduité près de Sylvandire qui, de son côté, se sentant coupable, rendait force tendresses aux tendresses de son mari. Si bien qu'à part cette rage de vengeance qui le possédait, Roger était véritablement fort heureux!

Sylvandire veillait avec grand soin sur elle, et cependant il arriva qu'un jour, fatiguée d'avoir attendu vainement monsieur de Royancourt pendant près d'une semaine entière, sans qu'il eût même daigné lui donner de ses nouvelles, elle écrivit un petit billet plein de reproches, et sonna ses gens pour le faire porter par son domestique de confiance.

Mais les gens de madame d'Anguilhem étaient sortis, et ce fut Breton qui entra. Comme Sylvandire tenait la lettre à la main elle n'osa pas remettre son envoi à plus tard; d'ailleurs, Breton s'annonçait comme parfaitement libre en ce moment et offrait à madame d'Anguilhem de se charger de sa commission. Refuser c'était donner, sans aucun doute, des soupçons à ce valet. Elle paya donc d'audace, remit la lettre à Breton, et dit avec indifférence:

— A faire porter tout de suite au marquis de Royancourt.

Breton remontait pour changer d'habit, lorsqu'il rencontra son maître dans l'escalier; il lui montra alors la lettre dont il était porteur, interrogeant son regard pour savoir s'il devait la remettre à son adresse.

Roger allait céder à la tentation et la prendre, lorsqu'il entendit derrière une porte le frémissement d'une robe de satin; il devina que Sylvandire l'épiait.

— Une lettre de madame pour monsieur de Royancourt, dit le valet.

— C'est bien; portez-la tout de suite à son adresse, répondit Roger, et dites de ma part au marquis que c'est mal à lui de nous négliger ainsi; qu'il y a huit jours que je ne l'ai vu; que je me plains très fort de cette indifférence, et que je

ne lui pardonne qu'à la condition qu'il viendra aujourd'hui même dîner avec nous.

— Mais, monsieur... dit Breton.

— C'est bien, c'est bien, allez, mon ami; allez, continua Roger; je n'ai aucun besoin de vous en ce moment.

Puis, descendant dix ou douze marches et entrant chez Sylvandire au grand étonnement de Breton:

— Vous avez très bien fait, chère amie, dit-il en tirant ses manchettes et en assemblant les plis de son jabot; vous avez très bien fait d'envoyer chercher ce cher Royancourt; je veux qu'il mange de ce chevreuil que mon père nous a envoyé d'Anguilhem.

Sylvandire, qui avait rougi, pâli, jauni, Sylvandire qui, enfin, avait en une seconde passé par toutes les couleurs de l'arc-en-ciel, rétablit sa raison et reprit son sourire.

— Quel brave mari j'ai là! pensa-t-elle en embrassant Roger sur les deux joues.

— Quel maître faible j'ai le malheur d'avoir, se dit Breton; croirait-on que c'est le même gentilhomme qui a donné un si rude coup d'épée à monsieur de Kollinski pour son coup d'essai; coup de raccroc!

A l'heure du dîner, on annonça monsieur de Royancourt, la double invitation qu'il avait reçue l'avait touché sans doute, car il fut ravissant d'amabilité; quant à Sylvandire, elle était triomphante. Roger les observa tous deux sans affectation, fut spirituel sans être mordant, et verveux sans être affecté.

Au dessert, il surprit des regards très expressifs échangés entre sa femme et son convive.

Un moment après qu'on se fut levé de table et comme on passait au salon pour prendre le café, il vit que le marquis, tout en conduisant Sylvandire d'une chambre à l'autre, lui glissait un billet dans la main. Sylvandire le cacha dans sa poitrine.

— Femme éhontée, impudent coquin! murmura Roger, si je les tuais là tous les deux!

Mais il se retint et sa manchette seule en souffrit; il la mit en pièces.

Il fallait avoir ce billet; c'était chose fort difficile, mais fort importante; Roger y réfléchit donc toute la soirée, puis il crut avoir trouvé un moyen.

Le tout était de calculer à quel moment probable Sylvandire prendrait connaissance de ce billet.

— Ce sera, sans aucun doute, ce soir à sa toilette, se répondit-il.

Pendant toute la soirée il ne perdit pas un instant Sylvandire de vue, s'assura qu'elle n'avait pas eu un moment pour lire le billet en question, et lorsque monsieur de Royancourt fut sorti, il se cacha dans le salon attenant au cabinet de toilette de sa femme, attendit jusqu'à ce qu'il l'eût entendue rentrer, et quand il eut calculé qu'elle devait être en train de lire, il mit le feu aux rideaux de l'une des fenêtres; aussitôt la flamme monta jusqu'au plafond et quelques vitres éclatèrent.

— Au feu! au feu! cria Roger, et il se précipita dans le boudoir.

Sylvandire tenait encore le billet de monsieur de Royancourt à la main; elle fit un mouvement pour le cacher, mais apercevant les tourbillons de flamme et de fumée qui remplissaient le salon, elle recula, jeta un cri et perdit connaissance.

Roger lui ouvrit les doigts, tandis que le salon brûlait, lut avec rapidité ce qui suit:

« Ne parlons plus du passé, Sylvandire, souvent je me suis repenti de ce que nous avions fait; quant à la proposition que vous m'adressez de fuir avec vous et de quitter la France ensemble, elle est insensée, et je la repousse; d'ailleurs, je commence à avoir honte de tromper comme nous le faisons un honnête homme qui m'accable d'amitiés. Si vous m'en croyez, Sylvandire, nous romprons donc toute relation. Vous me dites que vous mourrez d'amour pour moi, vivez pour votre pauvre mari qui vous adore, ce sera plus chrétien. »

— Eh bien! double brute! se dit Roger à lui-même. Eh bien! douteras-tu encore?

Et il remit le billet dans la main de Sylvandire, toujours froide et raidie, puis fermant la porte du boudoir, il sonna Breton.

La flamme avait brûlé tous les rideaux, entamé une console et noirci une partie des boiseries, mais ne trouvant plus d'aliment facile à dévorer, elle dardait ses langues affaiblies sur les cadres des fenêtres et se tordait autour des balustres de bois.

Tout l'hôtel fut sur pied en un instant, et en dix minutes il n'y eut plus ni feu ni fumée.

Sylvandire revint à elle toute seule, reconnut qu'elle était dans son boudoir, retrouva son billet froissé dans sa main, pensa que Roger n'avait rien vu, et vint, toute joyeuse d'avoir échappé saine et sauve à ce double accident, se mêler aux travailleurs.

Dès qu'il l'aperçut, Roger courut à elle.

— Oh! mon Dieu! ma chère Sylvandire, quel malheur nous arrive! voici votre appartement tout gâté; il était si frais, si brillant! les réparations vont nous priver de recevoir pendant un mois, au moins.

— Eh bien! mon ami, dit Sylvandire du ton le plus tendre, allons à Champigny.

— A Champigny? reprit Roger.

— Oui, craignez-vous les souvenirs que cette campagne vous rappellera?

Roger ouvrit la bouche pour dire : — Et pourquoi pas? Luzarches? mais il se retint.

— Non, certainement, dit-il tout haut, et vous savez combien sont précieux à mon cœur les souvenirs que je pourrais retrouver dans cette maison que vous m'avez rendue bien chère; mais je pense que si vous étiez une femme aussi aventureuse que vous êtes une adorable femme, nous prendrions un millier de pistoles, et nous nous en irions en tête-à-tête, comme deux tendres amans, visiter cette belle Provence dont vous chantez si merveilleusement les airs sur votre clavecin.

— Oh! mon ami, dit Sylvandire en faisant une charmante petite moue, ne vous semble-t-il pas que ce sera bien long ce voyage?

— Très bien! très bien! chère amie; n'en parlons plus, et qu'il soit fait toujours selon vos désirs.

Mais Sylvandire était trop heureuse de n'avoir pas été surprise pour demeurer affermie dans son refus; d'ailleurs elle pensa que s'éloigner, c'était probablement blesser dans son orgueil monsieur de Royancourt, qui venait de la blesser dans son amour, et comme elle voulait se venger de l'infidèle, elle en revint à la proposition de Roger.

— Non, mon ami, non, dit-elle, je ne vous priverai pas et ne me priverai pas moi-même de ce plaisir; d'ailleurs je ne suis promis de m'attacher toujours à vous plaire. Ordonne donc, je suis à vos ordres.

Roger contint la joie qui débordait de sa poitrine; il fit tous ses préparatifs; mais si fort qu'il se hâtât, pendant l'intervalle, monsieur de Royancourt et Sylvandire s'étaient raccommodés.

De sorte que le marquis proposa un beau matin au chevalier et à sa femme un voyage en Provence.

Ce n'était pas l'affaire de Roger; il n'en parut pas moins accepter avec transport la proposition de monsieur de Royancourt; mais il prétexta quelques affaires, afin de faire traîner le départ en longueur.

Il espérait que, pendant ce temps, viendrait quelque nouvelle querelle qui amènerait quelque nouvelle brouille.

Il ne s'était pas trompé.

Roger surprit un second billet de monsieur de Royancourt, dans lequel il annonçait à Sylvandire que, pour que leur rupture n'eût pas cette fois les chances habituelles d'un raccommodement, il partait à l'instant même pour Utrecht.

Sylvandire essaya en vain de dissimuler son dépit; Roger put en suivre tous les progrès sur son cœur et sur son visage.

Le jour même du départ de monsieur de Royancourt pour la Hollande, elle reparla la première du voyage en Provence.

— Oh! sur mon honneur, se dit en lui-même Roger, je joue le plus ridicule et le plus avilissant de tous les rôles; mais, Dieu merci! nous voici tout-à-l'heure au dénoûment.

Il saisit donc avec empressement cette ouverture que lui faisait sa femme, et comme tous les préparatifs étaient faits depuis longtemps, le lendemain, 1er juin 1715, les deux époux partirent de Paris, amoureux, en apparence, comme deux ramiers.

XXVI

Comment Roger et Sylvandire firent un charmant voyage en Provence, et de ce qui s'ensuivit.

Roger avait si bien joué son petit rôlet, comme disait le roi Charles IX de catholique mémoire, qu'au moment de son départ il n'était bruit que de son amour pour sa femme. Tout le monde l'avait pris au sérieux, même d'Herbigny, même Clos-Renaud, même Chastellux, et ils répétaient partout que si le roi n'avait pu faire faire bon ménage à Richelieu au moyen de la Bastille, le château de Châlons-sur-Saône avait mieux servi les volontés matrimoniales de ce grand monarque à l'égard du chevalier d'Anguilhem.

Il n'y avait jusqu'à Cretté qui ne fût la dupe de son ami et qui n'ajoutât foi aux rumeurs publiques; il savait de quoi est capable une femme belle et persévérante, et chaque fois qu'il voyait mademoiselle Poussette, il lui donnait Sylvandire à étudier comme le modèle d'une grande coquette.

— Voilà mes projets de vengeance fort bruyans, mais silencieusement avortés, disait-il; pauvre Roger! il voulait tuer tout le monde, et voici maintenant qu'il s'occupe du contraire. C'est peut-être, au reste, le parti le plus sage; décidément ce n'est pas encore l'exemple du chevalier d'Anguilhem qui me fera renoncer à ma liberté.

Pendant que chacun discourait, à Paris, de la sorte, Roger prenait avec sa femme le chemin du Midi; deux jours après leur départ, ils passaient à Châlons. Le chevalier voulut étudier l'effet que produirait sur sa femme la vue de la prison où il avait été enfermé. En conséquence, il la conduisit en face des murailles du château.

— Eh bien! demanda Sylvandire, après avoir regardé à deux ou trois reprises, que voulez-vous que je voie à cette horrible habitation?

— C'est là que je suis resté onze mois, tandis que vous me cherchiez de par le monde, chère amie, répondit Roger.

Sylvandire fit une petite moue charmante qui voulait dire :

— Diable! quelque aimable que soit le gouverneur, on ne doit pas beaucoup s'amuser là-dedans.

— Oui, oui, dit Roger en répondant à la pensée de sa femme, oui, c'est là que j'ai bien souffert, mais plus encore d'être éloigné de vous que de ma captivité même.

— Et nous qui étions si loin de nous douter de cela! répondit Sylvandire!

Le nous parut charmant à Roger.

Le lendemain Roger et Sylvandire arrivèrent à Lyon, où ils s'arrêtèrent deux ou trois jours. Roger, dans son attention éternelle pour Sylvandire, ne permettait point qu'elle se fatiguât.

Pendant ces deux ou trois jours, Roger et Sylvandire firent un pèlerinage à Notre-Dame-de-Fourvières, la plus renommée de toutes les madones de France pour entretenir la bonne harmonie dans les ménages où elle existe, et pour la rappeler dans ceux où elle n'existe plus.

C'était, comme on le comprend bien, une précaution inutile à l'endroit de Roger et de Sylvandire : ils s'aimaient tant qu'ils ne craignaient pas de voir s'affaiblir les sentimens qu'ils avaient l'un pour l'autre.

Après un séjour pareil à celui qu'ils avaient fait à Châlons, les deux époux quittèrent la seconde capitale de la France, et s'arrêtèrent successivement à Valence, à Orange et à Avignon.

A Avignon surtout. Comment passer à Avignon et ne pas visiter la fontaine de Vaucluse? c'eût été un crime de lèze-poésie.

Or, à cette époque, les amours étaient des plus poétiques et surtout des plus champêtres; ils affectionnaient les collines, les vallées et les fontaines. Voyez l'*Astrée* et *Cléopâtre*.

Ils firent donc un pèlerinage à la fontaine de Vaucluse comme ils en avaient fait un à Notre-Dame-de-Fourvières, et pendant toute la route Roger n'appela Sylvandire que sa chère Laure, et Sylvandire n'appela Roger que son beau Pétrarque.

Les mendians auxquels ils faisaient l'aumône sur le chemin pleuraient en voyant un si beau couple.

Ils continuèrent leur voyage et arrivèrent à Arles. Ils voulaient voir les ruines de la ville, qui disputa un instant le titre de reine du monde à Byzance. Sans le mistral, à ce que prétendent les savans, Arles était Constantinople.

Mais, dans ce moment, on s'occupait beaucoup moins de ce qui s'était passé dans l'antiquité, que de ce qui était arrivé il y avait une quinzaine de jours.

Un digne bourgeois de la ville d'Arles, qui avait eu le malheur de prendre en mariage une femme, à ce qu'il paraît, d'un caractère fort opposé au sien, et qui ne pouvait supporter les contrariétés que cette différence de tempérament apportait dans son ménage, résolut, à part lui, de devenir veuf. Mais devenir veuf n'était rien, s'il n'arrivait point à ce résultat par un moyen qui le mît à l'abri de la rigueur des lois.

Or, voici l'expédient qu'avait, pour arriver à son but, imaginé ce digne Arlésien :

Il avait sur les bords du Rhône une maison de campagne que sa femme aimait beaucoup, et à laquelle elle avait l'habitude de se rendre tous les dimanches. Le véhicule ordinaire employé par la dame en cette occasion était une charmante petite mule, proprement harnachée, et de laquelle, disait-on dans le pays, on prenait presque autant de soin que de celle du pape. Que fit le meurtrier? il priva pendant les trois jours qui précédèrent le voyage accoutumé le pauvre animal de toute boisson, de sorte que lorsque, le dimanche matin, la dame se mit en route accompagnée de son mari qui, cette fois-là, avait voulu être de la partie, et montée sur sa mule, celle-ci, qui cherchait de l'eau partout, eut à peine aperçu le Rhône, qu'elle prit le galop sans que rien pût l'arrêter, et s'élança dans le fleuve avec la même rapidité qu'un cerf aux abois et poursuivi par une meute se jette dans une fontaine. Malheureusement ou heureusement, soit que le lecteur ou la lectrice voudra se placer au point de vue du mari ou de la femme, le Rhône était fort rapide en cet endroit, de sorte que la mule et la dame furent entraînées par le courant, et comme le fleuve, toujours heureusement ou malheureusement, était aussi profond que rapide, toutes deux eurent bientôt disparu dans les flots, tandis que le mari, que sa douleur sans doute enchaînait au rivage, faisait de grands cris, de grands bras, et appelait au secours dans l'espérance que personne ne viendrait à son appel.

Cette espérance fut réalisée. La dame et la mule se noyèrent de compagnie. Le mari regretta fort la mule : mais dans les grandes circonstances, il faut savoir faire des sacrifices.

Cependant la chose avait fait tant de bruit, que la justice s'en était émue; le mari avait été appelé devant le tribunal; mais il avait paru si désolé, il avait versé tant de larmes sur la mort de la défunte, que, faute de preuves, la justice l'avait relâché.

Sylvandire s'apitoya fort sur le destin de la pauvre femme, et Roger déclara, dans son indignation, que si cet homme n'était pas un croquant, il irait lui demander raison de son infâme conduite.

Aussi tous deux quittèrent-ils en hâte cette ville de malheur, et le lendemain les deux époux étaient à Marseille.

Comme c'était le terme de leur voyage, les deux époux s'arrangèrent dans un hôtel pour y séjourner quelque temps. Dès le jour de leur arrivée, ils allèrent se promener sur la Cannebière et dans les allées de Meillan, affichant partout leur amour qui se produisait par les caresses les plus extravagantes; chacun les prenait pour de nouveaux mariés usant de leur lune de miel, et les admirait.

Dans l'hôtel qu'ils habitaient, dans le cercle où ils furent reçus, partout enfin, on faisait l'éloge de ce ménage favorisé.

Quelle charmante femme! et comme son mari l'aime, disaient les hommes.

Quel beau gentilhomme! et comme sa femme l'adore, disaient les femmes.

On ne parlait à Marseille que de Roger et de Sylvandire.

Un jour, Roger, qui était sorti seul le matin, rentra au logis et prévint sa femme qu'ils allaient tous deux, sur le midi, rendre visite à un négociant sarde chez lequel il venait de placer fort avantageusement quelques fonds dont il était embarrassé.

Sylvandire lui demanda quelle toilette il était convenable qu'elle fît, et Roger lui répondit : — La plus belle que vous aurez, ma chère. Je veux que cet étranger aille rapporter dans son pays qu'il n'a vu dans son voyage aucune femme plus belle que vous.

C'était là un de ces conseils que Sylvandire suivait toujours avec une ponctualité qui faisait honneur à son obéissance conjugale. Au reste, sa beauté, rehaussée par l'élégance des dentelles et le feu des diamans, était vraiment surnaturelle, et quand elle monta dans sa chaise, les porteurs euxmêmes en furent éblouis.

Le négociant sarde demeurait rue de Paradis. C'était un long vieillard à barbe grise et pointue, comme on le portait du temps du cardinal de Richelieu : Juif, Grec, Arabe, tout enfin, excepté Sarde, et qui parlait toutes les langues. Il semblait attendre impatiemment les deux visiteurs; il alla audevant d'eux avec un visage rayonnant. La beauté de Sylvandire semblait éclairer tout ce qui s'approchait d'elle.

Rien ne donne de la confiance comme le succès; Sylvandire avait vu l'effet qu'elle avait produit; elle fut adorable de grâce et d'amabilité.

Roger, en mari galant et pour faire valoir l'esprit de sa femme, mit la conversation sur des matières tantôt badines, tantôt sérieuses.

Sylvandire soutint l'épreuve indiquée par Boileau et passa avec un égal succès du grave au doux, du plaisant au sévère.

Roger s'épanouissait d'orgueil; de temps en temps il faisait au négociant sarde un signe de tête qui pouvait se traduire par ces mots :

— Vous voyez que j'avais dit vrai.

Et le Sarde répondait par un signe qui voulait dire évidemment :

— C'est une femme comme on en voit peu.

Roger pria Sylvandire de parler italien, et Sylvandire soutint la conversation pendant une demi-heure dans l'idiome toscan et avec l'accent romain.

Roger pria Sylvandire de jouer quelque chose sur le clavecin, et Sylvandire joua un morceau de l'opéra d'*Orphée* et chanta en s'accompagnant.

Le morceau se termina au milieu des applaudissemens, et il y eut de nouveaux signes et de nouveaux sourires échangés entre les deux auditeurs.

Le marchand sarde dit quelques mots à l'oreille de Roger.

— Oh ! pour cela, répondit le chevalier, c'est impossible, et je crains que, malgré mes prières, madame ne veuille jamais y consentir.

— Que dit donc monsieur, mon ami? demanda Sylvandire.

— Rien, répondit Roger.

— Mais enfin?

— Il désire une chose impossible.

— Laquelle?

— Il dit qu'il a vu danser les gitanes d'Espagne, les almées d'Égypte, les bayadères de l'Inde.

— Eh bien !

— Et il prétend...

— Quoi ?

— Qu'il est convaincu que vous l'emportez en grâces sur ces dames, et qu'il est sûr que si vous vouliez danser un menuet ou une gavotte...

— Oh ! dit Sylvandire.

— Je vous l'avais bien dit, mon cher ami, reprit Roger; cela ne se peut pas.

— Cependant, mon ami, dit Sylvandire ne voulant pas

rester en route de coquetterie et de séduction, cependant si j'avais quelqu'un pour figurer avec moi, je danserais volontiers un menuet.

— Mais, me voilà, moi, dit le vieux Sarde.

— Eh bien ! moi je chanterai l'air, dit Roger.

Et il se mit à roucouler l'air du menuet d'Exaudet, tandis que Sylvandire, avec son grotesque partner, en exécutait les figures avec une précision et une grâce ravissantes.

Le succès de Sylvandire monta jusqu'au triomphe.

— Et quel âge a madame, demanda le marchand sarde, d'un ton d'une profonde admiration ?

— Dix-neuf ans sept mois et quinze jours, répondit Roger ; pas encore vingt ans, mon cher monsieur, pas encore vingt ans !

— Vous ne m'aviez rien dit de trop, mon gentilhomme, répondit à son tour le Sarde ; et l'éloge que vous m'aviez fait de madame est encore, je dois le dire, resté au-dessous de la réalité.

— Oh ! monsieur ! dit Sylvandire, en jetant un coup d'œil de reconnaissance à son mari.

— Non, parole de grand cœur, reprit le Sarde avec un rire malicieux, vous êtes la plus charmante dame que j'aie encore vue, une vrai beauté orientale, une perle de sérail, une véritable houri, une femme impayable.

— Il me semble qu'on me fait la cour bien galamment, en votre présence, mon cher Roger, répondit Sylvandire en minaudant.

— Non, ma chère, répondit Roger, on vous apprécie également, voilà tout.

Là-dessus on prit congé, mais en les reconduisant, le Sarde invita les deux époux à déjeuner le lendemain avec lui à bord d'une tartane qui mouillait hors rade. Il s'agissait, outre le déjeuner, de prendre le plaisir de la pêche ; c'était le temps du passage des sardines.

Cette partie de plaisir si nouvelle enchanta Sylvandire, qui accepta de grand cœur, et qui voyant que Roger ne répondait pas, se retourna avec inquiétude de son côté.

— Eh bien ! lui dit-elle, pourquoi gardez-vous donc le silence ? refuseriez-vous ?

— Non, chère amie, mais j'ai peur.

— Peur ! et de quoi ?

— Que vous ne puissiez supporter la mer.

— Oh ! il n'y a pas de danger.

— Vous désirez donc faire cette partie de pêche ?

— J'en meurs d'envie.

— Il faut faire tout ce que vous voulez.

— Vous êtes un mari charmant.

— Eh bien ! donc, mon cher hôte, dit Roger, à demain.

— A demain, dit Sylvandire.

— A demain, dit le Sarde.

Le lendemain, à l'heure convenue, on était chez le Sarde. Une petite chaloupe propre et élégante attendait sur le port, un peu au-dessus de la douane. Tous trois montèrent dedans, et se rendirent à la tartane qui mouillait à la hauteur du château d'If.

C'était un charmant bâtiment taillé pour la course, et qui rasait les flots comme un oiseau de mer. Il était commandé par un patron de trente à trente-cinq ans, remarquable par sa figure orientale et par son costume étranger. Ce patron ne parlait qu'italien, ce qui donna à Sylvandire une nouvelle occasion de déployer sa science philologique. Il avait ces yeux magnifiques, le nez grec, et des dents comme des perles.

On déjeuna de bon appétit, on vit tirer les filets qui rompaient sous le poids du poisson, et l'on convint, séance tenante, d'une pêche au feu pour le lendemain soir.

Rentrée au logis, Sylvandire ne tarit pas sur les louanges du patron ; qu'il était beau, qu'il était fort, qu'il était courageux, quelle grande façon de s'exprimer ! avait, avec quel luxe il avait reçu ses hôtes, et comme tout son équipage lui obéissait sur un mot, sur un geste, un signe.

— Assurément, dit Sylvandire, en mettant le pied sur le quai, cet homme est au-dessus de sa condition.

— Assurément, répondit Roger.

Le lendemain matin, Roger retourna chez le Sarde ; au retour, il trouva sa femme qui dansait et était toute seule.

— Bah ! dit-il, elle est déjà amoureuse du patron.

On devait partir à six heures de l'après-midi seulement ; de dix minutes en dix minutes, Sylvandire regardait la pendule : elle eût voulu pousser l'aiguille. Roger souriait amèrement et secouait la tête ; mais Sylvandire ne s'occupait pas de Roger.

— Au moment de partir, arriva la permission de l'inspecteur du port : Roger demanda au négociant sarde si le temps serait beau.

— Superbe, répondit Sylvandire.

Mais le Sarde cligna de l'œil d'une façon toute particulière, et qui voulait dire : « Soyez tranquille, nous aurons le temps qu'il nous faut. »

On monta dans le canot, et comme on avait le vent debout, on n'avança que fort lentement. Il en résulta que la nuit était venue et qu'on n'était encore qu'à la hauteur de l'île de Pomègue.

Pendant le trajet, de gros nuages s'étaient amoncelés à l'horizon et s'avançaient comme une marée, puis ils enveloppèrent la lune perdue au milieu de leurs vagues cotonneuses comme une île de feu ; mais peu à peu, ils s'étreignirent de plus en plus épais et commencèrent à faire pâlir sa lumière.

De son côté, la mer était sinistre et déferlait bruyamment sur les rochers et sur le rivage.

On voyait dans l'ombre de grandes bandes d'écume phosphorescente qui couraient comme des traînées de flammes.

— Mon Dieu ! dit Sylvandire, il me semble que nous allons avoir une tempête.

— Que dites-vous du temps, mon cher hôte ? demanda Roger au marchand sarde.

— Beau temps pour la pesse, beau temps pour la pesse, répondit celui-ci avec un regard railleur que Sylvandire surprit et dont elle fut effrayée.

— Que veut dire monsieur, mon ami ? dit-elle en se rapprochant de Roger.

Roger frissonna en sentant le contact de cette femme qu'il avait tant aimée, et que peut-être il aimait encore.

Il recula machinalement.

— J'ai peur, dit Sylvandire.

Roger ne répondit point et laissa retomber sa tête dans ses deux mains.

Alors le marchand sarde alluma une torche, et se levant, il l'agita quelque temps dans les airs, puis l'éteignit.

Le vent soufflait d'une façon lamentable, on eût dit des plaintes humaines.

En ce moment un éclair illumina le ciel, et à la lueur de cet éclair on vit la tartane qui courait des bordées à cinq cents pas de distance.

Bientôt on aperçut quelque chose qui s'avançait dans l'ombre ; c'était une chaloupe montée par cinq hommes.

Deux hommes ramaient ; deux hommes se tenaient à l'avant ; le cinquième était assis à l'arrière.

Sylvandire reconnut dans ce dernier le patron de la tartane.

Mais cette fois, ce visage qui lui avait paru si beau la veille, lui parut empreint d'une expression sinistre.

— Abordez, dit le patron en italien.

Et la chaloupe et le canot se trouvèrent bord à bord.

— Mon Dieu ! s'écria Sylvandire, devinant à l'expression des physionomies des nouveaux venus qu'il n'était pas, comme elle l'avait cru, question d'une partie de plaisir, — mon Dieu ! qu'y a-t-il donc et que va-t-il se passer ?

A peine avait-elle prononcé ces paroles, que les deux rameurs et les deux hommes de l'avant sautèrent dans le canot ; et tandis que les deux rameurs contenaient Roger ou faisaient semblant de le contenir, les deux hommes de l'avant prirent Sylvandire à bras le corps, et l'enlevèrent.

— Roger ! s'écria-t-elle, Roger, au secours, à l'aide ! Roger, sauve moi, sauve-moi, sauve ta Sylvandire !

Roger se leva par un premier mouvement instinctif et machinal, mais les deux hommes l'arrêtèrent : il est vrai que si Roger eût voulu il en eût pris un de chaque main et les eût jetés tous deux à la mer.

Mais, sans doute, il ne crut pas que c'était le moment d'user de ses forces et il se rassit en poussant un soupir et en passant la main sur son front.

Pendant ce temps, Sylvandire, pâle de terreur, passait du canot dans la chaloupe.

— Roger, Roger! essaya-t-elle de crier encore une fois. — Roger, à moi! Je me meurs! et elle s'évanouit.

Il fallut que Roger se rappelât à la fois toutes les douleurs qu'il avait souffertes, tous les affronts qu'il avait essuyés, toutes les hontes qu'il avait bues, pour qu'il ne sautât point dans la chaloupe au dernier appel de la voix mourante de Sylvandire, et qu'il ne l'arrachât point aux mains de ces hommes.

Il avait levé la tête, il la laissa retomber dans ses mains.

— Au large! cria le marchand sarde.

Le patron prit Sylvandire des bras des hommes qui l'avaient enlevée, les rameurs saisirent leurs avirons, et la chaloupe s'éloigna rapidement.

— Addio, padrone! cria le commandant de la tartane au marchand sarde.

— Addio, répondit celui-ci avec le petit ricanement qui lui était habituel.

Roger jeta un dernier regard vers Sylvandire; il vit encore sa robe blanche qui se détachait dans la nuit; et comme les hommes et la chaloupe étaient déjà perdus dans l'obscurité, on eût dit une ombre qui glissait à la surface de la mer.

Mais au bout de quelque temps elle disparut dans la brume, et l'on ne vit plus rien.

Aussitôt le vieillard sarde prit les rames et se mit à ramer du côté opposé à la chaloupe, c'est-à-dire vers la terre, avec une vigueur qu'on n'aurait jamais soupçonnée dans ce maigre et débile corps.

— Eh bien! dit-il à Roger, au bout de dix minutes de silence à peu près et en ralentissant le mouvement de ses avirons, eh bien! vous voilà libre, monsou le scavalier. Les soses se sont-elles passées comme vous le désiriez et êtes-vous content de nous?

— Oui, répondit Roger d'une voix sombre, oui, je suis libre, et cela grâce à un crime.

— Bah! un crime! répondit le vieillard, il ne faut pas envisager les soses ainsi. C'est une plaisanterie, voilà tout. Votre dame s'en va droit à Tounis; le patron il avait une commande d'un prince indien qui désirait oune femme française; vous, vous étiez las de la vôtre, cela s'est arrangé à merveille.

Roger regarda une dernière fois à l'horizon, et vit effectivement, sous un rayon de la lune, la tartane qui fuyait au milieu d'un brouillard blanchâtre dans la direction de Tunis.

— Allons, dit le vieillard, il faut songer à nous maintenant, car nous approchons de la terre; désirez promptement vos habits, trempez-vous des pieds à la tête dans l'eau de la mer, et brisons un banc ou deux de ce canot.

Roger, en ce qui le concernait, exécuta silencieusement ces prescriptions, et par un vent qui devenait de plus en plus menaçant, ils rentrèrent au port vers une heure du matin.

Du plus loin qu'il aperçut la Tour-Ronde, le Sarde se mit à pousser des vociférations, des sanglots, des gémissemens qui réveillèrent Roger du terrible songe qu'il achevait de faire.

— O povero! ô malheureux! ô povero marito! s'écria-t-il. Ohime! ohime!...

Ces cris, répétés avec variation d'idiome, firent sortir tous les douaniers de leur corps-de-garde, et près d'eux et autour d'eux, se groupèrent quelques bourgeois attardés.

— Qu'y a-t-il? cria le chef des gabelous.

— Ce qu'il y a! ce qu'il y a! ah! che schiagure, oune si sarma-ute femme! o! che peccato.

Et pendant que le vieillard poussait ces cris inintelligibles, la barque avançait toujours.

— Mais qu'est-il donc arrivé? s'écrièrent les assistans.

Alors le vieillard, tout en mettant pied à terre, raconta qu'au moment d'arriver à la tartane où Roger, Sylvandire et lui allaient faire une partie de pêche, un canot poussé par

une lame avait brisé un banc et le gouvernail, et cela avec une telle violence que, du choc, madame d'Anguilhem qui se tenait debout était tombée à la mer.

— Aussitôt, raconta toujours le vieillard, Roger s'était précipité après sa femme, mais en vain. La lame était grosse, le ciel était noir. La malheureuse Sylvandire n'avait point reparu.

Et il fallait voir les gestes animés du Sarde, sa pantomime furieuse. Il fallait l'entendre orner son récit de toutes les amplifications de la rhétorique italienne.

Six fois Roger avait plongé. Le Sarde avait voulu le retenir par les basques de son habit, mais inutilement; enfin, il allait plonger une septième fois, lorsqu'il l'avait saisi à bras-le-corps, s'était emparé de lui et l'avait retenu de force, en lui assurant que sa femme avait été recueillie par l'autre canot. Enfin, Roger s'était évanoui, et pendant ce temps, lui, pauvre vieillard, il avait ramené l'esquif au port. Quant aux hommes de la chaloupe, on ne les avait pas revus, et l'on ignorait quels gens c'était, la violence des flots les ayant, en un instant, entraînés hors de vue.

On plaignit d'Anguilhem; quelques assistans, plus sensibles que les autres, versèrent des larmes. Il était sombre, muet, immobile. On prit son abattement pour un désespoir qui touchait à la folie, et l'intérêt qu'on lui portait s'augmenta de sa morne attitude. S'il eût été pauvre, on l'eût couvert d'aumônes, tant sa position paraissait franche et sa douleur réelle.

En rentrant à son hôtel, Roger s'enferma. Le patron le reconduisit, et raconta à tout le monde la funeste accident de la nuit. Roger avait ordonné qu'on le laissât seul avec sa douleur; aussi personne n'entra dans sa chambre que le négociant sarde, qui le lendemain, à dix heures du matin, vint s'informer de la façon dont le pauvre époux avait passé la nuit.

Puis tous deux mirent le verrou à la porte, et Roger compta cinq cents pistoles au Sarde, en échange de quoi celui-ci lui remit un procès-verbal signé par quatre notables du pays, relatant l'aventure nocturne qui avait causé la mort de madame d'Anguilhem, jusque dans ses moindres détails.

D'Anguilhem envoya ce procès-verbal à maître Boileau, avec une lettre pleine de réflexions lugubres.

Il fit aussi part de la perte qu'il venait de faire de son épouse bien-aimée au marquis de Crette, à d'Herbigny, à Clos-Renaud et à Chastellux.

Puis, il partit pour Anguilhem, où il arriva douze jours après l'embarquement de Sylvandire.

Maintenant, avouons franchement une chose que nos lecteurs ont déjà sans doute devinée.

Le chevalier Roger-Tancrède d'Anguilhem avait purement et simplement vendu sa femme à un corsaire tunisien, dont le marchand sarde était le correspondant en France.

Ce qui n'était pas mal ingénieux pour un provincial.

XXVII.

Comment le chevalier d'Anguilhem apprit que son père n'avait pas remis à mademoiselle de Bouzerie la lettre dans laquelle il lui rendait sa liberté, et ce qui s'en était suivi.

Le baron d'Anguilhem, comme on le comprend bien, avec l'amour mêlé de respect qu'il portait au château de ses pères, n'avait point vu se faire un tel changement dans sa fortune sans songer à opérer quelques améliorations dans sa propriété. Aussitôt le mariage accompli, aussitôt ses intérêts réglés avec Roger, aussitôt son retour à Anguilhem enfin, il s'était donc mis à la grande œuvre qui le préoccupait depuis si longtemps, et que le manque de fonds l'avait seul empêché d'entreprendre.

Le premier de ces changemens avait été une grande allée

de sycomores qu'il avait fait planter devant son habitation, et qui, depuis deux ans et demi, étaient de venus assez beaux ; de plus, entre les troncs de ces arbres, on avait intercalé une haie de sureaux et de coudriers ; au bout de cette allée, qui avait près d'un demi-quart rien on voyait s'élever le manoir d'Anguilhem, augmenté d'un étage, lequel était surmonté lui-même d'un pavillon belvédère, dont la mode commençait à s'introduire, même dans les environs de Loches.

Il va sans dire que dans ce mouvement architectural, qui avait donné à la maison un petit air seigneurial qui faisait plaisir à voir, la fameuse tour de la Guérite avait été scrupuleusement respectée.

Puis, agrandi du côté des bâtimens, le baron avait songé à s'arrondir du côté des terres ; il avait acheté ce fameux marais de deux lieues qui ne rapportait rien qu'une magnifique chasse d'hiver aux canards et à la bécassine, mais qui donnait à la terre la même étendue qu'avait autrefois la baronnie ; puis, les uns après les autres, il avait accaparé tous les petits bois qui avaient été si longtemps l'objet de sa convoitise, de sorte que le baron pouvait dire maintenant : mes bois, mes marais, mes plaines, faculté dont, il faut lui rendre justice, il n'abusait pas ridiculement.

Enfin le personnel s'était augmenté en raison du matériel.

Il avait deux fermiers au lieu d'un, trois chevaux dans son écurie, parmi lesquels figurait Christophe qu'il avait ramené de Paris à son retour de la capitale, et qui, à l'instar des vieux soldats qui avait combattu à Steinkerke et à Berg-op-Zoom, avait ses invalides ; enfin à ses deux servantes, mesdemoiselles Marie et Gothon, et à son garde-chasse Lajeunesse, il avait ajouté deux domestiques mâles.

Nous ne parlons pas de l'abbé Dubuquoi, qui, devenu inutile comme précepteur, avait été élevé au rang de bibliothécaire et passait son temps à rassortir chez les libraires de Loches les 240 volumes dépareillés qui formaient le fonds de son domaine.

Grâce à cet état de maison, demeuré au reste au-dessous de ce qu'il pouvait être, le baron d'Anguilhem était considéré comme le plus riche propriétaire des environs.

Les trois cent mille livres qu'il s'était réservées sur la fortune de monsieur de Bouzenois, lui rapportaient donc un million de saluts par an et des saluts les plus recherchés de sa province.

Quant à la baronne, elle était restée exactement la même, c'est-à-dire le type le plus complet de l'excellente femme, de l'excellente mère ; elle avait seulement ajouté aux six robes qu'elle possédait les deux robes qu'elle avait fait faire à Paris ; mais dans les grandes circonstances elle avait continué à faire elle-même la pâtisserie qu'elle faisait, au reste, à merveille, et à essuyer de sa propre main ces belles assiettes du Japon que Roger essuyait si bien.

Nous avons ramené Roger à cet endroit parce qu'au milieu de leur changement de fortune, ce bon père et cette tendre mère ne pensaient qu'au fils auquel ils le devaient : lorsqu'ils plaisaient ensemble, ce qui arrivait souvent, on était bien certain que le nom du chevalier, prononcé par l'un ou par l'autre, allait mettre la conversation sur le chapitre de ce fils bien-aimé, et cependant, il faut le dire, il y avait des momens où le baron et la baronne accusaient Roger d'ingratitude.

C'est que jamais monsieur et madame d'Anguilhem n'avaient rien su de l'emprisonnement de Roger. Cretté avait compris avec raison que l'annonce d'une pareille nouvelle les tuerait, et, comme, confinés dans leur province et n'ayant aucune relation à Paris, ils ne pouvaient aider ne leur ami de leur fils dans les démarches qu'ils faisaient, il avait voulu leur épargner une douleur inutile. Il leur avait donc écrit que le chevalier, chargé d'une mission secrète, était parti pour la Hollande, les prévenant en outre que, comme tout le monde devait ignorer le lieu de sa résidence, ils ne recevraient sans doute de longtemps aucune lettre de lui, attendu que dès cette époque les gouvernemens avaient adopté cette mesure, si heureusement perpétuée jusqu'à nos jours, d'ouvrir les lettres, dans le but parfaitement innocent de savoir ce qu'elles contiennent. Roger n'avait donc pas donné de ses nouvelles pen-

dant quinze mois ; ce que, grâce à la lettre de Cretté, ses parens avaient parfaitement compris ; mais ce qu'ils n'avaient pas compris, en échange, c'est que Loches ne fût pas le plus court chemin de Paris à la Haye.

Roger, aussitôt sa sortie de prison, avait écrit à Anguilhem ; mais, prévenu par Cretté, il avait entretenu ses parens dans leur erreur. Sa lettre, comme on s'en doute bien, avait été accueillie avec bonheur. Cependant, après une si longue absence, c'était lui, lui surtout, qu'on avait besoin de revoir. Les invitations de venir passer un mois au château d'Anguilhem s'étaient alors succédé avec l'acharnement de la tendresse maternelle ; mais au milieu de ses graves préoccupations, Roger n'avait pas eu le temps de faire droit aux réclamations de ses bons parens.

En partant pour Marseille, Roger avait écrit enfin qu'il allait faire un voyage en Provence, et qu'à son retour il passerait par Anguilhem, où il séjournerait un mois ou deux.

Dès lors, on se prépara au château à recevoir l'héritier présomptif, à fêter l'enfant prodige. On mit les ouvriers dans la plus belle chambre du château, et l'on fit venir de Loches un surcroît de meubles, afin qu'à son arrivée madame d'Anguilhem ne manquât de rien.

Aussi, quand une chaise apparut au bout de l'allée des Sycomores, s'avançant avec cette allure fringante qui n'appartient pas à la province, le cri : « Le chevalier ! le chevalier ! » retentit par tout le château, et chacun se mit sous les armes.

La chaise arrivait au grand galop. À la porte, elle s'arrêta. La portière s'ouvrit, et Roger tomba dans les bras de son père et de sa mère, qui versaient des larmes de joie ; puis il passa de leurs bras dans ceux de son ancien professeur, l'abbé Dubuquoi.

À quelques pas derrière eux étaient les vieux serviteurs, amenés là par leur affection, et les nouveaux par leur curiosité.

Vieux et nouveaux trouvèrent que leur jeune maître était devenu un très joli seigneur.

Quant à Castor, il hurlait dans sa niche, et s'élançait à faire croire qu'il allait briser sa chaîne.

Au bout d'un instant d'effusion, la baronne se souvint qu'il lui manquait un enfant. Elle jeta un coup d'œil dans la voiture ; et, la voyant vide...

— Et madame d'Anguilhem, s'écria-t-elle, où est-elle donc ?

Une vive rougeur passa sur le front de Roger, et une larme, qui n'était pas hypocrite, tomba de ses yeux.

Hâtons-nous de dire qu'il n'en tomba qu'une.

— Il m'est arrivé un grand malheur, ma mère ! dit Roger ; j'ai perdu madame d'Anguilhem... Mais rentrons ; je vous conterai cela.

Il serait difficile de donner au lecteur une idée des cris de douleur et d'étonnement qui accueillit, au salon, le récit de la catastrophe de Marseille.

La baronne pensa s'évanouir de douleur, et elle ne se lassait pas de répéter comme Géronte :

— Mais qu'allait-elle faire dans cette galère !

Cependant Roger l'eut bientôt consolée, et pour produire ce grand miracle, il n'eut besoin que de prendre sa mère à part et de lui dire ces quelques mots :

— Dieu qui sait tout, ma mère, sait que madame d'Anguilhem ne me rendait pas heureux, et malheureusement le monde sait encore qu'elle n'a pas toujours eu pour notre nom tout le respect qu'elle lui devait ; son malheur n'est donc qu'une punition.

Roger, forcé de mentir sur beaucoup de points, sur celui-là du moins ne mentait pas.

Depuis plus de trois ans, Roger n'avait pas vu Anguilhem ; mais l'absence n'avait pas été assez longue pour qu'il eût rien oublié ; chacun de ses souvenirs était encore vivant dans son cœur, et chacun de ses souvenirs se liait à son amour pour mademoiselle de Beuzerie. De souvenirs antérieurs, il n'en avait point ; il lui semblait qu'il n'avait commencé à vivre que du jour où il avait vu Constance.

La baronne avait, comme nous l'avons dit, fait préparer le plus bel appartement du château ; mais Roger demanda à coucher dans sa petite chambre. C'était là, on se le rappelle, que lui était apparue, pour lui ordonner de vivre, la jeune fille qu'il croyait morte. Il alla au tableau représentant le Christ, s'agenouilla comme il avait l'habitude de faire à cette époque-là, et essaya de retrouver sa prière d'enfant; mais à l'époque où il priait, Roger était jeune, pur, plein d'illusion et de foi; et surtout il n'avait pas commis une action qui, à tout prendre, ressemblait fort à un crime.

Roger se mit au lit; mais il resta longtemps au lit sans s'endormir. Cependant le sommeil vint, et avec le sommeil les songes; il lui sembla que le tableau tournait encore sur lui-même comme au temps des visions de sa jeunesse; mais cette fois ce n'était pas Constance qui lui apparaissait, c'était Sylvandire qui descendait du piédestal, et qui venait froide et glacée s'étendre près de lui.

Trois fois Roger se réveilla, et trois fois en se rendormant il retomba dans le même rêve.

Le matin, il se leva avec le jour, alla lui-même à l'écurie seller Christophe, et comme il avait besoin de chasser le souvenir de Sylvandire par un souvenir plus tendre, il suivit la route jusqu'à l'endroit où certain soir de Pâques il avait retrouvé le coche de monsieur de Beuzerie renversé dans le marais, et avait ramené triomphalement Constance sur ce même Christophe qui, après six ans passés, le ramenait au même endroit.

Roger reconnut la place: il lui semblait que l'événement était arrivé de la veille, et que tout ce qui s'était passé depuis ce temps était un songe.

A l'heure du déjeuner, Roger revint au château l'esprit un peu plus calme et un peu plus tranquille. Les souvenirs du matin avaient combattu les rêves de la nuit; Constance avait vaincu Sylvandire.

Au déjeuner, Roger demanda des nouvelles de tout le voisinage; mais, selon l'habitude des gens qui pensent trop à une personne, ce fut de cette personne-là qu'il n'osa pas dire mot. Il espérait toujours que son père ou sa mère prononcerait le nom de mademoiselle de Beuzerie; mais ce nom ne sortit pas de leur bouche.

Il est vrai de dire, au reste, que Roger attendait avec une impatience qui n'était pas exempte d'anxiété. A tout moment il s'attendait à entendre sortir de la bouche du baron, parmi les énumérations généalogiques de la province, cette fatale parole:

— A propos, mademoiselle Constance de Beuzerie a épousé monsieur de Croisey, ou tout autre.

Mais, au grand étonnement de Roger, le baron et la baronne semblaient s'être donné le mot, et pas un des deux ne parla de Constance.

Après le déjeuner, Roger monta sur Christophe, qui partit en rechignant très fort. Il commençait à croire, en reconnaissant le cavalier à quelques vieilles habitudes qu'il n'avait pas perdues, que ses courses amoureuses allaient recommencer. Or, Christophe avait vieilli comme les autres personnages de cette histoire. Christophe, enfin, avait six ans de plus.

Cette fois, Roger se dirigea vers un but que le pauvre animal connaissait encore. C'était vers la Chapelle-Saint-Hippolyte, où Roger et Constance s'étaient enfuis, et dont le bon curé les avait si religieusement trahis.

Il espérait que le curé en le reconnaissant lui parlerait de Constance.

Hélas! le curé était mort et remplacé par un autre curé envoyé de Lorient. Le nouveau pasteur n'avait pas connu Constance; il n'y avait donc pas de probabilité qu'il en parlât.

Quant à la servante du nouveau curé, il l'avait amenée avec lui de Lorient: il n'y avait donc aucune chance qu'elle en sût davantage que son maître; d'ailleurs, elle ne parlait que le plus pur bas breton, langue que Roger avait peu pratiquée, quoique les savans aient découvert depuis que c'était l'ancien celtique.

Roger revint donc au château aussi ignorant qu'il en était parti.

Au dîner, même silence. Roger était muet et préoccupé; il retournait de tous côtés dans sa pensée la phrase par laquelle il devait entamer cette importante conversation. Enfin, après

mille détours qui n'amenèrent aucune ouverture de la part de ses parens, il se hasarda.

— Et... et notre ancienne haine avec les Beuzerie, dit-il en essayant de sourire, vous ne m'en parlez point, mon père.

— Elle est bien calmée, et nous sommes cruellement vengés, répondit le baron.

— Bah! et pourquoi cela? s'écria Roger en frémissant de de tout son corps en songeant que Constance était peut-être morte ou mal mariée.

— Figure-toi, reprit le baron tandis que la baronne regardait son fils avec inquiétude; figure-toi que Constance n'a pas trouvé à se marier et qu'elle est encore fille.

Un tremblement convulsif s'empara de Roger. Il rougit et pâlit tout à tour. Il essaya de se lever de son fauteuil et retomba assis. Puis, des larmes vinrent à ses yeux, et il laissa tomber sa tête sur sa poitrine en poussant un profond soupir.

— Oui, dit la baronne, elle s'est retirée voici bientôt un an au couvent de Loches, et l'on ne sait pas trop si, malgré les instances de ses parens, elle n'entrera point en religion.

Ainsi quand Roger avait cru perdre Constance, il avait voulu se faire jésuite. Ainsi quand Constance avait perdu Roger, elle avait voulu se faire religieuse.

Dieu est donc au fond de tout amour réel.

— Pas mariée, répartit Roger; pas mariée, et sans doute m'aimant toujours!

— Elle qui faisait tant la fière, dit le baron, ignorant ce qui se passait à cette heure dans le cœur de son fils.

— C'est-à-dire, reprit la baronne, elle dont les parens avaient tant d'orgueil; car, pour Constance, Dieu sait que c'était une bonne et sainte fille que j'aimais comme une mère.

Roger remercia la baronne d'un coup d'œil.

— Et... et qu'a-t-elle dit de mon mariage? reprit-il en hésitant.

— Ma foi, nous n'en savons rien, reprit le baron d'un air quelque peu embarrassé, car nous n'avons pas vu les Beuzerie depuis ton départ.

La conversation en resta là; seulement Roger devint plus pensif encore qu'à l'ordinaire, et l'on se leva de table sans avoir ajouté un seul mot de plus.

Après le dîner, Roger prit son fusil, détacha Castor, auquel la joie de sortir avec son ancien maître rendit momentanément toute son ancienne vigueur, et il recommença ses promenades d'autrefois du côté de la garenne; mais, en trois ans, que de jours écoulés, et dans ces jours, que d'événemens! A chaque pas du chemin, il trouvait un regret ou un remords; derrière chaque buisson, il craignait d'apercevoir Sylvandire et pleurait de ne plus voir Constance.

L'arrivée de Roger fut au reste fêtée dans tout le pays; la douleur qu'inspirait la mort de la jeune baronne ne fut pas de longue durée. Presque personne ne l'avait connue.

Puis, il y avait encore un motif pour que l'effet produit par l'accident qu'avait raconté Roger à sa mère, et que sa mère racontait à tout le monde, produisît une courte impression. Roger, en devenant veuf, était redevenu libre. Roger avait vingt-deux ans. Roger était plus beau qu'il n'avait jamais été, même du temps où on l'appelait le beau Roger ou le beau Tancrède. Enfin, Roger possédait, sans compter ce qui devait lui revenir à la mort de ses parens, c'est-à-dire sans compter ses espérances, comme on le dit dans cet infâme argot qu'on appelle la langue des hommes d'affaires; Roger, disons-nous, possédait à lui, en propre, et pour le moment cinquante bonnes mille livres de rentes.

Aussi les mères de famille reprirent peu à peu leur idée favorite, qui était de marier Roger à leurs filles.

Roger fut donc le héros de la chasse, des bals et des festins; mais hélas! un héros bien triste. Cependant, au milieu de ces réunions, il aperçut quelquefois une figure encore plus triste que la sienne; c'était celle du vicomte de Beuzerie. Chaque fois Roger s'éloigna de lui, car la vue de ce vieillard, dont l'orgueilleux entêtement avait été la cause première de ses douleurs, lui faisait mal, en lui rappelant toute une immensité de souvenirs amers.

Un jour, à la chasse, il rencontra le vicomte près de cette

même garenne où, à peu près trois ans auparavant, ils s'é-
taient si violemment querellés, et où depuis, partant plein
d'espoir et d'illusions, Roger avait pris congé de Constance.

Roger salua le vieillard en le suivant d'un œil attendri, car
enfin quelque tort qu'il eût envers Roger, ce vieillard c'était
le père de Constance.

Monsieur de Bœuzerie, qui avait coupé à travers une pièce
de luzerne pour éviter la présence du chevalier, se ravisa.
Et venant droit à lui :

— Monsieur d'Anguilhem, lui dit-il, seul et de grâce me
dire vous-même, afin que je l'entende de votre propre bouche,
si vous êtes marié ou si vous ne l'êtes pas.

— Je suis veuf, monsieur, répondit Roger en tremblant.

— Alors venez avec moi, monsieur, reprit le vicomte, et
vous sauverez toute ma famille du désespoir ; ma fille s'est
renfermée à la Conception, elle ne veut rien entendre de nous,
elle prétend que nous l'avons trompée, que vous êtes toujours
garçon, que vous ne l'avez pas dégagée de sa parole, enfin
qu'elle ne peut donc appartenir à personne qu'à vous ou à
Dieu, et puis, peut-être aussi est-elle devenue folle, pauvre
chère enfant, car depuis deux ans sa mère et moi nous ne
comprenons plus rien à sa conduite.

Roger laissa tomber son fusil et regarda le baron en homme
qui va s'évanouir.

— Hélas ! hélas ! dit le vieillard ému jusqu'aux larmes,
tout est retombé sur nous, monsieur d'Anguilhem, et nous
sommes véritablement bien malheureux.

Roger sentit se dérober ses genoux sous lui :

— Oh ! monsieur le vicomte, s'écria-t-il, pardonnez-moi,
pardonnez à Constance. Mais je crois entrevoir la vérité ; avant
d'aller avec vous, laissez-moi aller à Anguilhem. J'ai un mot
d'explication à demander à mon père, ensuite je suis tout à
vous. A quelle heure désirez-vous que je sois demain à Bœuzerie ?

— Attendez-moi alors, monsieur le chevalier, répondit le
vicomte, et c'est moi qui demain vous prendrai en passant.

— Je vous attendrai.

— Mais songez que ce n'est point un engagement en l'air
que vous prenez là, monsieur d'Anguilhem. Je compte sur
vous ; j'y compte, n'est-ce pas ? reprit il encore avec une défi-
lance insistance, car il ne savait pas si la vieille offense qu'il
avait faite à Roger ne vivait pas toujours au cœur de son jeune
voisin.

Roger lui fit un signe à la fois de la tête et de la main, et
reprit aussitôt le chemin d'Anguilhem. Cependant, au bout de
cent pas, il se retourna et vit que le vieillard s'était assis et
se tenait immobile et la tête baissée, pareil à une statue de la
Résignation.

Deux heures après, Roger était de retour à Anguilhem.

— Mon père, dit Roger au baron qui cueillait des abricots
dans son verger, mon père, n'auriez-vous donc point remis
à mademoiselle de Bœuzerie la lettre que je vous avais prié de
ui faire passer, et qui lui annonçait mon mariage ?...

Monsieur d'Anguilhem, pris ainsi à l'improviste, hésita un
instant et rougit.

Cette honte d'un père qu'il respectait profondément fut un
reproche douloureux pour Roger. Aussi, prenant aussitôt
les deux mains du baron dans les siennes :

— Oh ! rassurez-vous, mon bon père, quoi que vous ayez
fait, vous avez bien fait.

— Eh bien ! non, mon cher Roger, dit le baron, je ne la
lui ai point remise ; tu ne m'avais pas dit ce que contenait
cette lettre, et, j'ai eu peur, je te l'avoue, que, dans les circonstances difficiles où nous nous trouvions, cette malheureuse lettre ne fît plus de mal que de bien.

— Ainsi, cette lettre ?

— Elle est encore là-haut.

Et le baron, suivi de Roger, rentra au château, monta dans
sa chambre, tira la fatale lettre d'un coffret de chêne où elle
avait jauni, précieusement cachetée, et la remit à son fils.

— Oh ! je comprends tout maintenant, s'écria Roger, je
lui avais dit de ne croire qu'à mes paroles ou à mon écriture,
elle n'a voulu croire à rien qui ne fût pas moi, elle a tou-

jours attendu que je dégageasse ma parole ; et elle eût attendu ainsi jusqu'à la mort ! Oh ! la sublime enfant, comme elle
m'aimait !

Roger prit la lettre et remonta dans sa chambre afin de réfléchir tout à son aise aux événemens passés et peut-être
aussi aux événemens à venir.

XXVIII.

Comment le chevalier d'Anguilhem et mademoiselle Constance
de Bœuzerie se retrouvèrent plus amoureux l'un de l'autre que
jamais, et desquelperplexités ce cet amour plongea Roger.

Roger passa une nuit fort agitée. Il vit en rêve toujours
tourner le tableau ; et cette fois c'était Constance qui lui apparaissait, mais au moment où elle touchait la terre et approchait de son lit, Sylvandire se levait d'un air menaçant
entre elle et Roger, de sorte que quelques efforts que fissent
les malheureux jeunes gens, ils ne pouvaient jamais parvenir à se joindre.

Quelque peu de foi que Roger eût aux songes, celui-là était
tellement en situation et avait un caractère si merveilleusement prophétique qu'il laissa dans son esprit une émotion
qui n'était pas encore dissipée lorsque, vers les huit heures
du matin, monsieur de Bœuzerie arriva.

Le vieillard était à cheval. Roger fit aussitôt seller Christophe ; car dès la veille il avait deviné qu'il était question
d'accompagner le vicomte au couvent de Loches. Tous deux
s'acheminèrent vers la ville.

Le long du chemin, le chevalier, en songeant qu'il allait
revoir Constance, se trouvait parfois pris de si effroyables
sérrements de cœur qu'il retenait son cheval tout-à-coup, et
pâlissait si fort qu'on eût dit qu'il allait tomber. Alors monsieur de Bœuzerie s'arrêtait lui-même et le regardait avec
anxiété ; mais aussitôt Roger rappelait toute sa force et se
remettait en route.

Bientôt on aperçut Loches. Roger ne pouvait comprendre
que dans cet amas de maisons il y eut une maison qui ren-
fermât Constance. Roger ne pouvait croire que dans une demi-heure, dans un quart d'heure, dans cinq minutes, il allait
se retrouver en face de celle qu'il n'avait pas vue depuis près
de trois ans, et dont, pendant ces trois ans, il s'était cru séparé à jamais.

On entra dans la ville, on entra dans la rue. On frappa à la
porte du couvent. La tourière ouvrit. Monsieur de Bœuzerie
demanda sa fille, et la tourière répondit du ton le plus tranquille :

— C'est bien, monsieur le vicomte ; entrez au parloir et
l'on va la prévenir.

Cette réponse était bien simple et bien naturelle ; cependant elle fit frissonner Roger ; il s'attendait presqu'à lui
dire que Constance n'était plus au couvent, ou peut-être, comme on lui avait dit à Châlon, que Constance était morte.

On entra dans le couvent, une religieuse introduisit le vicomte et Roger au parloir, puis les laissa seuls.

Ni le vicomte ni Roger n'échangèrent une parole, seulement le père s'approcha de la grille tandis que le jeune homme restait en arrière à peu près caché dans la demi-teinte.

Au bout de quelques instans la porte s'ouvrit, et Constance
toute vêtue de blanc parut et s'avança vers la grille avec une
démarche lente et d'un pas qui semblait ne faire aucun bruit.

Elle était pâle et amaigrie, mais plus belle et plus gracieuse
que jamais ; on eût dit que tout ce qu'il y avait de terrestre
en elle s'était consumé au feu de son amour, et que de la
femme souffrante en ce monde il ne restait plus que l'ange
bienheureux prêt à remonter au ciel.

Mais tout-à-coup, en détournant les yeux de dessus son
père, le regard de Constance rencontra celui de Roger. Elle
s'arrêta chancelante et jeta un grand cri. Roger crut qu'elle
allait tomber, s'élança vers elle, et passant ses deux bras à
travers la grille :

— O Constance, Constance! dit-il; vous êtes un ange; mais si parfaite que vous soyez, me pardonnerez-vous jamais?

— C'est lui! dit Constance, c'est bien lui. Et, levant ses deux mains jointes et ses yeux au ciel : Oh! mon Dieu, dit-elle, je vous remercie. J'avais donc bien fait de croire. J'avais donc bien fait d'espérer. Le voilà revenu.

— Mais il n'en est pas moins vrai qu'il était marié, dit le vicomte de Beuzerie, tenant à prouver à sa fille qu'il ne l'avait point trompée.

— Marié! reprit Constance, marié. Est-ce vrai, Roger?

— Hélas! dit Roger, j'ai été obligé de céder à la nécessité, et voici la lettre que je vous écrivais à cette fatale époque, et que mon père, Dieu l'inspirait sans doute, ne vous a pas remise.

— Alors que venez-vous faire ici, Roger?

— Vous dire que je suis... libre... et vous remercier de votre généreux dévoûment.

— Vous êtes libre! Roger, ne dites-vous pas que vous êtes libre?

— Oui, murmura Roger, d'une voix presque inintelligible.

— Mon père, s'écria Constance, mon père, je veux sortir d'ici! Oh! mon Dieu, mon Dieu, moi qui vous demandais de mourir; oh! maintenant, mon Dieu, je veux vivre, Roger est libre!...

Chaque tendre parole de la jeune fille était un poignard enfoncé dans le cœur de Roger.

Roger se retourna vers monsieur de Beuzerie, et lui demanda un moment d'entretien avec Constance.

Le vieillard était si content de ce que sa fille, qu'il croyait perdue à tout jamais, allait lui être rendue, qu'il accorda à l'instant ce que Roger lui demandait, et qu'il sortit même du parloir.

A peine la porte fut-elle refermée que Roger saisit la main de Constance et la couvrit de baisers.

— Oh! Constance, lui dit-il, vous voyez que j'ai été forcé par une nécessité insurmontable; dites-moi, est-il bien vrai que vous me pardonniez?

— Je vous pardonne et je vous aime plus que jamais, Roger; puis s'interrompant tout-à-coup : oh! malheureuse que je suis, s'écria-t-elle en cachant sa tête dans ses deux mains, je vous parle de mon bonheur, Roger, et je ne pense pas à l'ombre de cette pauvre morte que j'insulte et qui me maudit peut-être.

Roger sentit un frisson passer dans ses veines et poussa un soupir.

— Vous la regrettez, Roger, dit Constance, car sans doute elle était belle, oh! plus belle que moi! Ce n'est pas difficile, surtout maintenant : mais, oh! mais elle ne vous aimait pas comme je vous aime; et de cela, j'en suis bien sûre.

— Non, Constance, reprit Roger; mais je n'en dois pas moins me conformer aux convenances. Il y a pour les deuils un temps obligé.

— Oh! oui, mon ami, oui, sans doute, Oh! l'attente avec l'espérance ce n'est rien ; c'est l'attente avec le désespoir qui est mortelle. Maintenant que vous m'êtes revenu après trois ans, je suis sûre de vous, Roger.

Et elle lui tendit la main avec cette angélique confiance qui avait fait d'elle, presque à son insu, une femme sublime de résignation et de dévoûment.

En ce moment, monsieur de Beuzerie rentra, les deux jeunes gens se regardèrent en souriant. Ils s'étaient dit tout ce qu'ils avaient à se dire, et cependant il y avait trois ans qu'ils ne s'étaient vus. Mais il y a tant de choses dans les deux mots : Je t'aime, que lorsqu'on les a prononcés on a tout dit ; et que si l'on veut s'apprendre quelque chose de nouveau, il faut les redire.

— Eh bien! Constance, es-tu prête? dit le vieillard.

Constance regarda Roger, comme pour lui demander encore une fois s'il était bien vrai qu'elle dût sortir de son couvent.

— Oui, monsieur, dit le chevalier au vicomte de Beuzerie, oui, mademoiselle consent à nous rendre à tous le bonheur que son absence nous enlevait.

Constance appuya ses deux mains sur son cœur et respira. Puis ses beaux yeux se relevèrent brillans d'émotion, un éclair de joie fit remonter le sang à ses joues, et elle apparut belle et radieuse comme un ange.

Cependant monsieur de Beuzerie et sa fille ne pouvaient partir à l'instant même, la chose eût semblé par trop étrange. De son côté, Roger ne pouvait rester. Il salua donc monsieur de Beuzerie et Constance, dont il baisa une dernière fois la main. Et tandis que le père et la fille prenaient congé de la supérieure et préparaient leur retour, Roger, déchiré d'angoisses et suffoquant à chaque pas, rentrait seul au château d'Anguilhem.

Sa mère le vit passer la figure toute décomposée : elle le suivit sur la pointe du pied, elle écouta à la porte de sa chambre, et elle l'entendit éclater en sanglots.

La chère dame se retira chez elle en secouant la tête tristement et comme une pauvre femme qui prévoit des malheurs, sans savoir ce que ces malheurs peuvent être; et, parce que son fils pleurait, elle pleura.

Bientôt le bruit se répandit par toute la province que le vicomte de Beuzerie et le chevalier d'Anguilhem étaient allés rendre ensemble une visite à mademoiselle Constance de Beuzerie, et qu'à la suite de cette visite la novice avait renoncé à son projet d'entrer en religion et était revenue chez son père.

Chacun crut voir, dans ce retour inespéré de la jeune fille vers des sentiments plus mondains, une prompte solution aux difficultés qui s'étaient élevées jadis entre les deux familles, et que le premier mariage de Roger avait fait renaître plus acrimonieuses que jamais.

Constance elle-même ne doutait pas de son bonheur à venir; elle avait eu foi dans Roger absent, comment se serait-elle avisée de douter de lui lorsqu'il revenait après trois ans et aussi amoureux que jamais?

Et, en effet, au milieu de tous ses souvenirs de jeunesse, Roger s'était repris à son premier, à son seul amour. Le sentiment qu'il avait éprouvé pour Sylvandire, il le sentait bien maintenant qu'il avait retrouvé Constance, c'était un amour tout matériel, le délire des sens, la fascination de la beauté, et si cela peut se dire; aussi cet amour, qui ne reposait sur aucun sentiment élevé, avait-il toujours été un amour plein d'inquiétude et de jalousie; le sentiment qu'il éprouvait pour Constance, c'était du bonheur.

Mais ce bonheur était cruellement troublé par le souvenir de la catastrophe de Marseille. Parfois Roger parvenait à oublier cette terrible nuit, et alors son visage s'éclairait d'une joie suprême; un sourire plein d'ineffable bonheur s'épanouissait sur ses lèvres, puis tout-à-coup une pensée traversait son esprit : Roger devenait pâle comme la mort, ses cheveux se hérissaient, une sueur froide perlait à la racine de ses cheveux.

Le malheureux voyait disparaître dans le brouillard blanchâtre de l'horizon la tartane fuyant du côté de Tunis.

Roger, comme nous l'avons dit, avait exprimé devant Constance le désir de porter un an le deuil, et Constance avait applaudi à cette observation des convenances. Roger ne lui avait pas dit un mot de mariage; mais Constance, restée fidèle à Roger malgré son infidélité, en voyant revenir Roger à elle, n'avait pas cru qu'il fût besoin de parler d'une union qui lui paraissait contractée depuis longtemps devant Dieu. Il en résulta donc que lorsque Roger, qui espérait que le bruit de la distraction de la capitale chasserait de son esprit les terreurs qui le tourmentaient, parla, sous le prétexte de veiller à ses affaires longtemps abandonnées, de la nécessité d'un voyage à Paris, Constance ne fit aucune objection, et lui demanda seulement quand il comptait revenir.

— Le plus tôt que je pourrai, répondit Roger. Et cette réponse suffit à la confiante jeune fille.

Sur ce, Roger prit congé du château d'Anguilhem, du baron, de la baronne, de l'abbé Dubuquoi, de Christophe et de Castor; et après avoir écrit au marquis de Cretté qu'il serait près de lui dans huit jours, il partit à petites journées.

Mais, au troisième jour, Roger ne put supporter cette lenteur; elle lui laissait trop de temps pour penser aux choses qu'il voulait oublier. Il prit des chevaux de poste et arriva la quatrième nuit après son départ.

Il y eut encore un moment terrible pour Roger ; ce fut celui où il rentra seul à cet hôtel dont il était sorti avec Sylvandire. A peine eut-il les yeux, de peur de voir l'appartement de sa femme éclairé, et il s'attendait à ce que quelque domestique allait lui dire :

— Madame est rentrée en l'absence de monsieur le chevalier, et prie monsieur le chevalier de monter chez elle.

Mais l'appartement était sombre et fermé et aucune voix ne s'éleva pour parler de Sylvandire.

Breton déshabilla son maître ; Roger tremblait devant cet ancien confident de sa jalousie. Il lui semblait que Breton, qui connaissait tous ses griefs contre Sylvandire, le regardait d'une certaine façon qui voulait dire :

— Eh bien ! nous avons donc pris notre revanche ?

Mais une épreuve plus terrible que toutes celles-là était celle qui attendait Roger lorsqu'il se présenta chez monsieur Bouteau. Le regard du beau-père fut scrutateur. On n'est pas juge pour rien ; mais Roger avait réuni toutes ses forces pour ce moment, et il le soutint sans baisser les yeux. Le président n'aimait pas sa fille, dont il avait pu apprécier le caractère pendant dix-neuf ans qu'il l'avait gardée près de lui ; mais il avait l'habitude de questionner, et il n'aurait pas été fâché de trouver, même dans sa famille, un petit procès criminel. Seulement cette fois l'occasion lui en manqua ; car comment aller deviner l'imagination de cet expéditif Roger, qui, d'ailleurs, ne réclamait aucune succession ?

Il en résulta que maître Bouteau s'affligea avec Roger de la perte que tous deux avaient faite ; mais cela d'une façon si modérée qu'il continua à aller dîner de temps en temps chez son gendre, et qu'ils devinrent plus amis que jamais. Ce qui fit admirer à tout le monde cet amour de Roger, qui, même après la mort de sa femme, se répandait encore sur toute la famille.

Cette intimité dura trois mois, à la grande édification du cercle qui pouvait l'apprécier. Mais un beau matin, en répondant assez forte à un avocat qui lui répliquait trop hardiment, maître Bouteau, qui était irascible et qui avait le cou gras et court, tomba frappé d'une apoplexie foudroyante et mourut sans reprendre même connaissance, événement qui ne laissa pas de faire un peu de plaisir à Roger, n'en déplaise aux meilleurs gendres du monde, qui, s'ils s'étaient seulement trouvés vingt-quatre heures dans la position de Roger, auraient compris comment le plus excellent beau-père peut devenir parfois une chose fastidieuse.

A la première nouvelle de cet accident, la fille de chambre, qui servait maître Bouteau depuis quinze ans, accourut chez Roger. Roger se transporta chez son beau-père ; mais, comme nous l'avons dit, le respectable président ne reprit pas connaissance.

On ouvrit le testament. Maître Bouteau laissait trois cent mille livres à son gendre, cinquante mille livres à mademoiselle Fanchon, sa femme de chambre, et une certaine de mille livres réparties en legs pieux aux hospices et aux églises.

Quant à l'argent comptant, il n'en était aucunement question ; aussi ne trouva-t-on point traînant un seul petit écu. Mademoiselle Fanchon était une fille d'ordre.

Maître Bouteau fut enterré avec tous les honneurs dus à sa position sociale dans le cimetière du Père-Lachaise, qui commençait à être le cimetière à la mode de cette époque.

Les cent mille écus à lui légués par son beau-père embarrassèrent fort Roger ; cet argent lui pesait singulièrement. C'était l'héritage de Sylvandire ; mais où lui faire passer cette somme ? C'était là le hic. D'ailleurs avec cette somme, Sylvandire pouvait se racheter et revenir en France ; cette idée faisait frémir Roger.

Il n'en résolut pas moins de tenir cette somme toujours disponible en bons au porteur.

Passons de maître Bouteau, avec lequel nous avons voulu en finir tout d'un coup, au marquis de Cretté avec lequel, grâce à Dieu, nous n'en avons point encore fini.

Si maître Bouteau avait eu un germe de soupçon, Cretté avait, lui, de son côté, poussé le germe jusqu'au plus complet

développement ; mais il était à la fois, chose rare, courtisan et délicat ; il aimait d'ailleurs Roger comme il eût aimé son frère. Il ne fit donc à son ami aucune question à l'endroit de sa femme ; seulement il lui dit par manière de conversation et comme entre deux parenthèses :

— A propos, mon cher, tu sais, j'avais un vieux compte à régler avec ce Royancourt.

— Oui, répondit Roger.

— Eh bien ! te sachant hors de toute atteinte, j'ai été le trouver à Utrecht, et là, en pleine cour, je lui ai marché sur le pied de telle façon que je l'ai enfin forcé à se battre.

— Et ?, demanda Roger.

— Et je lui ai donné un joli petit coup d'épée dans le bas-ventre.

— Tu l'as tué, alors ?

— Non, pas précisément ; il est même à cette heure entre les mains d'un excellent chirurgien ; mais cependant, comme la blessure était grave, je doute qu'il passe l'hiver ; ne t'affecte donc pas trop sérieusement, si tu apprenais, d'un moment à l'autre, qu'il est passé de vie à trépas. »

En effet, on lut un matin dans la *Gazette de Hollande*, l'article suivant, sous la rubrique d'Amsterdam, mars 1744 :

« Monsieur le marquis de Royancourt est mort ce matin des suites d'une blessure qu'il s'était faite à la chasse. Ce gentilhomme était depuis huit mois chez nous, chargé par sa majesté très chrétienne d'une mission extraordinaire. »

— Allons, allons, pensa Roger, il paraît qu'il y a cependant un dieu pour les honnêtes gens, puisque ce dieu me délivre l'un après l'autre de tous mes persécuteurs. Le proverbe a bien raison de dire : — Aide-toi, le ciel t'aidera.

Ce fut Cretté qui apporta à son ami cette gazette nécrologique.

— Voilà ta prison payée, lui dit-il, lorsque le chevalier eut lu l'article en question. Je me suis chargé de l'un, et toi tu t'es chargé de ...

Mais Roger devint si pâle, que Cretté s'interrompit tout-à-coup, et tendant la main à son ami :

— Pardon, chevalier, lui dit-il, mais je ne te demande pas tes secrets ; seulement tu sais que si ces secrets étaient de nature à te compromettre un jour, tu me retrouveras dans l'avenir comme dans le passé.

Roger serra la main du marquis en poussant un gros soupir, mais il ne lui répondit rien.

Ce qui fit comprendre au marquis que la chose était fort grave.

Aussi Cretté en revint-il à son conseil habituel qui était la distraction ; aussi Cretté, qui ne connaissait pas de distraction plus grande que celle que procure une maîtresse, invita-t-il Roger à prendre, ne fût-ce que pour quelque temps, mademoiselle Poussette. La chose était d'autant plus facile qu'elle était quitte pour le moment avec Chastellux qui, ayant eu aussi des chagrins de cœur, avait en aussi besoin de consolations.

Mais Roger répondit que ses chagrins à lui étaient de ceux dont on ne guérit pas.

Cretté vit qu'il fallait tout attendre du temps.

Cependant comme le temps n'amenait aucun changement dans la mélancolie de Roger, laquelle au contraire devenait de plus en plus intense, Cretté s'entendit avec ses amis pour lui procurer de temps en temps et malgré lui-même, pour ainsi dire, quelques distractions ; mais ces distractions avaient presque toujours un résultat différent de celui que se proposait cet excellent ami.

Ainsi, un jour que d'Herbigny était venu chercher Roger pour faire avec lui une promenade à cheval à Saint-Cloud, d'Herbigny, convaincu que la marasme de Roger venait du chagrin que lui causait la mort de sa femme, d'Herbigny dit, en voyant passer une dame dans une calèche :

— Ah ! que voici une dame qui ressemble à cette pauvre Sylvandire !

Puis comme il se retournait pour étudier l'effet produit par ces paroles consolatrices, il vit Roger cramponné des deux mains à sa selle, les cheveux hérissés, les yeux hagards, et pâle comme la mort.

— Qu'il était faible pour cette femme ! se dit d'Herbigny en secouant la tête. Allons, c'est fini, il n'en guérira jamais.

Et il ramena à l'hôtel Roger plus mort que vif.

Un autre jour que Roger, à Herbigny, Cretté et Chastellux avaient dîné tous quatre ensemble, Chastellux proposa à ses amis de les conduire à la Comédie-Française, qu'il fréquentait beaucoup depuis sa liaison avec mademoiselle Poussette. Cretté et d'Herbigny acceptèrent dans le but de distraire Roger; Roger accepta sans savoir ce qu'on lui proposait.

On jouait *Phèdre*, qui commençait à prendre faveur, et *Monsieur de Pourceaugnac*, qui avait à cette époque, comme il l'a encore aujourd'hui, le privilège d'exciter au plus haut degré l'hilarité de l'auditoire. Roger, toujours plongé dans ses réflexions, écouta *Phèdre* sans l'entendre, et commençait cependant à se dérider quelque peu à la comédie, lorsque vint la scène où les deux avocats chantent au malheureux époux limousin accusé d'avoir épousé deux femmes :

La polygamie est un cas pendable.

Or, cette scène, qui fait tordre de joie le public, produisit un effet tout opposé sur d'Anguilhem. Il jeta quelques cris inarticulés que ses amis prirent pour des éclats de rire, puis, se renversant en arrière, il tomba évanoui dans les bras de Cretté.

On le ramena à l'hôtel fort malade, et toute la nuit il eut le délire.

Cretté eut l'attention d'éloigner tout le monde de lui et le veilla seul.

Le lendemain, le marquis de Cretté paraissait presque aussi soucieux que son ami, lequel se rétablit bientôt de cette crise, mais tout en conservant une tristesse qui, chaque jour, faisait de nouveaux progrès.

XXIX.

Comment l'ambassadeur persan Méhémet-Riza-Beg vint à Paris pour présenter à Louis XIV les hommages de son souverain, et comment le chevalier d'Anguilhem se trouva entraîné à faire une visite à cet illustre personnage.

Ce qui rendait Roger de plus en plus triste, c'est que le temps s'écoulait pour lui avec une rapidité effrayante, et que sur l'année de deuil demandée, neuf mois déjà étaient révolus.

A la rigueur, comme on l'a vu, Roger n'avait rien promis à Constance, mais il était évident que Constance n'avait pas eu besoin des promesses de Roger pour regarder son union avec lui comme arrêtée. Du moment où Roger était allé la prier de sortir du couvent et où elle avait consenti à rentrer dans le monde, c'était sous la condition tacite de devenir la femme de Roger; tout le monde d'ailleurs le pensait ainsi : le vicomte, la vicomtesse, le baron et la baronne, les voisins et les voisines de campagne, enfin tous ceux qui avaient connu les anciennes amours de Roger et de Constance, et qui avaient entendu parler de leurs nouveaux engagements.

Puis, disons-le, Roger lui-même aimait Constance plus qu'il ne l'avait jamais aimée. Tous les deux jours il recevait une lettre de la jeune fille, et chacune de ces lettres était un nouveau feuillet du livre de son cœur où Roger lisait des promesses d'ineffables joies. La situation était affreuse ; la peur retenait Roger; l'amour le poussait en avant. Son union avec Constance avait deux faces; l'une souriait au bonheur, l'autre pleurait à la mort.

Vingt fois Roger fut sur le point de partir pour Anguilhem et de tout avouer à son père et à Constance; mais son bon génie le retint comme Minerve retenait Achille, dans Homère.

Enfin, poussé par tout le monde, forcé dans ses derniers retranchements, pendant la tête après un nouveau délai de six mois, il engagea sa parole pour le commencement de décembre 1714, puis fit semblant de tomber malade, espérant mourir,

puis enfin il promit définitivement pour le mois de février 1715.

Constance s'était rendue à toutes ces raisons sans en demander même la cause; elle avait accepté tous ces retards avec son angélique résignation. D'ailleurs elle avait perdu sa mère dans l'intervalle, et elle aussi avait pris le grand deuil.

Il avait été décidé que le mariage se ferait à Paris, et huit jours avant sa célébration, le baron et la baronne viendraient s'établir à l'hôtel d'Anguilhem, tandis que le vicomte de Bouzerle et sa fille descendraient dans une maison voisine, où Roger leur avait fait préparer un logement.

Tout avait été changé à l'hôtel d'Anguilhem : meubles, tentures, tableaux, tout, jusqu'aux glaces. Roger eût regardé comme une profanation de faire servir à l'usage de Constance un objet quelconque qui eût appartenu à Sylvandire.

Roger, on se le rappelle, avait remis à sa mère sa part dans les diamants laissés par monsieur de Bouzenois. C'était le cadeau de la baronne à sa belle-fille.

Au reste, le futur mariage du chevalier d'Anguilhem faisait grand bruit de par le monde. On ne s'occupait que de cela et de l'arrivée de l'ambassadeur persan Méhémet-Riza-Beg, qui était, comme nous l'avons dit, arrivé dans la capitale porteur de présens de la part de son souverain pour Louis XIV. Les dames allaient voir cet ambassadeur le soir et les hommes le matin.

Un mot sur ce singulier personnage qui, pour se mêler un peu tard à notre histoire, n'en mérite pas moins une mention toute particulière.

Méhémet-Riza-Beg était pour le moment, comme nous l'avons dit, le personnage dont, avec le chevalier d'Anguilhem, on s'occupait le plus. Cependant, nous devons avouer avec la modestie dont nous avons donné tant de preuves dans le courant de cette très véridique histoire, qu'on ne s'occupait du chevalier que dans un certain cercle du monde parisien, tandis qu'on s'occupait de Méhémet-Riza-Beg par toute la France.

En effet, depuis Ab-Dallah qui, en l'an 807, avait été envoyé en ambassade par Aaron, roi de Perse, à Charlemagne, empereur d'Occident, et qui lui avait amené de la part de son maître un éléphant vivant, ce qui fut regardé comme une grande merveille, nos souverains successifs n'avaient reçu aucun message direct du pays des Mille et une Nuits, lorsque, vers le milieu de l'année 1714, le bruit se répandit que le shah de Perse Ussein, petit-fils du grand Sephi, et fils du sultan Soliman, ayant entendu vanter jusque dans Ispahan, sa capitale, les mérites du grand roi Louis XIV, avait résolu de lui envoyer un ambassadeur avec des présens. Cette nouvelle, encore incertaine, avait paru flatter singulièrement l'orgueil du conquérant de la Flandre; et comme si, au moment de lui rappeler le néant des grandeurs humaines, le ciel eût voulu donner un dédommagement à sa vanité, on apprit bientôt que Méhémet-Riza-Beg était débarqué à Marseille.

C'était une grande nouvelle pour Versailles que l'arrivée de cet ambassadeur. Le vieux roi, constamment tourmenté par son entourage de bâtards, frappé par la main de Dieu dans la personne de ses fils et de ses petits-fils, devenait de plus en plus maussade, si bien que madame de Maintenon, femme de ressources cependant, se plaignait à ses familiers de cette tâche terrible qu'elle avait entreprise d'amuser l'homme le plus immaussable non-seulement de France et de Navarre, mais encore de l'Europe tout entière.

Méhémet-Riza-Beg arrivait donc, comme on le voit, on ne peut plus à point pour galvaniser, comme on dirait aujourd'hui, ce grand tombeau qu'on appelait Versailles, et ce grand cadavre qu'on appelait Louis XIV.

Aussi y avait-il des gens qui disaient tout bas que Méhémet-Riza-Beg n'était point l'ambassadeur d'Ussein, shah de Perse, mais de madame de Maintenon, reine anonyme de France.

Quoi qu'il en fût, et de quelque part qu'il vînt, Méhémet-Riza-Beg avait été reçu avec les plus grands honneurs. A peine était-on apprisé son débarquement à Marseille, que le roi avait envoyé à sa rencontre monsieur de Saint-Olon, son ambassadeur près du roi de Maroc : en effet, les honneurs dus aux envoyés extraordinaires avaient été rendus à Mehemet-Riza-Beg, lequel était arrivé à Charenton le 26 janvier, avait fait son entrée dans la capitale le 7 février suivant, et avait été reçu en audience solennelle le 19 du même mois.

Or, comme nous l'avons dit, l'ambassadeur était la curiosité du jour; on ne parlait que de ses magnificences, de ses singularités, et des tourments que ses capricieuses boutades faisaient subir au baron de Breteuil, chargé par le grand roi de recevoir ce diplomate deux fois extraordinaire que lui envoyait son frère le shah de Perse.

Il était donc tout naturel qu'après avoir vu Versailles et Paris, monsieur de Benzerie et sa fille demandassent à voir l'ambassadeur.

Roger, qui s'épanouissait à l'approche de son bonheur nouveau, ne crut pas devoir refuser cette petite satisfaction à sa fiancée.

Il fut donc convenu que, comme la bénédiction nuptiale devait avoir lieu à midi et que rien n'est ennuyeux pour les nouveaux époux comme cette journée de noces pendant laquelle ils sont obligés de recevoir les compliments des parents et amis, il fut donc convenu, dis-je, qu'entre la bénédiction nuptiale et le dîner on irait faire la visite projetée au susdit ambassadeur.

Le 26 février était le jour fixé pour l'union de Constance et du chevalier. A force d'envisager ce moment solennel pour tous et terrible pour lui, Roger avait fini, non point par oublier la situation où ce second mariage le mettait, mais par s'étourdir sur elle.

Bref, il était comme ces gens qui ont fait le sacrifice de leur vie, qui savent que d'un moment à l'autre cette vie peut leur être reprise, mais qui, en attendant, veulent passer aussi joyeux que possible les jours qui leur restent à vivre.

Roger, depuis le matin, s'était donc enivré du bonheur de voir Constance, et il avait tout oublié en la regardant.

En sortant de Saint-Roch, où Roger s'était marié, les carmes ramenèrent Constance chez elle, afin de la déshabiller et lui et Crette s'acheminèrent vers l'hôtel des Ambassadeurs, où logeait Mehemet-Riza-Beg. Les hommes, comme nous l'avons dit, étaient reçus le matin et les femmes dans l'après-midi.

Le marquis de Crette connaissait le baron de Breteuil et lui avait fait demander des billets.

Tous deux, grâce à leurs billets, furent donc introduits chez son excellence. Il y avait foule, et l'on passait quatre par quatre, devant l'ambassadeur assis sur une natte au milieu de son salon, et qui saluait gravement les hommes à mesure qu'ils passaient. On annonçait les visiteurs au fur et à mesure.

Quand vint le tour des deux amis, on annonça, comme on avait fait pour les autres, le marquis de Crette et le chevalier d'Anguilhem.

En ce moment, Riza-Beg était occupé à fumer, ou plutôt une esclave à genoux devant lui était en train d'allumer sa pipe.

Roger remarqua que cette esclave, dont on ne pouvait voir que le dos, était d'une tournure agréable.

En entendant prononcer les noms du marquis de Crette et du chevalier d'Anguilhem, l'ambassadeur fit un mouvement et l'esclave se retourna.

Les deux gentilshommes, qui avaient déjà fait quatre pas dans le salon, s'arrêtèrent tout court et se regardèrent, immobiles et livides, comme à la tête de cette esclave, pareille à celle de Méduse, les eût changés en marbre; puis après un instant de stupéfaction, ils se prirent par la main et sortirent de la salle, à reculons, sans même avoir vu l'ambassadeur.

— Oh! Roger, dit le marquis en arrivant dans l'antichambre, quelle ressemblance!

— Crette, répondit d'Anguilhem, ce n'est pas une ressemblance; c'est Sylvandire elle-même, et je suis perdu!

Alors en deux mots, il raconta son histoire au marquis; au reste, il avait peu de choses à lui apprendre. Dans sa nuit de délire, il avait à peu près tout dit.

— En ce cas, s'écria Crette, il faut fuir et sur-le-champ; prends vite tout ce que tu as d'or et de diamants, et pars pour la Flandre, la Hollande ou l'Angleterre; va au bout du monde, mais pars.

Roger ne bougeait pas de place.

— Mais comment est-elle venue avec cet animal d'ambassadeur? dit Crette.

— Qui peut sonder les desseins de Dieu? répondit lugubrement d'Anguilhem.

— Allons! allons! s'écria le marquis en l'entraînant, pas de théologie, ne perds pas une seconde; envoie chercher des chevaux de poste, monte en voiture et pars.

— Partir sans Constance; jamais! jamais!

— Mais mon cher, sais-tu à quoi tu t'exposes?

— A la mort, je le sais; mais que m'importe de mourir, pourvu que je ne meure que demain.

— Permets-moi de te dire que voilà un raisonnement parfaitement absurde. Demain, mon cher, tu auras, je l'espère, encore moins envie de mourir qu'aujourd'hui. Il faut vivre, morbleu! et vivre longtemps; ainsi pars donc aujourd'hui, à l'instant même; dis-moi où tu vas seulement, et demain, ce soir, je t'envoie ta femme, je la conduis s'il le faut où tu seras, et une fois ensemble, vous oublierez l'ambassadeur, vous oublierez Sylvandire, vous oublierez l'univers.

— Non, Crette, non; abandonne-moi; tu vois bien que je porte malheur!

— Oh! si tu perds la tête, chevalier, cela va véritablement devenir insupportable; mais veux-tu donc servir de risée à toute la France? Veux-tu?... diable! rappelle-toi la potence de monsieur de Pourceaugnac. A propos, voilà donc pourquoi...

— Hélas! oui, mon ami.

— Pauvre garçon! Mais je te le répète, prends un parti, Roger, le roi ne plaisante pas avec les mœurs, peste! Songe au For-l'Évêque, à la Bastille, à Châlons-sur-Saône. Quinze mois de prison pour avoir négligé ta femme, et que sera-ce donc pour l'avoir vendue?

Tout en discourant ainsi, ils rentrèrent à l'hôtel d'Anguilhem. Constance en était sortie à son tour pour faire avec la baronne et les jeunes compagnes sa visite à l'ambassadeur.

Crette profita de ce moment pour pousser Roger à prendre une résolution. Roger avait à peu près trente mille francs d'argent comptant chez lui, et deux cent mille francs de diamants; c'était plus qu'il n'en fallait pour pourvoir aux premiers besoins. Il était donc à peu près décidé à fuir, lorsque toutes les dames rentrèrent. Les portes de l'hôtel des Ambassadeurs, par un des nombreux caprices de Riza-Beg, avaient été fermées tout-à-coup, et la réception remise à cinq heures du soir.

La vue de Constance produisit son effet. Roger n'eut plus la force de fuir, ni le courage de tout révéler; on annonça que le dîner était servi. Roger suivit machinalement les convives et se mit à table avec une telle préoccupation que tout le monde le remarqua.

Mais un jour de noces, la tête d'un nouveau marié peut être en proie à des préoccupations de tant de natures différentes, que personne n'eut l'indiscrétion de lui demander à quoi il songeait; seulement, de temps en temps Constance le regardait avec inquiétude, et au moindre bruit d'Anguilhem et Crette tressaillaient et portaient les yeux sur la porte.

Ils atteignirent ainsi le dessert; Roger et Crette commençaient à se rassurer quelque peu. Roger souriait à sa femme et lui rendait la vie par son sourire. Crette racontait avec cette aristocratie charmante que si peu de personnes ont conservée de nos jours quelques unes de ces anecdotes que personne n'ose plus raconter, lorsque tout-à-coup un négrillon fort maussade entra et demanda monsieur le baron d'Anguilhem.

Monsieur d'Anguilhem père se levait déjà, lorsque Roger, comprenant que c'était à lui que le message s'adressait, fit signe à son père de se rasseoir, et pâle comme la mort suivit le négrillon.

Roger descendit l'escalier sans avoir la force d'adresser une seule question à son guide. D'ailleurs, s'il lui fût resté quelque doute, la chose lui eût été promptement expliquée. Il vit, au milieu de la cour, une chaise à deux places, et dans cette chaise, assise au fond, la jeune esclave qu'il avait reconnue le matin et dont la reconnaissance avait produit sur lui un si terrible effet.

L'esclave fit signe à Roger d'entrer dans la chaise et de prendre place vis-à-vis d'elle.

Roger obéit sans prononcer une parole, et s'assit sur le devant. Le négrillon referma la portière de la chaise. Les deux anciens époux se trouvèrent en tête-à-tête.

— Enfin, dit Sylvandire, je vous revois donc, mon cher Roger ; ce n'est pas sans peine, Dieu merci !

Roger s'inclina.

— Vous ne comptiez pas sur moi pour aujourd'hui, n'est-ce pas ? reprit Sylvandire, en se donnant, vis-à-vis Roger, le petit plaisir que prend le chat qui joue avec la souris avant de la dévorer.

— Non, je l'avoue, répondit Roger.

— Oui, vous me croyiez à Constantinople, au Caire, ou tout au moins à Tripoli ; mais je vous aimais tant, cher ami, que je n'ai pu supporter votre absence, et que j'ai saisi avec empressement la première occasion qui s'est présentée de revenir en Europe.

— Vous êtes bien bonne, murmura Roger.

— Mais comment ai-je été récompensée de cet amour ? J'arrive, je m'informe de vous, on me dit que vous allez prendre une autre femme, et aujourd'hui, aujourd'hui même, vous vous mariez ; mais savez-vous que je suis jalouse, ingrat !

Chacune de ces paroles glaçait le pauvre Roger ; enfin, après un instant de silence pendant lequel Sylvandire ne détourna pas l'œil de dessus lui :

— Mais enfin, que me voulez-vous ? demanda Roger.

— Je voudrais savoir pour quel prix vous m'avez vendue, afin d'ajouter cette somme aux petites réclamations que j'ai à vous faire.

— Ma foi, dit Roger, je pouvais bien, au bout du compte, faire vendre une femme qui m'avait fait emprisonner.

— J'aurais dû faire pis encore, scélérat que vous êtes, répondit Sylvandire du ton le plus caressant.

— Me faire tuer, n'est-ce pas ? Ah ! ma foi, madame, si vous aviez agi ainsi, vous m'auriez, je vous l'avoue, rendu un fier service.

— Ecoutez, dit Sylvandire, trève de plaisanteries et causons affaires.

— Volontiers, répondit Roger ; mais je vous jure que pour mon compte je ne plaisante pas, et ne suis pas le moins du monde disposé à plaisanter. Parlez donc aussi sérieusement que vous le voulez, je vous écoute.

— Roger, reprit Sylvandire, savez-vous que, sans vous en douter, vous avez fait mon bonheur ? J'ai rencontré Mehemet-Riza-Beg, je lui ai plu, et il m'a épousée.

— Comment ! s'écria Roger avec un rayon d'espoir, vous aussi vous êtes mariée !

— Oui, mais à la manière mahométane, ce qui est fort bon peut-être là-bas, mais ne vaudrait certainement rien ici. Il en résulte que moi je n'ai réellement qu'un mari, tandisque vous, vous avez deux femmes. Or, vous le savez, mon cher mari, la polygamie est...

— Oui, oui, je le sais, dit Roger.

— Vous êtes donc parfaitement pris, parfaitement en mon pouvoir, car j'ai attendu que la chose fût faite, vous comprenez bien ; et, dans tous les cas, quand même vous ne seriez pas venu poliment me faire votre visite ce matin, vous auriez eu la mienne ce soir.

— Mais vous voulez donc me perdre ? s'écria Roger.

— Vous êtes fou. Que m'en reviendrait-il de vous perdre ? Non, non, cher Roger, je veux d'abord que vous me rendiez les cent mille écus dont vous avez hérité de mon pauvre père.

— Oh ! ceci, s'écria Roger, c'est trop juste, et ils sont ici en bons au porteur, tout prêts à vous être remis.

Et Roger fit un mouvement pour descendre de la chaise et aller chercher le portefeuille.

Mais Sylvandire l'arrêta.

— Attendez donc, attendez donc, dit Sylvandire. Oh ! ce n'est pas tout, et vous n'en serez pas quitte à si bon marché.

— J'attends, dit Roger.

— Plus, les cent mille écus de ma dot.

— Comment ! de votre dot ; vous savez bien que ces cent mille écus là, je ne les ai et jamais reçus.

— Je sais qu'ils sont portés sur mon contrat de mariage, et que je ne puis en faire tort à mon second mari, dont les procédés, vous en conviendrez, sont bien différens des vôtres, puisqu'il m'a achetée, et que vous, vous m'avez vendue.

— Eh bien ! dit Roger, à la bonne heure, ces cent mille écus, je vous les donnerai encore.

— Puis... dit Sylvandire.

— Comment ! il y a encore autre chose ? s'écria Roger.

— Sans doute, il y a le prix de ma personne que vous avez reçu. Que diable ! mon cher Roger, j'étais sinon majeure, mais du moins émancipée, et je pouvais toucher moi-même ; on n'est pas fille d'un jurisconsulte pour rien.

— Quant à cela, dit Roger, je puis vous donner ma parole d'honneur que je n'ai pas touché un sou, et même... et même, tenez, que j'ai donné cinq cents pistoles en retour.

— Oh ! ce n'est pas galant, ce que vous me dites là, monsieur, répondit en minaudant Sylvandire ; mais comme vous êtes homme d'honneur et que vous me donnez votre parole, je vous crois ; ainsi donc ce sera, si vous le voulez bien, six cent mille livres.

— Quand les voulez-vous ? demanda Roger.

— J'avais bien envie cependant, continua Sylvandire sans répondre à la question, j'avais bien envie de paraître au salon au lieu de m'arrêter dans la cour, et de faire annoncer tout-à-coup, par l'honnête Breton... vous avez toujours Breton ?

Roger s'inclina affirmativement.

— Et de faire annoncer par l'honnête Breton madame d'Anguilhem, afin de voir votre figure renversée entre vos deux femmes, Turc que vous êtes. Mais j'ai préféré une autre satisfaction. Vous me donnerez, comme je vous l'ai dit, six cent mille livres d'abord, et ensuite nous verrons.

— Où voulez-vous que je fasse porter cette somme ? demanda Roger.

— A l'Ambassade, répondit Sylvandire. Vous demanderez l'esclave favorite de son excellence Mehemet-Riza-Beg ; je saurai ce que cela veut dire et je me rendrai à l'invitation.

— Et quand vous faut-il ces six cent mille livres ? demanda Roger, répétant la question qui était restée sans réponse.

— Dans deux heures.

— Dans deux heures ! s'écria Roger ; mais autant vaut me demander de me faire sauter la cervelle. Comment voulez-vous que je réunisse cent mille écus dans deux heures ?

— Mais vous avez des diamans, vendez-les ; vous avez des amis, faites un appel à leur bourse. Je suis fâchée d'être si exigeante, mais nous partons très incessamment, mon cher Roger. Son excellence Mehemet-Riza-Beg n'est même restée que sur la demande pressante que je lui ai faite d'attendre que votre mariage fût célébré.

— Dans deux heures ! dans deux heures ! s'écria Roger, mais c'est impossible ; attendez au moins jusqu'à demain matin.

— Je n'attendrai pas une minute.

— Alors faites ce que vous voudrez.

— Ce que je veux, oh ! mon Dieu, c'est bien simple ; je vais entrer à l'hôtel, monter dans notre chambre, et me coucher en vous attendant. Angola, continua Sylvandire en s'adressant au négrillon et en faisant un mouvement pour descendre ; ouvrez, je veux sortir.

Le négrillon porta la main au bouton de la portière : Roger arrêta Sylvandire.

— Mais songez donc aux conséquences ?

— Il n'y a de conséquences que pour vous. Mehemet n'a d'autre droit sur moi que de m'avoir achetée. Or, je doute qu'une pareille vente soit fort légale en France. De plus, comme c'est vous qui m'avez vendue, vous serez mal venu à me reprocher ce qui s'est passé pendant que j'étais dans la possession de mon acquéreur.

— Mais, madame...

— Ecoutez, dit Sylvandire. J'ai dit que je vous donnais deux heures, et comme je n'ai qu'une parole, je vous les donne encore ; mais si, dans deux heures, écoutez-moi bien...

— Ah ! je ne perds pas une parole, répondit Roger avec un soupir.

— Si dans deux heures les 600,000 livres ne sont pas à l'hôtel de l'Ambassade...

— Eh bien ? demanda Roger avec anxiété.

— Eh bien ! mon cher Roger, répondit Sylvandire, attendez-vous à entendre annoncer madame Roger d'Anguilhem et à me voir paraître.

Sur quoi, Sylvandire salua son mari d'un charmant petit mouvement de tête et d'un adorable sourire ; puis le négation, sur un signe de sa maitresse, ouvrit la portière de la chaise, et Roger sortit.

Aussitôt la chaise se mit en mouvement pour s'éloigner ; mais jusqu'à la grande porte, Sylvandire, la tête en arrière hors de la litière, continua de saluer Roger de la main.

XXX.

Comment le marquis de Cretté négocia l'affaire au nom du chevalier d'Anguilhem, et comment il s'ensuivit, pour toute cette histoire, un dénoûment des plus inattendus.

Roger retrouva Cretté qui l'attendait sur la dernière marche de l'escalier.

— Eh bien ? lui demanda le marquis.

— Eh bien ! mon ami, c'était-elle, dit Roger.

— Je m'en étais douté. Que veut-elle ? que demande-t-elle ?

— Des choses impossibles.

— Mais enfin ?

— Six cent mille livres dans deux heures.

— Six cent mille livres dans deux heures ! répéta Cretté, bon !

— Comment ! bon ! mais je n'en ai que trois cent mille là-haut, et d'ici à deux heures si je n'en ai pas trouvé trois cent mille autres, ce qui est impossible...

— Eh bien ! si tu n'en as pas trois cent mille autres, que fait-elle ?

— Elle vient à l'hôtel, et se fait annoncer publiquement sous le nom de madame Roger d'Anguilhem.

— Elle ne le fera pas.

— Pourquoi ?

— Je n'en sais rien ; mais si elle avait pu le faire, elle l'aurait fait.

— Ah ! mon ami.

— Écoute Roger, on te demande de l'argent, on ne reprend pas ses droits, on se cache, il y a quelque chose là-dessous.

— Mais, mon ami, elle ne se cache pas, puisque dans deux heures, m'a-t-elle dit, elle se fait annoncer chez moi sous le nom de ma femme.

— Oui, je sais bien, c'est inquiétant.

— Mon ami, je vais remonter chez moi et me brûler la cervelle.

— Il sera toujours temps d'en venir là : laisse-moi donc faire.

— Mais que vas-tu faire ?

— Je n'en sais rien, mais je vais tâcher de te sauver.

— Ah ! mon ami, mon seul ami, mon cher Cretté ! s'écria Roger en se jetant entre les bras du marquis.

— Eh bien ! oui, je sais tout cela, répondit Cretté ; mais il ne s'agit pas de perdre notre temps à nous attendrir dans les bras l'un de l'autre.

— Que faut-il que je fasse ? je m'abandonne à toi, ordonne, j'obéis.

— Retiens tes convives au salon ; il est huit heures et demie, seulement ; cela sera donc facile ; fais bon visage et si tu peux, ne veux pas trop exiger de toi, pauvre ami ; empêche que personne ne pénètre dans ton salon sans avoir parlé à Breton.

— Je le mettrai de garde à la porte.

— Maintenant, donne-moi les trois cent mille livres de bons au porteur, tout ce que tu as de bijoux, tout ce que tu possèdes d'argent comptant. Je passe chez mon notaire et je taris sa bourse. C'est bien le diable si nous n'arrivons pas à la somme voulue.

— Oui, oui, Cretté ; trouve-moi cette somme, vends tout ; sauve-moi.

Et Roger remonta avec son ami, prit les trois cent mille livres, passa avec lui dans la chambre de Constance, et prit tous les diamans qu'il avait donnés à sa femme. Puis, sautant dans sa voiture, qu'il avait ordonné d'atteler pendant ce temps, Cretté partit au galop de ses chevaux.

Roger rentra au salon, et, comme le lui avait prescrit Cretté, il fit aussi bonne contenance que possible.

Pendant ce temps, Cretté courait chez lui et prenait vingt-cinq mille livres, de là il passait chez son notaire qui lui en donnait cinquante mille. Tout cela avec trente mille livres d'argent comptant que lui avait remis Roger, et les diamans cotés au prix de l'inventaire, faisait près des six cent mille livres demandées.

Toutes ces courses avaient pris une heure et demie. Il n'y avait donc pas de temps à perdre.

En sortant de chez son notaire, il ordonna de toucher à l'hôtel des Ambassadeurs.

Cinq minutes après, il mettait pied à terre à la porte.

Il monta l'escalier. C'était l'heure où, grâce au changement opéré dans les réceptions, les femmes descendaient.

Il rencontra mademoiselle Poussette qui venait de faire sa visite et qui regagnait sa voiture en riant aux éclats.

Cretté essaya de l'éviter craignant qu'elle ne lui fit perdre un temps précieux ; mais il n'y eut pas moyen ; mademoiselle Poussette l'avait aperçu, elle se laissa aller dans ses bras en pâmant de rire.

— Eh bien ! voyons, que se passe-t-il donc ? demanda Cretté, et qui vous fait rire ainsi, mademoiselle ?

— Ah ! mon cher marquis, s'écria mademoiselle Poussette, l'aventure la plus inouïe, la plus miraculeuse, la plus inattendue, la plus mythologique, la plus fabuleuse !...

— Mon Dieu ! se demanda Cretté à lui-même, aurait-elle par hasard reconnu Sylvandire ?

— Une aventure comme on n'en trouve que dans les romans, dans les livres de fées, dans les contes des *Mille et une Nuits*, une aventure que vous ne voudrez pas croire.

— Si, si ! s'écria Cretté, si, je vous croirai, mais dites vite, ma charmante, car je suis pressé.

— Vous montez chez l'ambassadeur ?

— Oui.

— Eh bien ! regardez-le bien en face, bien entre les deux yeux comme je vous regarde dans ce moment-ci, ôtez-lui en imagination sa barbe et ses moustaches, et venez me voir demain matin, je ne vous dis que cela : ou même ce soir si vous l'aimez mieux, monsieur le marquis, ajouta-t-elle avec un petit serrement de main et un sourire des plus gracieux.

— Comment ! dit Cretté, que je regarde l'ambassadeur en face, que je le regarde entre les deux yeux, que je lui ôte sa barbe et ses moustaches.... Poussette, ma chère amie, mon adorable, connaîtriez-vous l'ambassadeur, par hasard ?

— Si je le connais !... comme je vous connais, comme je connais d'Herbigny, comme je connais Chastelux... comme j'eusse probablement connu votre ami Roger, s'il n'avait pas toujours fait le cruel.

— Poussette ! ma chère enfant, s'écria le marquis, tu peux me sauver la vie !

— A vous, marquis ?

— Non, pas à moi précisément, mais à mon meilleur ami, ce qui est absolument la même chose... à Roger.

— Que faut-il faire pour cela ?

— Cet ambassadeur, qui est-il ? son nom, Poussette, son nom ! Vingt mille livres et les bonnes grâces du plus beau gentilhomme de Paris, je m'y engage en son nom, s'il ne paie pas, je paierai. Poussette, ma bonne amie, quel est le nom de cet ambassadeur ?

82

— Ah ! fi donc ! vous me croyez intéressée, marquis ; vous mériteriez bien...

— Poussette, son nom ? et je suis à minuit chez toi avec les vingt mille livres, attends-moi.

— Eh bien ! marquis, c'est... vous ne le croirez jamais.

— Va toujours. Je crois invariablement ce que me disent les femmes.

— C'est...

— Poussette, tu me fais mourir.

— Eh bien ! c'est l'Indien.

— Quel Indien ?

— Mais l'Indien, vous savez bien, mon amant jaune.

— L'adversaire de Roger ! l'homme au procès ! Afghano ! s'écria le marquis.

— Lui-même.

— Ah ! Poussette de mon cœur, viens que je t'embrasse !

Et Cretté serra la demoiselle dans ses bras, sans s'inquiéter d'être vu par les personnes qui continuaient de descendre de chez l'ambassadeur.

— Mais en es-tu bien sûre ? continua-t-il, ne pouvant croire à une si heureuse nouvelle.

— Je vous dis que je l'ai reconnu, malgré sa barbe qu'il a laissée pousser, malgré ses dents teintes en noir, malgré ses ongles teints en rouge, et quoiqu'il ait fait semblant de ne pas me voir, le monstre ! Ah ! marquis, marquis, que les hommes sont ingrats !

— Ma chère Poussette, dit Cretté, je veux être pour vous la preuve du contraire ; à minuit je serai chez vous ; attendez-moi donc à souper.

— Et si Chastellux vient ?

— Vous lui direz que vous avez la migraine.

— Comme vous arrangez cela ! monsieur le marquis, dit mademoiselle Poussette en tâchant de rougir.

— Moins bien que vous, je le sais, ma Vénus ; aussi je m'en rapporte entièrement à votre sagacité. Adieu, Poussette, et si vous m'avez dit vrai, eh bien ! vous m'avez rendu un service que je n'oublierai de ma vie.

Mademoiselle Poussette regagna sa chaise, et Cretté monta les escaliers quatre à quatre. A la porte de l'ambassadeur, le négrillon l'arrêta.

— Que voulez-vous ? dit-il, l'heure de la réception des hommes est passée pour son excellence.

— Aussi n'est-ce point à son excellence que je demande, répondit Cretté, c'est son esclave favorite.

— Alors vous venez...

— De la part du chevalier d'Anguilhem.

— En ce cas, entrez.

Et le négrillon introduisit Cretté dans une chambre meublée à l'orientale, puis il le laissa seul en lui disant qu'il allait prévenir la personne que monsieur le marquis demandait.

En effet, cinq minutes après Sylvandire entra.

— Ah ! c'est vous, monsieur le marquis, dit Sylvandire ; j'avais un pressentiment que j'allais avoir le plaisir de vous revoir. Ce pressentiment ne m'a point trompée. Avez-vous les six cent mille livres ?

— Non, répondit hardiment le marquis.

— Et alors pourquoi êtes-vous venu ici ?

— Pour parler à votre maître, son excellence Mehemet-Riza-Beg.

— De quelle part, seigneur ? demanda Sylvandire en raillant.

— Mais de la part de monsieur Voyer d'Argenson, lieutenant-général de la police du royaume.

Sylvandire pâlit ; Cretté remarqua l'effet que produisaient ses paroles.

— Son excellence ne peut pas recevoir en ce moment, elle est couchée.

— Eh bien ! dit Cretté, je vais aller chercher quelqu'un qui la fera lever.

— Arrêtez, dit Sylvandire, je vais voir si son excellence est visible.

— Pardon, belle dame, dit Cretté, mais j'ai mes raisons

pour entrer avec vous ou sinon... Il fit un pas vers la porte.

— Entrez, dit Sylvandire.

Et elle ouvrit une porte qui donnait dans un corridor.

Le marquis la suivit et pénétra avec elle jusque dans le salon de l'ambassadeur qui, assis sur sa natte, faisait le gros dos, et prenait des airs de seigneurie ridicule.

— Attendez, dit Sylvandire, je vais faire appeler l'interprète ?

— Inutile, dit Cretté.

— Comment, marquis, vous savez donc le persan ?

— Non, mais son excellence aura la bonté de parler français.

— Il ne connaît pas notre langue.

— Vous croyez ? dit Cretté.

Et s'approchant de l'ambassadeur :

— N'est-ce pas, mon cher monsieur Afghano, lui dit-il en lui frappant sur l'épaule, que, pour moi, vous aurez l'extrême bonté de vous souvenir que vous parlez français ?

L'ambassadeur décroisa les jambes, se renversa sur une de ses mains, et regarda Cretté en pâlissant.

— Oh ! là ! dit Cretté. Mon cher monsieur, si j'avais cru que la figure d'une ancienne connaissance vous produisît cet effet, j'aurais chargé madame de vous prévenir.

— Que voulez-vous, monsieur ? dit l'Indien.

— Eh bien ! vous le voyez, dit Cretté à Sylvandire, quand je vous disais que son excellence ferait une exception pour moi ! Ce que je veux, mon cher monsieur Afghano, reprit Cretté en se retournant vers le faux ambassadeur, je veux vous prévenir que le roi, que vous avez mystifié, saura dans une heure qu'il a été votre dupe. Voilà ce que je veux.

L'Indien devint livide et porta la main à son poignard.

— Allons, allons, dit Cretté, pas de tragédie, mon cher monsieur Afghano, je vous prie, elle serait inutile ; car je vous préviens que j'ai un second qui connaît toute votre histoire et qui va partir pour Versailles dans une heure, si dans une heure je ne suis pas de retour à l'hôtel ; cependant, mon cher ami, que cela ne vous arrête pas ; tuez-moi si cela peut vous être agréable. Je n'ai jamais pu m'illustrer, et une mort semblable me rendrait presque immortel. Le marquis de Cretté tué par son excellence Mehemet-Riza-Beg, ambassadeur extraordinaire du très sublime empereur de la Perse. Diable ! Mais je serais trop heureux. Non, non, vous déposez les armes ; vous en revenez à des intentions plus pacifiques. Eh bien ! soit, je suis bon prince, moi, je veux tout ce qu'on veut. Parlons d'affaires.

L'ambassadeur se leva et alla lui-même fermer les portes au verrou.

— Oui, je comprends, continua Cretté ; vous avez acheté madame, et vous avez bien fait, car madame est charmante ; puis, vous avez fait connaissance, et c'est tout naturel ; puis, la connaissance faite, il s'est trouvé que vous aviez tous les deux à vous plaindre du même homme, de ce pauvre Roger. Alors vous vous êtes dit : « Eh bien ! notre haine est commune, vengeons-nous ensemble. » Sur ces entrefaites, vous avez entendu dire qu'on ne savait plus comment amuser le roi, et comme vous êtes homme d'imagination, vous avez improvisé cette ambassade. Bravo ! mon cher, bravo ! Il y avait tout à gagner ; vous, vous empochiez les présents que sa majesté très chrétienne avait la bonté de vous octroyer en échange des babioles que vous lui avez remises au nom de votre souverain, auquel, du reste, vous avez fait la réputation d'un pleutre. Quant à madame, elle s'est dit : Moi, je me ferai rendre l'héritage de mon père, ce qui est juste ; et ma dot, qui est beaucoup moins juste, attendu que madame n'a jamais eu de dot. Sur ce, vous êtes arrivés à Paris, et le hasard vous a servis au delà de vos espérances. Vous avez appris que monsieur d'Anguilhem allait se marier, et vous avez attendu que le mariage fût célébré. Puis, lorsque la chose a été faite, qu'il n'y a plus eu à s'en dédire, vous vous êtes mis immédiatement à fouiller la mine d'or qui venait de s'ouvrir sous vos pas. Ainsi, vous tirez d'abord de lui six cent mille livres par la terreur de la corde qui pend au cou des bigames. Mais ce n'était pas tout, après cette demande venait une autre demande, après cette exigence une autre exigence ; vous viviez

toute votre vie à l'ombre de cette bienheureuse potence, ra-
contant le chevalier de façon que, peu à peu, l'héritage de
monsieur de Bouzenois revenait aux mains de monsieur A-
ghano.

Je crois avoir touché juste, n'est-ce pas, monsieur? n'es-
ce pas, madame? reprit Cretté en arrêtant alternativement
sur eux un regard moitié railleur, moitié menaçant. Que diable! on est Français et par conséquent on est né malin, comme
dit monsieur Boileau Despréaux, que madame a dû lire dans
sa jeunesse.

Sylvandire et Afghano paraissaient anéantis et se cour-
baient devant Cretté comme deux criminels devant leur juge.

— Ah! maintenant, dit Cretté, que la position de chacun
est claire, que le chevalier peut être pendu comme bigame,
que monsieur Afghano peut être écartelé comme faussaire,
que madame Sylvandire peut être mise à Saint-Lazare comme
une coureuse, causons politique.

Vous avez touché un million à peu près du roi de France,
mon cher monsieur Afghano. Voici trois cent mille livres,
héritage de monsieur votre père, dans ce portefeuille, ma
chère dame d'Anguilhem. Vous avez deux millions encore à
peu près à vous, monsieur l'Indien; cela fait en tout, si je
sais bien compter, trois millions trois cent mille livres; c'est
un fort joli denier avec lequel on peut se retirer à Tripoli, à
Constantinople, au Caire, à Ispahan, à Pékin, où l'on veut
enfin, et partout mener une existence de sultan. Je ne m'y op-
pose pas.

— Monsieur le marquis, dit Afghano, je partirai demain,
je vous le jure.

— Un instant, un instant! vous partirez, je le veux bien,
mais à deux petites conditions que je vais vous dire.

— Dites, monsieur, je vous écoute.

— Vous, monsieur, vous jurez de ne revenir jamais à
Paris?

— Je le jure.

— Je vous crois, de votre côté, car votre serment m'est ga-
ranti par la peur que vous avez d'être découvert; je ne vous
demanderai donc pas d'autre garantie que votre parole, et je
suis bien sûr de ne jamais vous revoir.

L'Indien s'inclina.

— Mais il n'en est pas de même de madame; une fois
qu'elle sera séparée de vous, une fois que vous serez partis,
une fois que je ne pourrai plus prouver que vous êtes un im-
posteur et que madame est votre complice, il peut, un jour
ou l'autre, reprendre à madame l'envie de revenir s'asseoir
au foyer conjugal, ce qui nous gênerait fort, attendu qu'à ce
foyer il n'y a de place que pour deux. Je ne m'abandonnerai
donc pas à la parole de madame; mais madame me donnera
une petite lettre que je lui dicterai moi-même, et quand j'aurai cette lettre entre les mains, eh bien! madame sera libre
de vous suivre au bout du monde.

Sylvandire se récria.

— Il le faut, dit Cretté; c'est dur, j'en conviens, d'être venu
pour dicter des lois et d'en recevoir; mais c'est une condition
sine quâ non.

— Et si je refuse? dit Sylvandire.

— En sortant d'ici, je vais chez le lieutenant de police; je
lui raconte votre petite supercherie à tous deux, et dans une
demi-heure vous êtes à la Bastille.

— Mais, dit Sylvandire, nous ne sommes point isolés, monsieur le marquis, nous ne sommes pas venus ici sans prendre
nos précautions. Nous avons des protecteurs puissans.

— Comme ce n'est pas de monsieur de Royancourt dont
il peut être question, puisque j'ai eu l'honneur de lui passer
mon épée au travers du corps, je présume que c'est des jésuites que vous voulez parler.

— Peut-être.

— Hélas! ma chère madame d'Anguilhem, quoique vous
ayez quelque peu fréquenté ces gens-là, vous ne les connaissez pas encore. Vous les compromettriez furieusement en
vous réclamant d'eux. Ils ne sont pas des niais, et ils vous
sacrifieront.

— C'est vrai, ce n'est que trop vrai! murmura Afghano.

— En ce cas, dit Sylvandire, il faut donc que je fasse....

— Ce que monsieur le marquis exige, ma chère amie, reprit l'Indien; croyez-moi, c'est le plus prudent.

— Mais si je vous donne cette lettre, vous nous jurez que
vous nous laissez sortir de France, nous et notre argent, sans
nous inquiéter?

— Je m'y engage sur l'honneur, moi Alphonse marquis
de Cretté.

— Je suis prête, monsieur, dit Sylvandire en s'asseyant
devant une table où il y avait du papier, des plumes et de
l'encre. Dictez; j'écris.

Cretté dicta.

« De Tunis, 14 octobre 1715.

« Monsieur d'Anguilhem,

« Ne pleurez plus ma mort avec cette douleur qui, m'a-t-
on dit, éclate dans toute votre conduite. Je vis; et si je suis
tombée à la mer, si j'ai feint d'être noyée, c'était un artifice
pour me soustraire à la domination d'un époux que, malgré
toutes ses attentions, je ne pouvais me résoudre à aimer, pour
passer enfin dans les bras d'un homme que j'adorais. Aujour-
d'hui, monsieur, je suis devenue sa femme sous d'autres
lois divines et humaines, et jamais vous ne me reverrez. Morte
pour tous, je veux l'être encore mieux pour vous. Regardez-
vous donc, à partir de ce moment, comme parfaitement veuf,
et surtout parfaitement libre.

« Et maintenant soyez aussi heureux que je suis heureuse,
c'est le dernier vœu que forme pour elle et pour vous celle
qui fut

« SYLVANDIRE, dame D'ANGUILHEM. »

« P. S. Cette lettre vous sera remise par un homme sûr
que mon mari expédie en France. »

— A quoi vous servira cette lettre? demanda Sylvandire,
après y avoir mis l'adresse et le cachet, et en la tendant au
marquis.

— Vous le saurez, madame, si, en manquant à vos engagemens, vous nous forciez jamais de nous en servir.

Et saluant Afghano et Sylvandire, il s'achemina vers la
porte, qu'il ouvrit, et du seuil de laquelle il cria à l'ambassadeur, de manière à être entendu de ses gens :

— Daigne votre excellence agréer tous mes respects.

Afghano était resté à la même place, tout atterré encore de
la scène qui venait de se passer. Mais Sylvandire avait suivi
Cretté.

— Marquis, dit-elle tout bas en traversant l'antichambre
avec lui, répondez-moi franchement : sa femme est-elle jolie?

— Moins jolie que vous, madame, dit Cretté, mais elle
l'aime davantage.

— Que voulez-vous? répondit Sylvandire, je voulais être
princesse.

— Encore un mariage comme celui-ci, madame, reprit
Cretté, et vous arriverez à votre but; vous êtes déjà ambas-
sadrice.

Sylvandire poussa un soupir et rentra lentement dans l'hôtel.

CONCLUSION.

Cretté remonta en voiture, remit ses chevaux au galop et
rentra chez d'Anguilhem.

Il trouva Constance qui, dans un petit salon, seule et dé-
solée, pleurait de voir son mari si préoccupé et si sombre.

— Il a cru de son honneur, disait-elle, d'acquitter sa parole, mais bien certainement il ne m'aimait plus.

Au moment où Cretté ouvrit la porte, elle crut que c'était
son mari qui venait la chercher, et se leva vivement pour courir au devant de lui; mais voyant que c'était le marquis, elle
retomba sur sa chaise.

Cretté comprit tout ce qui se passait dans le cœur de la
pauvre jeune femme; il alla à elle et la rassura.

— Allons, allons, dit-il, essuyez ces beaux yeux, chère dame, et rentrons au salon ensemble. Dans un quart d'heure Roger sera bien changé, et je vous réponds de l'avenir.

Puis il la prit par la main et s'achemina vers le grand salon.

Breton en gardait la porte comme l'ordre lui en avait été donné.

Le marquis de Cretté lui fit signe de venir à lui : Breton obéit.

— Mon ami, lui dit Cretté, ouvre les deux battants de la porte, et annonce, de ta voix la plus solennelle, madame Roger d'Anguilhem.

Breton, qui n'avait aucun motif pour empêcher la femme et l'ami de son maître d'entrer, obéit à l'instant même et en enflant ses poumons, ouvrit les portes et fit retentir les voûtes de ce nom si redouté du chevalier :

« — Madame Roger d'Anguilhem. »

Roger, qui essayait de causer avec d'Herbigny et monsieur de Beuzerie dans le coin le plus reculé du salon, sentit les jambes lui manquer à cette terrible annonce, et, tombant sur un fauteuil, il cacha sa tête entre ses deux mains.

Alors Constance entra rayonnante et le sourire sur les lèvres; Cretté lui donnait le bras.

Ils s'avancèrent vers Roger, qui entendait le bruit de leurs pas, qui n'osait regarder, et qui eût voulu disparaître à cent pieds sous terre.

— Eh bien ! mon ami, lui dit Cretté en lui frappant sur l'épaule, attouchement qui fit frissonner Roger jusqu'à la moelle des os; qu'as-tu donc? C'est Constance.

Roger releva la tête en fixant sur son ami des yeux hagards.

— Ah ! Cretté ! ah ! Constance ! s'écria-t-il ; j'avais cru... Pardon !

— Qu'avais-tu cru, voyons ? c'est madame d'Anguilhem qui vient te chercher, et tu as peur, dit le marquis en lui donnant la main et en lui glissant en même temps la lettre de Sylvandire. Il est onze heures, chevalier, emmène ta femme.

— Oh oui ! oh oui ! s'écria Roger, au bout du monde, s'il le faut.

— Non, pas si loin, reprit Cretté, c'est inutile maintenant. Puis tandis que les deux époux traversaient le salon pour gagner leur appartement : — Vous ne savez pas la nouvelle ? dit-il, l'ambassadeur de Perse part demain avec toute sa suite. Je vous engage à voir cet embarquement qui aura lieu à Chaillot, messieurs et mesdames.

— Nous n'irons pas, nous, dit Constance en ouvrant la porte de la chambre à coucher?

— Oh ! non, répondit Roger en la fermant.

Le lendemain, Cretté communiqua à son ami les deux engagemens qu'il avait pris avec mademoiselle Poussette, et dont le premier, la remise de vingt mille livres, avait été tenu scrupuleusement la veille par le marquis.

Comme le chevalier était un homme d'honneur et incapable de démentir son ami, nous ne doutons pas qu'en temps et lieu le second engagement n'ait été rempli avec la même fidélité.

Il est inutile de dire que Constance et Roger sont encore cités, non pas à Paris où les grands exemples se perdent vite, mais à Loches et dans les environs, comme le modèle des ménages.

TABLE DES CHAPITRES.

Paris. — Typ. Morris et Comp., 64, rue Amelot.